悪魔のパス

村上龍

天使のゴール

幻冬舎

悪魔のパス天使のゴール

目次

装画　北沢夕芸
装幀　鈴木成一デザイン室

メレーニア vs パルマ

1999年8月29日　スタジオ・ディノ・ロッシ（観客11,649人）

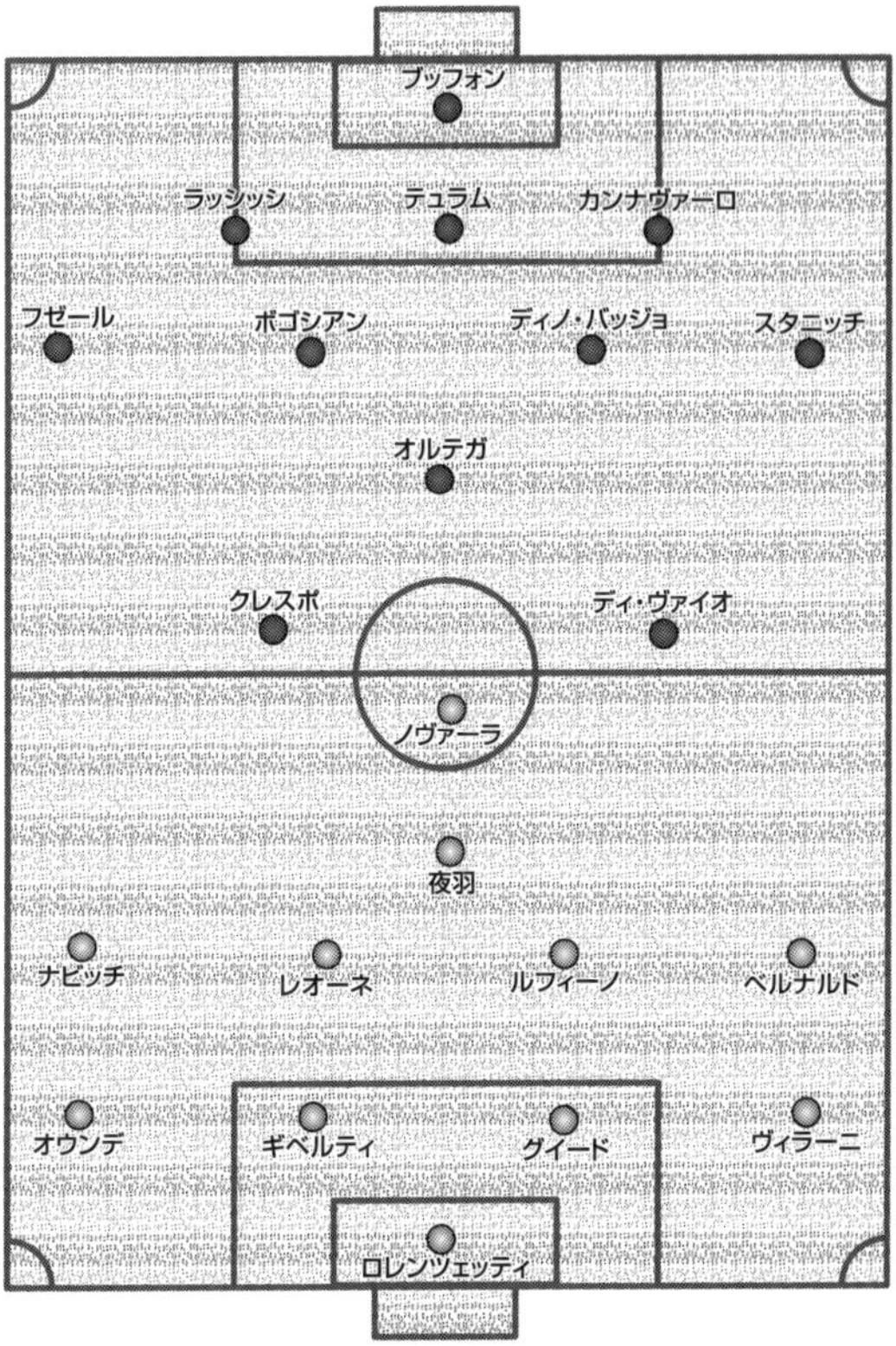

● パルマ

監督　マレサーニ

サブ　ミチッロ
ベナリーヴォ
トリージ
マイーニ
セレーナ
ワレム
ヴァノーリ

● メレーニア

監督　サルベッティ

サブ　アルビッチィ
サヴォイア
ザグロ
ルカテッロ
エマヌエール
ヴェルフィ
トスカレッソ

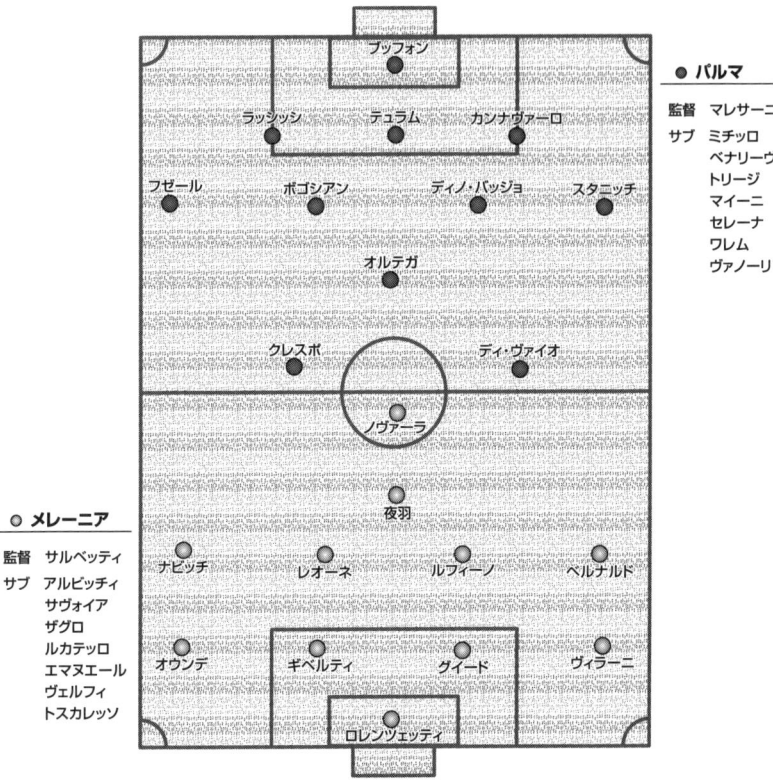

フィオレンチーナ vs メレーニア

1999年11月21日　スタジオ・アルテミオ・フランキ（観客33,848人）

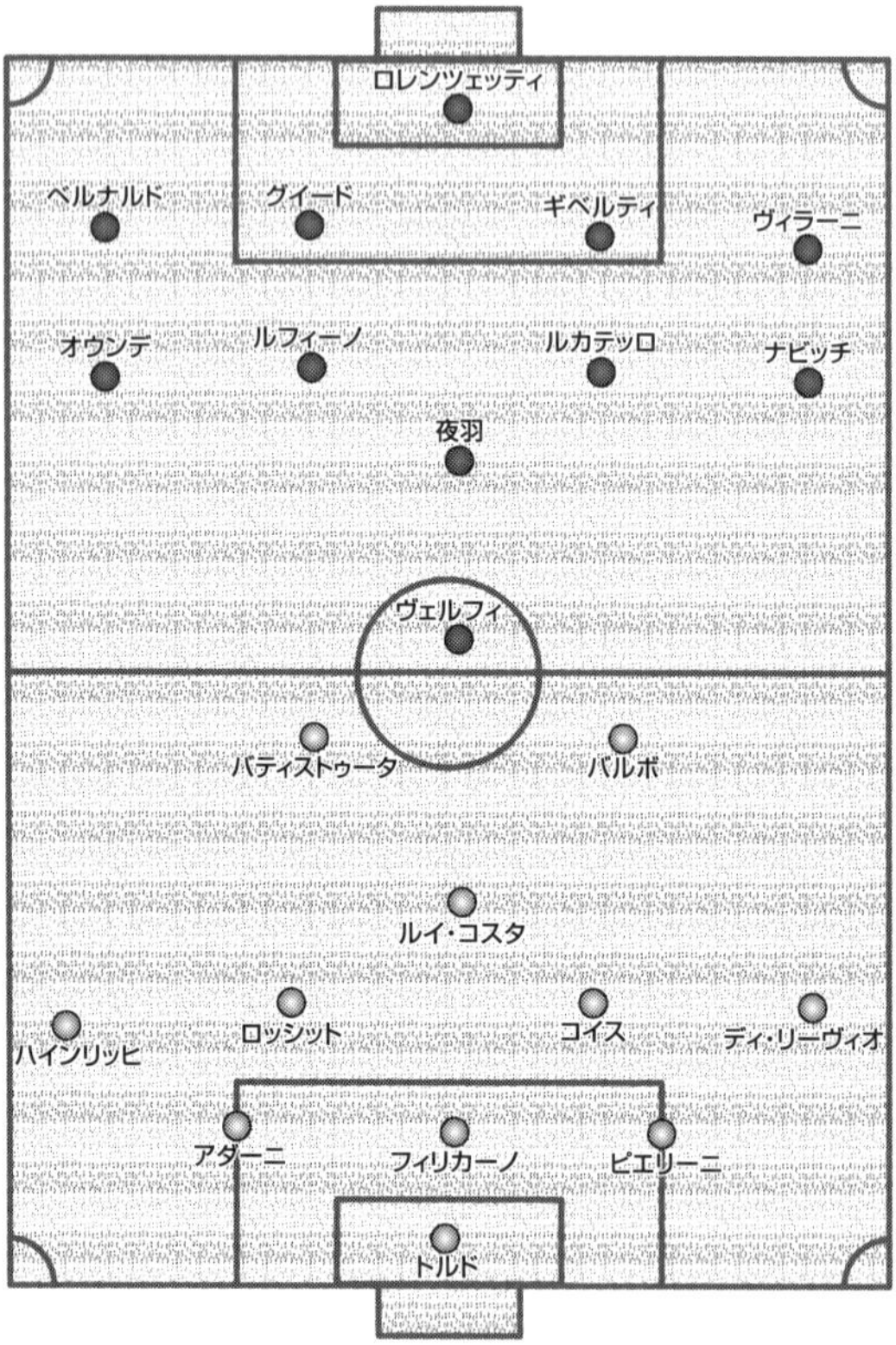

● メレーニア

監督　ザベッティ

サブ　アルビッチィ
サヴォイア
ベヌッチ
エマヌエール
オリヴェイラ
テラーノ
ホセ・コルテス

● フィオレンチーナ

監督　トラパットーニ

サブ　タリアラテーラ
トリチェッリ
パダリーノ
アモール
ブレッサン
アモローゾ
タロッツィ

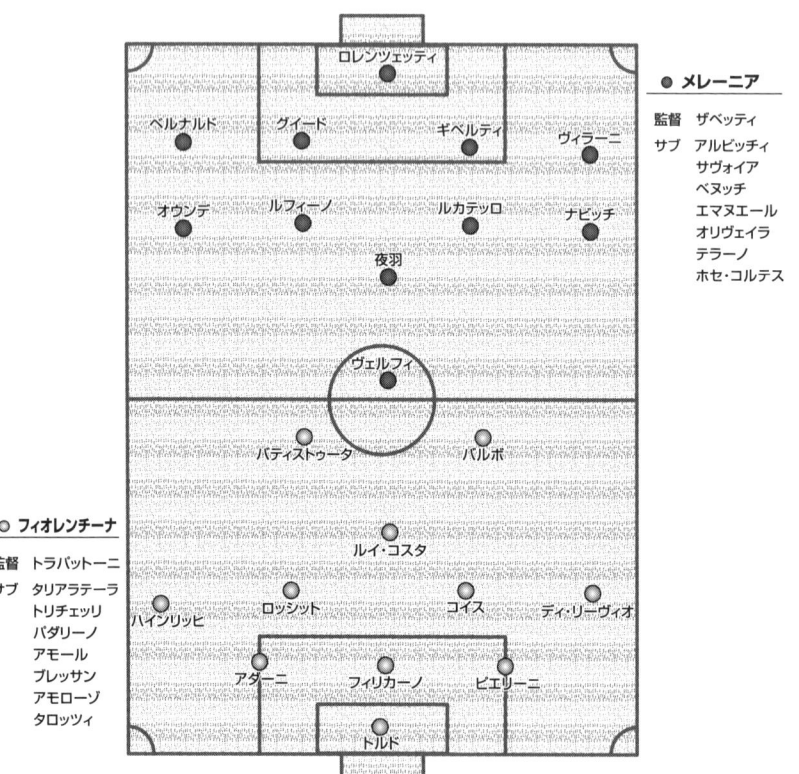

メレーニア vs ユヴェントス

2000年5月14日　スタジオ・ディノ・ロッシ（観客約18,000人）

● ユヴェントス

監督　アンチェロッティ

サブ　ランプッラ
ビリンデッリ
ミルコヴィッチ
オリセー
バキーニ
コヴァチェヴィッチ
タッキナルディ

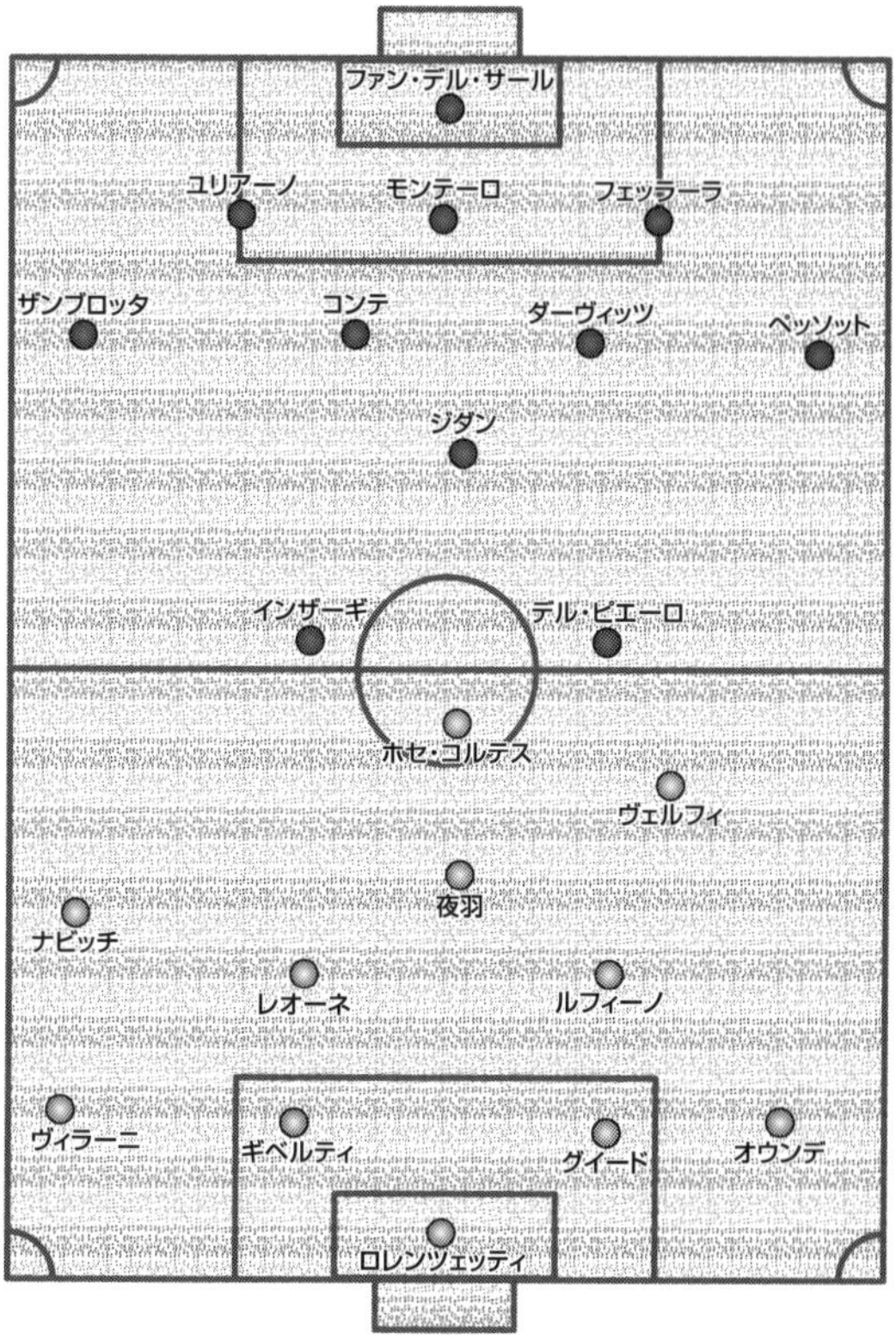

● メレーニア

監督　サルベッティ

サブ　アルビッチィ
ベヌッチ
サヴォイア
ザグロ
ベルナルド
オリヴェイラ
ノヴァーラ

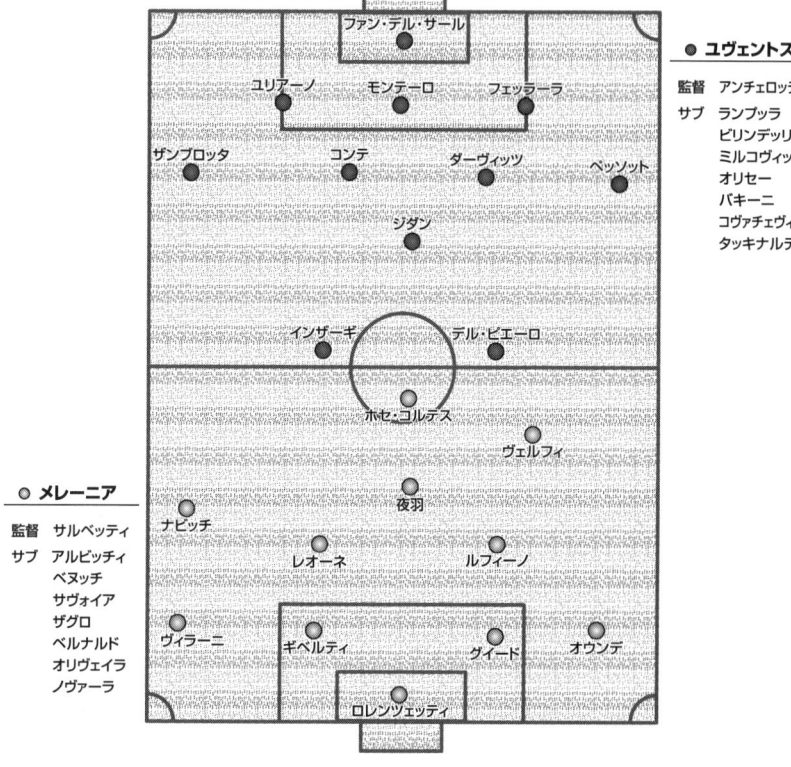

Giornata 1　第一節
最初の犠牲者

イタリア中部、トスカーナ州とラツィオ州、それにアブルッツォ州とマルケ州に囲まれるようにしてプラキディア州があり、その州都がメレーニアだ。メレーニアの歴史はローマより古い。丘の上に建つその街はローマが成立する前に、エトルリア人によって造られた。今でもメレーニアの旧市街にはエトルリア人の建てたアーチ型の門が残っている。

その門のある周辺を歩いていると、古いという形容詞が無意味に思えてくる。狭い坂道が迷路のように入り組んで、建物の壁はまるで抽象画のようにくすんでいる。窓には木の扉がついていて、石と鉄と木材以外の建材は使われていない。つまり、アルミサッシやプラスチックがどこにもない。日本だったら一つ一つの建物がそのまま重要文化財になってしまうだろう。もちろん今でも人が住んでいるし、商店やレストランになっている建物もあるが、外壁や外装を変えることは禁じられているので、全体の佇《たたず》まいは中世とほとんど変わることがない。

メレーニア旧市街はチェントロと呼ばれている。英語で言うとセンター、つまり中心部という意味だ。チェントロは小高い丘の上にあって、城壁で囲まれている。中世の城塞《じようさい》都市がそのまま残っているわけだ。展望台にもなっている小さな公園と、壮大な石造りの市庁舎を結ぶメインストリートがあって、その両脇には修道院や教会や美術館や銀行やホテルや土産物屋が並んでいる。市庁舎の前には鳩が群れる広場があり、十三世紀に造られたという有名な円形の噴水がある。メインストリートからは無数の脇道が延びていて、足を踏み入れるとあっという間にそこは中世そのままの迷路になる。

メインストリートの一方の端にある小さな公園に面して、ブルファーニというホテルがある。わたしはいつもそのホテルに泊まる。部屋も決まっていて、地下一階の51号室だ。その部屋にはエリザベススイートという名前がついている。英国のエリザベス女王が泊まったことがあって、その名前がついたらしい。ロビーフロアから数えると地下一階だが、ホテル全体が傾斜地に建っているために、その部屋にもちゃんとテラスと窓があって、メレーニアの街を一望することができる。夕暮れは特に美しい。黒いシルエットになった鳥たちが群れをなして旋回し、その彼方にトスカーナの山々が見える。

メレーニアの街を訪れるのは四回目だったが、夜羽冬次という若い日本人サッカー選手がいなかったら、生涯この美しい古都に来ることはなかったかも知れない。夜羽冬次はまだ二十一歳だが、昨年の夏、フランスで行われたワールドカップが終わるとすぐに日本人で二人目のセリエA

の選手としてメレーニアに移籍した。

夜の羽と書いて、ヤハネと読むのだが、日本のファンからはヨハネと呼ばれたり、トウジと名前で呼ばれたりする。ヨハネというのはもちろん聖書の「黙示録」で有名な聖ヨハネのことだ。

まるで人類の終末を予言したヨハネのように、夜羽冬次はたった一本のパスでゲームを終わらせてしまうことがあった。彼は十九歳で日本代表のゲームメーカーとなり、ワールドカップでその実力を示し、ヨーロッパのさまざまなクラブチームからオファーを受けることになった。その中にはスペインやイギリスのビッグチームもあったが、冬次はセリアAの下位チームであるメレーニアを選んだ。常時出場しなければ海外でプレーする意味はないと思ったらしい。

ケンさんへ

今年は、開幕戦には来ないんですか?
もし可能なら是非来て下さい。
対戦相手はパルマです。
そろそろフンギの季節だし、
それにちょっと折り入って話したいこともあります。
イタリアサッカー界に妙なことが起こっているようなんです。
もし開幕戦のあとに会えたら、そのとき詳しく話します。

トウジ

八月の終わり頃、夜羽冬次からそういうメールが届いた。

わたしは、テレビの番組の脚本を書いたり、海外でドキュメンタリー映画やCFを撮ったり、中南米の音楽や物産を輸入したり、仕事はいろいろやっているが、どれも本職とは言えないという、かなりいい加減な四十代半ばの人間だ。名前は矢崎剣介だが、冬次はわたしのことをケンさんと呼ぶ。たまに小説を書くこともあるが、日本ではあまり有名ではない。フランス人の友人がいて、フランスで何冊か翻訳されて出版されている。

わたしが知り合った頃、冬次はまだ十九歳だった。フランスワールドカップのアジア最終予選の真っ最中で、場所は六本木のスノッブなレストランだった。わたしは当時付き合っていた自動車会社の二十代後半の社長秘書と一緒だったが、冬次は新聞社か雑誌社の者と思われる人間たちと一緒のテーブルに座っていた。取材か何かあったのだろう。テレビ局のプロデューサーがシャトー・ペトリュスを飲みながら新人のタレントを口説いていたり、医者とモデルクラブの合コンでドンペリが十本以上も抜かれていたり、隅の席では国会議員と女優が密談していたり、そういうレストランだったが、冬次はまったく別のオーラを放っていた。

わたしは席を立って、レストランをいったん出た。パーキングまで歩いていって、車のトランクからサッカーボールを取り出した。それはブラジルのペレという偉大なサッカー選手のサインボールで、わたしのお守りだった。十数年前にブラジルのテレビ局から音楽番組を買い付けたことがあって、ペレはそのテレビ局の株主の一人だった。サッカーファンだったわたしは、拝み倒すようにしてペレにサインをもらい、家のサイドボードに飾っていたが、離婚して家を前の女房に取られてからは、お守りか魔除けのようなものとして車のトランクに入れていたのだった。

わたしはそれを夜羽冬次にプレゼントしようと思った。どうしてそんなことを思ったのか今でもはっきりとはわからない。夜羽冬次は、ペレだろうがクライフだろうが有名選手のサイン入りボールをもらって喜ぶような人間ではなかったし、わたしにとっては大事な宝物の一つだったのだ。ただわたしはどうしてもそのサインボールを夜羽冬次にプレゼントしたかった。冬次が持っているほうがペレも喜ぶのではないかと思ったのかも知れない。

レストランに戻ってきて、店のウェイターを通じて、わたしの名刺とメモを添えてサインボールをプレゼントした。

「こんなものもらっても別に嬉しくないかも知れませんが、カザフスタン戦でのあなたのスルーパスに感動しました。宝物として車に置いていたペレのサインボールを差し上げたいと思います。ご迷惑かも知れませんが、是非プレゼントさせて下さい」

メモにはそう書いた。すると冬次はボールを抱えてわたしの席までやって来た。冬次はまだその頃は今ほど有名ではなかったのだが、フロアを横切るときに、誰もが彼を見た。何か特別な能力を持った人間だけが発するオーラが彼のまわりに漂っていたのだった。

「ありがとうございます」

わたしのテーブルの前に来て、冬次は非常に礼儀正しかった。わたしも立ち上がって、もらってくれますか、と聞いた。わたしが連れていた女は、この人誰？　という表情で冬次を眺めていた。

「普通は知らない人からのプレゼントはもらわないことにしているんですが、サッカーがお好きなようなので、特別にいただいておこうかと思います」

冬次はそう言って、わたしたちはワールドカップアジア最終予選のアウェーでのカザフスタン戦のスルーパスについてもう少し詳しく話した。それは結局オフサイドになってしまったが、冬次が左サイドにぎりぎりのタイミングで出した最高のパスだった。ぼくはサッカーで、ゴールの瞬間よりスルーパスが出た瞬間のほうが好きなんです、わたしはそう言った。

「そうですか。あのパスは、そうですね、まあまあのパスでしたね」

冬次はそう言ったあと、でもごめんなさい、今回はたぶんフランスへは行けないと思います、と悲しそうに笑った。確かに日本代表は最終予選B組の中で苦しい位置にいた。B組トップの韓国に大きく離され、二位のUAEにも勝ち点で及ばなかった。スポーツ新聞には、自力での予選突破はもう無理でフランスは絶望的、などと書かれていた。

いやたぶん行けるような気がします、とわたしは冬次に言った。

「ぼくはずいぶん昔からサッカーを見ているんだけど、今回、日本はなぜかフランスに行くような気がする。根拠はないんだけど、どういうわけかそう思うんです」

冬次は、そうかなあ、無理だと思うけどなあ、と首を横に振った。

「ぼくは小説家でフランスで本が翻訳されているんです。もし夜羽さんがフランスに行けたらどこかでメシをおごりますよ」

わたしがそう言うと、冬次は、そうですか、じゃあだまされたつもりで残りの試合頑張ってみるかな、と笑った。

冬次が自分のテーブルに戻ったあと、わたしの連れの女が、誰？　と聞いた。日本が生んだ最高のサッカー選手だ、とわたしは答えた。そうやってわたしは冬次と出会い、その後ときどきメールを交わすようになった。結局わたしの予感が当たって、九八年日本はフランスワールドカップに出場し、約束通りわたしは冬次とクロアチア戦のあとにナント郊外のオーベルジュでディナーを共にした。

九九年八月の最終日曜日、空は曇っていた。ホテルに頼んでハイヤーを呼んでもらい、郊外のスタジアムに向かう。ドライバーの名前はアントネッツリだ。アントネッツリは、映画『アンタッチャブル』でアル・カポネを演じたときのロバート・デ・ニーロに似ている。つまりデ・ニーロを二十歳ほど老けさせて、三〇キロほど太らせたような感じだ。最初メレーニアに来て、ホテルにハイヤーを頼んだらアントネッツリが来た。英語はあまり話せないが、アマチュアのサッカーの審判の資格を持っていて、とにかく気のいいおじさんなので、わたしは必ず彼を指名した。

メレーニアにはイタリアでも有数の大学があり、若者が多いので、秋にはかなり規模の大きいジャズフェスティバルが催される。アントネッツリは八〇年代の終わり頃そのジャズフェスに招待されたマイルス・デイヴィスのドライバーを三年続けて務めたそうだ。

「おれをひいきにしてくれたのは、マイルス・デイヴィスと、セニョール・ヤザキだけだ。今日は、ヤハネが活躍するよ。先週練習を見に行ったんだが、すごいボレーシュートを打ってた。ヤハネは去年よりフィジカルに強くなってるし、足も速くなってるから、パルマのディフェンスは苦労するだろう」

スタジアムまでの道でアントネッリはそういうことを言った。ほとんどのイタリア人は日本のサッカー評論家よりサッカーに詳しい。子どもの頃からセリエAのゲームを見ているのだから詳しくなるのは当たり前だ。


メレーニアのホームであるスタジオ・ディノ・ロッシが見えてきた。ミラノやトリノ、それにローマなどのビッグクラブのホームグラウンドに比べると小さいが、陸上のトラックもなくピッチとの距離が近いので観戦には向いている。アントネッリにはスタジアムの駐車場から少し離れたガスステーションで待ってもらうことにした。スタジアムのパーキングに車を停めると試合後の渋滞に巻き込まれてしまうのだ。

スタジアムに向かう人々の波に混じって歩く。小雨が降ってきて、パーカやウインドブレーカーを羽織る人が目立つ。わたしは長袖のシャツの上にレインコートを着た。メレーニアは標高数百メートルの高地にあるので陽が陰ると八月でも冷えることがある。鉄パイプを組み合わせて造られたシンプルな構造のスタジアムに近づくにつれて、イタリア人の観客の気分が伝染してくる。

心地よい緊張感が漂っていて、それがからだに染み込んでくるような感じだ。試合のない普段の日のスタジアムはただの大きな建築物だが、ゲーム当日には何か別のものに変わってしまう。何かが注ぎ込まれることによって、仮死状態のものが甦《よみがえ》っていくような感じがする。

チケットを示して、鉄の柵をくぐり、スタジアムの構内に入る。簡単な手荷物検査があるが、ウルトラスと呼ばれる熱狂的なサポーターは旗も発煙筒もどうにかして持ち込んでしまう。スタジアムの外周に沿って人々が移動している。トマトソースが焦げるおいしそうな匂いがする。ピザやサンドイッチやコーヒーの売店が並んでいる。それにメレーニアのユニフォームのレプリカやマフラーを売る露店もある。アウェーのサポーターが出入りするゲートには警官がずらりと並んでいて、すでに閉鎖されている。地元のサポーターと接触があると必ず騒ぎが起こるからだ。

試合開始まで三十分だった。スタジアムの内部へ通じるゲートの扉は狭い。からだがやっと通るくらいの幅しかない。大勢が扉の前に群がることのないように、ゲートの前には人のラインを一列で蛇行させるための鉄製の枠がある。たくさんの観客がその鉄製の枠に沿って並んでいるが、生き物として甦ったスタジアムが一人また一人と人間を呑み込んでいくかのようだ。

子どもから老人まで観客の年代はさまざまだ。父親に肩車されている幼児もいるし、祖父と手をつないで歩いている少年もいるし、中学生や高校生だと思われるグループもいる。恋人や夫婦が腕を組み、スタジアムのゲートをくぐっている。大半の人たちがメレーニアのユニフォームを着たり、マフラーを巻いたりしている。ゲートの係員と世間話を交わす人も多い。その他に、旗や垂れ幕を持ったウルトラスがバックスタンド周辺に集まっている。試合の前から彼らはゴール裏に陣取ってほとんど立ち上がったままメレーニアに声援を送り続ける。誰もが基本的には楽しそうだが、ピクニックや遊園地にやって来た家族連れやカップルやグループとは少し違う。その違いを日本人に説明するのは不可能だろう。

ゴール裏に陣取るサポーターには不穏なムードがある。

「試合前にスタジアムに入って、イタリアの観客のあのちょっと危険な雰囲気を感じると、またここに帰ってきたんだな、と思うんだよね」

冬次はいつかメールにそう書いてきたことがあった。それぞれのウルトラス同士が乱闘になって警官隊が催涙弾を発射することもある。衝突を防ぐため試合後一時間はアウェーのウルトラスはスタジアムの外に出られない。サポーターが騒ぎだして、つまり火をつけたりして収拾不能になることもある。メレーニアの警官隊は銃で武装しているし、わたしは十年ほど前にサルディニアのカリアリで、軍隊が土嚢《どのう》を積み上げ軽機関銃を並べて警備する中で試合を観戦したこともあった。ブラジルのリオでは実際に警備の兵士が威嚇《いかく》のために発砲するのを見たこともある。

だが、冬次が言う危険な雰囲気というのは、単に争乱やパニックが起こって危ないという意味ではない。イタリアに長く滞在しセリエAのゲームを続けて観戦するとわかるのだが、木曜日あたりになると何となくそわそわしてくる。また日曜日になると試合がある、と考えるのではなく、からだが興奮を覚えていて無意識のうちに神経が騒ぎだすのだ。金曜日、土曜日と過ぎていくとその胸騒ぎのようなものはしだいに強くなっていく。そうやってサッカーの試合が始まり、九十分間のエンドルフィンの大爆発があって、夜、人々はあちこちのカフェやバールでゲームのことを語り続ける。テレビでは複数のチャンネルで夕方から真夜中まで数時間のサッカー番組がオンエアされる。オフサイドやファールのシーンを写したビデオをえんえんと繰り返して、選手をスタジオに呼んだりして、その日に行われたゲームを振り返るのだ。
サッカーはなかなかゴールが入らない。ディフェンスは必死で守っているので、ゴールというのは基本的に奇跡だ。イタリア人は奇跡を見に行くわけで、一度でもその興奮を体験すると、それを期待する空気がスタジアムに充満する。それはいつ爆発してもおかしくない爆弾のようなもので、意識は完全に日常から解放される。いつ爆発してもいいように、神経が準備を整えるのだ。人々の意識が日常から離れてしまうこと、大爆発を待つこと、それが危険な雰囲気を生む。そしてその危険な雰囲気は、蒸し暑い夏に吹く風のように心地よいものだ。イタリア人はそういう心地よいスリルが人生に必要なものだということを知っている。

冬次が用意してくれた席はメインスタンドで、日本人の観客も多かった。何人か知り合いがいて、わたしは挨拶を交わした。緊張がさらに高まっている。試合開始が近づいてきて、スタジアム全体が騒然としてきた。ゴール裏ではメレーニアのウルトラスが旗を振り、アウェーチームであるパルマのサポーターに向かって汚い言葉でヤジを飛ばしている。パルマのスポンサーは乳製品メーカーなので、お前らの牛乳は精液よりも臭くて飲めたものじゃないぜ、みたいなことを言っているのだ。パルマのウルトラスは反対側のゴール裏に隔離されているが、その数は数百人というところだろう。去年やっとセリエAに残れてえんえん泣いて喜んだお前らに今日はホットなクソを食わしてやるぞ、みたいな言葉で応酬している。日本語だと下品になってしまうが、イタリア語だと何となく愛嬌がある。

小雨が落ちているピッチでは両チームが試合前のウォームアップをしていた。パルマは強豪で、昨年の成績は四位だった。ブッフォンという選手はまだ二十一歳だがイタリア代表の正ゴールキーパー（GK）だ。ディフェンダー（DF）にはカンナヴァーロ、テュラム、ラッシッシ、というワールドクラスの選手を揃《そろ》え、中盤にもボゴシアン、スタニッチ、ディノ・バッジョ、フゼールとタフな選手が並び、前線にはアルゼンチン代表のクレスポがいた。おまけに今年はオルテガが移籍してきた。オルテガはアルゼンチン代表で小柄だがドリブルがうまく、トップ下からパスを出して攻撃を組織する。同じような役割だが、冬次はオルテガがあまり好きではないようだ。理由はファールを誘ってよく倒れるからだ。あれだけの技術があるのにファールをもらうためにわざと倒れるのは見苦しい、冬次はそう考えている。

メレーニアには冬次を除いてナショナルチームの代表選手がいない。要するにスターがいないということだが、二年前にやっとセリエAに昇格したチームなのでそれは仕方がない。そういった下位チームによくあるパターンだが、これからが期待される若い選手と盛りを過ぎたベテランが目立つ。ゴールキーパーのロレンツェッティは名門ミランからレンタル移籍してきた三十三歳のベテランで、メレーニアで見事に甦った。至近距離からのシュートを信じられない反応で防ぐ。ディフェンダーはヴィラーニ、ギベルティ、グイードの三人が三十を超えたベテランで、左サイドのオウンデはまだ十八歳のナイジェリア人だ。ハンサムなグイードには可愛らしい三歳と五歳の女の子がいて地元のファンからはパパと呼ばれている。

中盤にはまずレオーネとルフィーノのベテランのダブルボランチがいる。二人とも三十代前半でからだもどちらかと言えば小さいほうだが、九十分間疲れを知らず走り回り、特にレオーネはヘディングが強い。中盤の両サイドは若い。左が二十二歳のセルビア人、ナビッチで、右がアンダー21のイタリア代表に選ばれている二十歳のベルナルドだ。トップ下に二十一歳の冬次がいて、ワントップには何人か人材がいるが今日は大ベテランのノヴァーラが先発していた。

わたしの前の席に、眼鏡をかけた十二、三歳の少年が座っている。隣りには同じく眼鏡をかけた相似形の顔の父親がいて、ピッチで練習をしている冬次を指差し、あれがヤハネだと教えている。わたしはサンブーカというリキュール入りのエスプレッソを飲む。気温は摂氏一六度だった。

選手が一度ピッチから去り、再度登場してきたときに、衝撃とともに爆発音がスタジアムに響いた。発煙筒だ。シートが揺れるような衝撃があった。慣れない日本人の観客の中にはびっくりして悲鳴を上げる女性もいたが、わたしの前の眼鏡の少年はまるでロックコンサートのように発煙筒の爆発音に合わせて、いい感じだぞォォォォ、と叫んでいた。

両チームの選手がピッチに散る。主審《レフエリー》のホイッスルが鳴ると、サッカーというゲームはボールを中心にして、形を変え続ける生き物のように、あるいは時間とともにリズムが変わる交響曲や協奏曲のように、ある状態のまま静止するということがない。だからその流れに身を任せていると、時間はあっという間に過ぎてしまう。

冬次は試合開始二分後に早くも見せ場を作った。オウンデのロングパスをセンターサークル付近で受け、ワントラップでディノ・バッジョをかわしフリーになったかと思うと、左サイドを駆け上がってきたナビッチに右足インフロントで大きく左にカーブする速いボールを蹴った。そのボールはラッシッシがカットするために伸ばしたスパイクの先端をかすめ、左サイドぎりぎりでナビッチに渡った。スタジアム全体が歓声で揺れる。パスが通った瞬間、わたしの前の眼鏡の少年は立ち上がって、ヤハーネ、と叫んだ。パスを出した冬次はそのまま中央のスペースに進んで、ナビッチからの返しのパスを受けた。ドリブルで中央を割ると思わせてパルマの三人のディフェンスを引きつけたあと、右に流れたノヴァーラに絶妙のスルーパスを出した。スタジアム全体が一瞬静まり返った。わたしも思わず息を呑んだ。これだ、とわたしは呟《つぶや》いた。これが夜羽冬次のスルーパスだ。今まで何度鳥肌が立ったかわからない。まるでメジャーで測ったように、ディフェンダーの数センチ横をボールが通過していく。ゴールのときにはスタジアムが爆発するが、スルーパスが通ったときにスタジアムは凍りつく。

結局そのパスをノヴァーラはキーパーの正面に蹴ってしまい、メレーニアのゴールはならなかった。パルマは決定的なピンチを招いたことに激怒したかのような総攻撃を開始した。ディノ・バッジョが立て続けにミドルシュートを打つ。ラッシッシが右サイドを上がってきてフゼールとのワンツーからまたミドルシュートを打つ。最終ラインからの正確なロングフィードを受けたオルテガは、ずたずたにされて大きく空いたメレーニアの中盤を楽々とドリブルで突破し、前線のクレスポとディ・ヴァイオに何本も危険なパスを出し、自分でもペナルティエリアに切れ込んではペナルティ狙《ねら》いでダイビングを繰り返した。

　メレーニアのディフェンスもただパルマの総攻撃を見ていたわけではない。ただ、個々の能力が違った。リーグ優勝を狙うパルマのようなビッグチームと、セリエA残留がとりあえずの目標というメレーニアの違いは、選手の足の速さとか、ボールコントロールのうまさとか、いかに正確なパスを蹴ることができるかとか、リスクを負うときの共通理解があるかとか、そういうシンプルな個人能力の差ということに尽きる。それは歴然として目に見えるものではなく、本当にわずかな差なのだが、それがチーム全体に及ぶと圧倒的な差になって現れてしまう。たとえば非常に足が速く背面からのボールに強くて正確なセンタリングを上げるウイングが一人いるだけで、サイドを守るディフェンダーは抜かれるのが恐くなり深く自陣に引いてしまう。

　一人のディフェンダーがたった二メートル下がっただけで、そこにスペースが生まれ、敵の中盤が侵入してくる。フゼールとディノ・バッジョはそういうスペースを利用して強くて正確なミドルシュートをフリーでどんどん打った。ミドルシュートを打たせないようにボランチが上がりタックルに行くと、今度はオルテガにボールが集まりディフェンスラインの裏を狙われるようになった。サッカーではうまくリズムに乗ると何もかもが効率的に機能し始め主導権を取ることができる。逆にほんのわずかリズムが狂っただけで、たとえばたった一人の選手の運動量が落ちただけで何もかもがうまくいかなくなることもある。

　メレーニアは冬次までが自陣深く戻って防戦したが、パルマは何度も決定的なシュートを打った。それをことごとく防いだのはフライング・ロレントと呼ばれるロレンツェッティだった。わたしは何度も目をつぶったし、観客席からは何度も悲鳴が上がり、メレーニアのサポーターは何度も沈黙したが、そのたびにロレンツェッティは跳び、手や足先や膝で敵のシュートを弾き飛ばした。

そうやって何とか耐えていれば、敵のリズムが途切れチャンスが生まれることもある。前半終了寸前に冬次がまたメレーニアのファンを魅了した。右ウイングのベルナルドがものすごいタックルでオルテガからボールを奪い、前方の冬次に出した。冬次はドリブルでテュラムを抜き、前方の広大なスペースへと走りだした。左にナビッチが上がり、中央にノヴァーラがいた。冬次は右に開くようにドリブルし、二人のディフェンスを引きつけてから、からだを反時計回りにねじるようにして鋭角なパスをノヴァーラに転がしたのだった。ノヴァーラがわずかに早く反応しすぎてそれはオフサイドに終わった。わたしの前の席の眼鏡の少年はその判定に怒り狂った。立ち上がってその場でジャンプしながら、オフサイドのジャッジをした副審を指差し、罵倒し続けた。相似形の父親は、いいからもうそのくらいにしておきなさい、と子どものコートの裾を引っ張って静かにたしなめていた。

後半開始直後、意外にも先取点を取ったのはメレーニアだった。ナビッチのセンタリングに敵キーパーがペナルティエリアの外に飛び出してしまい、胸でボールを弾いた。猛然と走り込んできたレオーネがそのボールをループで決めたのだ。

そのあとは、メレーニアのディフェンスが逃げ切りを狙って引いてしまったことも手伝って、パルマのシュートショーになってしまった。後半十五分、オルテガのミドルシュートはゴール右隅へ吸い込まれるがロレンツェッティがロケットのように跳んで左の拳でパンチングした。十七分にはフゼールの正面からの決定的なシュートをとっさに右足を出して弾き飛ばす。二十二分にはまたもオルテガの至近距離からのシュートを今度は側頭部に当ててゴール外に出した。二十八分にはクレスポのヘッドを左手一本で上に跳ね上げた。

　これは勝てるかも知れない、と誰もが思い始めた後半三十二分過ぎ、メレーニアサポーターの希望はうち砕かれた。コーナーキックからスタニッチがヘッドで流し込んだのだった。同点になって、ロスタイムに冬次が最後のすばらしいロングパスをナビッチに出し、敵キーパーと一対一になったが、シュートは惜しくもブッフォンの正面に飛んだ。

　その夜、冬次と食事をした。冬次が試合後に行くレストランは決まっている。フェデリーコの店だ。冬次はブルファーニまで車で迎えに来てくれた。冬次の車はランチアのスポーツタイプだった。車の中で、今日の試合はどうでしたか？　とわたしに聞き、パルマ相手に勝ち点一は大きいんじゃないの、と答えると、実は、と真剣な表情で話し始めた。

「今日、セリエBで、試合後に選手が一人死んだんです。試合後に。心臓麻痺《まひ》なんだけど」

　可哀相だね、とわたしは言った。わたしはまだ何もわかっていなかったのだ。

「彼は、今日、試合で二点取ってるんですよ」

　スタジアムにその名前が残るかも知れないな。

「それでね。前季の最後にも、同じようなことがあったんです。イタリア人は忘れっぽいので、誰も憶《おぼ》えてないみたいだけど、その選手は、セリエCの選手で、ボランチで、点も取って大活躍して、試合後に心臓麻痺で死んだんです。その試合は、セリエBへの昇格のかかった大事な試合だったそうなんだよね。今日の、さっき話したセリエBの試合も、チーム結成五十年の記念的な試合で、要するに大事な試合だったということで、なんか変だと思わないですか？」

冬次はいったい何を言いたいのだろうか？　わたしはそう思った。すっかり暗くなった中部イタリアの夏の景色が背後に遠ざかっていく。

Giornata 2　第二節
ブルガリのサングラスの女

「究極のドーピングって話を、実は聞いたことがあって」

　冬次がそう言って、わたしの心臓がびくんとした。ゲーム後に心臓麻痺で死んだ選手は何か薬を使っていたということなのだろうか。ドーピングという言葉には不吉な響きがある。ドーピングはカナダの短距離走者ベン・ジョンソンの金メダル剥奪事件で一躍有名になった。旧東ドイツの女子陸上選手や中国の女子水泳チームが筋肉増強剤を使っていたというスキャンダルも記憶に新しい。政治などに比べると基本的にスポーツは明るい。人気スポーツには大金が絡むから本当は清らかな話だけではないのだろうが、勝ち負けの基準やルールがはっきりしている。少なくとも戦争のニュースよりはスポーツニュースのほうが明るい。だがドーピングだけは別だ。暗い部屋で選手たちが注射針を腕に刺しているところを想像すると暗い気持ちになる。

「あ、着いちゃったよ。みんな待ってるから、この話はまたあとにしようか」

　冬次はそう言って、ランチアをフェデリーコのレストランの敷地に滑り込ませた。レストランはメレーニアの街の外れにひっそりと建っている。十六世紀の貴族のヴィラ、つまり別邸を改装したものだ。

パーキングの前面には月明かりに照らされたワイン畑が拡がっている。石畳《いしだたみ》の小道があり、アーチ型の門をくぐると中央に小さな噴水のある中庭に出る。中庭には中世の井戸やオリーブ搾り機がそのまま残されている。建物の壁はイタリア独特の山吹《やまぶき》色だが、十六世紀以来微妙に風化してところどころ色が変わり、まるでカンディンスキーの絵を見ているようだった。


店主のフェデリーコが笑顔で出迎えてくれた。フェデリーコは父親から莫大な遺産を受け継ぎ、半分趣味でこのレストランを開いた。わたしとほぼ同年代の気のいいおじさんだ。

貴族の別邸をそのままレストランに改装したわけだから店内は広い。まず現代イタリア家具を配したバーとウェイティングルームがあり、その一角にはプラキディアとトスカーナのヴィンテージワインが並べられている。その中にはローマやミラノやフィレンツェの超高級レストランにも置いていないような貴重な一品もある。たとえば一九六一年のアンティノリのマグナムボトルとか、一九八二年のルンガロッティ・ルベスコ・リゼルヴァのマグナムなどだ。

バーからは厨房の一部が見える。炎が上がり、ぶどうの古木でグリルされる肉の香ばしい匂いが届いてくる。冬次が店に入るとすべての従業員が挨拶する。ウェイターたちも本当に嬉しそうに冬次を迎える。わたしも冬次の友人ということでそれなりに大事にされる。

短い廊下を渡って暖炉のある大きな部屋に入ると、すでにテーブルには数人のイタリア人が座っていた。冬次のイタリア語の家庭教師、冬次が住んでいるマンションの大家さんとその娘、それにフェデリーコの友人のサッカー好きのおじさんたちだ。

店内には他に数組の客がいる。日曜日なのでみな家族連れだ。おばあさんが孫を膝に乗せ、おじいさんがみんなにワインを注いで、子どもたちはそれぞれ好きなパスタをおいしそうに食べている。大衆的な店ではないのでどちらかと言えば裕福な人々なのだろう。

冬次はホームでの試合のあとは必ずこの店に食事に来る。だからわたしは何度か似たようなイタリアの大家族の日曜日の夕食の光景を見てきた。そのたびに、『ゴッドファーザー』の映画みたいだと思う。マフィアのようだと思うわけではない。押しつけがましくない形で、淡々と家族の愛情が伝わってくるのだ。

ウェイターのアンジェロが冬次に挨拶したあと、メニューを渡しながら今夜のスペシャリティを説明する。この店で冬次は家族のように受け入れられている。だがメレーニアの人はシャイなので、決して厚かましくはない。メレーニアが勝ったときはみんなが喜び、冬次がゴールを決めるとワインや食事がただになる。メレーニアが負けたときも、こういう試合だってあるさ、と自然に受け止めて、いつものようにワインを飲みパスタを食べる。たとえばビッグチームに大敗して冬次が多少元気がない夜でも変に慰めたりはしない。適当な距離を保って、温かい沈黙で冬次の気分がほぐれるのを待つ。

フェデリーコもその友人たちも、子どもの頃から、空気や水のように、常にサッカーが身近にあった。調子のいいときもあれば悪いときもあるし、勝つこともあれば負けることもあるという当たり前のことを肌で知っている。

わたしたちは地元のサン・ジョルジオ・リゼルヴァ'82を飲んだ。冬次は前菜に生ハムのコット、つまりピンク色をした少し厚手のパルマのハムを頼み、わたしはキノコのサラダにした。フンギ・ポルチーニと呼ばれるイタリアのキノコは夏の終わりから秋の終わりまでが旬《しゅん》だ。サラダにするときは生のままスライスしてルッコラなどの野菜と一緒にオリーブオイルをかけて食べる。イタリアの秋の香りが口の中に漂う。わたしはフンギが好きで、前菜にフンギのサラダを食べ、フンギと白トリュフのタリアッテッレとメインはフンギのグリルにした。

「いくらフンギが好きだからって、よくそんなにキノコばっかり食えるね」

冬次は白トリュフのリゾットと牛フィレ肉のグリルを食べている。白トリュフはメレーニアの特産品で、普通の黒いトリュフより香りが豊かで栄養もあるらしい。冬次は食事を含めて万全の自己管理をしているが、一つだけ問題点がある。お菓子好きなことだ。

お菓子といってもミルフィユとかマドレーヌとかクレーム・ブリュレといった手の込んだヨーロッパのお菓子ではない。日本製のスナック菓子と駄菓子が好きなのだ。

マンションの部屋にはそういったスナック菓子と駄菓子が詰まった段ボール箱がいくつも積んである。食べすぎるとからだに悪いとドクターなどからも言われているらしいが、冬次はスナック菓子と駄菓子を止めない。

わたしはそういった問題について冬次に注意したりしない。わたしは他人から指図されるのが嫌いで今のような仕事をするようになった。特に小説を書くときは誰の指図も受けなくて済む。他人から指図されるのが嫌いな人間は他人に指図するのも嫌いだ。それに、冬次はあらゆることを自分自身で判断する。頑固で他人の言うことを一切聞かないというわけではない。自分のことは自分で決めるということだ。

サッカーを通じてそういうキャラクターが形成されていったのではないかと思う。サッカーにおいて、冬次は攻撃の形を作る。少年サッカーの頃からセリエAまで、冬次は常に攻撃の起点になってきた。冬次が所属してきたすべてのチームの攻撃は冬次によってデザインされたのだ。ピッチの中央にいてボールを受け、一瞬にして状況を把握し、敵にとってもっとも危険な地点を探す。そういうとき、どこにボールを出せばいいのか、当たり前のことだが、誰も教えてはくれない。自分で判断しなくてはならない。その地点しかない、というところへ冬次はボールを蹴る。敵のディフェンスのわずかな隙間をまるでメジャーで測ったようにボールは転がっていく。そういうことを幼い頃から繰り返してきた人間が他人に判断を委ねるわけがない。

メインディッシュに合わせてワインを変えた。バンフィのブルネッロ・ディ・モンタルチーノ'86だ。グリルしたフィレ肉にもフンギにもよく合う。フンギはイタリアでは肉料理に分類されている。子どもの手のひらほどの大きさのキノコに香草をまぶして炭火で焼いてある。

「ドーピングの話だけどね」

冬次はフィレ肉にモデナ産のバルサミコをかけて食べながら、そう話し始めた。フェデリーコとその友達のおじさんたちはユヴェントスが今年巻き返せるかどうか真剣な表情で議論している。

イタリア語の家庭教師と冬次のマンションの大家の母子は通貨のユーロについて話している。イタリア人に限らずラテンの国の人たちはみな同じだが話し好きだ。特にサッカーの話には終わりがない。

「日本代表とかの合宿では、ドクターが来てドーピングの講義があるんですよ。これこれこういった市販の風邪薬を飲んではいけませんよ、みたいな話だけど。そのとき聞いた話なんだけど、ケンさんは血液ドーピングって知ってる？」

知らないとわたしは答えた。血液というとなぜかシリアスな感じがする。どうしてだろうか。

血液をきれいにする野菜、と宣伝されるとたいていの人は食べようかと思うだろう。

「まず、その選手自身の血液をね、全血液量の五分の一採取して保存するんですよ。血液型が合えば他人の血液でもいいらしいけど。だいたい人間の血液っていうのは体重の十三分の一くらいらしくて、体重七〇キロだと五キロちょっとある。その五分の一を採血して冷凍保存するわけ。確かマイナス八〇度って言ってたな。それで、酸素を運ぶヘモグロビンが正常値より一割増えて運動能力や持久力が上がるらしいんです。原理的には高地トレーニングと同じなんだよね」

高地は酸素濃度が薄い。少ない酸素濃度にからだを順応させると、酸素を吸収して筋肉に送る能力が高まる。そのあと平地で競技する場合に持久力が増す。陸上の長距離選手がよくやるトレーニングだ。

ボリヴィアの首都ラパスは六〇〇〇メートル級のイジマニ山の中腹にあり高度は三七〇〇メートルだ。ボリヴィアのサッカー・ナショナルチームはワールドカップ予選のホームの試合で必ず勝つ。いつも高度三七〇〇メートルのグラウンドで試合をしているから少ない酸素濃度にからだが慣れているのだ。ラパスにやって来た他の国の選手たちは高地のせいで運動量が落ちる。小国にもかかわらずボリヴィアがたびたびワールドカップの予選を勝ち抜くのはそういう理由もあるとよく言われる。

「でも、高地トレーニングはなかなか成功しないんだ。からだへの負担が大きすぎて、疲労で肝臓がやられたりね。リスクが大きすぎる。それで血液ドーピングが便利ということになるんだけど、血液の保存がむずかしいらしい。間違って他人の血液を注入してショック死した自転車の選手もいるんだって」

わたしは血液を抜いたりするのは好きではないし、他人の血液を体内に入れたりするのもできればあまりやりたくない。そんなことをしてまで競技に勝ちたいのだろうか、と考えてしまうが、どんなことをしても勝ちたいと思う選手はきっといるだろう。名誉と大金がかかっているし、超一流の選手ほど負けるのを嫌う。

「エリスロポエチンというのがあって、もともと貧血の薬なんだけど、これはね、要するに血液の中の赤血球を増やすの。血液ドーピングと同じ効果があるんだけど、血液を抜いたりする必要がないし、試合の数週間前から週に三回くらい、三週間程度にわたって注射するわけだけど、一ヶ月近く効果が続くらしいんだ」

すばらしい薬みたいだけど、きっと副作用があるんじゃないの?

「もちろん。赤血球が増加して、血液濃度が上がってしまうから、つまり血がどろどろに粘っこくなるわけ。血管が詰まって脳卒中とか心臓の発作を起こすって言われてるよね」

冬次の話に出てきたセリエBやセリエCで試合後に心臓麻痺で死んだ選手はそのエリスロポエチンを使っていたのだろうか？

「いや。違うと思うね。エリスロポエチンは注射痕《あと》が残るし、今は検出法もあるらしいんですよ。だから、今日死んだ選手も、ドーピングなのかどうかわからないんだけど、おれはいやな予感がするんだ」

いやな予感？

「遺伝子組み換えの技術を使ったドーピングが開発されているって聞いたことがあるんですよ。もちろん詳しいことはわからないんだけど、ケンさん、イギリスのクローン羊とか知ってるでしょう？」

知ってるよ、とわたしは答えた。クローンや遺伝子組み換えの分野で、各国政府の規制の及ばない個人の研究所がヨーロッパには多いと聞いたことがある。

「それでね、一ヶ月くらい前だけど、パーティがあったんだよ。ソレンツォがセリエA残留を祝って、彼のお城で開いたパーティ」

ソレンツォというのは、メレーニアのオーナーで伝説の人物だ。ソレンツォはもともとメレーニアの神学校のスクールバスの運転手だった。ある日、生徒を送って学校へ戻る途中、車にひかれて息絶え絶えの一匹のプードル犬を救ったことから、まるでお伽話《とぎばなし》のような彼のサクセスストーリーが始まる。そのプードル犬はソレンツォがすぐに獣医に連れていったおかげで九死に一生を得た。犬の飼い主は地元でも有名な大金持ちの未亡人で、彼女は愛犬を救ってくれたお礼にとソレンツォに馬を一頭プレゼントした。

馬はかなり有名な種牡でソレンツォはすぐにそれをローマの厩舎に売り、それで得た資金で小さな警備会社を作った。友人の元警察官や元軍人を集めたかなりいい加減な警備会社だったらしいのだが、あるとき「赤い旅団」のテロから石油公社の副総裁の命を救った。車を運転する警備員の一人が道を間違え、結果的に副総裁の命が助かったのだった。副総裁はイタリア経済界を代表する人物で、ソレンツォに自分の会社を一つプレゼントした。当時開発されたばかりのトイレの温風乾燥機の会社だった。会社は大成長し、ソレンツォはプラキディア州の王様のような存在になったというわけだ。

「そのソレンツォのパーティにいろいろな人がいたんだけど、サングラスをかけた女が一人いて、その女が、おれに話しかけてきたんですよ」

冬次に話しかけてくる女はたくさんいるんじゃないの？

「それでも、いきなり、あなたの心臓の筋肉はだいじょうぶか？　なんて話しかけてくる女はあまりいないよ。なんか最初からそのパーティの参加者の中では異色で、だからおれもよく憶えているんだけど、何て言うのかな、雰囲気が知的なんだよ。ソレンツォのパーティに来るような女はね、だいたいみんな派手な色の、胸が大きく開いたドレスを着て、宝石をからだ中にぶら下げているような女ばかりなんだけど、その女は違っていて、シックな黒のスーツだったな、確か。でも、どうしてもサングラスが印象に残ってるんだけど。ああいうサングラスが似合う女ってあんまりいないからね」
それでどうしたの？
「ちょっとちょっと、って感じで部屋の隅におれを引っ張っていって、あたりをうかがうようにして、こういう名刺をくれて」
冬次はジャケットの内ポケットから一枚の名刺を取り出して見せてくれた。
[Jacques Monod Memorial INSTITUTE
of MOLECULAR CELLBIOLOGY ;
Dr. COLINNE MARTIN :
Cell Matrix of Cardiac Muscle]
『ジャック・モノー記念・分子細胞生物学研究所：コリンヌ・マーティン博士：心筋細胞マトリックス』
名刺にはそう書いてあった。
「この名刺をくれて、たとえスポーツドクターから勧められても、見たこともないような薬は絶対に飲まないように、それと何か異常なことを見たり聞いたりしたらこっそりと連絡して、とおれに言ったんだ。いや、どうしておれにそんなことを言ったのかよくわからないんだけど、何となくおれに注意してくれたのかも知れないと思ってさ。あの女と会って、話せば何かわかるかも知れないと思うんだけど」
おれが会うの？

「ケンさん、小説のネタになるかも知れないでしょう。それにその名刺の住所を見てよ」

研究所の住所はフランスのアルル・プロヴァンスとなっていた。アルルにはわたしの小説を翻訳している出版社がある。

「ケンさんはこのあと出版の契約で、アルルへ行くんじゃなかったっけ？」

確かにアルルには行くけど、でも、たとえそういう危険な新しいドーピング剤が開発されていたとしても、冬次はそんなものやらないだろう？

「やるわけないでしょ。でもね。注射じゃなくて経口剤だったら、何かに溶かして飲まされちゃうかも知れないじゃない」

そんなむちゃくちゃなことがあるかな。

「ケンさん、ここはイタリアだよ」

そうだった。冬次の言う通りだった。試合後に万が一心臓麻痺で死ぬ可能性があっても、飛躍的に運動能力が高まる薬がもし本当にあれば、飲んで、活躍して、注目されて、ビッグチームと高額のギャラで契約したいと思う選手は大勢いるだろう。A残留や優勝がかかった試合、それにダービーマッチのようなビッグゲームだったら、選手の一人や二人死んでもかまわないと思うオーナーがいても不思議ではない。

でも、そういう探偵みたいな真似がわたしにできるだろうか。

「だからさ。せっかくアルルに行くわけだし、ちょっとした情報でいいんだよ。そのサングラスの女に会って、軽く話を聞いてきてもらえないでしょうか」

冬次は真剣な表情で言った。

ソレンツォはその究極のドーピングに関係しているのかな？

「それはわからないな。でも関係していてもおかしくない人物だと思うけど」

私立探偵とかに頼んだら？

「イタリアの私立探偵にこういうデリケートなことが頼めると思う？　弁護士が買収されるような国だよ、ケンさん」

でも、おれはフランス語はあまり得意ではないし。

「その女だけど、ちょっと信じられないくらいの、ものすごい美人なんだよ。何て言うか、ぞっとするような美人なんだ。おれのタイプじゃないけどね」

やってみようかな、とわたしは答えた。わたしの女の好みをいつ冬次は知ったのだろうか。まったく油断も隙もない男だ。わたしはぞっとするような美人に弱い。冬次の好みは少し違う。男同士の友情が長続きする条件が二つあるらしい。一つは、お互いに依存しないこと。二つ目は、好きな女のタイプが違うことだ。

ところで、その女のサングラスだけど、どんなサングラスなの？

「ブルガリのサングラスだよ」

冬次はそう答えた。

Giornata 3　第三節
アルルの闘牛

パリに用事ができてしまい、アルルに行くのが二週間ほど遅れた。パリのホテルの部屋で第二節のACミラン対メレーニアのゲームを見ることができた。ミランやユヴェントスのような人気チームの試合は、フランスでもテレビ中継で見ることができる。メレーニアはアウェーで強豪ミランに1―3で負けてしまったが、冬次は今季初のアシストを記録した。昨年まだ残っていた幼さが完全に消えたとわたしは思った。

もちろんプレーが幼いわけではないし、子どものような存在感ということでもない。冬次は当然サッカーで生活の糧《かて》を得ているわけだが、妻子がいるわけではないし、高校を出てすぐプロになり最初からスター選手だったこともあって、顔や雰囲気に生活臭がない。それに比べてセリエAの普通のランクの選手は、サッカーに家族の生活がかかっていて、それが顔つきや態度に表れている。メレーニアにはそういうベテラン選手が多い。DFのヴィラーニ、ギベルティ、グイードなどはその典型だ。

彼らは平均的なイタリア人の数倍の年収をもらっているが、三十歳を過ぎるとロートルとなるプロサッカーの世界で将来のことも考えて妻子を養っていくのは簡単ではない。彼らは例外なく堅実な暮らしをしている。練習場には国産車でやって来て、終わると家族のために夕食の材料の卵やソーセージやオリーブオイルを買って帰ったりする。スター選手のようにデザイナーズブランドのスーツを着ているわけでもない。ただし国産車といってもイタリア車だし、ブランドものではなくてもイタリア製の服なのだが、日本のサッカー雑誌に載っているようなスター選手とは雰囲気が全然違う。日本で言えば大工とか左官といった職人の雰囲気に近いのではないだろうか。

ＥＵ外からやって来た若い選手たちも切実だ。快足サイドバックの十八歳のオウンデはナイジェリア人だが、プロサッカー選手としての彼の給料で、チャドとの国境近くの村に住む十七人の家族を養っている。性格は底抜けに明るいし、十五歳でプロになっていて、それなりにしたたかな経験も積んでいる。左ウイングのセルビア人ナビッチは、ユーゴスラヴィアのクラブチームに所属していたが、父親が貯金を下ろし移籍金の一部を肩代わりして、メレーニアに移ってきた。彼はメレーニアで活躍してビッグチームに移り、出してもらったお金を父親に返したいと思っている。

チリ人の控えのフォワード（ＦＷ）ホセ・コルテスは、昨シーズンに途中移籍してきた。彼は二十一歳で、同じチリ人のサラスやサモラーノといったスーパースターに比べるとまったくの無名で年俸も彼らの十分の一だ。チリは異様に細長い国だが、ホセ・コルテスはその北端の小さな漁港の出身で、孤児院で育ち、八歳のときにある寡婦の養子となった。去年までの彼の夢は、養母にテレビを買ってやることだった。メレーニアと契約したことでその夢は果たした。次の夢は首都のサンチャゴに家を買って養母と暮らすことだ。だが、今のところホセ・コルテスはほとんど試合に出る機会がない。試合に出ることがなく、結果が出せなかったら、彼の契約は一年で切れるだろう。

ビッグチームのスーパースターたちは確かに優雅な暮らしをしている。大邸宅を構えスポーツカーに乗り自家用ジェット機を持っている選手もいる。欧州のプロサッカーは今やスーパービジネスになっていて、契約金や年俸はアップするばかりだが、どんなスター選手だろうとその将来の生活まで保証されているわけではない。専属のトレーナーや栄養士や弁護士やエージェントやカウンセラー、選手によってはスタイリストやヘアメイクやマネージャーなどに多額の出費がかさむ。また毎試合結果を出さないとすぐに控えに回されるし、気がつかないうちにトレード要員となり、普通のサラリーマンが人生の階段を上り始める頃には肉体的な衰えと戦わなくてはならない。

ビッグクラブのスター選手には誘惑や罠《わな》も待ち受けている。ストレスから逃れるために酒や麻薬や女やギャンブルに溺れ、選手生命を絶った選手は数え切れないし、パパラッチが常にプライバシーを侵害し、マフィアも接近してくる。そういう混沌《こんとん》の中、選手たちはピッチで人生の回答を出そうとする。パパラッチも、麻薬も、マフィアも、詐欺師も、金をせびる親戚も、ピッチの中には入ることができない。ピッチは選手だけのもので、彼らはそこで自分のすべてを賭けて戦うのだ。全部の選手が勝者になることはできない。英雄になる選手もいれば、致命的な怪我をする選手もいるし、敗者の烙印《らくいん》を押されてしまう選手も必ずいる。そういう切実さがセリエAの選手に独特の陰影を与える。一年目の冬次にはまだそういった陰のようなものがなかった。彼はまるで手負いの猛獣の中に放たれた若いインパラのようだった。もちろんサッカーの技術はしっかりしていたし、モチベーションで他の選手に劣っているわけではなかったが、どこか初々しく、痛々しい印象があった。それが、二年目の二試合目ですでに変わっていたのだ。

対ミラン戦の前半三十九分、右サイドでヴィラーニのスローインを受けた冬次は、すぐに三人の相手ディフェンダーに囲まれた。だが焦ることなく、両足の間でボールをキープした。マルディーニやアジャラといった世界を代表するDFに対し、これはおれのボールだからお前らには渡さない、という感じだった。自分がこいつらにボールを奪われるなんてことはあり得ない、というふうにわたしには見えた。敵に囲まれたとき、自信のない選手は焦ってしまい、バランスを崩してからだの重心からボールがずれる。そして結局ボールを奪われてしまうのだ。悠々とボールをキープする冬次を見て、わたしは彼から幼さが消えているのに気づいたのだった。

そのあと冬次はマルディーニとアジャラの狭い隙間にボールを通し、彼ら二人を置き去りにして、ゴール右から、キーパーが捕れない高さの、絶妙な短いクロスを上げた。キーパーはそれを指先で弾くのがやっとで、ファーポストに詰めていたギベルティが楽々とシュートを決めたのだった。

「最高のアシストだったね」

冬次宛のメールにそう書いて、わたしはパリからアルルに向かった。

アルルへのアクセスはニーム空港が便利だが、便数が少ない。わたしはマルセイユを経由することにした。空港の出口にフェルディナン・ボヌールが迎えに来てくれていた。フェルディナンはわたしの小説のフランス語版を出版しているボヌール社の社長だ。わたしと同じ年齢で、大変なインテリだが、会話にはユーモアがある。気さくだが、繊細な人だ。フェルディナンの車で空港の構内を出ると、彼方に海岸線が見えてきた。マルセイユは地中海北岸のちょうど真ん中に位置する港町で、移民が多くて治安が悪いと言われているが、わたしは好きだ。港町には外国人を含む雑多な人とモノが出入りするので、町全体がどうしても騒々しくなるし、怪しくて危険な遊びもいろいろと用意されている。わたしは米軍基地のある港町に育ったので、マルセイユのような雰囲気が合っているのだと思う。マルセイユの東には古い小さな港があって、ブイヤベース発祥の有名なレストランがある。その店の窓から眺める夜景は溜息《ためいき》が出るほど美しい。

「ムッシュー・ヤザキ、早速わたしの会社に来て契約を済ますかね？　それとも仕事は明日に回して、ホテルで少し休んだあとに、闘牛でも見に行くかね？」

わたしはフランス語ができないので、フェルディナンは英語で話しかけてくる。彼の英語は乱暴だがわかりやすい。まずホテルにチェックインして荷物を置きたい、とわたしは言った。そのあとは闘牛を見ることにした。アルルの闘牛は有名だ。

フェルディナンのプジョーは昼下がりのハイウェーを走っている。ハイウェーの両側にはセザンヌが描いたプロヴァンス独特の白い岩山が拡がっている。

「ジャック・モノー記念・分子細胞生物学研究所を知ってるかい？」

わたしはフェルディナンに聞いた。

「もちろん知っている。小さいが立派な研究所だ。最先端の基礎医学の実験と研究をしている」

フェルディナンはそう答えた。彼にコリンヌ・マーティンの名刺を預け、わたしがチェックインをする間に、電話で面会のアポイントを取ってもらうことにした。


アルルの中心にあるホテル、フリオ・セザールにチェックインした。フリオ・セザールというのはスペイン風の発音で、英語で言えばジュリアス・シーザーということになる。イタリア語では、もちろんカエサルだ。アルルはジュリアス・シーザーがガリア征伐のために造った町で、五世紀前後にはオリエントやアフリカとの交易で栄え、ガリアのローマと呼ばれた。ガリアというのは、ピレネー山脈とライン川の間のケルト人居住地域を意味するラテン語の古い地名で、ほぼ今のフランスの領土と重なる。

十七世紀のカルメル会修道院を改装して造られたフリオ・セザールは、部屋数四十九室という典型的なシャトーホテルだ。アルルには他にも味わい深いホテルがいくつかあるが、わたしはいつもこのクラシカルな内装のホテルに泊まることにしている。その理由は、このホテルの中庭が気に入っているからだ。ロビーから階段を下りていくと、古い城壁に囲まれた小さな中庭に出る。中央に小さな噴水のあるスペイン風のパティオで、常に南仏の花々が目を楽しませてくれる。初夏に訪れると、紫色の紫陽花《あじさい》が壁に沿って咲き乱れている。だが、中庭全体からは素朴な印象を受ける。修道院の中庭は禁欲的な思索の場であって、王族や貴族の華やかな庭園とは趣がまったく違う。

「ムッシュー・ヤザキ、コリンヌ・マーティン女史は研究所を辞めていたよ」

闘牛場へ向かう車の中でフェルディナンはそう言った。今日の闘牛は、アルルにある古代ローマの競技場ではなく、アヴィニヨンの近くの小さな町で行われるのだそうだ。

「どこか別の研究所に移ったのかな」

これで手がかりが失われたと思いながらわたしは聞いた。研究所にいないのなら、会うことはできない。窓の外にはローマ時代の上水道が続いている。紀元前にローマは給水のための石造りの水路を造った。その一部は灌漑《かんがい》のために今も使用されている。

「いや、そうじゃない。ムッシュー・ヤザキは、そのマーティン女史とどういう知り合いなのかね？」

フェルディナンは俳優のジャン＝ルイ・バローに似ているが、サングラスをかければギャングにも見える。

「わたしの友人の知り合いなんだが、その友人も、パーティで一度見かけただけらしい」

わたしは、冬次から聞いた話をダイジェストしてフェルディナンに話した。しかし、コリンヌ・マーティン女史がものすごい美女であることは省いた。ストーリーに関係がなかったし、話が混乱すると思ったからだ。

「コリンヌ・マーティン女史は、研究所に来なくなったらしいんだよ。わたしは彼女の同僚の一人と話したんだが、逆に、質問されてしまった。彼女の行方を知らないかと言うんだ」

アヴィニヨンの町の外れ、ユーカリの木がまわりを囲んだ公園の中に闘牛場があった。アルルの周辺で闘牛が盛んなのは、このあたりがスペインの影響を強く受けているからだ。フェルディナンは闘牛が嫌いだと言っている。わたしのために南仏の闘牛見物のスケジュールを組んだのだそうだ。

「いくら伝統だからと言っても、ショーとして動物を殺すなんて、わたしには考えられないよ。考えてみるといい、鯨を食べる日本人と、目の前で牛を殺して楽しむスペインや南仏の人間と、どちらが残酷かすぐにわかりそうなものだ」

フェルディナンはそう言いながら、チケットを二枚買って、円形の闘牛場へとわたしを案内した。闘牛の悪口を言いながら闘牛場へ入っていく人も珍しいとわたしは思った。

観客席はほぼ満員だった。何人かの客が、よう元気か、とフェルディナンに声をかける。知り合いが多いな、本当は常連なんじゃないのか、とわたしは言った。そんなことはない、とフェルディナンはサングラスを外し真剣な顔になって否定し、話題をはぐらかすように、マーティン女史のことをまた話しだした。

「コリンヌ・マーティン女史だが、研究所から姿を消して、しばらくして同僚たちにメールが着いたらしい。ちょっとからだを悪くしたので、空気のいい場所に静養に行かなくてはいけないから、研究所は辞めることになるだろう、突然のことで、迷惑をかけてすまない、というメールだったらしい」

闘牛はマドリッドで一度だけ見たことがある。ここの会場はマドリッドより庶民的だが、雰囲気や進行の順序は同じだ。金、銀、赤、紫などの光り物で織ってある衣装をからだにぴったりとフィットさせた闘牛士が現れ、若い女の子やおばさんが嬌声を上げる。やがて、哀調を帯びた楽隊の演奏とともにパレードが始まる。闘牛の興行全体のディレクターが、これからスペクタクルが始まります、みたいなことをアナウンスする。アヴィニヨンのディレクターは乗馬服を着た女で、非常にセクシーだった。

最初の牛が出てくると、フェルディナンの表情が変わった。牛の出身地と体重と名前が発表される。牛は三人のバンデリエーロを追い回し、外周の木の壁に激しく角《つの》をぶつける。牛が獰猛《どうもう》であればあるほど観客は期待する。

「マーティン女史の件だけど、急に研究所を辞めてしまうとか、そういうことは、よく起こるのかな?」

わたしはフェルディナンにそう聞いた。

「わたしは分子細胞学の研究所に勤めた経験がないからわからないよ」

うるさいな、という感じでフェルディナンはそう答えた。

「いや、フランス人の国民性として、そうやって、ふいに仕事を辞めて姿を消す、みたいなことは日常的なのだろうかという意味だよ」

わたしがそう言うと、フェルディナンはサングラスをした顔をこちらに向けて首を振った。

「フランス人には国民性なんかないのだよ。あえて言えば、それは個人主義ということになるが、要するに、一般的に共通した国民性などはないということだ。右を向けと言ったら、全員が一斉に右を向くような日本とは違うということだ」

バンデリエーロが下がって、マタドールがカポーテと呼ばれる赤い布で牛をあしらい始めた。あのマタドールはダメだ、とフェルディナンは悪態をついた。どうもフェルディナンは、口では嫌いだと言っているが、闘牛に詳しいようだ。

「そうか、だったらフランスでは急に研究所を辞める研究者がいても、それは別に異常なことではないわけだ」

「いや、コリンヌ・マーティン女史の場合は異常だ。彼女は自分の私物を研究所に残したまま、いまだに引き取りに来ていない。それに彼女は新たに心臓血管の細胞骨格の研究を進めていたらしいのだが、自分で集めたデータや実験結果などを整理することもなく、つまり、ほったらかしにして、ある日突然研究所に来なくなったんだ」

何かいやな予感がした。ぞっとするような美人だというマーティン女史と、電話でアポイントを取り、どこかロマンチックなレストランでプロヴァンスのワインとともにディナーで盛り上がって、そのうち理性を失った彼女が、どこにお泊まりなの？　とわたしに聞く、みたいな展開を期待していたわけではないが、突然彼女が姿を消してしまったというのはどう考えても異常なことだ。そして異常な事態というのはたいてい悪いことが起こる前兆だ。マタドールが一度引っ込んで、馬に乗ったピカドールが現れた。馬は、牛に怯《おび》えて暴れたりしないように目隠しをされて、胴体は分厚い生地の布ですっぽりと保護されている。馬上のピカドールも、牛の角が届く範囲を鉄製の防具で守っている。牛は苛立っていて、馬に突進し、その胴体に角を立てる。いくら分厚い生地だといっても布なので、相当の衝撃がある。殺される牛も可哀相だが、角で思い切り突かれる馬も、見ていて残酷な感じがする。ピカドールは馬上から牛の背中を狙って長い槍を刺す。牛をさらに興奮させるために背中に痛みを与えるのだ。だから、素早く浅く刺さなくてはいけない。深く刺してしまってだらだらと血が流れると、牛が弱ってしまってマタドールとの決戦の興味が削《そ》がれるので、そういう場合観客はブーイングをする。牛は槍で突かれて血を流し始めた。午後の遅い時間の強い陽射しの中で、白い砂の上に牛の血が垂れていく。

ピカドールが退場すると、バンデリエーロが登場し、赤や青のフリルの付いた銛《もり》のような短い槍を牛の首筋や背中に何本も刺していく。突進してくる牛をかわしながら、すれ違う瞬間に短い槍を突き立てるのだ。槍は牛の首筋や背中に浅く刺さり、揺れて傷口を拡げ、さらに血が流れて、牛は痛みのために興奮状態になる。観客はさまざまなことを叫んでいる。フランス語だからわからないが、中には汚い言葉も混じっているようだった。

そうやって牛と観客の興奮が最高潮に達したところで、小さな赤い布を持ってマタドールが再度現れる。牛は赤い布を目がけて突進する。マタドールはぎりぎりのところで牛をかわし、そのたびにポーズを決める。地面に膝をついたり、後ろ向きになったりするマタドールもいた。要するに、自分は牛を恐れてはいないということを示すわけだ。そうやって、牛を翻弄し、疲れさせたところで、マタドールは剣を受け取る。

「真実の瞬間だ」

フェルディナンがわたしの横でそう呟いている。ショーとして動物を殺すなんて信じられないなどと言っていたが、フェルディナンの目つきが変わっていた。マタドールは牛と正対する。突進してくる牛の、首の付け根からほとんど真下に、必臓を目がけて剣を刺すのだ。当然、ぎりぎりまで牛の角に向かい合っていなければ、剣を首の付け根に深く刺すことはできない。

「あいつはダメだ。あのマタドールは逃げてしまった。逃げると、牛に正対できないから、剣を深く垂直に刺せないのだ」

フェルディナンは周囲の観客と一緒にそういうことを叫んでいる。わたしに闘牛を見せたかったのではなく、自分が見たかったのだということがわかった。牛は六頭登場した。あとになるとからだの大きい牛が出てきた。これはとてもスポーツとは言えない、そう思ってわたしは見ていた。まず防具に身を固めて馬の上から長い槍を刺すのは卑怯な感じがした。それにマタドールが牛を殺す真実の瞬間には、当然牛は相当に疲れている。第一、牛が必ず負けて死んでしまうのだから、勝負とは言えないではないか、そう思った。

だが、最後の対決はそれほど単純ではなかった。それまでよりからだが一回り大きな牛が登場し、ピカドールは見事に浅く素早く槍を突き刺した。バンデリエーロも牛に不必要な血を流させなかった。そして、まだ二十歳そこそこではないかと思われるマタドールが現れて、会場が歓声に包まれた。彼は、眉が濃くて、パルマのカンナヴァーロに少し似ていて、きれいな顔つきをしていた。あれはアンダルシア出身で今売り出し中の若いマタドールだ、フェルディナンがそう解説してくれた。金色の衣装に身を包んだそのマタドールにはオーラのようなものが漂っていた。

小さな赤い布、ムレータで牛を翻弄するのだが、その身のこなしをわたしは美しいと思った。地面に膝をついたり、牛に対し後ろ向きになったりというような奇抜なことをせずに、極めてオーソドックスに、からだすれすれのところで牛をやり過ごす。その腕と手の動きと、ピンと伸びた背筋のラインがまるでダンサーのようだった。そういった動きは見ている者に沈黙を強いるものだ。会場は初めて静まり返り、ユーカリの木に群れている鳥たちのさえずりが聞こえてきた。

マタドールは剣を受け取った。白い砂に彼の細長い影が伸びている。わたしは喉がカラカラに渇いた。フェルディナンは息を呑み、マタドールの動きを見逃さないように大きく目を開いている。剣を持ったまま、マタドールは何度かタイミングを計るように牛をやり過ごし、やがて正対した。何か決定的なことが起こる、とわたしは思った。剣を構えて静止するマタドールの緊張が、さざ波のように闘牛場全体に伝染していた。牛が突進した。マタドールは逃げなかった。わたしは彼が自殺するつもりなのだと思った。牛の角がマタドールのからだを撥《は》ね上げたが、その瞬間に剣が深々と牛の首に滑り込んでいった。マタドールは白い砂の上に倒れ、まったく同時に牛も崩れ落ちた。

マタドールはからだの砂を優雅に払いながら、起き上がった。しかし、彼の金色の衣装の胸のあたりは赤く染まっていた。大歓声が起こった。ほとんどの観客は立ち上がり、女性たちは花束やスカーフを白い砂の上に投げ込んだ。フェルディナンは、ブラボーと、大声を出している。乗馬服の女性ディレクターは、倒れた牛の耳を切り取り、血塗《ちまみ》れのマタドールに差し出した。

アルルへ戻る途中、フェルディナンの携帯が鳴った。コリンヌ・マーティンの同僚と名乗る男からだった。

「よくわからないが、ひどく焦っているようだ。彼は、今すぐわたしたちに会いたいと言っているが、どうするかね？」

フェルディナンがわたしに聞いた。ぞっとするような美人のドクターではなく、その同僚の男に会う羽目になったわけだが、しょうがない。会おう、とわたしはフェルディナンに答えた。

Giornata 4　第四節
クロアチア人と愛犬の死

わたしたちはアルルの旧市街を歩いている。コリンヌ・マーティンの同僚と名乗る男は、旧市街にあるボデーガを会見の場所として指定してきた。ボデーガというのはスペイン語で、もともとは地下の酒蔵とか酒屋とか、食料品店とかそういった意味だが、今ではスペイン風の居酒屋を指すことが多い。

どうして南フランスのアルルにスペイン風居酒屋があるのか。それは地図を見れば明らかで、単純にこの地がスペインに近いからだ。九八年のフランスワールドカップ、トゥールーズで行われた日本対アルゼンチンの試合では日本人の団体客はバルセロナに泊まりバスでピレネーを越えて観戦した。同様に昔のスペイン人たちも南フランスに遊びに来たり移住したりした。特に、マルセイユにその地位を譲る前、アルルはラテン諸国を結ぶ交易の中心地だったのだ。

ローマが町を造り、多くのスペイン人が移住し、それにムーア人の影響でアラビックな雰囲気も残っている。アルルは、夏のバカンスシーズンには陽光とエキゾチズムを求めるフランス人の観光客で賑わう。

わたしとフェルディナンは旧市街の中心にある小さな広場を横切っている。多くの芸術家や作家がアルルに憧れた。もっとも有名なのはヴァン・ゴッホだ。広場の向かいにはその名前を冠したカフェ・レストランがある。カフェ・ヴァン・ゴッホは「夜のカフェ」という有名なゴッホの絵の舞台となった。そのカフェの周辺はゴッホが描いた頃と佇まいが変わっていない。

「わたしだったら、マーティン女史とあまり関わりを持ちたくない、と思うけどね」

歩きながらフェルディナンはそういうことを言った。そうか、とわたしは呟くように相づちを打った。フランス人は基本的に自分に関係ないことにはほとんど興味を示さないからなあ、とわたしは思った。しかしフェルディナンの真意はそういうことではなかったようだ。フェルディナンはマーティン女史の失踪が何か面倒なことと結びついているのではないかと思っていたのだった。

「El　POCO　LOCO」つまり「ちょっと変な奴」という名前の店は、狭い路地の奥にあって、店の中はひどく混んでいた。間口の狭い、細長い店で、テーブルは満席だった。煙草の煙とスペイン料理の脂の匂い。客はほとんどが地元の人間で、若い人が多かった。壁には闘牛のポスターが貼ってあり、天井からはスペイン風の鉄製のシャンデリアが下がっている。コリンヌ・マーティンの同僚はまだ来ていないようだ。入り口付近にあるカウンターにもたれて、わたしたちは待つことにした。

カウンターの中に主人らしい中年の男がいて、三十分もすればテーブルが空くからそれまでワインでも飲んでいてはどうか、とフェルディナンに言った。フェルディナンがスペインのワインを飲もうとわたしに言う。

「ここの料理には、スペインのワインが合うんだ」

フェルディナンはラベルに長髪の紳士が描かれたワインを選んだ。主人が慣れた手付きでワインの栓を抜いてくれる。カウンターの奥が厨房になっていて、エプロンを着けた太ったおばさんたちが鍋で炒め物をしたり、揚げ物をしたりしている。ウェイトレスは娘たちで、家族経営の店のようだ。この店にはよく来るのか、とわたしはフェルディナンに聞いた。

「まあね。この辺のスペイン料理屋ではここが一番だからな。それより、このワインはおいしいと思わないか」

ワインは決して高価なものではなかったが、香りと味の輪郭がはっきりしていた。悪くない、とわたしは答えた。先週は、パリのサン・ミッシェルで映画のプロデューサーと会ってモロッコ料理を食べアルジェリアのワインを飲み、その次の夜はリュー・ド・バックでドイツ人の翻訳家とドイツ料理を食べドイツワインを飲んだ。フランスに入ってまだフランスのワインを飲んでいない、とわたしが言うと、フェルディナンは笑った。

「フランスのワインは、何というか、陰影が強いだろう？　最近の若い人はそれを敬遠する傾向がある」

フェルディナンがそう言って、店の奥のテーブルを占領する若い連中をグラスで示した。彼らはみなスペインのワインかビールを飲んでいた。日本人はフランスワインに憧れている、とわたしは言った。

「それでいいんだ」

とフェルディナンが軽くカウンターを叩く。

「フランスの若者がフランスワインを飲まなくなっても、フランスワインは生産されなくてはならないだろう。それは実際偉大なワインだからだ。日本人にたくさんワインを買ってもらって、わたしたちは遺伝子操作をしていない日本の牛を買おうじゃないか」

フェルディナンがそういうことを喋っているときに、その男が現れた。入り口を開けて店の中を覗き込み、店の名前を確かめている。

「君がコリンヌ・マーティン女史の同僚か？」

フェルディナンが大きな声で聞いた。男は、そうだ、とうなずき、わたしたちに近づいてきた。男は握手を求めてきて、ポール・シモンだと名乗った。小柄で、落ち着きのない目をした男だった。歳はわたしやフェルディナンと同じくらいだろう。ちょうど三人掛けのテーブルが空いて、ウェイトレスが案内してくれた。

男はワインを飲まなかった。若いときから糖尿病を患っていてワインは好きだけど飲まないのだと汗を拭きながら説明した。男はわたしに気を使っているのか、フランス語ではなく英語で話した。かなり流暢《りゅうちょう》な英語だった。少なくともフェルディナンよりは発音が滑らかだった。この男は信用できないかも知れない、とわたしは思った。英語圏以外の国、特に中南米やラテン諸国で教養の域を越えて英語を流暢に話す人間は信用しないことにしている。その人間には英語を学ぶ必要があったということになるが、英語は現在もっともメジャーな言語だ。つまり彼は強者の側につく必要があったということになる。

何か食べるか、とフェルディナンがメニューを見ながら聞くと、夕食は済ませてきたから何も要らないと男は答えた。

「水をいただくことにしよう」

男は少しだけ水を飲んで、そのあと、失礼する、と言って、すぐにトイレに行った。男の名前はポール・シモンだったが、往年のフォークデュオ、サイモン&ガーファンクルのポール・サイモンにそっくりな顔をしていて、わたしはその名前が何かの冗談ではないかと思った。

フェルディナンとわたしは空腹だった。フェルディナンは、魚や蛸《たこ》やイカのスペイン風天ぷら、酢漬けにした野菜、ウナギの稚魚、チョリソーと生ハムなどをオーダーしたあと、あの男は怪しいぞ、とわたしに言った。

「あの男は、この店に来たことがない。その証拠に入り口で迷っていた。だが、電話でこの店を指定したのは、あいつだ。あいつは知らない店を指定したということになる」

フェルディナンはオリーブオイルに浮かんだウナギの稚魚をフォークですくって口に運んでいる。ポール・サイモンにそっくりな顔のポール・シモンというふざけた名前の男はどうしてこの店を指定したのだろうか。

「わたしの勘だと、この店がいつも混んでいて騒々しいという話をどこかで聞いたのではないだろうか。秘密の話は騒々しいところでしたほうがいいからな」

イカや蛸のスペイン風の天ぷらはおいしかった。マスタードをきかせた特製のマヨネーズをつけて食べる。ウナギの稚魚はかりかりに焼いたトーストに載せて、レモンを搾って食べる。ワインは料理によく合って、わたしとフェルディナンは男がトイレから出てくるまでに一本を空にしてしまった。

男はトイレから戻ってくると、グラスの水を一口だけ飲んだ。わたしとフェルディナンは口のまわりを脂だらけにしてがつがつと食べ、二本目のワインを飲む。

「それで？」

フェルディナンが蛸の天ぷらを噛みながらそう聞くが、男は落ち着きなく周囲を見回すだけで、なかなか話しだそうとしない。

「おれたちが食事中だと気にしているのだったら、そういう必要はない。何か話があるんだったら、さっさと話してくれ」

フェルディナンとわたしは天ぷらとウナギの稚魚と生ハムを食べワインを飲みながら、じっと男のほうを見ている。男は水の入ったグラスを両手で持って、あなたがたはコリンヌ・マーティンにどういう用事があったんだ？　と小さな声で聞いた。

「わたしは小さな出版社を経営していて、この日本人は作家でジャーナリストでもある。マーティン女史の研究をレポートしたいと彼が言うので、わたしがそのアレンジをすることになった。彼女は血管細胞の細胞壁の研究をしていたんだろう。日本ではそのあたりの研究が今ブームになっているんだよ」

「コリンヌ・マーティンはもうあの研究所にいない」

「そのことはすでに聞いた」

実は、と男はわたしたちに顔を近寄せて言った。

「こういったことを言うのは、不本意なんだが、コリンヌ・マーティンには、よからぬ噂があったんだ」

フェルディナンとわたしはワイングラスをテーブルに置いて顔を見合わせた。

「ああいった研究所にはよくある話で、彼女が、他の研究所に研究結果を流していたということなんだが、それが内部調査で発覚しそうになって、ああやって姿を消したということなんだよ」

「ムッシュー・シモン、あなたはあの研究所の研究者か？」

「そうだ」

「どういった研究をしているのかね」

「ウイルス学だ」

「どうしてわたしたちにマーティン女史のことを話さなければならなかったのかね」

「これは研究所のスキャンダルだ。調査が完全に済むまで、マスメディアに気づかれたくないわけだ。そのあたりは理解してもらえるだろうと思うが」

「警察はすでに介入しているのか？」

「これは犯罪ではなく、研究者としてのモラルの問題なので、警察には連絡をしていない。それで、コリンヌ・マーティンが実際に研究結果をリークしたかどうかは、彼女が失踪してしまったので、とりあえず今はわからない。とにかく、わたしたちとしては、コリンヌ・マーティンのことが話題になるのを避けたい。それで、こうやってわたしが説明しに来たというわけだ」

「わざわざ騒がしい場所を指定したのもそういうわけか」

「そうだ。静かなホテルのロビーで、コリンヌ・マーティンという固有名詞を出したくなかったんだよ。ご存じだと思うが、あの研究所は、偉大なる分子生物学者ジャック・モノーの業績を讃《たた》えて、フランス、イタリア、オーストリア、ドイツ、スペインなどの企業十四社以上の寄付で設立され、これまで運営されてきた。スキャンダルなどこれまで一度も起きていないんだ。地道だが非常に重要な分子細胞学の基礎研究が続けられている。悪い噂が立つと困るんだよ。理解していただけただろうか」

話のつじつまは合っていた。理解した、わたしとフェルディナンがそう言うと、男は、天ぷらやウナギの稚魚の脂がついたわたしたちの手を交互に握って、ありがとう、と微笑み、水の代金だと五フランを置いて、店を出ていった。

男が帰ったあとわたしとフェルディナンは、岩塩に包んで焼いた鯛や串焼きの牛肉を食べ、ワインと、それにフランボアーズの香りのする蒸留酒を飲んだ。ポール・シモンと名乗った男はいかがわしい面もあったが、彼の説明は筋が通っていた。わたしはコリンヌというぞっとする美女に会えなかったことで少しがっかりして、酒量が増えてしまった。フェルディナンはずっと昼間見た闘牛の話を交えながら、退廃と真実について語った。わたしたちは「ちょっと変な奴」という名前の居酒屋に深夜の二時近くまでいて、ぐでんぐでんに酔っぱらった。

「ケンさん、今日の試合は見れたの？」

三日後の日曜日の夜、冬次から電話があった。わたしはずっとフェルディナンの会社でフランス語版の新作の装幀のデザインの打ち合わせをしていた。メレーニアの三節の対戦相手はカリアリで、フランスのテレビでは見ることができなかった。

「いや、アルルでは見れなかったよ」

「そうか、見れなかったのか。試合はね、勝ったよ。まあ最下位のカリアリ相手だから、それほど喜べないけど、とりあえず今季の初勝利だからね。よかったよ。うちのディフェンスはリードすると引いてしまって、よく後半に追いつかれたりするんだけど、今日はそれがなかったね。いつもこういうゲームができるといいんだけど」

そうか、それはおめでとう、と言ってから、わたしはコリンヌ・マーティンが研究所を辞めていたことを話した。失踪して、彼女には悪い噂があるということは黙っていた。電話で話すことではないような気がしたし、いずれにしろコリンヌ・マーティンに会う機会は失われたのだ。

「へえ、そうなのか。ケンさんは、前節のクロアチアリーグのこと知ってる？」

「クロアチアリーグって？」

「クロアチアリーグで、どこだったかな。チームの名前は忘れたけど、試合後に選手が心臓発作で死んだんだよ。その選手は控えだったんだけど、後半から出てきて、二点取ったんだよね。二点取ったあとに、試合後二時間くらいかな。心臓発作で死んだんだけど。クロアチアリーグなんであまり大きな記事じゃなかったけどね。いや、おれの単なる勘なんだけど、何かいやな予感がするんだよね」

「そうか。でも、とにかく、さっき言ったように、そのコリンヌ・マーティンさんはもう研究所にいなかったんだよ。おれとしても、もう調べようがないな」

「そうだね。しょうがないね。ところで、次はいつイタリアに来るの？」

わたしは週明けに一度日本に帰らなくてはならなかった。

「でも、こっちに仕事を残していくから、どっちにしろ近いうちにまたアルルに戻らなきゃいけないんだけどね。次にメレーニアに行くのは、そうだな、十一月頃になるかも知れないな」

「やっぱりフィオレンチーナ戦ですか」

「いや、ルイ・コスタはもうどうでもいいんだけどね」

そういうやりとりのあと、電話を切って、イタリアのテレビＲＡＩにチャンネルを合わせると、セリエＡのダイジェストをやっていた。メレーニアはカリアリに３―０で勝ち、冬次は右足のフリーキック（ＦＫ）で今季の初ゴールを決めていた。ボールがホップして伸びていくようなものすごいシュートだった。ゴールを決めたのだったら電話でそう言えばいいのにと思うが、冬次は絶対に自分で自分を誉めたりしない。ねえねえ今日の試合でゴールを決めたんだよ、などとは口が裂けても言わない。

わたしも中学のときに少しだけサッカーをやっていて、練習試合だったが一本だけミドルシュートを決めたことがある。それから三十年近い歳月が経っているが、そのときの興奮ははっきりと憶えている。田舎の中学校の、観客など一人もいない、しかも練習試合のゴールだったが、まだ鮮明に憶えているのだ。

大観衆の中で、J1やセリエAというその国のトップのプロリーグでゴールを決める快感というのはどういうものだろうと想像することがある。リーグ優勝がかかった試合とか、ダービーマッチとか、あるいはワールドカップの決勝トーナメントとかで、決定的なスルーパスを決めたり、ゴールを決める選手たちが味わう快感とはどんなものなのだろう。一度こっそり、そのことについて冬次に聞いたことがあった。

「最高のスルーパスが決まったときと、ゴールだけど、どっちが気持ちいいのかな？　それでね、そういうスルーパスやゴールの快感というのは、比べられないだろうけどさ、あえて言うならってことで、セックスと比べてどっちが気持ちいい？」

「うーん、ゴールは何か爆発的な感じがするな。どっかーんって。それでどういうリアクションをしていいのかわからなくなるんだけどね。スルーパスが決まったときは毒みたいな感じで、あとでじわじわと効いてくるんだよね。もちろんセックスとは比べられないけど、あえてってことで言うと、セックスなんかとは比べられないよ。圧倒的にスルーパスやゴールのほうが気持ちいいよ」

冬次は、変なことを聞く人だな、という表情でわたしを見ながらそう答えてくれた。当たり前のことだが、スルーパスやゴールが決まったときの快感は選手にしかわからないし、どんな言葉を使ってもそれを表現するのは不可能だろう。

　セックスと比べてどっちが気持ちいいか、というのは確かに愚問だった。だが、セックスより気持ちがいい瞬間をどこかで持つことができるかどうかで、男の価値が決まるような気がする。たとえば突然神が目の前に現れて、これから先の人生はセックスと小説とどっちか一つにしろ、と言われたら、わたしはぎりぎりまで迷ったあげく小説を選ぶような気がする。


　日本に帰ってきて、メレーニアがアウェーでローマと対戦した九月二十六日の日曜日、悲しい出来事があった。わたしは横浜市と東京都の境目にある新興住宅地で小さな借家に住んでいる。離婚するとき、ただ一つのものを除いてすべての財産を女房に譲った。ただ一つのものというのは、パンチョという名前のシェパード犬だった。パンチョというのはわたしが敬愛するキューバのギター奏者の名前だ。

　他の人間にあまりなつかない犬だったので、わたしが引き取るしかなかったのだが、離婚してからは事実上唯一の友人になった。毎日散歩したし、老犬だったので冬になると家の中に入れてやった。海外へ出かけるときは近所の獣医に預けるのだが、日本に戻るときにはパンチョと再会できるのが最大の楽しみになっていた。

　九月二十六日の夕方、いつものように散歩に行こうとすると、パンチョの様子がおかしかった。わたしが名前を呼びながら庭に現れると、いつもなら大喜びで飛び跳ねるのだが、うなだれたままだった。家の外に出ても、辛そうに歩いた。途中で立ち止まり、苦しそうなうめき声を上げる。

これは病気だと思って、すぐに家に戻ってきたのだが、症状は変わらず、口から何か泡のようなものを吐き出すようになった。何か変なものを食べて腹をおかしくしたのだろうと、いつもの獣医に電話するが日曜日なので応答がない。

犬に詳しい友達に電話したが、そういう症状は聞いたことがないと言われた。その友達はインターネットで日曜日に営業している獣医を調べてみたらどうかと助言してくれた。その間、パンチョの様子はしだいに悪化していった。口から泡のようなものを吐きながら歩き回っていたのだが、やがて立っているのも辛そうな感じになって、芝生の上に座り込んでしまった。

ネットで調べた獣医に電話をしたが、看護婦が出たり、馬や牛などの大動物専門の病院だったりして、役に立たなかった。パンチョが幼犬のときに訓練してくれた訓練士のことを思い出して、電話をしてみた。ちょうど食事どきで、訓練士はビールを飲んで少し酔っていると言ったが、症状を説明すると、シリアスな声に変わった。胃のあたりが腫れていないかどうか確かめてもらえますか、訓練士はそう言った。受話器を持って庭に降り、苦しそうな声を上げながら座り込んでいるパンチョの腹に触ってみた。胃が腫れているかどうかはわからなかった。

胃捻転《いねんてん》という大型犬に特有の病気があるんですけどね、訓練士はそう説明した。大型犬は内臓も大きい。満腹時に飛び跳ねたりしたときに、胃がねじれた状態になって元に戻らないことがあるのだそうだ。胃につながる管がねじれて塞《ふさ》がれてしまうので、食べたものが胃の中で膨れ上がり、ガスが溜《た》まって、やがて全身の循環が停止してしまうらしい。その話を聞いたとき、何か非常に悲しいことが起こるという予感が湧き上がり、しだいにそれは確信に変わった。

そうやって訓練士と話している間に、パンチョの胴の部分が異様に膨れてきた。どうしようもないのだろうか、とわたしは聞き、訓練士は、手術をすれば助かる可能性があると言った。開腹手術をして、胃のねじれを元に戻し、ガスを抜けば、助かる場合があるということだった。

わたしは、かかりつけの獣医の自宅を調べ電話をした。運よく彼は家にいて、わたしは症状を話した。すぐに診《み》てくれることになった。わたしは車のエンジンをかけて、パンチョを呼んだ。すでにパンチョは自分の力で座席に上がることができなかった。わたしは抱き上げて、後部座席に乗せた。パンチョは苦しそうだったが、胃が膨れ上がって苦しいのか、座ったり横になったりすることができなかった。

獣医はまずレントゲンを撮った。わたし以外の他人から触られることが嫌いで、いつも獣医を手こずらせていたのだが、レントゲンの台に乗るときもパンチョは異様に大人しかった。大人しいというか、嚙みついたり吠えたり暴れたりする元気がもうなかったのだ。わたしは無力だった。パンチョの首筋を撫でてやるしかなかった。それでもパンチョはわたしが首筋を撫でてやると嬉しそうな表情になった。

レントゲン写真で大きく腫れた胃が影になって見えた。胃捻転です、と獣医が言って、麻酔薬を点滴したあとに手術が行われることになった。手術にはあと二人応援が必要で、今から手配することになります、獣医はそう言って、わたしは家に戻って待機することにした。手術には数時間かかるし、成功率は低い、と言われた。わたしはすでに覚悟ができていた。

家に戻っても何をする気にもなれず、ただぼんやりして時間をやり過ごした。やがて、メレーニア対ローマの試合の時間になり、わたしはテレビのスイッチを入れた。こういうときにメレーニアがアウェーでローマに勝ったりすると少しは救われるんだが現実はそれほど甘くないんだろうなあ、と思って試合を見た。現実は確かに甘くなかった。メレーニアは前節の勝利でゲームの最初のほうは勢いがあった。ローマもメレーニアのカウンターを警戒して全体が空回りしていたが、前半終了近く攻撃のスピードを上げてきた。深くて速い縦パスにFWが殺到しメレーニアゴールを襲うようになった。サイドから出た速い縦パスに走り込んだデルヴェッキオがシュート、ロレンツェッティがかろうじて弾いたボールをモンテッラが押し込んでローマが先制。

それからメレーニアは完全に劣勢になったが、冬次は戦意を失っていなかった。一人でボールを奪い、ドリブルで中央へ持ち込み鋭いミドルシュートを放ったりした。ローマは猛攻を仕掛けてきて、メレーニアはよく耐えていたが、前半終了間際にディフェンダーのヴィラーニが二枚目のイエローカードを受け退場、敵地で十人になってしまった。

後半開始早々、モンテッラが中央でくさびになり後ろに短く流したボールをアスンソンが右足で猛烈なシュート。ポスト左をかすめてローマ二点目のゴール。そのあとメレーニアはDFのギベルティが退場になり、九人で戦うことになってしまった。こんな試合があるだろうか、とわたしは思った。愛犬が開腹手術を受けているというのに、敬愛する友人が所属するチームは敵地で強豪に対し九人で戦っているのだ。

さすがの冬次も九人では何もできそうになかった。メレーニアはレオーネがヘッドの奇跡的なループシュートで一点を返したが、そのすぐあとに敵はペナルティキック（ＰＫ）を得て三点目が入った。もうあきらめろ、という神の声がわたしとメレーニアの両方に聞こえているかのようだったが、驚くべきことに冬次はあきらめていなかった。何度かドリブルでボールを運び一人でシュートまで持っていこうとした。

結局メレーニアの１―３で試合が終わったあと、すぐに来てくれと獣医から電話があった。手術は終わったが、麻酔から覚めないんです、手術台に横たわったままのパンチョを示して獣医はそう言った。体力を使い果たして、麻酔から覚める力がなかったのだ。胃のねじれを解き、ガスは抜いたが、すでにその前に手術に耐える力を失っていたということになる。苦しんだのでしょうか、わたしは聞き、あれからずっと眠っている状態なので苦しんではいません、と獣医は答えた。わたしはしばらくパンチョの首筋を撫で続けた。まだパンチョのからだには暖かみが残っていた。今にも目を開けて、わたしに甘えてきそうだった。だがこの犬がもう目を開けることはないし、立ち上がることもない。今はからだがまだ暖かいが、やがて死が全身を被《おお》うことになる。

今夜のことは忘れないようにしようと思った。愛犬が眠ったまま死んでいくときに、敵地で九人で戦う冬次の試合を見た。九人になっても何とかシュートに持ち込もうとした冬次の試合を、愛犬が死んだ夜に見たことを忘れないようにしようと思ったのだった。

翌日、ＤＨＬが届いた。アルルのホテル・フリオ・セザールからだった。中には、メッセージをお渡しするのを忘れていました、というメモと、手書きのメッセージが記してある小さな封筒が入っていた。メッセージの送信者名を見て、わたしは息を呑んだ。コリンヌ・マーティンと書いてあったのだ。

Giornata 5　第五節
修道僧のホテル

メッセージクリップの日付は九月二十一日となっていた。わたしがアルルを発《た》った日だ。日付の下に、名前を記入する欄がある。コリンヌ・マーティンという筆跡はホテルのフロントのものだろう。その下に、電話があったことを伝えて下さい、のちほどまた電話します、折り返し電話を下さい、というような意味の項目があり、電話があったことを伝えて下さい、という箇所に印がつけてあった。そして、一番下のメッセージ欄に、"Abbaye de salon"と書いてあった。その他には何もない。電話番号もメールアドレスもなかった。

パンチョの突然の死からわたしはまだ立ち直ってなくて、毎日ビールばかり飲み、ほとんど何もせずにバッハの音楽ばかり聞いていた。悲しいときにはバッハを聞くことにしている。誰にでもいつかは悲しみが訪れるものだ、というような気分になれるからだ。

正直なところ、最初にコリンヌ・マーティンのメッセージを見たとき、面倒臭いことになったな、と思った。アルルのスペイン風酒場で彼女の同僚という男に会って、一応決着がついたと思っていた。わたしは軽い鬱《うつ》状態になっていて、そういうときには人に会いたくなくなる。

わたしはコリンヌ・マーティンのメッセージが書かれた紙切れを持ったまま、「管弦楽組曲第二番」を聴いた。わたしの仕事部屋は十畳ほどの広さで、壁には娘の絵が貼ってある。娘が幼稚園の頃に描いた絵だ。娘は母親と一緒に暮らしていて、今年十七歳になる。たまに会って食事をするが、私服を着るとやけに大人びて見えて、わたしのほうがドキドキしてしまう。情けないことに「援助交際なんかやってないだろうな」「さあ、わからないよ」というような下らない会話を交わすだけで楽しい。

仕事部屋には本とCDの山に埋もれるようにノートパソコンがある。たまに文章を書くが、この三年ほど小説は書いていない。フェルディナンは長い小説を書けと言うが、そういう気にはなかなかなれない。それも、怠惰だから、というそれだけの理由だ。もちろんフェルディナンは道楽で出版社をやっているわけではなく、ある確信を持って、キューバを舞台にしたわたしのいくつかの小説を積極的にフランス語で出版しているのだ。イタリアやドイツの出版社やエージェントにも働きかけてくれているが、わたしはそういった彼の熱意にまったく応えていない。

もう四十代も後半になったが、何一つとして満足のいく仕事をしていない。十数年前に買ったキューバとブラジル音楽の原盤権でかなりの金が入ってくるのだが、たとえば冬次のような人間を見ていると自分の人生について考えてしまう。冬次がサッカーに対して取り組むようにわたしは自分の人生に対して取り組んでいない、というようなことを考えてしまうのだ。

多くの人が冬次のことを天才だと言う。きっとそうなのかも知れない。だが冬次ほどサッカーについて考え抜き、厳しい練習を自分に課してきた人間はそういないだろうと思う。そんなことは絶対に日本のメディアには理解できない。サッカー選手だったら当然のことだという彼なりの哲学があって、冬次は決してそういうことを日本のメディアには言わないからだ。冬次は小学四年生の頃、一日にサッカーのゲームを六試合やったことがあるそうだ。四年生のチームで二試合、五年生のチームに助っ人で呼ばれて二試合、六年生のチームにも助っ人で呼ばれて二試合、太腿《ふともも》と脹《ふく》ら脛《はぎ》が二度痙攣《けいれん》したそうだが、それでもゲームを続けたらしい。彼の技術と体力と精神力と想像力はそうやって培《つちか》われてきた。そしてサッカーの才能というのは、信じられないほど長い時間サッカーに集中できるというその一点に尽きる。「管弦楽組曲第二番」の第二楽章、気高くもの悲しいフルートのソロが響いている。聴いていて悲しい気分になってしまった。喪失感が襲ってきて、パンチョの首筋の毛の感触が甦ってきた。手術台に横たわったパンチョは、まだからだが暖かかった。だがゆっくりと冷たくなっていくのがわかった。この犬は生と死の境界にいるのだと思った。からだのあちこちの細胞はまだ生きていたが、個体としては死んでいたのだ。

自分もそういうふうに存在しているのではないかと思って恐くなることがある。からだの部分は何となく生きているが、個体としては何事も成し得ていない、そういう感じだ。何事も成し得ない自分は悪い、何事も成し得ないと考える自分は悪い、何事も成し得ないと考える自分は悪いと考える自分は悪い、というようなネガティブな循環が始まると、人間は神経症へとつながる坂道を転げ落ちていくことになる。しかしそういった負の循環を断ち切る方法はそう多くはない。

ケンさんへ

やはりアウェーでローマ相手に九人でサッカーするのは辛いね。しかしうちのディフェンスはどうして前半早々、あんなに引いてしまうんだろう。ボール奪っても前に蹴るだけだし。

昨日の試合では最後のほうでFWをやったわけだけど、なかなか面白かったよ。
ケンさんはどう思った?

そうそう、昨日ベルギーリーグでトルコ人の選手がまた死んだんだよ。もともと控えの選手だったんだけど、先発出場して、決勝点を取って、試合のあと三時間後に心臓麻痺で死んだそうです。イタリアの次は、クロアチアで、その次がベルギーで、国がバラバラだから、新聞もチームドクターのせいにしたりしているけど、これはおかしいね。絶対何か変なことが起こってると思う。

あの、コリンヌという、ぞっとするような美人の科学者には本当に会えないのかな。

冬次からメールが入っていた。ぞっとするような美人、という箇所を何度か読み返したわたしは、本棚から仏和辞典を取り出し、abbaye と salon という単語の意味を調べた。abbaye は僧院で、salon は客間とか応接間とか、談話室というような社交の席のこと、あるいは展覧会場といった意味だった。de というのは、英語の of と同じ前置詞だから、Abbaye de salon は、社交の席の僧院、応接間の僧院といったわけのわからない意味になる。意味不明ではあったが、わたしは、ぞっとするような美人が華やかなサロンに佇むところを想像した。ヨーロッパ映画では閉鎖的でスノッブなサロンがよく描かれる。そこにはお金持ちや芸術家や作家、それにどういうわけか必ず美しい女たちがいた。Abbaye de salon というのは、どこか場所の名前かも知れない。町の名前か、あるいはレストランの名前。とにかくその場所に行けば、ぞっとするような美人がわたしを待っているのだ、と考えると、鬱状態が少し軽くなった。

「アベイ・ドゥ・サロン？　いや、そういう名前は聞いたことがないな。だいたい、アベイというのは崇高なイメージがあるから、アベイ・ドゥ・サロンというような言い方は、普通しないのだよ」

フェルディナンに電話で聞いてみたが、そういう返事だった。普通は使わないような言葉をマーティン女史はどうしてメッセージに残したのだろうか。

「ちょっと待てよ。アベイ・ドゥ・サロンのサロンだが、頭文字は小文字か。それとも大文字になっているか」

メッセージは手書きなので、salon の s が大文字か小文字か判別がつかない。

「たぶん、それは大文字だ」

フェルディナンがそう言った。

「町の名前だろう。今、わたしは地図を見ているのだが、マルセイユからアヴィニヨンに行く途中に、サロン・ドゥ・プロヴァンスという小さな町がある。エクス・アン・プロヴァンスの西だ。その町にある僧院という意味じゃないだろうか。あの近辺には、ローマ時代の僧院や修道院がたくさん残っているんだ」

しかし僧院や修道院に人が住んだりできるのだろうか？

「中世の僧院や修道院は、非常に有名なものはそのまま保存されて観光施設になっているが、その他は、さまざまな用途で使われている。図書館になっている僧院もあるし、学校になっている修道院もある。数は少ないが、ワインショップやレストランになっている僧院もある。もちろん今でも、僧院や修道院として神学者が学んでいるところもある」

サロン・ドゥ・プロヴァンスという町はアルルからどのくらい離れているのだろうか。

「車で二時間以内だろう。だが、マーティン女史のことは放っておいたほうがいいと思うけどね」

フェルディナンがそう言った。わたしは冬次が抱いている懸念について詳しく話した。イタリア、クロアチア、そしてベルギーとサッカー選手の奇妙な事故死が続いていること。そして、これはひょっとしたら小説の材料になるかも知れないから取材したいと言った。フェルディナンは、以前からキューバではなくヨーロッパを舞台にした作品を書いてみないかとわたしに勧めていたのだ。

「まあ、取材というのならわたしも協力は惜しまないが、あまり楽しい取材にはならないんじゃないかな。何かあまり楽しくないことが起こるような感じがするんだよ」

フェルディナンはそう言った。ぞっとするような美人とサロンで会う、というイメージにわたしは舞い上がっていたが、フェルディナンは冷静だった。そして結局、フェルディナンの予感のほうが正しかったのだ。

フェルディナンの出版社はアルルの郊外にある。郊外といってもアルルの中心地から車で二十分も走れば着くような距離だ。空港のあるニームという町に近いので、パリやその他の都市へのアクセスにも便利な場所だ。わたしはパリからニームまで飛んで、そのままタクシーでフェルディナンの会社に向かった。

アルルの郊外にはローマ時代に造られた上水道がある。初めて見たとき、わたしはローマが持っていた力を目《ま》の当たりにしたような気がした。幅一メートルほどの石造りの水路が街道沿いに延びている。かつては各家庭や兵舎や公共施設に水を供給していたらしい。水源はローヌ川だ。

その一部は農業用の給水施設として現在も使われている。ローマからアルルまでは遠い。飛行機を使わないととても行けない距離だが、シーザーはローマからこの地に遠征し、交易のための港町を建設して、長さが十数キロに及ぶ上水道まで造った。比べてもしょうがないが、日本に上水道が整備されたのはいつの頃だっただろうか。

街道を逸《そ》れてフェルディナンの会社に続く脇道に入った。建物までまっすぐに延びる脇道は約一キロの距離で、両側にプラタナスの木が植えられている。実際にその道を走っていると、木の枝葉で作られたアーチを進んでいるような感じがする。また、その並木道を遠くから眺めると、淡い黄緑の小麦畑の中に濃い緑の直線が引かれたように見える。この見事なプラタナスの並木道についてフェルディナンに聞いたことがある。十六世紀に植えられたものだ、と彼は答えた。この並木道がアクセントになって景色全体が美しいものになっているが、木を植えた人はそのことも考えたのだろうか、そういう質問をすると、もちろんだ、とフェルディナンは言った。

「わたしたちフランス人は美しいものが好きなのだ」

ヨーロッパの景色はそうやって人の手が加えられ美しさを増している。確かに日本の里山や棚田も美しい。明治時代に日本を訪れた欧米人たちは、棚田をまるでビロードのような景色だと絶賛している。だがそれはイノセントな美しさだ。遠くからも美しく見えるようにと手を加え造られたものではない。どちらがより優れているかということではなく、ヨーロッパはその景色に対しても、人間に対しても、変えうるものとして関与しようとする。そういった考え方は偉大な芸術や科学、また建築や庭園を生み出してきた。だがもちろん負の部分もある。魔女狩りからナチスまで、十字軍からコソボ空爆まで、排除と不寛容で綴られた歴史もある。

並木道の突き当たりにフェルディナンの会社が入った建物が見える。尖塔《せんとう》のある四階建ての中世の建物だ。もともとは貴族のヴィラだったが、アルル市が買い取り、文化的な事業者に貸しているのだそうだ。フェルディナンの出版社もその一つで、他にはバロック専門の音楽レーベルと、映画の配給会社やCG制作会社、版画の工房などがあった。建物の裏手には噴水のある中庭がある。前庭には車寄せと花壇があり、いつものように気むずかしい顔をしてフェルディナンがわたしの到着を待っていた。


「ホテルだった」

プジョーのハンドルを握りながらフェルディナンが言った。わたしたちはA54という高速道路を東に向かっている。アベイ・ドゥ・サロンはホテルの名前だったのだ。

「正確には、アベイ・ドゥ・サロン・サント・クロワというんだが、そういうホテルがあるのをわたしも知らなかった。常連客だけを相手にする隠れ家みたいなシャトーホテルなんだろう。とりあえず二部屋で二泊予約したんだが、部屋数が十四しかないそうだ」

サロンで高速を降り、町中を抜けて、曲がりくねった山道を上がっていく。途中フェルディナンがガスステーションでホテルの場所を聞いたが、店員は知らないと首を振った。サロンの町を展望できる山腹に小さな農園があり、その敷地内を横切るような形で未舗装路が延びていた。松の木に見落としそうな標識が打ち付けてあって、アベイ・ドゥ・サロン・サント・クロワという文字と矢印が見えた。フェルディナンはその未舗装の道を走り始めた。

しばらくすると農園が途切れ、左側が深い森に、右側が断崖に変わった。断崖の下はオリーブの林で、眼下にはサロンの町が、遠くにはエクス・アン・プロヴァンスの街並みが霞んで見える。サロンの町を抜けてからまだ一台も他の車とすれ違っていない。森の中から奇妙な鳴き声が聞こえる。鳥の鳴き声ではない。もっと耳障りな音で、セミだとフェルディナンが教えてくれた。このあたりはセミの生息地として有名らしい。

わたしたちは巨大な岩山の外周を走っている。道が急勾配になった。オリーブの林が見えなくなり、鬱蒼《うっそう》とした森の中をほぼまっすぐにプジョーは登っていく。やがてわたしたちは峠を越えたが、下の景色は見えなかった。両側に背の高い灌木《かんぼく》が生い茂っているからだ。苔《こけ》の生えた岩が地面から露出していて、タイヤが岩に乗り上げないように、また岩で車の腹を擦《こす》らないように、フェルディナンは注意深くプジョーを走らせている。背の高い灌木に遮られて陽がほとんど射さないので、道は湿って滑りやすくなっているようだった。

こんなところに本当にホテルがあるのだろうか、とわたしが思い始めたとき、フェルディナンが車を停めた。目の前に大きな鉄の扉があり、アベイ・ドゥ・サロン・サント・クロワという看板があった。インターフォンで名前を告げると、その扉が音もなく開いた。扉の支柱の先端には小型のビデオカメラが設置してあった。背後で扉が閉まるのを確認しながら、さらに森の中を走ると、突然景色が開け、断崖の上に石造りの長方形の建物が見えてきた。

わたしはレセプションデスクで「ピエールの間」という札の下がったキーを受け取った。フェルディナンは「グレゴリオの間」だった。各部屋は、番号ではなく、実在した修道僧の名前で呼ばれていたのだ。ロビーではさまざまなハーブ製品が売られていて、「かつて修道僧は薬学者でもあったわけで、その伝統をホテルが受け継いでいるのです」と案内の女性が説明してくれた。

石造りの建物の内部はひんやりとして気持ちがよかった。石造りの階段の中央の部分がすり減っている。この建物が造られたのは十二世紀だということだ。狭い廊下を通り、部屋に入ると、床も壁もすべて中世のままだった。小さなベッド、すり減った机、そして鉄製の簡素なランプスタンド。

「夕食は何時にしますか」

案内の女性がそう聞いて、八時、とわたしは答えた。

夕食までの時間、わたしたちは建物の中と外を一通り探索した。長方形の建物の周囲にはラベンダーとローズマリーが群生していた。中庭にテラスレストランがあり、その反対側の一段高い場所にプールがあった。レストランからもプールからもプロヴァンスを一望することができる。見事な眺望で、しかも町の騒音は一切届かない。あまりにも静かで何だか不安になってくるな、とフェルディナンが言った。

プールに行ってみると、家族連れとトップレスの女性二人がいて、ドイツ語が聞こえてきた。ドイツ人だ、わたしが呟くと、この時期はこのホテルで過ごすと親の代から決めている連中だろう、とフェルディナンが言った。ヨーロッパの富裕階級はあまりいろいろなところに出かけないで、決まった場所で長い夏休みを過ごすらしい。

フェルディナンはドイツ語でトップレスの女性に話しかけ、何かジョークを言って二人を笑わせている。フェルディナンはドイツ語の他にスペイン語とイタリア語も話し、ラテン語の読み書きもできる。何を言ったんだ、と聞くと、遺伝子操作の牛肉の話をした、とフェルディナンは笑いながら答えた。遺伝子操作をした牛肉を食べ続けると母乳がピンク色になるという話をしたらしい。わたしはその話のどこが面白いのかわからなかった。

「この取材費は、印税から差し引くぞ」

ワインを飲みながらフェルディナンがそう言う。レストランのワインセラーにはコトー・デクスやボー、それにバンドールの逸品が揃っていた。フェルディナンはエルミタージュの赤を選んだ。このホテルは一泊一六〇〇フランだが、夕食は六九〇フランもした。

屋外のテラスレストランから眺めるプロヴァンスの夕暮れは息が詰まるほど美しかった。男二人でも充分にロマンチックなのだから、これで女連れだったら、相手が誰であれキスくらいはしてもいいという気分になってしまうのではないだろうか。

わたしは前菜に生のフォアグラを選び、フェルディナンはトリュフのソースで和《あ》えたアスパラガスにした。前菜が運ばれてきたとき、こちらへ向かって歩いてくるショートカットの女が目に入った。わたしはその女のサングラスを見た。間違いなくブルガリのサングラスだった。

Giornata 6　第六節
アンギオン

彼女はクリーム色のパンツスーツを着て、プラダだと思われる黒い革のジャケットを羽織っていた。そのファッションが分子細胞学者にふさわしいものかどうか、わたしには判断がつかなかった。どちらかと言えば、黄金期のヨーロッパ映画の女優のファッションに近いのではないかと思った。『リスボン特急』のカトリーヌ・ドヌーヴとか、『甘い生活』のアニタ・エクバーグとか、そういう感じだった。

「わたしはコリンヌ・マーティンといいます。分子細胞学者で、専門は心臓と血管の細胞マトリックスです。あなたは、ミスター・ヤザキですか」

わたしたちのテーブルの前に来て、彼女は英語でそう言った。フェルディナンがわたしを指差し、わたしがうなずくと、同席してもいいか、と聞いた。もちろん、とフェルディナンが立ち上がって、彼女のために椅子を引いてやった。フランス人やイタリア人はそういった動作が実に自然だ。

ウェイターがやって来たが、いつもの食事を、とマーティン女史はオーダーした。ウェイターとも顔見知りのようだった。フェルディナンがワインを注ごうとしたが、グラスの縁に手をかざして、アルコールは飲まないようにしている、と断った。精神安定剤を服用しているのでアルコールは飲まないようにしているのだそうだ。

ウェイターがマーティン女史の前菜を運んできた。刻んだ野菜の上にポーチド・エッグの黄身が載ったリヨン風のサラダだった。野菜の種類が変わっていた。このホテルのハーブ園で採れる薬草のサラダだ、とウェイターが言った。

おそらくアイスバーグだと思われるパンツスーツを着て、プラダのジャケットを羽織り、夕暮れ時にブルガリのサングラスをかけ、精神安定剤を飲んで、薬草のサラダを食べる女は、どうしてこの場所にわたしたちを呼んだのだろうか。ここまでのドライブの途中でフェルディナンが指摘したのだが、確かにいろいろとわからないことがあった。ヤザキという日本人がコリンヌ・マーティン女史を捜している、アルルでフェルディナンはジャック・モノー研究所にそう電話した。その連絡を、マーティン女史はどうやって知ったのだろうか。マーティン女史はサラダの上に載った卵の黄身をフォークの背で潰し、その上にバルサミコをかけ、ブラックペパーをふりかけて、全体をよく混ぜ合わせている。ハーブの強い香りが漂ってくる。

マーティン女史は濃いブラウンヘアで、鼻はツンと尖《とが》っていて、頬は緩やかで上品なカーブを描き、上の唇が薄く、下がやや厚い。サングラスに隠れていて目は見えないが、鼻と唇の形と頬の曲線はほとんど完璧だとわたしは思った。

変わったネックレスをしている。革と金属と宝石が組み合わされたネックレスで、全体は菱形だった。わたしとフェルディナンがそのネックレスをじっと見ているのに気づくと、マリという国でトアレグという遊牧民から買ったものだとマーティン女史は説明した。

「マダム・マーティン、わたしとムッシュー・ヤザキが、ここにいる理由をご存じでしょうか?」

フェルディナンがそう聞くと、マーティン女史はハーブを口に運びながら、何度もうなずいた。わたしは前菜のフレッシュフォアグラを食べ終えた。フェルディナンのアスパラガスの皿も空になっている。二人とも食べるスピードがいつもより速くなっている。

わたしは緊張していて、フォアグラの味もあまりわからなかった。フェルディナンも同じような心理状態だったのだろう。捜していた謎の女がふいに現れて、しかもその女が想像以上にエレガントでいきなりテーブルの向かいに座ったら、きっと誰だって落ち着いて食事なんかできないはずだ。何をどう話せばいいのかわからないし、できることと言えば目の前の料理を急いで食べることくらいしかない。

「ムッシュー・ボヌール」

とマーティン女史がフェルディナンのラストネームを呼んだ。ウィ、とフェルディナンが顔を上げる。プロヴァンスの山々の彼方に太陽が沈んでから約二時間が経過した。夜の闇が景色の隅々を埋め尽くしている。南フランスの夜の闇はまるで生き物のようだと、いつもわたしは思う。昼から夕暮れを経て夜になるのではなく、夜の闇は、まず陽が沈んだあとの東の空に現れ、空を被いながら成長し、ゆっくりと風景と空気の隙間を埋めていく。滑らかな黒い肌を持つ巨大な生き物が忍び寄ってくるようだった。

　レストランの中央に植えられた樹木が照明に浮かび上がり、白っぽい枝と豊かに茂った葉が光を柔らかく周囲に反射している。テーブルの上のキャンドル以外には、照明はそれだけだった。キャンドルは淡いオレンジ色の曇りガラスで被われていて、その炎の揺らめきがマーティン女史のオリーブオイルで濡れた唇にかすかに映っている。セクシーだとわたしは思った。

「フェルディナン・ボヌール社は、非常に良心的な出版社として、アルルでは有名です。その社長であるムッシュー・ボヌールと友人で作家のミスター・ヤザキのことは信頼してもよいだろう、とわたしは判断しました。そこで、ああいうメモをフリオ・セザールに残しました」

　ちょっと待って下さい、とフェルディナンが話を制した。

「マダム・マーティン、あなたはジャック・モノー研究所をお辞めになっていました。つまり、わたしが研究所に電話をしたとき、あなたはすでにあの研究所にはいなかったわけです。どうしてわたしたちがあなたに会いたがっていることをご存じだったのですか」

　マーティン女史はグラスの水を飲み、唇を軽くナプキンで拭《ぬぐ》った。

「一人だけ信用できる同僚がいて、彼が知らせてくれました」

「その同僚というのは、ポール・シモンという人物ですか」

　フェルディナンが聞くと、違いますとマーティン女史は首を振った。フェルディナンはあの夜にスペイン風酒場で会ったポール・シモンという男のことを話した。その男のことはよく知っていますが彼は研究者ではありません、とマーティン女史は言った。

「その男は、本当はポール・シモンという名前ではなく、ある組織の下で働いています。研究所の人間ではありません」

「ある組織って?」

「それはお話しできません。あなたがたを信用していないからではなく、あなたがたを危険な目に遭わせたくないからです。その組織がどういうものか知ってしまうと、あなたがたは余計なリスクを負うことになります。もちろんその組織はあなたがたのことを知りませんし、わたしはその組織と、とりあえず関係性を断っています。それにこれからわたしがお話しすることは、その組織のことを詳しく知らなくても理解していただけるはずです。わたしが言う意味がおわかりになりますか」

わかりますとフェルディナンは言って、わたしを見た。わたしはフェルディナンとマーティン女史に向かってうなずいた。ヨーロッパの人間は知識に敏感だが、それは周囲すべてを他の国に囲まれているからだろう。他の国の文化や宗教を知らなければ外交を致命的に誤ることもある。知識を得ることがまず最初のコミュニケーションになる。基本的には同質の社会の集合体で、外部から海で遮断されている日本人には理解しにくいことだ。マーティン女史が言う組織はきっと危険なのだろう。その危険な組織の名前を知ると、わたしたちとその組織に関係性が生まれてしまう。

たとえばイタリアンマフィアのような犯罪組織かも知れないし、巨大企業かも知れないし、どこかの国の秘密警察かも知れないが、わたしとフェルディナンはその組織の情報に接するたびに過剰に反応してしまうだろう。もちろんその組織がわたしたちに敵対していて攻撃を加えてくるということになると話は別だ。そういう場合は詳しい情報と知識が必要になる。

「わたしが研究結果をリークしたというのは、まったくの作り話というわけではありません。あの研究所の、あるセクションの一部の研究員たちは、危険な研究をしていました。あなたがたには現代の分子細胞学や分子生物学の現状の説明は必要ないと思いますが、研究が細分化しているので、自分の発見や研究の成果が、犯罪行為に使われるリスクは常にあるわけです。たとえば羊の脳をすり潰してある物質を抽出しているグループがあり、その物質は、ある先天性異常では大変貴重な薬品の主要成分になり、他の研究に使われる、たとえばクローン人間の初期胚の発生に利用される、というようなことは今の生物学では当たり前になっています。わたしの専門は細胞マトリックスで、正確には細胞外マトリックスといいます。細胞と細胞の隙間を充たしているものだと考えて下さい。わたしたちのからだのすべての細胞と細胞の隙間にあるものです。骨や歯、皮膚や腱に多く見られるものなので、これは単に細胞と細胞を接着しているものだと思われていました。しかし最近になって、細胞の増殖や細胞の分化、細胞内の代謝などに、細胞の外側から関わっていることがわかってきたわけです。ムッシュー・ボヌールは、わたしたちがどうやって老いていくのかご存じですか」

そうですね、髪の毛が薄くなったり、歯とか、視力が衰えたりしますね、とフェルディナンは答えた。

「それは現象面ですね。老化の原因は、ある時期が来ると、細胞が分裂を止めて死ぬからです。

その過程には遺伝子が関わっています。染色体にテロメアという末端領域があって、細胞分裂が続くと、このテロメアはだんだん短くなっていくことがわかっています。テロメアがなくなってしまった細胞は死ぬようにプログラムされていますが、今のところ、それが老化の正体だといわれています。逆に絶対に死なない細胞の集まりが癌《がん》になるわけで、細胞の死というものはわたしたちに必要なものなのです。細胞の自然な死をアポトーシスと呼んでいます。一方で火傷や毒ガスなどで細胞が死ぬ場合は、ネクローシスと呼んで区別されています。テロメアがなくなってしまうと、遺伝子がグチャグチャに固まり始めて、やがて寸断され、アポトーシスが始まりますが、アポトーシスを誘導する物質があって、その物質は外から細胞に入り込みます。つまりわかりやすく言えば、細胞外マトリックスがその物質を細胞の中へ送り込むのです」

マーティン女史はハスキーな声でむずかしい話をしたが、その語り口はわかりやすかった。ときには身振りを交えて、ゆっくりとていねいに説明する。ときどき赤い爪で額《ひたい》にかかった髪を掻き上げる。その仕草がわたしは気に入った。

メインディッシュが運ばれてきた。フェルディナンは岩塩で包んで焼いた子羊で、わたしはシャンピニオンのソースのフィレ肉だった。マーティン女史は緑色のソースがかかった白身の魚を選んでいた。何の魚だろう、とわたしが呟くと、アンコウだと教えてくれた。肉厚の白い切り身がバラの花弁に、ハーブソースが葉に見えるように皿に盛りつけてあって、ローズマリーの香りがテーブルの上を漂った。

レストランでは誰もわたしたちに注意を払わないし、大きな笑い声を立てたりして目立とうとする者もいない。誰もが低い声で穏やかに話している。寂しそうな人も、他人を妬《ねた》んでいるような人もいない。このレストランには人生の敗残者がいない。ソムリエもウェイターもそういった客たちを相手にすることに誇りを持っているようだ。遠くにマルセイユの灯りが霞んで見えるが、夜の闇と中世の城壁が外界を遮断している。

「これまで、血管は血液や栄養分を運ぶただのパイプだと考えられてきました。そういう考えが間違っているわけではありません。確かにパイプです。ただし、そのパイプは伸び縮みします。一分間に七十回くらいの割合で、心臓が血液の塊りを押し出すのですが、ただし水道のように一定の圧力がかかっているわけではないので、血管自体が伸び縮みして、血液の塊りを絞るようにして、先へ送り出すのです。歯磨きのペーストが入ったチューブを手で絞るような感じです。血管の内部は、ちょうどバウムクーヘンのような層になっています。もっとも内側の壁を内皮細胞といいます。その外側にあるのが平滑筋細胞で、それが血管を伸び縮みさせます。平滑筋細胞のさらに外側にはマトリックスタンパク質と呼ばれる層があります。細胞外マトリックスというわたしの専門分野です。血管を伸び縮みさせるのは、平滑筋細胞ですが、その収縮のために働く重要な物質の一つは、細胞外マトリックスから、染み出るようにして送られてきます。つまり、細胞外マトリックスの研究が、血液の循環のスピードの研究につながるわけです」

緑色のソースを絡めたアンコウを口に運びながらマーティン女史は話している。その声はハスキーだが、とても柔らかい。

「わたしたちが激しいスポーツをして、心拍数が速くなるのは、からだがより多くの酸素を必要とするからです。心臓の鼓動は速くなって、それに応じて血管の伸び縮みのタイミングとスピードも速くなります。そういった活動を制御しているのは、脳神経系です。心臓血管系を制御する自律神経は延髄に集中していて、からだが必要とするとき、または精神的なショックがあったときなどに、電気信号を発し、マトリックスタンパク質と平滑筋細胞を刺激して、なるべく多くの血液を送り出せるような態勢を整えるのです。信号を発するのは自律神経ですが、その信号を受けて、おもにマトリックスタンパク質が、実際に平滑筋細胞が活性化するような物質を出すことがわかっています。そしてそのような信号のやりとりは相互にフィードバックするのです。つまりマトリックスタンパク質からの情報を脳神経が読みとって、さらに刺激を増やしたり減らしたりするわけです。わたしが抽出した物質は、結果的に、このマトリックスタンパク質を刺激し、平滑筋細胞を活性化すると同時に、脳神経にフィードバックして、心臓血管系全体を飛躍的に活性化させるというものでした。それは腎臓に蓄えられている物質で、腎臓に流入する動脈の血圧に応じて、それが低すぎると体内に放出されます。その物質が平滑筋細胞に入り込むと、血管の収縮が激しくなり、血流が増加し、一時的にですが、心臓の機能が爆発的に高まります」

その物質は服用するのだろうか、または注射するのだろうか。

「液体になっています。コカコーラのレギュラーボトル半分くらいの量を飲めば、約四十五分後に効果が表れ、心臓血管系の活性化は約六十分間持続します」

副作用はないのだろうか。

「副作用というか、心臓にも血管にも恐ろしい負担がかかるので、物質の効果が切れたときには、心筋が危険な状態になってしまいます。心臓も血管も複雑なメカニズムで動いていて、その物質が効果を発揮している間は、脳神経系の異常な興奮状態が続くわけです。心臓を活性化するありとあらゆる酵素やホルモン、それに神経伝達物質や免疫活性化物質などが総動員されます。その供給が切れたとき、心臓そのものに血液を供給する冠動脈の機能が急激に低下して、心筋が収縮できずに伸びきった状態になってしまうのです」

それは悪くすると死ぬということでしょうか。

「九九パーセント死ぬでしょう」

あなたの心臓の筋肉はだいじょうぶか、とマーティン女史が冬次に言ったのは、そういう意味だったのだ。

「メレーニアのヤハネ選手ですか。記憶にないのですが言ったかも知れません。わたしはこれまで数十人のプロスポーツ選手、コーチなどに、直接的に、あるいは間接的に、心筋について暗に質問してきました。というのは、わたしが抽出したその物質を含んだ薬剤が作られていることを知ったからです」

プロサッカーのイタリアリーグや、クロアチアリーグで、非常な活躍をして、その試合後に死亡する選手が何人か出ているのをご存じですか？　とわたしが聞くと、マーティン女史はうつむいてしまった。

「わたしは、わたしが発見した物質で、重度の低血圧症や、ショック状態の患者などを救えるのではないかと思いました。またその物質のブロッカーを同定すれば、つまりその物質が働かなくなる酵素やタンパク質を発見して特定できれば、高血圧症の治療にも役立つと思っていました。ですから、それが悪用されているらしいことを知って、悲しんでいます。その物質はアンギオンといいます。アンギオンは、実際には今年の初めに、アフリカでテストされたと聞いています。その話が本当かどうかは確かめようがないのですが、カサブランカのナイトクラブで毎週末に行われているボクシングの試合でテストされたそうです」

いつの間にか、マーティン女史はアンコウを食べるのを止めていた。わたしもフェルディナンも何となく食欲がなくなってしまった。そういう事実は警察に言うべきなのではないでしょうか、子羊の肉を半分以上残してしまったフェルディナンがそう言った。

「物質のサンプルがないし、研究結果を記したフロッピーディスクも手元にありません。証拠がないのです。お話ししたようにアンギオンは腎臓に蓄えられている物質だし、服用後二時間もすれば分解されてしまうので、検査のしようがありません。正真正銘の心臓麻痺です。激しい運動のあとに、実際に心筋が伸びきって死ぬわけですから、心臓麻痺で片づけられてしまうでしょう。選手が心臓麻痺で死ぬのは、警察が疑問に思って捜査を始めるほど不自然なことではないでしょう」

そのアンギオンという物質が入った液体ですが、味とか、匂いとか、何か特徴があるのでしょうか、わたしはそう聞いた。何か特徴があれば冬次に教えてやることができる。

「水に溶かすと、かすかに酸味があるようです。それ以外には、わたし自身にもわからないのです。わたしはアンギオンを牛の腎臓から抽出して同定しただけです。それを液体の飲料にした

93——アンギオン

は別の人物です。わたしは、他の研究所にこの事実を知らせようとしましたが、最初にお話しした、ある組織から、そういうことは止めたほうがいいと言われました。彼らは暗に、わたしの家族にも被害が及ぶかも知れないと脅しました。それで、わたしは一切公表しないことをその組織に約束して、研究所を出ることにしました。アンギオンのことがたとえばメディアなどに公表されれば、わたしが漏らしたということになって、彼らはわたしに罪を償わせようとするでしょう」

どうしてわたしたちにこういう重大な秘密を話したんですか、フェルディナンがそう聞いた。いい質問だった。

「実は、お二人にお願いがあったのです」

そう言って、マーティン女史はサングラスを外した。フェルディナンが一瞬息を止めたのがわかった。わたしは持っていたワイングラスを落としそうになった。本当にぞっとするような美人だったからだ。

Giornata 7　第七節
元レジスタンスの老紳士

マーティン女史の目は切れ長で瞳は濃い灰色だった。たぶん昼間見るとその色は微妙に変わるのだろう。サングラスが外されて、その魅惑的な目にロウソクの炎が映ったとき、わたしは心地よいパニックに襲われた。ジグソーパズルの最後のピースが収まるところに収まり、予想をはるかに超えた美しい絵が目の前に現れたようだった。非常に美しいものを見ると人間はパニックに陥ることがあると有名なドイツの詩人が言っているが、真実だと思う。

美は時間の流れとともにその本質を変化させる、とその詩人は言っている。つまり真に美しいものは、最初わたしたちに不安を与える。未知の体験でありながら、どうしようもなく目を奪われてしまうので、わたしたちの神経はまず不安を覚えるのだ。その対象にわたしたちが慣れるに従って、安らぎが生まれる。ちなみに、時間の経過に耐えられないチープな美しさしかない場合は、やがて滑稽なものとして嘲笑や冷笑の対象となってしまう。ファッションがいい例だ。新しく美しいファッションはどこか人を不安にさせるが、やがてそれは普通に見慣れたものになり、時代が過ぎると滑稽なものに映る。

　マーティンという英語風の名字はフランス人には珍しい。父方がイギリス系なのだとマーティン女史が言った。フェルディナンの祖父はイタリアとフランスの境界にある町に生まれていて、百年前だったら自分はイタリア人だったといつも言っている。父親の仕事でアフリカのマダガスカルで育ち、パリの大学を出たあとチュニジアに何年か住んだことがある。マーティン女史は、わかっているだけでも、現在の国で言えばデンマーク人とイギリス人とフランス人とハンガリー人とアルジェリア人の血が混じっているらしい。古代ローマ以来のヨーロッパの歴史は、戦争と内乱と混血の歴史でもある。混血が女を美しくする、という言い方はわたしは好きではない。女性蔑視と差別を感じるからだ。だが、マーティン女史のぞくっとする美しさは、ヨーロッパの血なまぐさい歴史を連想させる。

　わたしとフェルディナンはデザートは止めてグラン・シャンパーニュのコニャックを飲んだ。マーティン女史はウェイターにエスプレッソを頼んだ。

「もし可能ならということですが、ある人物に会って欲しいのです」

　マーティン女史はエスプレッソを飲みながら、わたしたちを見てそう言った。人に会うだけなら簡単だとわたしは思った。あまり簡単なことではなくても、マーティン女史の濃い灰色の瞳で見つめられてお願いされると何でも承諾してしまいそうだった。

「誰に会うんですか？」

　フェルディナンがそう聞くと、マーティン女史はエスプレッソの表面を見つめて、複雑な表情になった。

「ドイツ人のジャーナリストです。もし会っていただけるようなら、電話番号と名前を教えます」

「ただ会うだけでいいんですか？」

「とにかく会って欲しいのです」

「どこで？」

「彼はアムステルダムに住んでいます」

アムステルダムと聞いて、わたしとフェルディナンは顔を見合わせた。この二、三週の間にわたしたちはベルギーのエージェントとオランダの出版社を訪ねることになっていた。わたしの小説の出版にベルギーのエージェントが興味を示していて、ブリュッセルで彼に会うついでに、オランダの出版社とのミーティングをアムステルダムで持つことになっていたのだった。

「申し訳ないのですが、詳しいことは申し上げられません。ただ、あなたがたに、特にミスター・ヤザキに、そのジャーナリストに会っていただくことができれば、もしかしたらアンギオンの被害をくい止めることができるかも知れないのです。ここでわたしが言えるのは、それだけです」

フェルディナンは何か考え込むような表情をしていた。マーティン女史の言い方に不穏なものを感じたのだろう。そのジャーナリストに会いましょう、とわたしは言った。やれやれ、というようにフェルディナンが首を振った。そのドイツ人ジャーナリストは、ヴォルフガング・ラインターラーという名前だった。

「やはりそういう薬があったんですね。やばい話だなあ」

食事のあと、メレーニアの冬次に電話をして、アンギオンのことをかいつまんで話した。試合の翌日ということで冬次は音楽を聴きながらくつろいでいたようだ。電話口から「リゴレット」のアリアが聞こえていた。

「ねえ、ケンさん。そういう薬を作っている連中を告発できないのかな」

「結局、証拠がないってことなんだよ。コリンヌはその薬を開発した人で、背後にフィクサーみたいな連中がいるらしいんだけどね。コリンヌは、その連中のことは話さなかった。知らないほうがあなたがたの身のためだって、まるでマフィアの映画みたいだろう？　実際、かなりやばそうで、おれもそれ以上聞かなかったんだよ。だからトウジもこのことは他にあまり漏らさないほうがいいかも知れないな」

うん、何とかしたいけど、とりあえず今はかなりやばそうだね、と冬次は言った。冬次はイタリアに移ってからさまざまな経験をした。メレーニアの会長であるソレンツォと付き合うだけでもセリエAの裏の世界が垣間《かいま》見えたはずだ。ソレンツォは移籍交渉などで相手弁護士を買収するという有名な噂があり、また過去には審判を買収した疑いで査問を受けたこともある。

ヨーロッパのプロサッカー界にはドーピングや買収に関する噂は少なくない。清らかな世界というわけではなさそうだが、だからと言って不正がまかり通っているというわけではないし、真剣なプレーが行われていないというわけでもない。むしろ、誰もがあまりにもサッカーに対して真剣すぎるから買収などというバカげたことが起こるのだとわたしは思う。

たかがサッカーじゃないかという醒めた目があれば、きっと審判や選手の買収を企てる人間はいないだろう。少し考えればわかることだが、たとえ審判を買収しても必ずその試合に勝てるとは限らない。審判の判断が試合を決定できるのはペナルティキックくらいで、しかも数万の観衆とジャーナリズムとその国のサッカー協会に常に監視されている。

試合のあと夕方から夜にかけて、イタリアのテレビ局ではペナルティキックやフリーキックの原因となったファールシーンを何度も繰り返し再生し、審判の判断が適正だったかどうかを論議するという番組がえんえんと放送される。その番組の枠は何と六時間近くもあって、当事者の選手や監督もゲスト出演し、あのファールの判定は正しかったとか、あの判定は納得ができないとか、日本人から見ると信じられないようなしつこさで検討するのだ。不正が発覚すると審判は資格を剝奪されるだけではなく刑事罰にも問われる。選手を買収しようとする場合も同様だが、リスクが大きすぎるわりには確実な利益というものがない。

「昨日、試合はどうだったの？」

わたしは聞いた。ああ、勝ったよ、と冬次は淡々とした口調で言った。確か相手はレッジーナだった。前節はローマにボロボロにやられたわけだが、そういった敗戦を次節まで引きずるようではセリエAのシーズンを戦うことはできない。

もちろん冬次は一試合一試合に集中する。疲れていようが、相手が格下の相手だろうが、ものすごい強敵だろうが、彼の長い長いキャリアの中の一試合としてゲームに挑み、やるべきことをやる。非常にうまく動くことができて大活躍することもあるし、調子が悪くて思うように動けないこともある。だがアマチュアではないので、そのたびに一喜一憂はしない。ハットトリックを演じたからといって有頂天になることはないし、調子が悪かったといって落ち込むこともない。

メディアや世間はそういう冬次をクールだとか冷静すぎてつまらないとか勝手なことを言うが、プロというのはそういうものだ。淡々と、結果を出すべく集中する。サッカーにおける結果とはまずチームの勝利で、基本的にはそれ以外にはない。小学生でサッカーを始めた頃から、冬次はどれだけのゲームを戦ってきたのだろうか。またこれからリタイアするまでどれだけの試合を戦うのだろう。過去、タイトルやワールドカップ出場のかかったビッグゲームもあっただろうし、満足に芝生も生えていないようなグラウンドでの練習試合もあっただろう。

今後、ワールドカップの決勝トーナメントのように数億を超える人々が注目するという試合もあるだろうし、観衆がほとんどいない消化試合を戦うこともあるだろう。どんな試合であろうと冬次が手を抜くことはない。彼はわたしに言ったことがある。勝利に貢献するというのはおれの義務なんだよ。冬次にとって、負けでは義務を果たしたことにならないのだ。一試合一試合に集中しているから、どんな試合でも一つの通過点にすぎないと思うことができる。それがプロだ。

「おれは、そういう薬を選手に飲ませる連中が許せないんだけど」

冬次はそう言った。わたしはその気持ちがわかるような気がした。プロのサッカー選手にはいやな人間がいないのではないかとわたしは思うことがある。不良はいるかも知れない。女だったらとにかく口説く選手とか、博打が好きな選手とか、こっそり麻薬をやったことのある選手とか、きっと大勢いるだろう。だが極端に屈折しているとか、人を傷つけるのが趣味だとか、レイプが大好きとか、そういう人間はプロサッカー選手にはいないのではないだろうか。

なぜかと言うと、ボールを蹴るのは、この世の中で数少ない本当に楽しい行為の一つだからだ。そして楽しんで生きている人間は他人を傷つけて喜んだりしない。小さい頃、空き地や公園でボールを蹴るのは本当に楽しかった。蹴ったボールが自分の思ったところへ正確に転がるとさらに気分がよかった。ボールを蹴るという行為には大きなカタルシスがある。

子どもの頃というのは、実はいやなことがたくさん起こるものだ。親や教師に叱《しか》られたり殴られたりするし、友人と喧嘩したり、いじめられることもあるし、男の子だったら女の子に冷たくされてがっくりと落ち込むこともある。そうやってひどく落ち込んだあとでも、思い切りボールを蹴って、そのボールがゴールネットを揺らしたりすると、その一瞬だけはいやなことを忘れることができる。

プロのサッカーの選手というのは、子供時代からボールを蹴るのがむちゃくちゃうまかった人間たちだ。わたしは、ゴールを決めた選手のまわりにチームメイトが集まって喜び合うシーンを見るたびに、プロのサッカー選手がうらやましいと思う。あれはポーズではなく、きっと本当に嬉しいのだ。もちろん彼らに悩みがないというわけではない。プロにしかわからない苦労もあるだろう。またわがままな選手や、人間嫌いで孤独を好む選手もいるだろう。だが、彼らのほとんどは良い人間だと思う。良い材料で編んだセーター、良い素材で作られた料理、良いエンジンを搭載したスポーツカー、というような意味での「良い」人間なのだ。

　そういった人間たちは、何とかしてゲームに勝とうとする。何とかチームに貢献したいと思っている。アンギオンという薬は選手のそういう気持ちを利用しようとするものだし、選手を機械の部品のように扱うことではないかと、冬次は怒っているのだ。

「どうなるのかわからないけど、とにかくおれはそのドイツ人のジャーナリストに会うことにするよ」

　わたしは冬次にそう言った。

「なんか、ケンさんを面倒なことに巻き込んでしまったみたいですね。わざわざドイツまで行くの？」

「いや、そのジャーナリストは今、アムステルダムに住んでるらしいんだ。ちょうどブリュッセルとアムステルダムに用事があったし、そのついでに会ってこようかなと思ってるんだけど」

「じゃあ、報告待っています。ところで、アンギオンの特徴は何だったっけ？」

「水に溶かすと、かすかな酸味があるんだよ」

「そうか。だったらレモンジュースとかに入っていたらおしまいですね」

「試合前に、封が切ってあるミネラルウォーターとかも飲まないほうがいいかも知れないな」

「缶入りのコーラとかだったらだいじょうぶだよね」

「要するに誰が買ってきたかわからない飲み物は飲まないほうがいいかも知れないね」

「そうだね。ところで、その科学者の女の人だけど、美人だったでしょう？」

「かなりね」

「それで、ケンさんが今いるところはシャトーホテルでしょう？」

「そうだよ」

「ロマンチックなんじゃないの？」

プロヴァンスを見下ろす丘の上にひっそりと建ってるんだよ、とわたしは答えた。わたしの部屋の窓からは、遠くにマルセイユの灯りと、照明に浮かび上がった中庭のプールが見える。確かにロマンチックだった。

「ケンさん。これから部屋がノックされて、謎の美女が現れるかも知れないよ」

冬次は最後にそういうことを言った。電話を切ったあと、わたしはドアを二分ほど見つめ、本当にノックの音がするかも知れないと耳を澄ました。冬次が言うように、スパイ映画だったらセクシーなネグリジェを着た謎の美女がドアを開けるところだ。だがもちろんマーティン女史が現れることはなかった。

わたしはコニャックを飲みながら窓の外をしばらく眺めた。まだ夜の十一時だが、恐ろしく静かだ。テラスレストランにいた人々はこの時間いったい何をしているのだろう。窓を開けると十月のヨーロッパの冷気が部屋に入ってくる。中庭には誰もいないし、話し声も聞こえない。

さっきフェルディナンに電話してみたら、風呂に入っていて、ビートルズの「オブ・ラ・ディ、オブ・ラ・ダ」をハミングしていた。明日アルルに戻ろうという提案を受けて、わたしは了承した。マーティン女史とコンタクトを取るという目的は達成したわけだから、この超高級なシャトーホテルにもう一泊余計に滞在する理由はなくなった。

虫の鳴き声がホテルの周囲から響いている。あまりに静かすぎて現実感を失いそうになる。遠くのマルセイユからは、こんな山の上に中世の修道院を改修したホテルがあるとは思えないだろう。そして「ピエールの間」という部屋で日本人の中年の小説家が一人でコニャックを飲んでいるとは誰も想像できないだろう。

誰も想像できないようなところで異常なことが進行することがある、というようなことを考えた。ある研究所で重度の低血圧症の特効薬が開発され、それに誰かが注目し、研究成果を奪い取って、モロッコのナイトクラブで誰かが実験台になる。非常に遠くで起こった小さなことが、ある誰かにとっては死の原因になってしまう。今、わたしはプロヴァンスの山の頂上に建つ中世の修道院の一室にいて、グラン・シャンパーニュのコニャックで少し酔っぱらい、あまりにも周囲が静かなので、ひょっとしたらこの世界で生きているのは自分一人ではないだろうかという奇妙な気分を味わっている。この瞬間にも、わたしを襲う悲劇や事故がどこかで準備されているのかも知れない。どこかで悲劇の芽が生まれていて、やがてそれは果実となり、巡り巡ってわたしのところへ届けられるのではないか、そういうことを考えた。コニャックのせいもあるのかも知れないが、そういった思いはどういうわけか不快ではなかった。

翌日の朝、わたしとフェルディナンがホテルを出発するときに、マーティン女史は中庭で老紳士とお茶を飲んでいた。その老紳士の佇まいを見て、ホテルの人間ではないかとわたしは思った。

客には見えなかった。あの人たちだ、というようにマーティン女史がわたしたちを示すと、その老紳士がわたしたちに近づいてきて、名刺を差し出し、話しかけてきた。彼は英語が話せなくて、フェルディナンが訳してくれた。

「彼はここのオーナーで、マーティン女史の父親の親しい友人らしい。現在、マーティン女史はトラブルを避けてここに滞在しているが、いずれすべてがうまくいって、彼女が研究生活に戻れる日が来ることを信じているそうだ」

縦縞《たてじま》のダブルのスーツに黄色の蝶タイをした温厚そうな老紳士は、両手でわたしたちの手を握りしめ、ていねいにお礼を言った。

「面倒なことを引き受けて下さってありがとう。コリンヌもとても喜んでいます。いつでもこのホテルを訪ねて下さい。あなたがたの家だと思って下さい」

あまりにも丁重にお礼を言われたので、わたしは逆に不安になってしまった。ドイツ人のジャーナリストに会うことが本当に面倒なことなのだと再認識したのだ。

ホテルをあとにしながら、フェルディナンが老紳士の名刺を示し、彼は有名な人物だ、と呟いた。

「元レジスタンスの闘士だった。ナチスと戦ったプロヴァンスの英雄だよ。大戦中、彼はまだ十五歳だったはずだ。元レジスタンスの闘士がマーティン女史をかくまっているのは偶然だろうか。わたしは、何か、非常にやっかいなことに巻き込まれた感じがしてしょうがないんだがね」

フェルディナンはプジョーを走らせながら、憂鬱そうな表情になっていた。

Giornata 8　第八節
灰色のアムステルダム

　十一月に入るとヨーロッパに寒波が押し寄せた。わたしとフェルディナンは陸路でベルギーとオランダに行くことにした。車で国境を越えることはヨーロッパでは珍しくない。パリからだと、途中トイレに行ったりコーヒーを飲んだりしても、ブリュッセルまで三時間半、アムステルダムまで約五時間の距離だ。わたしたちはまずアムステルダムに行くわけだが、日本では車で外国に行くという実感を持つことができない。

　パリを出発して、A1というハイウェーを三十分も走ると田園風景が現れる。草の枯れた丘が連なり、ところどころに農家や給水塔があって、はるか彼方まで麦や飼料の畑が拡がっている。フランスが農業国だとよくわかる。

　フランス・ベルギー国境の検問所には誰も人がいなくて廃墟のようになっていた。EUの影響なんだろうな、とフェルディナンに言うと、まあな、と素っ気ない答えが返ってきた。一度EUとユーロについてフェルディナンに尋ねたことがある。大昔からヨーロッパではいろんな国ができたり滅んだり占領されたり統合されたりの繰り返しでEUもその流れの一つだが、基本的に国家間のコミュニケーションは面倒だ、フェルディナンはそういうふうに答えた。

「ベルギー人というのが本当にいるのかどうか、わたしにはわからない。ベルギー南部にはワロニアという地方があって、ワロン人と呼ばれる人々が住んでいる。彼らの話すワロン語は非常にフランス語に似ている。北部の、いわゆるフランドル地方にはフラマン人がいて、フラマン語を話す。これはオランダ語にそっくりだ。公用語はフランス語とオランダ語だが、ワロン人とフラマン人は民族的にも相当違っていて、あまり仲はよくないが、とにかく彼らがベルギーという国を造っている。二つの民族が南北に別れて住んでいるので、軍隊を配備するのがむずかしい。だからベルギーはほとんど全軍をNATOに預けていて、NATOに国防を依存しているんだ」

ヒーターの熱気で車の窓が白く曇っている。正午にパリを出発して、まだ午後の二時だが空は異様に暗い。ヨーロッパ全土に冬が近づいているのだ。窓の外はずっと田園風景が続いている。なだらかな丘陵が続いて、牛がゆっくりと移動している。牛の顔をよく見てみろ、とフェルディナンが言った。

「ベルギーの牛の顔は田舎臭いだろう?」

確かに牛の顔が田舎臭かった。どこが田舎臭いのかはわからないが、顔つきが、よく言えばのんびりしていて、悪く言えば弛緩《しかん》している。それにしても、フランスからベルギーに入ったというのに風景が変わらない。陸続きでまだ三〇〇キロしか走っていないわけだから、風景が同じなのも当たり前だ、みたいなことをわたしが呟くと、物書きのくせに観察力はゼロだな、とフェルディナンが意地悪そうな笑みを浮かべた。

「東京からソウルに行ったフランス人も、同じことを言うかも知れない。東アジアはどの都市も同じだ、そう思うかも知れないよ。文化とはそういうものだ。違いを知らないと全部同じだと思ってしまう。それは違いがないということではなくて、その人が無知だから同じに見えてしまうのだ。農家の造りを見てみろ。フランスとベルギーでは全然違う。防風林の樹木の種類も違うし、丘陵の起伏も違う。まあ、フランスとベルギーの違いはむずかしいかも知れないな。でも、ムッシュー・ヤザキのような観察力のない人間にも、オランダとの違いはすぐわかるよ」

なんて意地悪な言い方をするやつだと思ったが、フェルディナンの言っていることは正しかった。フランスとオランダの違いは何なんだ、とわたしは聞いた。

「風車があるかないかだ」

そう言って、フェルディナンは笑った。


アムステルダムは二回目だったが、前はトランジットで一晩過ごしただけだった。それも十年以上前なので、何も憶えていない。ハイウェーを降りるとすぐに石畳と運河のある市街に入った。街並みを見て、奇妙な既視感にとらわれた。どこかの町にそっくりだと思ったのだ。前回一日だけ訪れたときの記憶ではなかった。アムステルダムは九州にあるテーマパークのハウステンボスにそっくりだった。

もちろん真似をしたのはハウステンボスのほうだが、とにかくそっくりだった。わたしは七、八年前、ハウステンボスで行われていた夏のイベントにキューバのバンドを招聘《しょうへい》したことがあって、十日間ほど滞在した。ハウステンボスそっくりの街並みを見ているうちに、そのイベントの際に知り合った長崎の料亭の若い女将《おかみ》のことも思い出してしまった。わたしは当時四十になったばかりで、その女将は二十七歳だった。ハウステンボス内のホテルヨーロッパのバーで知り合って、そのイベントの十日間をずっと一緒に過ごしたわけだが、わたしが東京に帰るときに、悪いけどこれっきりにして下さい、というようなことを言われて、関係はすぐに終わった。

その秋に、彼女は結婚することになっていたのだ。たった十日間の付き合いだったが、これで終わりにして下さいと言われたとき、わたしは意外なほど傷ついてしまった。そういうことはもっと早めに言うべきではないだろうかと思ったが、そんなことは彼女には言わなかった。そんな泣き言を言ってもしょうがないからだ。わたしは要するに振られたわけで、そういう場合には何を言っても無駄だ。

アムステルダムにもホテルヨーロッパがあった。もちろんこちらのほうが本物なのだが、奇妙なことに、女将に振られたときの心の傷が鮮明に甦った。センチメンタルな気分になってしまったのだ。確かにわたしには感傷的なところがあるが、たった十日間付き合った女から受けた傷を今思い出すのは少し異常だ、そう思った。どうしたんだ、とフェルディナンが声をかけた。よくわからないんだがなぜか憂鬱になってしまった、とわたしが言うと、この空のせいだ、とフェルディナンはフロントガラスからアムステルダムの鉛色の空を見上げた。

「冬のヨーロッパの空は人を憂鬱にする。ポリネシアの家は椰子《やし》の葉でできていて、東洋では紙と木で家を造る。それで、なぜヨーロッパの家が石でできているか。それは冬の空の暗さと冷たさから逃れるためなのだ。わたしもこの季節にはときどき空を眺めて憂鬱になることがある。過去の悲しい思い出がふいに襲ってくることもある。憂鬱な気分というのは、過去の悲しい出来事を思い出して発生するものではない。何か思い出すから憂鬱になるわけではなくて、憂鬱が最初にまずあって、そこにさまざまないやな記憶や悲しい思い出が引き寄せられてくるのだよ。だいたいわたしはこういう空がいやで南仏に住んでいるんだからね。こういう空の下で、正体不明のドイツ人に会う、と考えただけでも、非常に憂鬱になる。この暗い灰色の空が、あらゆる憂鬱を引き寄せるんだよ」

ダム広場の前にあるホテルにチェックインした。こぢんまりとして落ち着いた古いホテルだった。ホテルに着いたのは夕方の四時だったが、すでにあたりはまるで夜のような暗さだった。少し疲れたとフェルディナンが言って、二人とも夕食まで部屋で休むことにした。

窓から外を見ると、確かに古い街並みなのだが、合理的で機能的な印象を受ける。歩道と車道の他に自転車のためのレーンがあって、実際に自転車が非常に多い。比較的小さな街で、土地が海より低いから坂道もないわけだし、エコロジーの面からも自転車は機能的だということなのだろう。

ホテルの部屋の壁にはモンドリアンの複製が掛けてあった。オランダの画家ではレンブラントとゴッホが有名だが、そう言えばモンドリアンもオランダ人だった。モンドリアンの抽象的な合理性はオランダを象徴しているという美術批評を昔読んだことがある。古いホテルだが、合理的で機能的な国にふさわしく部屋のネット環境は最新のものだった。接続料も安いし、回線も容量が大きい。冬次からメールが来ていた。

ケンさんへ

今はどこにいるのかな？　でも日本に帰ったわけじゃなくてヨーロッパのどこかにいるんだよね。まだアルルにいるのかな？　それとも、もうアムステルダムに行ったのかな。

前節のバーリ戦は負けました。
勝てる試合だったけど……。まあそういうこともあるよね。
でもメレーニアのディフェンスに少し変化が出てきたような気がします。
バーリ戦は、アウェーだったけど、昔みたいにべったりと引かなくなったし。

オウンデが成長したのが大きいのかも。
知ってると思うけど彼はナイジェリア人で、独特のドリブルをする。
もちろん足速いしね。
気分屋だけどね（笑）。

もっと呼吸が合うようになれば、もっとパスも出せると思うし。

それはそうと、またセリエBの選手が心臓麻痺で死んだんだよ。
サンプドリアの選手なんだけど。
得点はしてないけど、その試合では、活躍したみたいです。
ここのところ、そういった事故はなかったんで、ちょっと忘れてたんだけど、やはり恐いね。
なんか、よくわからないけど、実験ていうか、例のア＊＊＊ってやつを試しているような感じがする。

アムステルダムで何かわかったら教えて下さい。

ところでイタリアには、いつ来るの？

トウジ

トウジは、アンギオンではなく、ア＊＊＊と符丁のように書いていた。eメールのパケットはよく盗まれるらしいし、アメリカ政府がすべての電子メールを盗み見ているというニュースもあった。だが、アンギオンを製造している連中はまだわたしや冬次のことを知らないはずだから、符丁を使う必要はないのかも知れない。だが冬次はメールにアンギオンと書かなかった。

何かトラブルの種を抱えているときに、常に最悪の事態をイメージする人間と、そうではない人間がいる。危機感を持っているかどうかということだ。大人のくせにトラブルの種をまったく持っていない人間はいないだろう。本当は誰だって常に危機感を持って生きたほうが有利だ。

冬次の異常な注意力には驚かされることがある。東京のホテルで一緒に朝食をとったときのことだった。冬次が座っていた位置からはそのレストランの出入り口は見えなかった。だが、新しい客がレストランに入ってくるたびに、冬次は振り返って、どんな人間かを確認していた。レストランは混んでいて、人々の話し声でうるさかったし、新しく入ってくる客の足音など聞こえるわけがない。たぶん何かを感じるのだろうとわたしは思った。人間の気配のようなものを感じるのだ。

サッカーにおいて冬次はそういった能力をフルに発揮する。第七節、激しい雨の中で行われた対ヴェネチア戦をアルルの有線テレビで見た。前半はヴェネチアゴール前に水たまりができてしまっていて、メレーニアはなかなかラストパスを出すことができなかった。メレーニアゴール前には水たまりのない地域があって、ヴェネチアはそこを攻めてきた。メレーニアは前節のヴェローナ戦で退場になったロレンツェッティに代わって、若いアルビッチィがゴールマウスを守っていたが、芝もボールも濡れたむずかしいコンディションで苦労しているようにわたしには見えた。

ナビッチとオウンデと冬次が何度もサイドを突破しようとするが、水たまりでボールが止まってしまうので、うまくリズムを作れなかった。ナビッチとオウンデの足の速さを活かすこともできないし、冬次のパスも途中で減速してしまうのだ。前半の九分という時間に、ストッパーのグイードが突っ込んできたペトコヴィッチを倒してしまい、ヴェネチアにPK。マニエーロのシュートコースをアルビッチィは読んでセーブしたが、弾いたボールをマニエーロが押し込んでヴェネチアが先制した。

ヴェネチアは先制のあと引き気味に戦ったので、メレーニアは徐々にボールを支配するようになり、後半には水たまりのないゴール前でしだいにパスがつながるようになっていた。そして後半の十分に、メレーニアの同点ゴールが生まれた。冬次は中央でボールをキープし、ヴェネチアのDFに前を阻まれた格好で、右を向き、上がってくるオウンデにパスを出すと見せかけて、左から走り込んできたFWのヴェルフィにふわりとしたループパスを出したのだった。ヴェルフィが必死で足を伸ばし、ボレーでゴール右に押し込んだ。

わたしはその冬次のパスを何度もビデオで再生した。ペナルティアークのほぼ中央で、ヴェネチアのDFのプレスを受けながら、冬次はからだを右へ向けたのだった。いったいいつヴェルフィが背後から走り込んでくるのに気づいたのだろう。後ろを振り向くか、からだを反転させなければ絶対に見えないはずだ。もちろん冬次は振り向いてもいないし、からだを反転させてもいない。そしてそのあともヴェルフィのほうをまったく見ることなく、走り込んでくるヴェルフィがぎりぎりで届くタイミングで、つまりピンポイントで、ループパスを出した。考えられる可能性は、中央でボールを持ち、からだを右に向ける瞬間に、左から走り込んでくるヴェルフィの姿を視界に捉えたのではないかというものだ。

そして当然、右から上がってくるオウンデも目に入った。冬次は右のオウンデにパスを出そうかと一瞬思ったのかも知れない。それで、自分がそう考えるのだから、きっと敵ＤＦも同じように考えるだろうと判断して、右のオウンデではなく、左のヴェルフィに、ループパスを出した。重要なのは、それらの判断と動きが恐ろしく短い間に決定されたということだ。

ゼロコンマ数秒という間に、冬次はそれらの一連の動きを判断し、決定し、実行した。左から走り込んでくるヴェルフィのスピードとコース、敵ＤＦの位置と背の高さとその視線の方向、もちろん敵ＧＫのポジション、それらを瞬時のうちに計算して、冬次はボールを蹴ったことになる。そういう判断と動きは理性ではできない。

冬次は背後で起こっていることを正確にイメージするのだ。どうしてそういうことが可能なのだろうか。それが才能だという人もいるし、訓練の結果だという人もいるだろう。だがいずれにしろ、そういった脳の働きは危機感に支えられている。冬次は背中に目が付いているわけではない。背後や周囲で起こっていることに対し、異様に敏感なのだ。

メレーニアはその得点で自信を取り戻し、結局ヴェネチアを２―１で破り、貴重な勝ち点３を得た。

トウジへ

今、アムステルダムにいます。

まだ例の人物には会っていない。
会ったら、また詳しく報告します。
それで、イタリアだけど、11月21日のフィオレンチーナ戦を見に行くよ。
メールで書けないことも、そのときに話します。

ヤザキ

わたしはそういうメールを出した。

「インドネシア料理はどうだ」
二時間ほど眠ったというフェルディナンは、シャワーを浴びてさっぱりとした顔をしていた。ロビー階にあるバーで、わたしたちは軽く飲みながら夕食の相談をした。変わった雰囲気のバーだった。カウンターと、背の高いテーブルがある。普通ホテルのメインバーはソファだが、ここは背もたれと肘掛けのある硬い椅子だった。一見すると、デパートの食堂のような雰囲気だ。しかし、よく見ると床は大理石だし、壁には鹿狩りを描いた重厚なタピストリーが飾られている。テーブルの表面には貝殻をはめ込んだ象眼細工があって、椅子にも見事な彫刻が施されていた。そのバーでわたしはドライシェリーを、フェルディナンはペルノーを飲んだ。ビールを飲んでいる客が多い。ビールはもちろんハイネケンかアムステルだ。インドネシア料理はほとんど経験がない、とわたしが言うと、それでもわたしたちは今夜はどうしてもインドネシア料理を食べなくてはいけないんだ、とフェルディナンが笑った。

「ヴォルフガング・ラインターラー氏の指定なのだよ」

フェルディナンはすでにドイツ人ジャーナリストに連絡を取っていたのだった。

「面倒なことは早く済ませるに限る、というのが、わたしの祖父の教えでね」

Giornata 9　第九節
ヴォルフガング・ラインターラー

アムステルダムは運河と広場の街だ。つい百年ほど前までは運河が主要な交通手段だった。運河が交錯する場所には必ず広場があって、教会や役所や市場が造られている。わたしたちのホテルはダム広場の一角にあり、ドイツ人ジャーナリストが指定したインドネシア料理屋はライツェ広場にあった。ガイドブックによると、アムステルダムでもっとも格式のあるインドネシア料理屋らしかった。

わたしたちはスーツを着てネクタイを締め、レストランまで歩くことにした。ホテルでもらった地図によると、ライツェ広場までは楽に歩ける距離だと思われたが、すぐにわたしたちは、タクシーに乗ればよかったと後悔することになった。わたしたちはコートを持ってこなかった。出発地のアルルはコートが必要な気温ではなかったからだ。しかし、陽が沈んだあとの十一月のアムステルダムでは運河の彼方から非常に冷たい風が吹いてきた。人々はみな冬用のコートやブルゾンを着ている。毛皮のコートを着ている婦人もいる。しかもタクシーは専用の乗り場か大きなホテルの前でしか拾えない。そしていつも、そういった寒さに気づくのは、アペリティフの酔いが醒める頃、つまりホテルに戻るより何とか頑張って目的地まで行ってしまったほうがいいという距離まで歩いたあとだ。

そのインドネシア料理屋は、ライツェ広場の裏手、レストランやバーが並んだ通りにあった。その通りを探すのにわたしたちはかなり苦労した。寒さのためにお互いに不機嫌になって、地元の人にレストランの場所を尋ねることなく、やみくもに歩いたからだった。知らない街を歩くときは、地元の人に道を尋ねるべきだ。オランダ人は親切でしかもほとんどすべての人が英語を話す。

「たぶんここだろう」

「きっとこういう感じの通りだと思う」

わたしとフェルディナンはスーツの襟を立て、ポケットに手を入れて、寒さに震えながら、ライツェ広場の周囲を歩き回り、道を間違えるたびにお互いのせいにして、最後には相手を罵《ののし》りながら、やっとの思いでその通りを見つけた。その通りにはいろいろな国の料理のレストランが並んでいた。レバノン料理、イタリア、ギリシャ、トルコ、北アフリカ、スペイン、中華、韓国、パキスタンなど。通り全体にエキゾチックな雰囲気があって、わたしは改めてオランダが貿易立国だったことを思い出した。レストランの他に、照明を極端に落としたバーもいくつかあって、マリファナの匂いが漂ってきた。オランダでは大麻は容認されている。そう言えばアムステルダムには飾り窓と呼ばれる有名な公娼街もある。麻薬や売春を厳しく取り締まるよりも、一部合法化したほうがリスクが小さいと判断しているのだろう。合理的な考え方かも知れない。

「プリ・マス」というそのインドネシア料理屋は小さな建物の二階にあった。急な傾斜の階段を上がっていくと香辛料の匂いが漂ってきて、入り口に立つと、蝶タイをした店員がドアを開けてくれた。店の中はそれほど広くなくて、ガムランの音楽が流れていた。テーブルまで案内してくれた女性の店員は小柄で、民族衣装をアレンジした制服を着ていた。お辞儀をする女性を久しぶりに見て、礼儀正しい気がした。冷えたからだが店内を進むうちに暖まったこともあって、東洋人の優しさを感じたのだ。

　わたしたちが席に着くと、バーカウンターでカクテルを飲んでいた中年の男がこちらを見た。右手を上げてわたしたちに挨拶し、そちらのテーブルへ行っていいか、という仕草をした。わたしたちは立ち上がって挨拶を交わしたが、ヴォルフガング・ラインターラーは非常に背が高かった。わたしとフェルディナンは共に一七〇センチ台の前半だが、ヴォルフガング・ラインターラーの顔を見るためには首を反らして見上げなくてはならなかった。ゆうに一九〇センチを超えているだろう。着古した黒の革のジャケットを羽織り、厚手のコーデュロイのパンツをはいている。そして彼はスキンヘッドだった。

「ビジネスカードの交換をしよう」

　ヴォルフガング・ラインターラーはそう言って、財布から名刺を出した。名刺には「ジャーナリスト」という肩書きが英語で書いてあった。

「ビジネスカードの交換をすると、仕事で会っている、という印象をまわりに与えることができる」

長い足を折りたたむように窮屈そうに椅子に座りながら、ヴォルフガング・ラインターラーは低いしわがれ声で言った。

「わたしは実際にジャーナリストで、これまでおもに、ネオナチや極右の若者たちの取材をしてきた」

ネオナチという言葉を聞いて、わたしは緊張した。外の冷たい風をもう一度受けたような気分になった。

「わたしは、当局や、ネオナチのグループからも目をつけられているが、これまで何度も外国のテレビ局と一緒に仕事をした。日本のテレビ局とも、何度も仕事をしたことがある。だから、さっきのようにビジネスカードの交換をすれば、万が一、誰かに見られていても、仕事の話で会っているという印象を与えることができる」

ヴォルフガング・ラインターラーは一つ一つ言葉を選ぶようにゆっくりとした英語で話したが、知性のある人物だとわたしは思った。わたしやフェルディナンよりはるかにしっかりした英語だったし、違う言語圏・文化圏の人間との会話に慣れている感じがした。どうすれば理解してもらえるか、会話に際してそれを真っ先に考慮することが当たり前になっている人間の話し方だった。

ウェイトレスが飲み物のオーダーを取りに来た。わたしとフェルディナンはビールにした。ウォッカのような強い酒を飲みたかったが、酔ってはいけないような気がした。ヴォルフガング・

ラインターラーはカクテルのお代わりを頼んだ。彼が飲んでいたのはドライマティーニだった。

「わたしは、コリンヌ・マーティンの友人から、フロッピーディスクを預かって、それをある安全な場所に移した。できれば、そのフロッピーディスクを、あなたがたにピックアップしてもらって、メディアに公表して欲しい。どの国のどのメディアでもいい。それは確実にニュースになるし、匿名《とくめい》で情報を送れば誰にも怪しまれることはない」

前菜が運ばれてきた。甘酸っぱい野菜、それに鶏と羊のサテーだ。サテーは、冷めないように固形燃料で温められている。少し順序立てて話してもらえるだろうか、とフェルディナンがヴォルフガング・ラインターラーに言った。

「もし、あなたがたが、わたしが言ったことをやってくれるなら、必要最小限のこと以外は聞かないほうがいい。特に、わたしたちがどういう勢力を相手にしているのかは、具体的に知らないほうがいい」

ヴォルフガング・ラインターラーは、マーティン女史と同じようなことを言った。わたしは胃の下あたりに違和感を覚えた。ヴォルフガング・ラインターラーは冷静に話している。年齢はわたしと同じ四十代の後半だろう。端整な顔つきをしているが、瞼《まぶた》の下や額には深い皺《しわ》が刻まれている。耳の上に皮膚がねじれたような傷痕があった。

「だが、もちろんあなたがたは最低限の情報を知りたいと思うだろう。わたしは最低限のことは話す。最低限のことというのは、とりあえずの信頼を生むに足りる情報ということだ。だが、どうかそれ以上のことは聞かないで欲しい。それはわたしが話したくないからではなく、どんな場合でも、必要以上の情報を持つとろくなことがないからだ」

ヴォルフガング・ラインターラーは一度話を中断して、羊のサテーを口に入れた。味を確認するように、うなずきながら食べている。

「しかしこのサテーという料理は本当においしい。どういう味つけがなされているのか、どういった香辛料が使われているのか見当がつかない。このサテーという料理が誕生した頃、アジアは圧倒的な文化の高さを誇っていた。その頃欧州は、単に肉を火に焙《あぶ》って食べていたし、ほとんどの民衆は安物のワインとパンしか口にできなかった。中世まで、欧州は世界でもっとも貧しい地域で、何度も重大な危機に見舞われた。貧困と危機が、試練を与え、それが世界をリードする原動力になったわけだが、わたしたち欧州人の時代はすでに終わろうとしている。問題は、数え切れない内乱と戦争でわたしたちが異常に疑い深くなり、契約以外の信頼を失ったことだ」

確かに、鶏と羊のサテーは文句なしにおいしかった。どんな香辛料が使われているのかわからない。かすかな甘みがあるが、単純な砂糖の甘さではない。胡麻や果実や香辛料を複雑に組み合わせた深みのある甘さだった。

「まずわたしのことを簡単に紹介しなければならない。わたしは、八〇年代に、ネオナチやスキンヘッズパンクやフーリガンのドキュメンタリーを何本か作った。それで彼らとのコネクションができた。基本的にそういった連中は、政治的にはどうということはない。つまり力を持っていない。非常に暴力的で、メディアの注目を集めやすいが、わたしに言わせれば、反抗的な子どもにすぎない。しかし、行動が派手で、常に事件を起こすのでメディアの注目を集める。彼らの資金源は大雑把に言って二つある。一つはメディアだ。わたしは彼らと各国のメディアの橋渡しをしていた。ギャラの交渉をして、彼らに資金を提供したりした。もっとも高額なギャラを提示したのは、日本のあるテレビ局だった」

そう言って、ヴォルフガング・ラインターラーはわたしを見た。日本のテレビならやりかねないとわたしは思った。

「日本のテレビ局は、ちょっと異常だったよ。他の国のメディアの十倍から二十倍の額のギャラを提示するんだが、なぜ欧州のネオナチを取材したいんだと聞いても答えないんだ。暴力的で、エキセントリックな集団を独占取材できれば話題になる、とそう言っていた。

ネオナチや極右の若者の集団のもう一つの資金源だが、これは非常に危険な連中だ。彼らのことを深く知ろうと思ってはいけない。貧しい家に生まれて、大多数が虐待を受けて育ってきたネオナチやスキンヘッズパンクやフーリガンのことなんか、連中はまったく考慮していない。そんな若者が死のうと生きようと連中には関係ない。連中は、社会の関心がそういった若者に集まればそれでいいと考えている。メディアに注目されたくないから、ネオナチの集団に資金を与えて適当に暴れさせているというわけだ。資金も、連中からネオナチの集団へと直接流れるわけではない。決して流れをつかむことのできない複雑なルートを経て、資金はネオナチの集団へと渡る」

インドネシア料理を食べながら、スキンヘッドの大男に極右とかネオナチとかの話を聞くのは変な感じだった。サテーのあとに、カニ肉が入ったスープが出た。とろみがあって、スパイシーだが舌を刺すような辛さではない。海の香りのする葛湯《くずゆ》のようだとわたしは思った。溶き卵とコリアンダーの葉が浮かんでいて、柔らかで優しい味だった。

「連中は、本質的に、八〇年代や九〇年代に誕生した新右翼とも無関係だ。欧州における極右勢力は、基本的に人種主義に根ざしている。わたしは彼らが嫌いだが、彼らは常にメディアの注目を集めているので、実はそれほど危険ではない。ファシズムと言えば、有名なのはもちろんドイツとイタリアだ。ドイツには国家民主党というファシズムの政党があるし、『ドイツ国民並びに兵士新聞』という発行部数十万の新聞もあって、そのグループはドイツ民族連盟その他の行動組織を持っている。彼らはナチ体制の正当化を主張し、反外国人・反EU・反ユダヤ主義のキャンペーンを行っている。ヒトラーの後継者を自称するミハエル・キューネンという元軍人もいて、彼は自由ドイツ労働者党という組織を率いている。

イタリアでは、ムッソリーニの孫であるアレッサンドラ・ムッソリーニが、九〇年代の二度の総選挙で、イタリア社会運動という政党から立候補して当選した。その後、イタリア社会運動を中核とする国民同盟は、イタリアメディアの帝王でACミランの会長でもあるベルルスコーニの政治組織であるフォルツァ・イタリアを媒介とした北部同盟という政党と提携した。これら一連の出来事は、イタリアファシズムの復活として欧州全体から警戒されたが、わたしに言わせれば、こういった連中はさほど恐くはないのだ。

同様に、フランスには有名なジャン゠マリー・ルペンの国民戦線がある。ルペンの政治的主張はやはり人種主義、国粋主義だ。イギリスの場合は、インド大陸とカリブ海諸国からの移民への反発が極右勢力を台頭させる原因になっている。要するにインド人とパキスタン人、それにジャマイカ人だ。主な政党としてはイギリス国民社会主義運動があるが、国民社会主義がナチスを連想させると攻撃を受けたのちに、イギリス運動と名前を変えた。

その他にも、ベルギーにはアクション・フランセーズ、社会ベルギー運動、ヨーロッパ新秩序、青年戦線、フランデレン武闘秩序、ここオランダには、ネーデルランド反対派連合、ネーデルランド民族連合、中央党、スペインには、新しい力、スペイン評議会、スペイン・ヨーロッパ友の会、新アクロポリス、そしてギリシャには、学生の国民的前衛、統一国民社会主義運動などがある。過去、ドイツには、国防スポーツ団という組織があって、彼らはPLOのアラファトと協力して反ユダヤの軍事訓練を行っていた。彼らは、反EUということもあって、常にメディアに注目されている。だが、わたしが問題にしているのは、これらの極右勢力ではない。もちろん何らかのつながりはある。たとえば、面倒な事態を打開するために暴力を必要とするような場合は、例によって複雑なルートを使って、指令が出され、資金が動き、今話したような組織が利用されることもある。一つだけ言えるのは、連中は、彼ら自身にも把握できないほど巨大だということだ。ある意味では、欧州の中核にいて、左翼も右翼もなく、金融・実業界の一角を支配している。彼らに対抗しようなどと考えてはいけない。彼らにはある種のネットワークがあるだけで、組織としての実体があるわけではないので、対抗しようと思っても無駄なのだ」

わたしの横で、フェルディナンが憂鬱そうな表情をしている。こんなことには関わりたくなかったというような顔だった。

「ただ、連中がやろうとしていることはあまりにもバカげている」

ヴォルフガング・ラインターラーはそう言って首を振った。連中は何をしようとしているのか、とわたしは聞こうとしなかった。ヴォルフガング・ラインターラーが言った欧州の極右政党の名称が頭にこびりついてしまって、わたしは恐怖に駆られていたのだった。

「連中は、非欧州のスポーツ選手や非欧州のスポーツクラブチームに、巨額の金が支払われていることが我慢できなかった。当然、クロアチアやスロヴェニアなども非欧州に含まれてる。警告を発するために、ある薬を実験的に使おうとしているわけだが、それは彼らにとっては玩具にすぎないし、興味深い遊びでさえある。わたしの言っている意味がわかってもらえるだろうか」

わたしはうなずいた。アンギオンは心肺機能を爆発的に強化する。服用した選手はゲームで大活躍するが、その後心臓麻痺で死んでしまう。アンギオンを操る連中は、どのチームのどの選手に飲ませるかで、トトカルチョなどで楽しむことができる。そして、非欧州出身の選手にそういった事故が続けば、何らかの陰謀を察してEU外の選手は欧州でプレーするのを避けるようになるだろう。ひょっとしたらそれは欧州サッカーの自滅につながるかも知れない。だがおそらく、連中はそんなことは考慮に入れていないだろう。そういった連中は、単に自分たちには不可能なことはないということを示したいだけなのだ。巨大な資本さえあれば欧州サッカーの未来などどうにでもなると思っているのだろう。

ヴォルフガング・ラインターラーが奇妙な質問をした。

「ミスター・ヤザキ、あなたはキューバ共和国にコネクションがありますね?」

わたしはうなずいた。キューバという固有名詞が出て、魚の唐揚げの切れ端を口にくわえたフェルディナンがわたしのほうを見た。わたしは数年前からキューバの音楽の権利を買ったり、無名のミュージシャンのレコーディングをしたり、原盤権をヨーロッパのディストリビューターに売ったりしてきた。ビジネスとしてはささやかなものだったが、半年に一度くらいのペースでキューバを訪問できるのが楽しみだったのだ。キューバには、まったく汚れていない青い空と海、ラムと葉巻、非常に質の高い音楽とダンスがあった。また革命を成就させ、その後の家族の別離やアメリカの経済制裁に耐えてきた明るく強い人々がいて、キューバに滞在すると必ずわたしは勇気を得ることができた。

しかしヴォルフガング・ラインターラーはどうしてわたしとキューバの関係を知っているのだろうか。そのことを尋ねると、彼は微笑みながらブルゾンのポケットを探り、一冊の本を取り出した。わたしの著作のフランス語版のペーパーバックで、もちろんフェルディナンが刊行したものだった。その本の著者紹介に、ヤザキは世界各地のローカルな文化に惹《ひ》かれていて特にモロッコとキューバをよく訪れる、と書いてあった。

「エミーリオ・ドミンゲスというキューバ人の画家をご存じですか」

ヴォルフガング・ラインターラーがそう聞いて、わたしはうなずいた。エミーリオ・ドミンゲスは世界的に有名な現代画家だ。確か日本でも個展が開かれたはずだ。ただ、わたしは面識がない。

「半年前、エミーリオ・ドミンゲスがドイツを中心に大規模な個展を開きました。フランス、ドイツ、オランダ、それにアイルランドやイギリスなど八ヶ国十三人の美術評論家が、個展のブックレットに文章を寄せた。個展をオーガナイズしたのは、フランス人の画商で、彼はわたしたちの友人です。彼は、十三人の美術評論家の文章を一枚のフロッピーディスクに収め、エミーリオ・ドミンゲスにプレゼントしました。

エミーリオ・ドミンゲスが、将来、他の場所で個展を開くときに、そのフロッピーに収められた文章をブックレット用に使えるようにとプレゼントしたわけです。そのフロッピーには、十三人の美術評論家による十三編のエッセイの他に、実はもう一つまったく別の種類のテキスト書類がコピーされて入っている。フランス語で書かれた約一万字のレポートです。ミスター・ヤザキ、わたしたちがあなたに何をお願いしたいか、今までの話でわかっていただけるだろうか」

Giornata 10　第十節
スタジオ・アルテミオ・フランキ　フィレンツェ

十一月も終わりに近づいた。ヨーロッパ全域が冬を迎えたようだった。アムステルダムからブリュッセルへ行き、その後アルルに一度立ち寄って、次にパリから朝一番の便でローマへと向かった。ローマの空港にはアントネッリが迎えに来ていた。中部イタリアの冬景色を見ながらメレーニアに向かい、いつものホテル・ブルファーニに慌ただしくチェックインすると、再びアントネッリのランチアに乗り込んで、アウトストラーダを北へ向かった。高速をしばらく走るとすぐにFIRENZEという表示が見える。メレーニアからフィレンツェまでは約二時間の距離だ。

セリエAの第十節、冬次とメレーニアは名将トラパットーニ監督率いるフィオレンチーナと戦うことになっていた。ずいぶんと久しぶりだ、とアントネッリがバックミラーを見ながら話しかけてきた。ミスター・ヤザキはずっと日本にいたのかな？　と聞かれて、いや仕事でヨーロッパを旅していたよ、とわたしは答えた。アントネッリはバックミラーでわたしの表情を確かめると、すぐに話しかけるのを止めた。わたしはきっと憂鬱そうな顔をしていたのだと思う。アムステルダムでのヴォルフガング・ラインターラーとの会話が胃のあたりにしこりとなって残っているような気がした。

窓外に拡がるトスカーナは冬でもその美しさを失うことはなかった。灰色の雲で空はほとんど被われているが、羊や牛の群れが、谷間に射し込んでいるわずかな陽の光の帯をなぞるように丘陵を移動している。彼方の山頂に雪が舞っているのが見えた。昨年も冬にトスカーナを訪れた。わたしはメレーニアから車で一時間ほどのところにあるグッピオという街に行ったのだった。グッピオはプラキディア州の小高い山の中腹にある古い街で、中世の教会がそのまま美術館になっていた。非常に寒く、空はどんよりと曇っていた。三階の回廊の突き当たりに石造りのテラスがあり、グッピオの旧市街を見下ろすことができた。オレンジの屋根が連なる数十戸ほどの区画だ。どの町にも必ずある教会の尖塔が集落の中心にあり、ときおり鐘の音が聞こえた。山の上を見上げると、厚い雲がゆっくりと移動していて、雪が降りてきた。霧が漂ってくるように雪が近づいてきた。綿雪で、まるで白い花のようだった。そしてあっという間に、グッピオの旧市街全体が舞い落ちる綿雪に包まれた。オレンジの屋根の連なりが、白い綿毛のような雪に霞んで見えた。

去年のことなのに、あれからもう何年も経ったような気がする。わたしはヴォルフガング・ラインターラーに、もしキューバに行くことがあったら依頼の件を考えてみる、と返事した。フェルディナンはもう何も言わなかった。その後のブリュッセルでも、アルルでもわたしたちはほとんどヴォルフガング・ラインターラーやマーティン女史の話をしなかった。十三編の美術評論の間にマーティン女史のレポートを紛れ込ませたフロッピーディスクはエミーリオ・ドミンゲスのアトリエに保管されているのだそうだ。

そのレポートを発表してしまったらマーティン女史に危害が及ぶのではないか、とフェルディナンはヴォルフガング・ラインターラーに質問した。それに関しては何とも言えない、長身でスキンヘッドのドイツ人ジャーナリストはそう答えた。

「アンギオン計画を進めている連中は一枚岩ではない。企業にたとえると巨大なコングロマリットのようなもので、しかも絶対的なリーダーが存在しているわけでもない。アンギオン計画がメディアに暴かれて、警察や司法が動きだせば、当然連中は多大な不利益を被る。計画を推進してきた連中は責任を取らなければならなくなる。

そういう事態が発生したときに、もしマーティン女史が殺されるようなことがあれば、誰が疑われるか、それは明らかだ。そういうリスクを冒すのを連中の中枢は嫌がるだろうとわたしは推測しています。理解して欲しいのですが、たとえばわたしがヨーロッパのメディアにフロッピーを渡すことは、次に挙げる二つの理由から、できないのです。まず一つは、連中が、欧州の主要国のメディアに少なからず影響力を持っているということ。彼らが直接経営する放送局や新聞社もありますし、編集部や事業局に人員を送り込んでいる場合もある。フロッピーを持ち込んでも闇に葬られる危険性が高いのです。二つ目の理由として、欧州主要国は通貨統合に際して内部分裂を避けたいと思っているので、アンギオンのように、身内の恥になるような事件を大きく扱わない傾向がある。

また、フロッピーの内容をeメールでメディアに送付するには時間がなかった。マーティン女史の研究・実験データはかなり膨大で、また生化学用の特別なソフトで書かれたものだったので、急いで圧縮変換して、すぐに持ち出さなくてはならなかったのです。わたしたちは保管場所としてキューバは最適だと思いました。連中の影響力が及ばない国だからです。しかし、エミーリオ・ドミンゲス自身に事情を話して、フロッピーの処理を依頼するのは不可能だった。エミーリオは七十歳を超えていて自身ではコンピュータを使わないし、それにキューバからの告発では政治的な意味が加わってしまう。たとえばアメリカのメディアは見向きもしないでしょう。ミスター・ヤザキにお願いするしかないとわたしたちが考えたのは以上のような理由からです。ただし、この件は言うまでもなく単なるお願いであって、ミスター・ヤザキはいかなる義務も負っているわけではない。わたしたちの依頼を受けるのも、無視するのもあなたの自由です」

ヴォルフガング・ラインターラーの依頼をどうするつもりだ、アルルで別れるときにフェルディナンはわたしに聞いた。まだ決めていない、とわたしが答えると、そうか、と言って、ただ何度かうなずいた。そして微笑みを浮かべ、次のように言ったのだった。

「とにかく、フィレンツェでサッカーを楽しんでこいよ。友人のサッカー選手にも会えるし、それに君は、フィレンツェのチームのポルトガル人プレーヤーが好きなんだろう?」

フィレンツェにメレーニアのゲームを見に来るのは二度目だった。冬次がセリエAに行くことが決まったとき、わたしはフィオレンチーナとの対戦を考えて胸を躍らせたものだ。フィオレンチーナには、マヌエル・ルイ・コスタというポルトガル人のゲームメーカーがいた。冬次と知り合う前は、ルイ・コスタはわたしがもっとも好きなプレーヤーだった。わたしはもう三十年近くサッカーを見てきたが、好きになる選手はゴールゲッターではなかった。繊細なパスを出すゲームメーカーだった。ゲームメーカーにもタイプはいろいろあるが、この十年に限って言えば、コロンビアのヴァルデラマ、ルイ・コスタ、そして夜羽冬次だ。

サッカーというスポーツは得点が極端に少ない。0－0というスコアも決して珍しくないし、ゲーム展開によっては0－0でも充分に楽しめる。カウンター攻撃など特別な場合を除いて、サッカーでは守備の人数が攻撃よりも多い。要するに点が入りにくいのだ。一点が非常に重いし、先取点を取ったチームは圧倒的に有利になる。先取点を奪われたチームは攻撃に人員を割かなくてはならないが、多大なリスクがある。攻め上がっているときにパスミスなどでボールを奪われると非常に危険なのだ。ワールドカップのように大きな大会の決勝トーナメントでは、終盤になると一点ビハインドのチームは気が狂ったような攻撃を見せる。たった一点のために、億万長者の選手たちが目の色を変えて走り回るのだ。中南米ではサッカーの一点が原因で人が死んだり戦争が起こることもある。

ゴールが決まったとき、スタジアムは爆発したかのように揺れるが、ラストパスが通ったときには凍りついてしまう。ゴールは常に奇跡的なもので、爆発的な歓喜と茫然自失の絶望を生む。ある意味で残酷な現実であり、起こってはいけないことだ。だが、そういったゴールに結びつくラストパスは、現実ではなく、想像力に訴えるイメージとしてわたしたちに刻まれる。

ラストパスは、しばしばディフェンダーを嘲笑《あざわら》うように、狭い隙間を通っていく。誰もいないスペースをボールが不安定に転がるのだが、それはディフェンスが九九パーセント支配するゴール前の状況を一瞬にして変化させる。どんな激しい攻防が繰り返されていても点が入らない、わたしたちはそこで安心する。激しいプレーの応酬のあとに再び平穏が訪れたことで安心を得ることができるわけだ。だが、ラストパスは、そういうサッカーの流れの中で、決定的な違和感を生み出す。ヴァルデラマやルイ・コスタや夜羽冬次から出されるラストパスは、一瞬にしてゲームを終わらせてしまう。ラストパスが通った瞬間、わたしたちは次に起こる歓喜と絶望をイメージして息を呑み、動けなくなってしまう。興奮と悲劇につながる瞬間を目の当たりにして、スタジアム全体が凍りついてしまうのだ。だから優れたラストパスを出す選手は、本当はゲームを作り上げるゲームメーカーではなく、敵を潰してゲームを終わらせてしまうゲームクラッシャーとでも呼ぶのがふさわしい。しかも彼は力で敵を粉砕するのではない。デリケートにコントロールされた正確な技術と卓越した想像力で敵のもっとも弱いところを撃つのだ。

　昨年と同じように中心地にあるホテル・エクセルシオールで簡単な昼食をとり、わたしはすぐにスタジアムに向かった。イタリアルネッサンスが生まれた古都の道路を、群れをなしたバイクが疾走している。彼らは一様にフィオレンチーナのチームカラーである紫色のスカーフを巻き、シンボルマークをプリントした紫色の旗をはためかせている。フィレンツェの連中は気が立っているようだ、そうアントネッリが呟く。常に優勝争いに加わるフィオレンチーナだが、五節ローマにホームで敗れて以来、パルマに負け、格下のピアチェンツァにも敗れ、その後もセリエAに昇格したばかりのトリノにも引き分け、最下位のカリアリにも勝てずに、不本意な九位という位置に低迷していたのだった。今日の試合は大変だ、とアントネッリが言った。フィオレンチーナは絶対に負けられないだろう。
「もう長いことホームで勝っていないからサポーターは爆発寸前だ。フィオレンチーナは絶対に負けられないだろう」

スタジアオ・アルテミオ・フランキ。冬次が用意してくれたチケットはメインスタンドで、周囲はフィレンツェのサポーターで埋まっていた。わたしのすぐ前に全身を紫色で包んだおばあさんが座っている。紫色のスーツとコート、紫色のスカーフと紫色のストッキングと紫色の靴、それに紫色のアイシャドーとリップを塗り、髪を紫に染めて紫色の小旗を振っている。日本のサッカースタジアムにこんな格好のおばあさんがいたらきっと精神状態を疑われるだろう。おばあさんは、選手紹介のときに、バティストゥータとルイ・コスタの名前が呼ばれると勢いよく立ち上がり、バティー、ルイィィィィ、と盛りを過ぎたソプラノ歌手のような声で叫んだ。隣りの夫らしい老人が苦笑している。周囲の観客がその老人の肩を慰めるかのように叩いている。微笑ましい光景だとわたしは思った。

かつてロベルト・バッジョはフィオレンチーナのスターだったが、当時の世界最高額の移籍金でユヴェントスへ移った。そのとき、ヴィオラ、紫と呼ばれるフィレンツェのサポーターは怒り悲しんだ。バティストゥータはアルゼンチン人だが、八シーズンもフィオレンチーナでプレーし、九三―九四シーズンにフィオレンチーナがセリエBに落ちたときも、チームを離れなかった。ルイ・コスタはポルトガル人だが、すでにフィオレンチーナで五シーズンを戦って、チームを代表する選手になっていた。二人は何度もチームの危機を救った。フィレンツェの人々にとってバテイストゥータとルイ・コスタは誇りなのだ。二人が外国人であろうとそれは関係がない。だから全身を紫色で飾ったおばあさんは、まるでアイドルに嬌声を上げるティーンエージャーのように二人の外国人選手に声援を送るのだ。

ホームのフィオレンチーナのシステムは3—4—1—2という超攻撃的なものだった。ゴールキーパーのトルドは二メートル近い大型選手だ。二十歳という若さで代表の座をつかんだブッフォンを始め、九四年のワールドカップの正ゴールキーパーだったパリューカ、ユヴェントスの黄金時代を築いたペルッツィ、また往年の輝きを今も失うことなく名門ラツィオのゴールマウスを守るマルケジャーニ、ローマのアントニオーリ、そしてメレーニアのロレンツェッティなど、八二年のスペインワールドカップでイタリアを優勝に導いた伝説のディノ・ゾフ以来、イタリアでは多くの傑出したゴールキーパーが育っている。その中でもトルドは、常に冷静さを失わないクレバーな選手であり、運動能力も非常に高かった。

ディフェンダーはアダーニ、フィリカーノ、ピエリーニの三人。彼らは地味だがしつこくからだを張って敵を追い回すイタリアンディフェンスの典型だった。中盤には右サイドにディ・リーヴィオがいる。ユヴェントスから移ってきた三十三歳のベテランだが、試合開始から終了まで全力で走り続ける男としてほとんどすべてのイタリア人に愛されている。ディ・リーヴィオはユヴェントス時代、足が痙攣していることに気づかずにプレーしたことがあった。急に走るのを止めたあと、不思議そうな顔をしてピッチに倒れ、駆けつけたドクターに指摘されて初めて自分の足の痙攣に気づいたのだ。

中盤にはその他にコイス、ロッシットがいて、左サイドがドイツ代表のハインリッヒだった。ワールドカップ'98のドイツは準々決勝でクロアチアに敗れたが、左ウイングのハインリッヒは高い評価を得て、セリエAに移ってきた。映画『ホームアローン』の主演の少年そっくりのとぼけた顔をしているが、彼の左サイドの突破とセンタリングは相手チームにとって脅威となっている。トップ下にルイ・コスタがいる。ときにはフォワードを追い越して最前線に飛び出し、サイドに回り込んでクロスを上げ、ピンチになるとディフェンダーの位置まで下がることもあった。つまり冬次とまったく同じポジションだ。そしてルイ・コスタの前に、バティストゥータとバルボがいた。バルボはバティストゥータと同じくアルゼンチンを代表するゴールゲッターだった。九四年のワールドカップで、二人はカニーヒアとともに世界最高と言われるスリートップを構成した。バルボはウディネーゼでセリエAのキャリアをスタートさせた。そのあと数年間ローマでプレーしたが、当時のローマはバルボと、ウルグアイ人のフォンセカの二人だけで点を取っていた。

全身を紫色で包んだおばあさんがもう一度立ち上がって甲高《かんだか》い声で叫んだ。ゲームが始まったのだ。久しぶりにスタジアムで見るセリエAのゲーム。わたしは胸が高鳴った。

Giornata 11 第十一節
ジェノアのミルフィユ

ゴール裏を点拠したフィレンツェのサポーターが紫色の旗を一斉に振っている。メレーニアのサポーターは一方のゴール裏の隅に金網で隔離されている。数は三百人というところだろう。メレーニアから車で二時間という距離なので、三百人というまとまった数のサポーターが集まった。

去年ジェノアにメレーニアのアウェーゲームを見に行ったことがある。対戦相手はサンプドリアで、冬次がセリエAに移籍してきて最初のアウェーゲームだった。ジェノアは美しい港町で、水族館に行ったりおいしいシーフード料理を食べたりとわたしは試合前の休日を楽しんだのだが、冬次は宿舎のホテルから出られなかった。

ジェノアでもっともスノッブなレストランでわたしは食事をして、サッシカイアのワインを飲み、冬次がセリエAに移籍してくれたおかげで食事もワインも本当に楽しんでるな、と思い、そして最後にデザートにミルフィユが出てきたのだが、それが信じられないくらいおいしかった。

そのときわたしは、メレーニアで知り合ったイタリア語を学ぶ若い日本人女性と一緒だった。

目の大きいきれいな子で、きちんと自分の意見を言う快活な女性だった。わたしは彼女と水族館へ行き、平目やエイのザラザラした背中に触ったり、ジェノア湾を一望する丘の上のカフェでアイスクリームを食べたりして楽しい一日を過ごしたのだった。親密な雰囲気が生まれていて、ホテルの部屋は一応別に取っていたが、レストランではジェノア特産の白ワインを一本と、八五年のサッシカイアを一本空けたので、お互いにかなりの量の理性が失われていて、グラッパを二、三杯飲んだら危険な夜になるかも知れないなと思っていたところだったのだ。

そういう下心が、そのミルフィユを食べた瞬間に、霧が晴れるように消えてしまった。何か特別な香辛料でも入っているのではないかと思ったが、生クリームとパイ皮で作られたごく普通のどこにでもあるようなミルフィユだった。生クリームの柔らかさとクリスピーなパイ皮のコンビネーションが何かわけのわからない効果を生んでいるのだと気づいたときには、わたしは一人前をすでに食べ終わっていた。ふと向かいに座っているきれいな顔立ちの若い日本人女性を見ると、彼女も同様にミルフィユを食べ終わったばかりだった。わたしたちは一言も発することなくミルフィユを食べ尽くしたのだ。もう一つミルフィユを食べようかと思うんだけど、とわたしが言うと、わたしもそうします、と彼女は口のまわりについた生クリームをナプキンで拭いながらうなずいた。

二つ目を食べているときに、どうしてこのミルフィユはこんなにおいしいんでしょうか、と女性がわたしに聞いた。砂漠で迷子になった人は、最初の一杯の水をきっと無言で飲み干すだろう。飢えに苦しんでいる人にパンを与えると、きっとおいしいとは言わずに黙々とパンを食べ尽くすだろう。わたしたちはまさにそういう感じで一つ目のミルフィユを食べ、二個目を食べているときに初めて口を開く余裕が生まれたのだった。わたしは、そのミルフィユを作った料理人の技術に畏敬《いけい》の念を持った。そしてセリエAに来て初めて、アウェーの地で戦う冬次のことを考え、若くてきれいな女性と極上の食事とワインを味わい、彼女と今夜どうするかなどと考えている自分に罪の意識を感じてしまった。

わたしは冬次にこのミルフィユを持っていくことにした。偶然にもわたしたちのホテルは冬次の宿舎となっているホテルの隣りにあったのだ。携帯でその旨を冬次に告げると、本当は外部からの訪問は禁止されてるんですけど、そんなにおいしいミルフィユなら食べたいな、と彼は言った。冬次が好きなのは「きのこの山」とか「たけのこの里」などのスナック菓子と駄菓子だったが、もちろんミルフィユだって嫌いではなかった。

冬次のホテルに着いたのは夜の十一時で、ロビーもエレベーター付近も異様に静かだった。自分の腕時計の音が聞こえてくるような静けさで、明日の試合のために選手たちはもう寝ているのだろうとわたしは思った。客室が並ぶ廊下も静まり返っていて、わたしは足音を立てないように、まるで泥棒のように忍び足で歩かなければならなかった。廊下の角を曲がると、一つの部屋の前に、冬次がドアを開いて立っていた。廊下は薄暗く、背後からの部屋の灯りで冬次のシルエットが浮かび上がっていて、彼のからだがいつもより小さく見えた。サッカー選手としては大きいほうではないが、充分に鍛えられた鋼のような筋肉が全身を支えている、冬次はそういうからだをしているが、そのときは幼さの残る少年が一人ぽつんと薄暗いホテルの廊下に立っているような、そんな感じがした。ミルフィユ持ってきたよ、わたしがひそひそ声でそう言うと、ありがとう、と冬次は微笑んだ。そして、ジェノアって海があるんだね、と言った。今日は軽く練習をしたあと、部屋の窓からずっと海を見ていたのだそうだ。他の選手たちはホテルのまわりを散歩してたけど、おれは部屋にいたんだよ。

じゃあ明日、と言って、わたしたちは別れたが、アウェーゲームの前夜にセリエAの選手と面会したのは、きっとわたしだけではないかと思ったりした。静まり返った薄暗い廊下を忍び足で戻るときに、ワインの酔いが全部消えてしまっているのに気づいた。冬次に元気がなかったというわけではなかった。だがわたしは、何か見てはいけないものを見たような、重い気分になっていた。薄暗い照明の廊下に立っていた冬次からは、孤独のオーラが漂っていた。周囲から自分を切り離してたった一人で戦いを待つという冷たいオーラだ。そういう人間をそれまで見たことがなかった。

その翌日、サンプドリアのホームスタジアムでは、メレーニアのサポーターはゴール裏のガラス張りの仕切りの中に押し込められていた。メレーニアサポーターの数はせいぜい百五十人ほどだったが、その仕切りのガラスは彼らの息で白く曇っていた。セリエAの選手はアウェーの地でホテルから出ることができない、という話をすると、ということはセリエAの選手というのは命がけでアウェーに乗り込むのか、というような反応をする日本人がいた。もちろん命をかけてゲームをしに行くわけではない。万が一の場合を考えて、余計なリスクを避けるためにホテルの外に出ないようにしているだけだ。日本には、余計なリスクを避けるという考え方がない。安全か、安全ではないか、どういうわけか日本にあるのはその二つだけだ。

フィオレンチーナは最初からほぼ全開で攻撃を仕掛けてきた。センターバックのフィリカーノ一人を残して、ほとんど全員がメレーニア陣内に攻め入ってくる。攻撃の起点となるのは、トップ下から自陣ゴール近くまで縦横に動き回るルイ・コスタだ。メレーニアは、4―4―1―1というフォーメーションで、ワントップにはミランからレンタルされているヴェルフィ、そのすぐ下に夜羽冬次、中盤には、左から、若いセルビア人のナビッチ、ルカテッロとルフィーノのベテランのダブルボランチ、そして十八歳のナイジェリア人オウンデ、ディフェンダーは、ヴィラーニ、ギベルティ、グイード、そして右サイドバックにはアンダー21のイタリア代表である二十歳のベルナルドがいた。キーパーは、もちろんロレンツェッティだ。ファイターで、いつもはキャプテンを務めるボランチのレオーネは頬骨の骨折で欠場していた。代わりにキャプテンマークを巻いているのはルフィーノだ。アウェーゲームということで、メレーニアは前線にヴェルフィを一人残し、ディフェンシブに戦った。

スタジオ・アルテミオ・フランキの雰囲気は独特だ。フィレンツェのサポーターは緩慢なプレーで攻撃を躊躇《ちゅうちょ》する味方選手にブーイングを送る。ミラノ、ローマ、トリノ、ヴェネチア、ナポリ、カリアリ、ボローニャなど、わたしは他にいくつかのスタジアムを知っているが、ディフェンダーや中盤の選手がバックパスをしたり、横パスを回したりして、地元サポーターからブーイングが起こるのはフィレンツェだけではないかと思う。

そしてこの日も、フィオレンチーナの選手たちは試合開始直後からサポーターの強烈なブーイングを受けることになった。メレーニアはリスクの高い攻撃を控え、ラインを上げて、中盤で厳しいプレスをかけた。特にレオーネの代役で出場したルカテッロがフィレンツェの中盤をものすごいチェックで脅かしていた。ルカテッロは一八六センチ八五キロの大型選手で、まるで冷蔵庫のようながっちりとしたからだつきをしている。去年まではエンポリで、その前はずっとカリアリにいた。すでに三十三歳で、スーツを着て雑誌のグラビアに載るような選手ではないが、スーツを着て雑誌のグラビアに載るような敵のスター選手をタックルで転がすことに喜びを感じる根っからのファイターだった。

ルカテッロの餌食《えじき》になったのは、小柄なディ・リーヴィオ、それにルイ・コスタだ。フィオレンチーナはボールを支配するが、中盤でメレーニアの激しいチェックに遭って、ほとんど前線にパスを出せなかった。バックパスをすると自分たちのサポーターからブーイングを受ける。メレーニアのラインは締まっていて、パスを出すスペースがなかなか見つからない。ボールを持てばルカテッロを始めとしてメレーニアの選手が猛烈なタックルを仕掛けてくる。どちらもフィニッシュがない一進一退のサッカーが立ち上がりから十分ほど続いた。

フィレンツェのファンは短気なのだろうか。十分しか経っていないのに、もう今日もダメだとか、ルイ・コスタはいったい何をやっているんだとか、わたしのまわりからもそういう声が上がっている。全身を紫色で包んだおばあさんは、ルイ・コスタにボールが渡るたびに少女のような嬌声を上げていたが、ボールを前線へ運べず、パスをカットされ、ドリブルしてタックルを受けるという事態がしばらく続くと、ジェスチャーを交えて悪態をつきだした。なんで今日のルイ・コスタはあんなにもたもたしているの。どうしてバティストゥータはシュートをしないの。なんでもっと早くパスを回さないの。だいたいフィオレンチーナの選手は誰も走っていないじゃないの。サッカーというスポーツはね、走らないと勝てないのよ。

その横で、夫らしき初老の男性が、うるさいなあという顔をして、メレーニアのディフェンスがいいんだよ、というようなことを言っている。おばあさんの分析はまったく正しかったが、それを諭す初老の男性の見解も間違っていなかった。メレーニアのディフェンスがタイトに組織されていたために、フィオレンチーナの攻撃が機能しなかったのだ。だが、フィレンツェのファンにとって、きっと原因など関係ないのだろう。要は、フィオレンチーナの選手がゴールを決めたかどうかであり、シュートを打ったか、スルーパスが通ったか、ロングフィードが正確に届いたか、サイドの選手が相手を抜いたか、ドリブルで敵を突破したか、つまり、サッカーで自分たちを気分よくさせてくれたかどうか、それしかないのだ。

メレーニアのディフェンスがいいんだよ、と言った初老の男性にしても不機嫌な表情を隠そうとしない。メレーニアのディフェンスがいいとか、ラインがタイトでチェックが厳しいとか、フィレンツェのファンにとってそういったことはどうでもいいことなのだ。選手は高い報酬をもらっているが、それはわたしたちを楽しませるためで、わたしたちをサッカー通にするためではない、ファンはそう思っている。チームオーナーは映画プロデューサーで上院議員のヴィットリオ・チェッキ・ゴーリだが、わたしたちが見放せばフィオレンチーナというチームは存在価値を失う、ファンはそう思っていて、それは実際にその通りなのだ。ホームで負けが続けばファンはスタジアムに来なくなるし、攻撃しないと、つまりファンが興奮できるようなプレーをしないと、大ブーイングが起こる。そして現在、チームはホームで負け続けていて、攻撃はまったく機能していなかった。

選手はそういったファンの心理にとても敏感だ。負けても勝っても変わらずに応援してくれるサポーターやファンはセリエAにはいない。ふがいない負け方をすると罵声が飛ぶし、戦意のないプレーを続けたりするとフィレンツェの街を歩けなくなる。ファンがサッカーをよく知っているので、手を抜いたプレーなどすぐにばれてしまう。サポーターと選手のそういった緊張した関係が、たとえばルカテッロのようなファイトあふれるプレーを生むことになる。スーツを着て雑誌のグラビアに載ることはなくても、猛烈なタックルでチームに貢献すれば、町に買い物に出ても賞賛され、レストランでは誰もがワインをおごろうとする。

開始十二分、フィオレンチーナに初めてチャンスらしいチャンスが生まれた。コイスが中央から持ち込み、ターゲットになったバティストゥータとワンツーを決めた。コイスは飛び込んでシュートしたが、ロレンツェッティが横に跳んでセーブした。ロレンツェッティは横への動きと正面の強いシュートには非常に強い。それでも初めてのシュートにフィレンツェのファンは立ち上がって歓声を上げた。

十四分にはハインリッヒがドリブルで持ち込んで、そのままミドルシュートを放ったが、ゴール正面で、ロレンツェッティが難なく処理した。そうやってどちらかのチームがフィニッシュまで持っていくと、とたんにゲームは動き始める。たとえそれが審判に当たって偶然に通ってしまったというようなパスでも、シュートが放たれるとゲーム全体のペースが変わる。何かリアルなものが剝《む》き出しになったような緊張がピッチ全体に漂う。それまで、網の目のように精緻《せいち》に張り巡らされていた双方の選手の牽制《けんせい》が突然解除されてしまう。ナイフでの決闘で、相手の刃が頰をかすり、わずかに血が流れたという感じだ。どちらかが一本シュートを打ったからといって、選手たちのポジションや動きが大きく変わるはずがないのだが、戦いのモードが違うものになってしまうのだ。ピッチのあちこちでスペースを見出《みいだ》す小さな戦いが始まる。すべての選手がギアをトップに入れるのがスタジアム全体に伝わってくる。紫色で全身を包んだおばあさんの表情が変わっている。何か決定的なことが始まろうとしているという予感がスタジアムに充満する。

二十分、メレーニアは右コーナーキックを得て、こぼれ球を冬次がダイレクトでシュートした。ボールは右のポストをかすめ、フィレンツェのサポーターが一瞬沈黙する。二十六分、また冬次がフィレンツェのサポーターをびっくりさせた。自陣でルフィーノからパスを受けた冬次は、ラインを上げていたフィオレンチーナのディフェンス二人を振りきってドリブルを開始した。アダーニとフィリカーノが必死で戻るが、冬次は右に流れながらペナルティエリアに侵入し、そのままインフロントで引っかけるように中央へ折り返した。信じられない、とわたしの横にいたフィレンツェのファンが叫んだ。冬次の上げたボールは走り込んできたヴェルフィの足元にポトンと落ちたのだった。あの前を向いた体勢でどうやって視界にヴェルフィを捉えることができたのだろう。ヴェルフィが爪先でボールを押し出せば、それでメレーニアの先制点になるはずだった。

夜羽冬次には背中にも肩にも目がついているのかと驚いたのはフィオレンチーナの選手とファンだけではなかった。あまりにもぴったりの折り返しが送られてきたことにヴェルフィ本人が驚いてしまった。ヴェルフィは慌てた。シュートは左へと逸れてしまった。

三十分過ぎ、ついにバティストゥータが初めてのシュートを打った。やや苦し紛れのミドルシュートでボールはバーの上を大きく越えていったが、それでも観客は全員椅子から立ち上がった。四十分、冬次は自陣ペナルティエリア近くでルーズボールを拾い、振り向くのと同時に、右サイドを駆け上がっていたオウンデに左足で長いパスを出した。ボールは大きく左にカーブし、バックスピンがかかっていたのか、ピッチに落ちると魔法のように止まった。オウンデのスピードとコースを正確に計ったかのような、見事なロングフィードだった。オウンデはディフェンダーを振り切り、中央でヴェルフィがパスを寄こせと叫ぶのを無視して右足で思い切りミドルシュートを打った。シュートは左に外れたが、ものすごく強いボールで、回転がなく揺れながらカメラマン席のフェンスを直撃した。前半はそうやって終わった。わたしは冬次のパスとオウンデのシュートに我を忘れて叫んでいた。あんたはメレーニアのファンだったのね、全身を紫色で包んだおばあさんがそういう目でわたしを振り返った。

Giornata 12　第十二節
悪魔のパス

サッカーのハーフタイムの時間の流れは独特だといつも思う。選手と監督は控え室で作戦を練るが、観客は十五分間の休戦状態を楽しむ。友人たちと後半戦の予想をする人もいるし、携帯電話で誰かに試合の模様を話している人もいる。イタリアでは有料衛星TV以外ではセリエAのゲームを見られないので、スタジアムから家族や友達へ携帯電話で実況する人が多いのだ。やっていることはさまざまだが、ゲームに生で接していることで誰もが高揚している。ホームチームが大量にリードしていれば別だが、今日の試合のようにノースコアの場合、観客はそわそわして落ち着けない。スタジアムの内部に、非日常的で祝祭的な空気が充ちている。

日曜日の午後、フィレンツェのスタジオ・アルテミオ・フランキに義理で試合を見に来ている人は誰もいない。すべての人が自ら望んでその場所にいる。強制があったわけでも、報酬によって動員されたわけでもなく、約三万人が自分の意思でその場所にいて、しかも気分を高揚させているのだ。そういった場所は世界にそう多くあるわけではない。そういう場所は理念やイデオロギーでは作ることができない。民衆自らが望み、長い時間をかけてインフラとコンセンサスが醸成される必要がある。

　飲み物の売り子から、わたしはサンブーカというリキュールが入ったコーヒーを買った。コーヒーは発煙筒のような形の小さなプラスチックの容器に入っている。直径三センチ、長さ数センチの円筒形の容器で、可愛らしい黄色のキャップが付いている。その黄色のキャップをねじって蓋を開け、強い香りの琥珀《こはく》色の液体を飲むと、自分がセリエAのスタジアムに来ているのだと実感することができる。プレーで興奮したとき、観客はこのコーヒーの容器をピッチに投げ込む。敵の選手が汚いプレーをしたときとか、逆にホームチームが得点を決めたときなどに声を上げながら容器を力一杯ピッチに放り投げるのだ。空になった容器は軽いので選手までは届かないし、万が一誰かに当たったとしても怪我をすることもない。

　他愛ないと言えばそれまでだが、そういう巨大なカタルシスを他に見つけるのは簡単ではない。九十分間の熱狂と興奮は、いやな日常を忘れさせる。レーザーがピンポイントで結石を砕くように、精神とからだの疲労を細かく砕いて排出する。まるで子どもに戻ったような活き活きとした表情の観客を眺め、リキュール入りのコーヒーを飲みながら、わたしはヴォルフガング・ラインターラーから聞いたことを思い出した。祝祭を彩る選手たちを弄《もてあそ》ぶような連中は許しがたいと思った。

　サッカーでは、アメリカンフットボールのようにハーフタイムショーもなく、十五分が過ぎると選手たちがぞろぞろとピッチに現れ、今から後半戦を始めますというアナウンスなどもなく、唐突に後半戦が始まる。トイレや、飲み物を買いに行っていた人たちが慌てて座席に戻ってくる。サッカーは五秒で点が入ってしまう。得点シーンを見逃したりすると何のためにスタジアムまで足を運んだのかわからない。すべての観客が再びピッチに集中し、ハーフタイムの和やかな雰囲気が一変する。

後半、立ち上がりからメレーニアがペースをつかんだ。フィオレンチーナはよくボールに触るが、メレーニアのプレスがよく効いていて前線へのパスがつながらない。いつものファンタジックな攻撃サッカーが影を潜めている。自由に動き回るルイ・コスタが起点を作り、中央のバティストゥータや、サイドに走り込むハインリッヒやディ・リーヴィオにピンポイントのパスを出すというういつものサッカーがなかなかできなかった。ルカテッロを中心とした中盤でのメレーニアのしつこいディフェンスが、ルイ・コスタの動きを押さえ込んでいたのだった。これじゃ前半と同じだ。全身を紫色で包んだおばあさんの嘆きが聞こえてきそうだった。

後半七分、ドリブルで持ち込もうとしたナビッチが倒され、メレーニアがペナルティエリアの外五メートルからのフリーキックをもらった。ナビッチが左足で狙ったがフィオレンチーナの選手五人で作った壁に当たり、跳ね返ったボールをルフィーノがミドルシュート、わずかにバーを越えた。前半と同じくメレーニアの攻撃のほうが形になっていた。メレーニアのサッカーはシンプルだ。華麗なプレーはない。泥臭くしつこいチェックで相手ボールを奪う。フィオレンチーナはほぼ全員が攻撃に参加しているので、自陣に大きなスペースができてしまっている。奪ったボールを冬次に回して、前線の空いたスペースにナビッチかオウンデが走り込む。ヴェルフィが中央でターゲットになり、後ろから飛び込んできた冬次やルフィーノが折り返されたボールをシュートする。フィオレンチーナよりも少ない人数で攻撃するわけだが、冬次のパスのタイミングが早く正確なので、効果的なカウンターになっていた。

後半十五分、ペナルティエリアの外でボールを受けたヴェルフィが、中央に走り込んできた冬次に短いパスを出した。冬次は走りながらそのボールを受け、そのままからだを反転させてグラウンダーの強いシュートを打った。ボールはゴール左隅に吸い込まれそうになってスタジアムは息を呑んだが、トルドが横っ飛びに押さえた。ボールをしっかり抱えたまま起き上がったトルドが、大声を出している。観客席まで届くような迫力のある声だった。トルドは、何をやってるんだ、フリーにさせるな、とピエリーニに近づいていって面前で叱り、全員に、上がれと指示を出した。

後半二十五分を過ぎた頃から、中盤にスペースができるようになった。フィオレンチーナが攻撃のペースをさらに上げ、メレーニアのディフェンスにやや疲れが見えてきたからだ。攻撃のペースを上げるということは、パスを出すタイミングを早め、他の選手の動きだしも早くなり、そして選手全員がより積極的に攻撃参加するということだ。全選手が攻撃に参加すればゴールの可能性も高まるが、カウンターを狙われるというリスクも負うことになる。フィオレンチーナはアダーニ、フィリカーノ、ピエリーニのスリーバックだ。通常その三人は自分たちの攻撃中も自陣にとどまり、ハーフウェーラインよりやや後方のあたりで最終ラインを作る。敵のアタッカー陣より一人多い人数でディフェンスするのがサッカーの鉄則だ。メレーニアはヴェルフィのワントップだから、フィオレンチーナは最終ラインの三人を、二人に減らして攻撃することも可能だということになる。

しかし攻撃にかける人数は監督に教えられたフォーメーションに従って決まるわけではない。たとえば後半二十七分のフィオレンチーナの攻撃だが、ルカテッロのセンタリングをピエリーニがカットして始まった。メレーニアの前線とディフェンスラインの間に広大なスペースがあって、ピエリーニは自分でドリブルを始めた。全選手がピエリーニのドリブルに合わせてラインを上げ、ボランチもピエリーニをフォローした。通常は最終ラインの一人がそうやってボールを持って上がると、ボランチがそのカバーをするのがセオリーだ。しかし例外もある。W杯の決勝トーナメントの終盤で一点負けているような場合だ。負ければ終わりだから、最終ラインを崩してでも点を取りに行くシーンがよく見られる。

点を取るためといっても、もちろん単純にシュートをするために全員が前線へ上がっていくわけではない。敵がクリアしたボール、ルーズボールをすべて拾うために、全選手が敵陣を埋めるのだ。たとえばフォワードがシュートをして敵ディフェンダーにカットされたときも、強いボールはなかなかうまくトラップできないものだ。強いシュートやパスを足に吸い付くように止めるのは至難の業で、ディフェンダーがカットしても、そのボールは必ずそのディフェンダーのからだから離れる。つまりルーズボールになるわけだが、そのボールを再度自分たちのものにできればば攻撃を継続することができる。そのためには可能な限り多くの人数が攻撃に参加していなくてはいけない。また、攻撃中に敵にボールが渡ってしまったときにはできるだけ早くそのボールを奪い返さなくてはいけない。二人か、三人で囲み、苦し紛れにパスを出させコースを読んでおいて、そのボールを奪う。その場合も多くの人数が必要になる。そういった緊急事態の攻撃の際には、自陣にディフェンダーが一人もいなくなる。つまり敵にボールを奪われて、フォワードに走られ、ロングパスが通ってしまうと自陣にはゴールキーパーがいるだけということになってしまう。一点ビハインドのチームが全員攻撃を仕掛けて、逆に追加点を決められることが多いのはそのせいだ。

サッカーの戦術は、どの程度のリスクを負って攻撃を組織するかで決まる。全員攻撃のサッカーは高いリスクを負うのと同時に、過酷な運動量を選手に要求する。ドリブルで切れ込む味方選手へのフォロー、ルーズボールへの寄せ、敵にボールが渡ったときの囲い込みとカバリング、それらのすべてがスピードアップしていなければならない。

後半の三十分を過ぎたあたりから、フィオレンチーナは全員が攻撃に参加した。まるでこれで負けたら終わりというトーナメントのような戦い方になった。フィレンツェのサポーターがそういう戦い方を要求したのだ。ホームで三試合勝ちがなくて、格下のメレーニア相手に後半の三十分まで0—0という展開はフィレンツェのファンにとって許しがたいものだったのだろう。ディフェンダーの横パスや、バックパスには激しいブーイングが起こるようになった。観客席から一斉に、攻めろ、という声が上がる。温かく励ますという声ではない。攻めろ、という観客の声は怒りを含んでいた。指笛も一斉に鳴らされる。金属的で耳障りな音の指笛だ。長く聞いていると気分が苛立ってくる。攻めろという声と指笛だけではなく、スタジアム全体の雰囲気が不穏なものになるのがわかる。三万人の怒りを肌で感じるのは相当なプレッシャーだろう。

後半の三十二分、ディ・リーヴィオが右サイドを走ってきて、絶対に追いつけないと思われたボールに追いつき、転倒しながら中央へ折り返した。そのセンタリングはバティストゥータには通らなかったが、スタジアムに響いていた指笛は止み、代わりに凄まじい拍手が起こった。フィオレンチーナの選手たちはそうやってスタジアムの熱気と怒りに突き動かされ、前へ前へとアグレッシブな攻撃を展開するようになった。ディ・リーヴィオが観客の拍手を浴びた直後、ハーフウェーライン付近でメレーニアのパスをカットしたルイ・コスタが、まず目の前のルカテッロをかわし、そのまま一〇メートルほどドリブルした。いきなりトップスピードに入るような速いリズムのドリブルで、メレーニアの中盤の三人、冬次とルフィーノとオウンデが置き去りにされた。最後に抜かれたオウンデはファール覚悟で背後からスライディングしたが、そのスパイクシューズの先が膝の裏に触れる直前に、ルイ・コスタが信じられないようなドライブのかかったボールを右足で蹴った。オウンデのスライディングタックルはかなり危険なプレーだったが、ゲームは続けられた。ルイ・コスタの蹴ったボールがメレーニアのディフェンスラインの隙間でバウンドしてバティストゥータに渡ったからだ。ルイ・コスタの蹴ったボールはパスではなくシュートで、しかもミスキックだとわたしは思った。スタジアムにいた全員がそう思ったのではないだろうか。確かに非常に強いボールだったが、ゴールキーパーの足元ではなく、ディフェンスライン上でバウンドしたからだ。だがそれは、ルイ・コスタがドリブルを開始したのと同時にメレーニアのデイフェンダーの視界から消え、弧を描いてその背後に回り込んだバティストゥータへのパスだったのだ。バティストゥータはワンバウンドしたそのボールを胸で足元に落とし振り向きざまに右足を振り抜いた。ボールはロレンツェッティの前髪をかすめてものすごい勢いでバーに当たり、そのままゴールの内側に転がっていった。

わたしの前に座っていた全身を紫色に包んだおばあさんは一五センチほどジャンプした。ゴール裏のメレーニアサポーターを除いて、ほとんどすべての観客が立ち上がり、スタジオ・アルテミオ・フランキが揺れた。それは目の覚めるようなパスで、目の覚めるようなゴールだった。しかもルイ・コスタとバティストゥータというフィオレンチーナを代表する二人が生んだ得点だった。一度スタジアムに生まれた興奮は簡単には消えなかった。サッカーにおける得点はボクシングのノックアウトパンチのようなものだ。メレーニアの選手たちは大事な終盤になってルイ・コスタに抜かれバティストゥータに決められたというショックと、スタジアムを揺るがす観客の歓声に打ちひしがれているように見えた。手ひどいパンチを食らって倒れ、カウントテンを聞く前に一応起き上がったが、戦意を喪失してしまったボクサーのようだった。

先取点のあともフィオレンチーナは攻め続けた。やっとの思いで取った一点を守ろうとするとまた観客からブーイングと指笛の叱責を受けるかも知れない。それに、引いて守るよりも、ボールを回して攻撃するほうが緊張感が持続してディフェンスに集中できるのだ。後半三十九分、デイ・リーヴィオが持ち込み、中央に走り込んできたルイ・コスタにマイナスのボールを折り返してミドルシュート、ロレンツェッティがパンチングで逃げたが、その浮いたボールをハインリッヒがヘッドでつなぎ、バティストゥータがボレーシュートを放った。ロレンツェッティが懸命に指先で弾き、ボールはポストをかすめてゴールを外れた。

後半の四十分には、バルボに代わって入っていたブレッサンがバティストゥータとのワンツーを決めてシュート、ディフェンダーに当たったルーズボールをロッシットが左サイドに流し、走り込んできたハインリッヒがニアに強烈なシュートを放った。ロレンツェッティがとっさに右足を出して防いだが、さらにそのルーズボールをルイ・コスタが軽く浮かせて、がら空きになっているゴールを狙った。メレーニアディフェンスを嘲笑うようなそのシュートは枠を越えたが、スタジアムにいるほぼ全員がフィオレンチーナの勝利を確信しているようだった。メレーニアのサポーターは声を失くしていた。振られている旗もしだいに垂れてしまっていた。

残り時間が三分を切っても、フィオレンチーナは攻撃を緩めなかった。メレーニアはほとんど全員が自陣深く引いて、守備に追われていた。いくらクリアしても敵はラインを下げようとはしない。パスをカットしてボールを奪っても少なくとも三人の敵選手が寄せてくるし、攻撃を何とか断ち切ろうとすればサイドへ大きく蹴り出すしかなく、前半と、後半の序盤は凄まじいチェックを見せたルカテッロは残り二分になって足が攣《つ》ってしまった。ピッチにうずくまる巨漢選手はメレーニアの敗北を象徴しているかのようだった。

だが、疲労困憊《こんぱい》のメレーニア選手の中で二人が闘志を燃やしていた。必死に守備に追われる中、その二人はじっとチャンスをうかがっていたのだった。一人は冬次、そしてもう一人はルイ・コスタへのスライディングタックルが一瞬遅れたことで得点を許してしまったと自分自身に怒っているオウンデだった。オウンデはナイジェリア代表だが、直線距離を走って彼に追いつける選手はあまりいない。ルイ・コスタへのタックルだって、あとゼロコンマ五秒の余裕があればパスが出る前に倒すことができた。オウンデはプライドを傷つけられていたのだ。

メレーニアゴール付近のスローインのボールをコイスがトラップミスし、そのボールをグイードが奪って、すぐ左にいた冬次に渡した。まわりは敵でいっぱいだったが、冬次はすぐにはクリアせずに、左のサイド際に逃げ、ボールをキープしようとした。ルイ・コスタとブレッサンとバティストゥータが冬次を囲もうとした。冬次は、囲みに来たブレッサンとルイ・コスタの狭い間をすり抜け、一瞬だけフリーになった。そして、まるで反対側のサイドに大きく逃げるかのように、右足で強いボールを蹴った。そのボールは右のサイドを割るだろうと誰もが思った。途中、ボールは左に進路を変え、加速し、さらに左に曲がってから急に失速した。そしてボールが落ちた地点に、オウンデが走り込んでいた。ピエリーニとフィリカーノが必死で戻り、ボールに追いつこうとしたとき、回り込んできたオウンデがちょんと左足を出してかすかにボールに触れた。ボールは力なくころころと転がり、長い距離を走ってきた冬次の足元で止まった。冬次がボールをトラップしたとき、前方にはフィオレンチーナのスリーバックと、ディ・リーヴィオと交代していたトリチェッリが戻っていた。左からナビッチが走り込んでくる。冬次は左に体重を移動し、右足を上げて左にパスを出すような動きをした。アダーニ、フィリカーノ、ピエリーニ、トリチェッリの四人がつられて左に体重を移した瞬間、冬次の右足のスパイクの外側がボールを突ついた。ボールはアダーニの右横を転がった。アダーニは反応できなかった。ほんの数センチ横を、とんでもなく緩いボールが通り過ぎていったのに、左足に体重を移す途中だったために反応できなかったのだ。右から回り込んできたオウンデが、ゴール左隅に軽く蹴り込んだ。スタジアムは静まり返った。全身を紫色に包んだおばあさんが、わたしのほうを振り向き、憎悪を込めた英語で、悪魔のパスだ、と言った。

Giornata 13　第十三節
サルディニアのピザ

勝利をほぼ確信していたフィレンツェのサポーターは呆然として沈黙した。メインスタンドやバックスタンドのフィレンツェのサポーターはがっかりして帰り始めている。全身を紫色に包んだおばあさんは最後の最後で勝利を逃したショックで歩く気力を失い、夫らしいおじいさんにからだを支えられてスタジアムをあとにしようとしていた。

逆に、メレーニアのサポーターは大騒ぎしている。ウルトラスと呼ばれる熱狂的なサポーターにとって、アウェーでの勝利は特別なものだ。彼らはメレーニアから列車でやって来て、フィレンツェ駅で警官に囲まれ、窓に金網のついた囚人の護送車のようなバスに乗せられ、スタジアムまでノンストップでパトカーに先導され護送されてきた。片方のゴール裏に隔離され、出口は警官に固められる。試合開始一時間前から、試合後一時間が経過するまでは、隔離された場所から出ることはできない。試合途中にサンドイッチを買いに行くこともできない。不測の事態を避けるためとはいえ、そういった屈辱的な扱いを受け、しかも負けを覚悟せざるを得ない展開の中で、格上のフィオレンチーナに試合終了寸前に同点に追いついた。そういう劇的なゲームはシーズンを通じていくつもあるわけではない。当然、サポーターは狂喜する。お互いの肩を叩き合い、旗を振りながら飛び跳ね、発煙筒を焚《た》いて、大声で勝利の歌を歌い続け、フィレンツェのウルトラスを挑発する。すでにフィレンツェのサポーターからメレーニアのサポーター席にモノが投げ込まれているし、非常に汚い言葉の応酬が始まっていた。

わたしは早々にスタジアムを出ることにした。ゴールを決めたオウンデ以下集まって喜び合うメレーニアの選手たちをじっと眺めて、冬次の素晴らしいパスの余韻に浸ることはできなかった。フィオレンチーナはまたホームでの勝ちを逃した。しかも格下のメレーニアが相手で、終盤のロスタイムに追いつかれた。同点ゴールを演出したのは冬次で、冬次もわたしも日本人だ。だからスタジアムをできるだけ早く出たほうがいいと思った。フィレンツェのサポーターに見つかると必ず殴られるということではなくて、何があるかわからないので万が一のことを考えて余計なリスクは避けるということだ。

わたしはコートの襟を立て、なるべく顔が見えないようにして、走るようにスタジアムを出て、アントネッリが待つ車を目指した。

「セニョール・ヤザキにとって、素晴らしいゲームだったようだね」

アントネッリが振り向いてそう言った。試合はラジオで聞いていたそうだ。わたしたちはすぐにフィレンツェを離れ、南へ向かうオートストラーダに乗った。

「フィオレンチーナにとっては耐えられない試合結果だろうが、メレーニアとサッカーファンにとってはたまらないゲーム内容だった」

メレーニアで生まれ育ったアントネッリは、時速一四〇キロでランチアを走らせながら、そう言ってずっと笑っている。トスカーナの山々の稜線に点在する古城の向こう側に陽が沈もうとしている。なだらかな丘の上を、シルエットになった羊たちが移動している。空は冬の夕暮れを迎えて紫色に染まり、庭先に干し草を積み上げた農家の窓に灯りが灯り始めていた。わたしは革の匂いのするランチアのシートにからだを埋めてゲームを思い出していた。

ルイ・コスタと冬次のすごいパスを見た。スタジアムを出てしばらく経っても心臓の動悸が収まらなかった。決定的なスルーパスを見たあとはいつもそうだ。しばらく興奮が収まらない。アントネッリが勧めてくれて、わたしは久しぶりに煙草を一本吸った。

スルーパスもシュートも一瞬の出来事だ。トイレに行っていて見逃す人もいるし、ちょっと脇見をしたためにその瞬間を逃すことだってある。まばたきと同じくらい短い間に、スタジアムでは取り返しのつかないことが起こる。ボールがゴールに入ったという事実はどんなに強大な権力者でも動かせないし、記録として永遠に残る。九十分攻め続けてもまったく点が入らないことのほうが多い。ほとんどすべての攻撃が失敗に終わるスポーツがサッカーだ。ゴール付近の数においては必ずディフェンスの数が勝っている。何十回と双方の攻撃が不発に終わるうちにスタジアムには静かな秩序が生まれる。スルーパスはその秩序をふいに壊してしまう。

ルイ・コスタのスルーパスはまるでシュートのようだった。ドライブのかかった強く速いボールは、メレーニアのセンターバック、ギベルティとグイードの間でバウンドして、バティストゥータに届いた。ギベルティとグイードはバティストゥータを警戒して共に中央に詰めていた。二人は一メートルも離れていなかった。ルイ・コスタの蹴ったボールがあと数センチでもどちらかに寄っていたら、二人のどちらかがスライディングでカットすることができたかも知れない。信じがたいことだが、ボールはメジャーで測ったように、二人のちょうど真ん中でバウンドした。二人とも一歩も動けなかった。

バティストゥータは、パスを受ける前に、いったんメレーニアのディフェンス陣から遠ざかる動きをした。ルイ・コスタがドリブルしていたとき、バティストゥータは、二、三歩、前方へ進み、マークしていたグイードがその動きにつられて一緒に前に出て、ギベルティと並んだ。そのあとバティストゥータはグイードの右にいたギベルティのさらに右側に出た。そしてルイ・コスタがまさにスルーパスを蹴るのと同時に、急にUターンして、ゴールの内側に切れ込んだ。ルイ・コスタが二人のディフェンスの間に強いボールを蹴ることがどうしてバティストゥータにわかったのだろうか。きっとバティストゥータは二人のディフェンスの外側を迂回《うかい》する際に、ルイ・コスタのシュートコースが消されているのに気づいたのだろう。それでパスが来ると予測してディフェンダーの裏のスペースに走り込んだ。バティストゥータの動きだしが一瞬でも遅れていたら、あるいはバティストゥータが中央ではなく左サイドに流れていたら、ルイ・コスタの蹴ったボールは単純にあっさりとゴールラインを割っていただろう。ドリブルを開始した時点でのルイ・コスタのオプションとしては、ミドルシュート、右サイドのディ・リーヴィオへのパス、左サイドのハインリッヒへのパス、中央へのセンタリング、中央へのグラウンダーのパスがあり、バティストゥータのオプションとしては中央と左のそれぞれのスペースへの走り込みがあった。それらを組み合わせると十を超えるオプションがあったわけだが、まるで魔法のように二人のイマジネーションが重なった。そういうことのすべてが一瞬のうちに起こった。あとになって思うと、一種の奇跡だったということがわかる。

サッカーファンはその瞬間を何度も反芻《はんすう》して頭の中に思い描く。そしてその奇跡に立ち会えた喜びに長い時間浸ることができるのだ。

「ケンさん、もうフンギ・ポルチーニは季節的に終わりだよ」

冬次が微笑みながらそう言った。メレーニア郊外のフェデリーコのレストラン。夜の十一時近くに、わたしは冬次と会った。店主のフェデリーコは仕事でローマに行っていて、時間的に客も少なく、店内はひっそりしていた。わたしたちは二十人以上座れるような大きな樫《かし》の木のテーブルの端に二人だけで座った。目の前に大きな燭台があり、ロウソクの炎が揺らいでいる。フンギ・ポルチーニというのはシイタケを一回り大きくしたようなイタリアのキノコだ。わたしの大好物だがもう時期が終わってしまったらしい。前回この店に来たときは、前菜にフンギ・ポルチーニのサラダ、フンギと白トリュフのタリアッテッレと、そしてメインディッシュにはグリルしたフンギを食べた。

「ケンさんはピザほとんど食べないね。嫌いなわけじゃないんでしょう？」

冬次がそう聞いて、好きだよ、とわたしは答えた。冬次はタリアッテッレのラグー、つまりミートソースを食べている。わたしはペンネのトマトソースにした。ワインは地元プラキディアのルンガロッティだ。確かにメレーニアで冬次とピザを食べたことはない。実は今夜も冬次からピザを食べませんかと誘われたが、フェデリーコの店のほうがいいとわたしはその誘いを断ったのだった。

「メレーニアのチェントロにかまどで焼くおいしいピザ屋があるんだけどさ、そこは本当においしいですよ」

その店なら知ってるよ。よく店の前を通るけど、いつも客が並んでるから、本当においしいんだろうなって思うよ。

「でも、いつ誘ってもピザ食べないね」

ちょっともったいない、と思ってさ。

「もったいないって？」

ピザだとピザしか食べられないじゃないか。トウジみたいにずっとイタリアにいるんだったらいいけど、おれみたいにたまにしかイタリアに来ない場合、いろいろ食べたいものがあるわけなんだよ。前菜の乾燥トマトも食べたいし、モッツァレラチーズも食べたいし、パスタとか、リゾットとか、羊の肉とか、シーフードだっておいしいものがたくさんあるから。

「でも、ピザだって、トッピングでいろいろ選べるじゃない。たいていのものはあるよ」

でも全部一緒にグチャグチャとピザの上に載って出てくるわけだろう？　おれは、別個に、いろいろと食べたいんだよ。そう言うと、冬次は、言っていることがよくわからない、という表情をした。そのあとわたしは、昔かまどで焼いたピザをサルディニアで食べた話をした。それは九〇年のイタリアワールドカップのときだった。予選リーグの、イングランド対オランダというゲームがサルディニアで行われた。ワールドカップの前に、オランダで行われたイングランドとの試合で、双方のサポーターが騒ぎ、多数の死傷者が出るという事件があった。そしてワールドカップではその二つの国が予選リーグで同じ組に入ってしまった。主催者は双方のサポーターを隔離するために、オランダとイングランドの試合をサルディニア島で行うことにしたのだった。

試合はカリアリという南部の町で行われたが、ホテルが少なくて、わたしは中部にあるアルゲーロという町に泊まることにした。カリアリまでは二〇〇キロほどの距離だった。ハイヤーをチャーターし、試合開始一時間前にカリアリの町に着いた。試合開始前に何か腹に入れておこうと思って、一軒の大衆的なトラットリアに入ったが、まだ開店前だ、と断られてしまった。その店では、店主も従業員もテレビでサッカーを見ていたのだった。家族でやっているような店だった。あきらめて店を出ようとすると、一人の若い店員が、ピザを焼いてやろうか、とわたしに声をかけた。白い制服を着た店員は、大きなかまどに火のついた薪を入れ、その薪が白い熾火《おきび》になるのをしばらく待った。そしてモッツァレラチーズを載せたピザ生地を平たいスコップのような道具ですくって、かまどの中に入れた。ピザが焼ける間に、店員は、どこから来たのか、とわたしに尋ねた。日本からだと答えると、サルディニアまでイングランドとオランダのゲームを見に来る日本人がいるなんてすごい、と笑った。ピザは約二分で焼き上がった。値段は確か日本円で百二十円くらいだったが、わたしはそんなピザをそれまで食べたことがなかった。載っているのはモッツァレラチーズだけ、そしてトマトペーストが塗られているだけだったが、ピザの生地自体が香ばしくて、自然の恵みを食べているのだと実感できた。ピザを食べながらスタジアムに歩いていくと、途中に土嚢を積んである検問所があった。市街戦に使うような土嚢で、迷彩服を着た兵士が軽機関銃を構えていた。

「機関銃？」

そうだよ。いろいろなところにサッカーを見に行ったけど、軽機関銃が並んでいるスタジアムは初めてだった。

「それで、機関銃の前をピザを食べながら歩いたわけ？」

うん。これはえらいところに来たな、と思ったけど、そのピザは本当においしかったんだよ。

「肝心の試合はどうだったの？」

両チームノースコアのドローだった。スタジアムの中にもライフルを持った兵士が大勢いたし、あれだけ緊迫した中だと選手も集中できないんだろうな。ゲームとしてはつまらなかったよ。今日のゲームのほうが百倍面白い。

「確かに。最後に同点にできてよかった」

あのパスだけど、どうしてディフェンスは動けなかったのかな。すぐ脇をコロコロって転がっていったんだけど、アダーニは一歩も動けなかったよ。

「左サイドをナビッチが上がってきてたでしょう？　それでおれは左にフェイントをかけたんだ

よね。目で」

目で？　目でフェイントがかけられるものなの？

「そう。そしたらディフェンスは左に体重を移すでしょう？　それで、すぐ右をボールが通っても反応できない。あれはたぶん足先から一〇センチくらいの距離だったと思うんだけど、体重が左に移った瞬間だったたから反応できなかった」

しかし、ディフェンスが左に体重を移す瞬間って本当の一瞬だよね？

「そうだね。一秒もないだろうね」

でもどうしてディフェンスが左に体重を移すその瞬間がわかるのかな？

「うーん。たとえば今日みたいに左にフェイントをかけるとき、相手ディフェンダーも反応するわけだけど、おれのほうは目だけのフェイントだし、どうしてもおれより一瞬だけ遅れるわけでしょう。そのタイムラグを計算して、ちょんとボールを右へ押してやるだけでいいんだよ」

そうすると一歩も動けない？

「一歩も動けない」

冬次は牛のフィレ肉を、わたしは子羊を食べている。店内は静かだ。わたしたちがいる部屋には他に客がいない。ときどき暖炉で薪が燃え落ちる音が聞こえる。わたしは要約してヴォルフガング・ラインターラーのことを話した。そして冬次はすべてを知らないほうがいいと思うと言った。

「でもね。そういう話をおれがイタリアのマスコミとか、インターネットで発表したらどうなるんだろうね」

　証拠がないんだよ。アンギオンは死亡後に検出されない。アンギオンは腎臓に蓄えられている物質だし、服用後二時間もすれば分解されてしまうらしい。検査のしようがない。心臓麻痺で片づけられてしまう。実際に心筋が伸びきって死ぬわけだから、どう見ても正真正銘の心臓麻痺だ。激しい運動のあとに、選手が心臓麻痺で死ぬのは、不自然なことじゃないとコリンヌ・マーティンが言ってた。

「でも、本当にやばいな。注射じゃなくて飲み物っていうのが恐いね。毎週どこかで選手が死んでるんだよ。そう言えば、サンプドリアの選手もＥＵ外だったな。確かアフリカの選手だった。ガーナとか、あの辺かな。嫌なのは、だんだんそういう死亡記事が目立たなくなっているような気がすることだよ。ひょっとしたら、今日も、どこかで心臓麻痺で死んでる選手がいるんじゃないかな。ヨーロッパはチャンピオンズリーグとか、ＵＥＦＡカップとか、試合数が増えてきてるから、選手の疲労も昔より格段に増えてるとか、よく言われるんだけど。練習も変わってきてるし」

　練習が変わってきてるってどういうことなの？

「昔は試合前とか激しい練習はしなかったんだけど、ビッグチームは週二試合がだんだん普通になってくるでしょう？　そうすると、たとえば水曜に試合があったとすると、木曜日はさすがにオフだけど、金曜日にはハードにやるわけ。土曜もかなりハードにやる。そして日曜が試合で、月曜オフで、火曜はまたハードな練習をする。からだを休ませると逆に疲労が溜まるっていうトレーナーもいるんだよ」

そういった状況では、セリエBのEU外の選手が心臓麻痺で死んでも、異常な事態が起こっていると気づく人がなかなかいない、冬次はそういうことを言いたかったのだろう。デザートのティラミスを食べながら、キューバに行ってくるつもりだ、とわたしは冬次に言った。

「その、画家に会うの？」

冬次がそう聞いて、わたしはうなずく。そのあとしばらく黙ってお互いのデザートを食べた。冬次はチョコレートムースを食べている。イタリアで食べるティラミスは日本のものと微妙に違う。全体がしっとりと濡れているような感じで、味だけではなく、歯や舌の触感がより官能的になるように作られている気がする。

「ケンさんは甘いものも好きだよね？」

冬次がそう言った。わたしはティラミスを残らず食べようとしている。フランスも同じだが、イタリアでは料理に砂糖を使わない。日本では醬油と砂糖で魚を煮たり、すき焼きの割り下にも砂糖が使われるが、砂糖を使うイタリア料理はない。だから糖分を補うためにデザートがあるのだ、という説もある。だがわたしは別に糖分を補うためにティラミスを食べているわけではない。単においしいからだ。確かにイタリアのデザートはおいしいよね、と冬次は言って、いつかローマで食べたモンブランの話を始めた。

イタリアサッカー協会創立百周年を記念して、九八年の冬にイタリア代表対世界選抜の試合がローマで行われた。その試合のあと、わたしたちはヴァチカンの傍にあるシーフードのレストランに行った。その店のデザートのモンブランが非常においしくて、しかも日本で売られているモンブランとは形状も味も違っていた。日本のモンブランには、スパゲティみたいな糸状になった栗のペーストがトップに載っていて、その上にさらに栗が一個載っている。モンブランを注文したわたしたちはそういうケーキが出てくるだろうと思っていた。だがローマのモンブランは違っていた。ケーキ生地と栗のペーストと生クリームが層になっていて、それぞれの温度も微妙に違っていた。これが本当のモンブランだとしたらおれはだまされていたことになる、とそのレストランでわたしは言った。日本のケーキ愛好家は本物ではないモンブランをモンブランだと信じて食べ続けていたわけで、そのことに抗議してデモをすべきだ、みたいな冗談を言い合って盛り上がった。

モンブランのことを話しながら、もちろんわたしたちは別のことを考えていた。アンギオンのことをずっと考えていたのだ。だがその話題は避けた。おれはお前のために命をかけてキューバに行ってくるよ、みたいなことは恥ずかしくて言えない。それにわたしは冬次のためにキューバに行くわけではない。自分で行こうと決めたから行くのだ。キューバへ行ってヴォルフガング・ラインターラーが作ったフロッピーをコピーすることがどの程度危険なことなのか、わたしにはわからない。だが葉巻とかラムを買いに行くのとはわけが違う。もちろんそのことは冬次もわかっている。立場が逆だったら、きっと冬次も同じことをするだろう。わたしのキューバ行きについては、何を言っても臭い台詞《せりふ》になってしまいそうだ。だからわたしたちはどうでもいいモンブランの話をした。

「いつかおれも、キューバに一度行ってみたいな」

フェデリーコのレストランを出るときに冬次はそういうことを言った。シーズンが終わったら一緒に行こうか、とわたしが言うと、そうだね、本当に行けるといいね、と冬次は微笑んだ。

Giornata 14　第十四節
カンクンのプライベートビーチ

ヨーロッパと日本でいくつかの仕事を終え、年が明けて二〇〇〇年になって、わたしはようやくキューバ行きの準備を整えることができた。日本からキューバへの直行便はない。キューバへ行くもっとも一般的なルートは、カナダのバンクーバーかメキシコのメキシコシティを経由する。国交がないので、アメリカからキューバへの正式なフライトはない。

わたしはまずニューヨークへ行き、そのあとメキシコのカンクンに寄ってからハバナに向かうことにした。ニューヨークに二泊し、昔の友人とミュージカルを見た。メキシカン航空でカンクンまで飛ぶと、キューバまではあとほんのわずかだ。ロサンジェルスを経て、メキシコシティからキューバに入るというルートのほうが近い。だがそのルートを使わなかったのは、ロスよりもニューヨークのほうが好きで、メキシコシティよりカンクンのほうが気に入っているという単純な理由だった。特にメキシコシティが苦手だった。二〇〇〇メートル以上の高地にあるので、必ず体調が悪くなる。

ニューヨークは零下八度だったが、カンクンは日中三五度を超える。アメリカナイズされた人工的なリゾートなので嫌いだと言う人も多いが、わたしはカンクンが好きだ。たった数キロの中《なか》洲《す》にびっしりとホテルが建ち並んでいる。空港からホテル群へ向かう途中に、地元の人たちが「世界一美しいビーチ」と呼ぶ海岸がある。世界一かどうかは誰にも判断できないだろうが、確かにそのビーチは異様な感じがするくらい美しい。白い砂浜は一点の曇りもなく、強い陽射しに照らされてまるで純白のシルクの絨毯《じゅうたん》を敷き詰めたように見える。海は不自然なくらい透明で、波打ち際だけが柔らかそうな泡で白く濁っている。そのビーチはホテル群からはかなり離れている。また断崖の真下にあって道らしい道がないので、いつ見ても人影がない。

わたしの常宿《じょうやど》は中洲の東の端にある。すべてにおいてのんびりしているのでチェックインに長い時間がかかるが、それ以外のホスピタリティや設備、サービスはほぼ完璧だ。このカミーノ・レアルというホテルはカンクン開発の初期に建てられた。歴史としては短いが、伝統はあるわけだ。

部屋で水着に着替えてビーチに行った。幅四〇メートルほどのプライベートビーチだ。四十代後半のわたしのからだは、運動とはまったく縁がなくなったので筋肉が弛《たる》みきっている。同年代の友人の中にはジムに通ったりジョギングを続けたりダイエットをしている者も多いが、わたしは贅肉を取るための努力を何もしていない。三十代の後半になると、生物学的にからだは弛んでくる。それは全世界共通で、歳をとるにつれて筋肉がしまってくる民族や種族はどこにもいない。

筋肉は弛み、皮膚は滑らかさを失い、脂肪分が蓄積されやすい。それらの肉が重力のために下腹のまわりに垂れ下がる。老化は自然なことで、逆らうのはさもしいことのようにわたしには思われるのだ。

だが、このホテルのプライベートビーチでは、わたしのようなだらしのない肉体でもそれほどコンプレックスを持たなくて済む。ほとんどの客がもっと歳をとっているからだ。中にはほとんど歩けないような高齢者もいる。マイアミなどでも同じだが、高齢者・中年と若者の棲《す》み分けが進んでいる。若い人は年寄りと一緒にいてもつまらないし、年寄りは若い人が周囲ではしゃぎ回るのを嫌う。一目でプロだとわかる若い現地女性を連れているおじいさんもいるが、別に好奇の目を向けられるわけでもない。他人は他人なのだ。

午後の陽射しは強烈で、わたしはバナナの葉を編んで作られ砂浜に固定されているビーチパラソルの下で本を読み、ときどき海に入ってからだを冷やした。襟に赤いスカーフを結んだウェイターを呼べば、冷たいビールや白ワイン、それにエビやロブスターをグリルしたものを運んできてくれる。ウェイターは東洋系の親しみやすい顔つきをしている。

メキシコにはブラックアフリカンはいない。アフリカからの奴隷はメキシコにはほとんど入っていない。南北アメリカでアフリカから奴隷が輸入されたのはアメリカ合衆国とブラジル、そしてカリブ海の島々だ。メキシコでは、マヤやアステカといった巨大帝国が数百人のスペインの軍隊に簡単に征服されてしまった。スペイン軍は高度な武器ではなく、天然痘ウイルスと馬によって効率的にメキシコを支配することができた。新大陸の人々には天然痘への免疫がなく、馬という使役動物もいなかった。

わたしはグリルされたエビとロブスターを食べ、チリの白ワインを飲みながら、冬次のことを思い出した。メレーニアのフェデリーコの店で会ってから、二ヶ月以上経っていた。十一節のトリノには勝ったが、次のホームのラツィオ戦には勝てなかった。ゲームメーカーである冬次が戦力に加わって一年半が経って、チームに組織的な戦術が定着しつつあった。それはフォワードを一人前線に残して、十人で守り、ボールを奪って冬次とナビッチとオウンデでカウンターを仕掛けるというシンプルなサッカーだった。あのフィオレンチーナ戦でロスタイムに同点に追いついたときの攻撃のスタイルだ。

そういうサッカーは単純だが相手にとってやっかいだ。レオーネとルフィーノという二人のベテランのボランチがからだを張って中盤の敵を追い回し、グイード、ヴィラーニ、ギベルティというディフェンダーのマークは泥臭くてしつこい。敵が攻めあぐねて一瞬でも気を抜くと、メレーニアはボールを奪い取ってすぐに冬次に渡す。オウンデやナビッチは冬次からの正確なパスが来ることをからだで覚えていて、冬次にボールが渡った瞬間にスペースに走り込む。そういうカウンターが一度でも成功したらもう終わりだ。強豪のフィオレンチーナに試合終了直前にアウェーで引き分け、トリノにもアウェーで勝って、メレーニアは自信を持ち始めていた。十一節終了時点でメレーニアは、十八チーム中七位というシーズン前の予想とはまったく違う健闘を示していた。七位というのはUEFAカップ出場を狙える位置だった。メレーニアがシーズンの三分の一を終えたところでそういう位置にいることを予想した者は誰もいなかった。突出したスターがいなくても、選手たちが自分の役割を自覚して集中するとそのチームは強くなるという見本のようなチーム状態だったのだ。

だが、冷静でクレバーなスウェーデン人であるラツィオの監督エリクソンはメレーニアを正確に分析し、その戦術の基礎となるしつこいディフェンスをスピードで撃ち破ろうとした。右サイドにポルトガル代表のセルジオ・コンセイソン、左には本来FWであるクロアチアのボクシッチを配したのだ。いずれもスピード豊かな選手だった。要するにコンセイソンやボクシッチがフリーでドリブルをすれば追いつけるディフェンダーがメレーニアにはいないということだ。まずネスタやネグロ、ミハイロヴィッチという最終ラインからロングボールが両サイドにフィードされた。コンセイソンとボクシッチが駆け上がり、メレーニアの中盤とディフェンスラインが分断される。つまりボランチが置き去りにされてしまう。そしてディフェンダーが左右に寄る形になり、ラインが寸断されてしまった。

そのスペースにヴェーロンやスタンコヴィッチが走り込んできて再三ミドルシュートを放ち、サラスが中央に張ってセンタリングに対応した。そういった攻撃は比較的人数が少なくて済む。おもにフォワード二人と両サイドとヴェーロンとスタンコヴィッチで攻撃し、ボランチのアルメイダは引き気味にポジションを取っていたし、最終ラインには常に少なくとも三人が残っていた。そのために自陣でボールを持っても冬次にはパスコースがなかった。オウンデとナビッチが早い動きだしで走ってもラツィオのディフェンダーがぴったりとマークした。そうやってラツィオはメレーニアの攻撃を封じ、逆にメレーニアの両サイドを何度も破った。エリクソンはシメオネとマンチーニというベテランをベンチに置き、ボクシッチとコンセイソンを起用した。うまさではなくスピードを重視したのだが、その戦術は正しかった。サラスとコンセイソンがゴールを決め、首位を争うラツィオは好調のメレーニアを相手にアウェーで貴重な勝ち点三を取ったのだ。

そういった敗北はその後の試合にも影響してしまう。攻守両面で完全に押さえ込まれてしまうと、選手とチームの自信が失われる。ボランチやディフェンダーは、一試合で何度も抜かれるとモチベーションが低下することがある。チーム全体に、この戦術は間違っているのではないかという迷いが生まれることもある。次節でメレーニアは格下のピアチェンツァにスコアレスで引き分け、十四節のホームのボローニャ戦にも3—2で敗れ、その次のインテルとウディネーゼには、何とそれぞれ五点を奪われる大敗を喫した。インテル戦とウディネーゼ戦にはオウンゴールもあった。守備が生命線であるセリエAで二試合続けてオウンゴールがあるということはそのチームのディフェンダーが疲れていて集中が落ちている証拠だ。

十七節のユヴェントスにも完敗し、メレーニアは一ヶ月半ほどの間に七位から十四位に順位を下げてしまった。UEFAカップ出場どころか、シーズン半ばとはいえ、B降格ラインぎりぎりのところまで落ち込んでしまったのだった。一度崩れたチームを立て直すのは容易ではない。選手たちは自信を失っています、と冬次は二〇〇〇年最初のメールに書いてきた。

その後メレーニアはパルマには引き分けたが、十九節のミランに負けた。順位は十四位で変わらなかったが、十五位のレッチェとは勝ち点の差が二しかなかった。このままずるずると負け続ければB降格が現実になってしまう。つい二ヶ月ほど前は七位にいたチームがあっという間にB降格圏に落ちてしまう。それがサッカーの恐ろしさだ。バスケットボールよりもプレーフィールドが広大で、アメリカンフットボールや野球のように攻守がはっきりと分かれていない。要するに選手間の距離が自由で、フォーメーションが複雑なのだ。野球ならピッチャーが悪いとか、アメリカンフットボールだったらオフェンスが悪いとか原因を特定しやすい。だがサッカーの場合極端に言えば一人の選手の運動量がわずかに落ちるだけで全体が機能しなくなることもある。

メレーニアのようにチーム状態が最悪になったとき、何よりも効果があるのは、当たり前だが、勝利だ。しかし、どうしても勝ちたいという思いは、負けが続くと空回りしやすい。わたしはメレーニアのすべての試合をテレビで見た。選手たちはみな必死で戦っていた。だが、冬次のパスにナビッチが反応しなかったり、FWのヴェルフィがフリーのシュートを外してしまったり、ボローニャ戦では苛立ったルフィーノがレッドカードで退場になったりした。

ケンさんへ

チーム状態はずっと最悪なままです。
こちらでは監督が代わるかも知れないという噂がずっと流れています。
監督のせいだけではないと思うんだけど、これだけ勝てないと監督が責任を取るのはしょうがないことかも知れない。

まあ、ぼくとしてはいつものプレーを心がけるしかないと思っています。

勝てないからって、何か特別なことができるわけないんだから、みんな開き直って、今までのプレーを続けるしかないんだよね。


それはそうと、二〇〇〇年になって、また何人か選手が死んだみたいです。

ポルトガルで一人、クロアチアで二人、スペインの二部リーグで二人、フランスリーグで一人、セリエBでも一人試合後に死んだ選手が出ました。

でも、メディアは過密日程のせいにしているようです。

考えたんだけど、ドイツとかオランダとかイングランドでは事件が起こってない。

トルコとかギリシャでも起こってないでしょう？

何て言うか、イングランドとかドイツは真面目な国だよね。オランダも。

ぼくはヨーロッパを移動するとき、その三つの国では荷物が出てこなかったことがないんだ。

すべてにおいてきちんとしてるってことだけど。

それで、トルコとかギリシャは宗教が違うんでしょう？

特にトルコはイスラムだし。

そういう国では、例の「連中」でも好き勝手はできないのかも知れないね。

とにかく変なものを飲まないように気をつけつつ、なんとか勝てるように頑張るよ。

Bに落ちるのは嫌だもんね。
そっちはどうですか？
もうキューバに着いたの？
そうそう、オフにキューバに行くって話だけど、ぼくは本気だからね。
じゃあ、明後日はカリアリ戦ですが、本気でゴール狙ってやるかな（笑）。

トウジ

わたしの部屋には広いベランダがあり、弓形の環礁と、その彼方の広大な海を眺めることができた。プライベートビーチで三時間ほど過ごしたあと、からだに付いた塩と砂をシャワーで洗い流し、洗い立てのコットンパンツとシャツを着て、テキーラを飲む。リラックスというのはこういう気分のことを言うのだと思った。
テキーラのストレートをグラス半分ほど飲んだところで、パワーブックを開きメールをチェックした。冬次からのメールがあった。二〇〇〇年になってまた数人のEU外の選手が死んだらしい。ホテル群の向こうに沈もうとしている夕陽を見ながら、シーズンオフにこの景色を冬次に見せてやることができるだろうかとわたしは考えた。ニューヨークでブロードウェーミュージカルを見て、カンクンの世界一きれいなビーチで泳いで、テキーラを飲みながら明日はいよいよキューバだと思うのは最高にハッピーなんだよ、といつか冬次に言ったことがあった。

アンギオンを開発した連中は非欧州の選手やチームに莫大な金が入るのが我慢できないのだ、とヴォルフガング・ラインターラーは言った。ＥＵ外の選手にアンギオンを飲ませ、見せしめとして何人か殺して、暗にヨーロッパに来るなと脅す。おそらく彼らの目的はそれだけではないだろう。アンギオンを飲んだ選手は心肺機能が高まる。その結果として運動量が飛躍的に増える。要するに信じられないような活躍をすることも可能なのだ。連中はアンギオンを賭け試合に利用しようと思っているのかも知れない。どういう選手に飲ませるともっとも効果的だろうか。それはチームの中心となる攻撃的なミッドフィルダーではないかとわたしは思った。

攻撃的ミッドフィルダーは、縦横無尽にピッチを駆け回り、最終ラインから最前線まで上がっていって試合を決めてしまうラストパスを出し、ときにはシュートを狙う。冬次は典型的な攻撃的ミッドフィルダーで、ヨーロッパからはるかに遠い日本からやって来た選手だった。冬次が爆発的な運動量を発揮すれば、メレーニアはどんなビッグクラブ相手にも勝つ可能性がある。

冬次のようなタイプこそもっともアンギオンの効果が高いのではないか、そう考えるとテキーラの酔いが醒めた。夜羽さんにとってサッカーとは何ですか、とマスコミに聞かれると、仕事です、と冬次は素っ気なく答える。冬次とサッカーとの関係を日本語で言い表すのはむずかしい。サッカーが生きがい、ではないし、サッカーに情熱を持つ、でもない。サッカーに命をかけているわけではないし、サッカーを心から愛している、みたいな恥ずかしい表現も冬次には似合わない。サッカーひと筋というわけでもないし、サッカーのためだったらどんな努力も惜しまない、というようなニュアンスでもない。サッカー人間、などというわけのわからない表現は冬次の価値観からはもっとも遠いものだ。自分の適性や能力を発揮する上でもっともフィットした対象がサッカーであり、しかもそれは仕事で、だからプロとして最大の努力を払うべきものなのだ。

しかし冬次からサッカーを奪うことはできない。間違いないのは、冬次はピッチでボールを介して相手チームと戦うのが好きだということだ。そういった純粋な闘争心を、人種偏見と自分たちの楽しみのために利用しようという連中がいるのは許せなかった。冬次が望んでいるのは、チームのA残留と、そのあとのオフのキューバ旅行というごく真っ当で、しかもささやかなものなのだ。

トウジへ

今、メキシコのカンクンにいます。
陽が沈んでいて、夕暮れがきれいだ。
この目の前の海はもうカリブ海で、この向こう側にキューバがある。
明日のお昼過ぎにはキューバに入る。
今年のオフにはぜひ一緒にキューバに行こう。
そのときはおれが全部セットするからまかせといてくれ。

カリアリ戦の勝利とトウジの活躍を祈ってるよ。

ケン

Giornata 15　第十五節
ハバナ・嘘つきのトランペッター

　カンクンからハバナまでは飛行機で四十五分ほどの距離だ。離陸して水平飛行に移ったらすぐに下降を始める。熱帯特有の厚く白い雲を抜けると、透明度の高い紺碧《こんぺき》の海に浮かぶ細長い島が見えてくる。飛行機がさらに高度を下げ、赤茶けた大地とジャングル、そして点在する民家が目に入ってくるとき、いつもわたしは、キューバだ、と呟き、胸騒ぎを感じる。

　八〇年代の終わりにわたしは初めてキューバを訪れた。ミュージカルの仕事をしているニューヨークの古い友人から、一度行ってみるべきだ、と勧められたのだった。その友人は、南北アメリカのさまざまな国が持つ音楽のリズム、つまりアメリカのブルースとジャズ、メキシコのマリアッチ、ジャマイカのレゲエ、ブラジルのサンバ、ドミニカのメレンゲ、アルゼンチンのタンゴなどを集大成したブロードウェーミュージカルの企画を立てていた。それでマンボやチャチャチャのルーツを求めてキューバを訪れたのだ。結局そのミュージカルは実現しなかったが、友人は実際に現地を訪れて、キューバ音楽がアメリカの黒人音楽に匹敵するような歴史と多様性を持っていることに驚いた。キューバ音楽の魅力を一言で言い表すのは無理だ。それはクラシック音楽の魅力を一言で言え、というのと同じだ。バッハとドビュッシーの音楽が違うように、正統的なルンバとマンボはまったく違う音楽なのだ。

わたしは九〇年代の初めにさまざまなキューバ音楽の権利を買い、それらをおもにヨーロッパで売った。巨額の富を得たわけではないが、当面の生活費くらいは稼ぐことができた。また、当時わたしは離婚したばかりで、キューバで過ごす時間が寂しさを紛らわしてくれたのだった。

ハバナのホセ・マルティ空港には、わたしと共同で仕事をしているグレコが迎えに来ていた。グレコはミュージシャンでもあり、片言の英語を話す。トランペッターで、自分のバンドを持っているが、音楽よりも音楽ビジネスのほうが好きらしい。一九〇センチ、一二〇キロの巨漢の白人だが、三十代の半ばにしてすでに頭が薄い。グレコのフルネームは、ホセ・ミゲール・クレゴ・モラーレスという。正式にはグレコではなく、クレゴなのだが、呼びやすいのか小さい頃からグレコと呼ばれていたらしい。でも本当はグレコじゃなくてクレゴなんだからクレゴと呼ばれたほうがいいんじゃないのか、と聞いたことがあるが、別にどっちでもいいんだよ、とグレコは言った。

「名前なんて、それが自分かどうかがわかれば、それでいいわけだろう?」

グレコは入国審査のブースの前でわたしを待っていた。キューバでは、入国や税関検査は軍人の仕事になっている。その他に空港内への立ち入りが認められているのは観光局の役人と職員だけだが、グレコはどういうわけかいつも一般人立入禁止区域まで入って、わたしを迎える。IDカードなんか持っていないので、警備の軍人や空港職員から文句を言われることがあるが、グレコは平気な顔で、おれはグレコだ、有名なミュージシャンだ、おれを知らないのか、ここの何とかという司令官とは友達なんだ、みたいなことを言って、うまく切り抜ける。空港内に誰か知り合いはいるのだろうが、司令官と友達だというのは嘘だ。日本人の感覚だと、そういう嘘をつくのは威張った嫌なやつということになる。しかしグレコは、派手なシャツ、短パンにサンダルという親しみやすい格好をして、まるで子どものような丸いブルーの目をしていて、すぐにばれる嘘をつく間抜けな詐欺師のような雰囲気があるので、憎めないのだろうと思う。

グレコは入国審査のブースの前で、ヤザーキ、と空港全体に響くような大声を上げてわたしを抱擁した。そして、外交官専用と書かれたブースにわたしを引っ張っていった。入国審査のブースの前には観光客のラインができていたが、わたしは外交官ではない。どうせ荷物が出てくるのに時間がかかるんだからラインに並んでもいいじゃないか、とわたしは言ったが、グレコは聞かなかった。

「ブエノス・ディアス。知っていると思うが、おれはグレコだ。この人は、キューバ政府から勲章を受けている日本人で、キューバ音楽を世界中にプロモートしている。わたしたちキューバ人の恩人なんだ」

グレコは外交官専用のブースの係官にそう説明する。もちろんわたしはキューバ政府から勲章などもらっていない。カーキ色の軍服を着ている職員は、ゆっくりとした動作でわたしのパスポートを受け取り、わたしの顔と、パスポートの写真を交互に眺めて、あなたは外交官じゃないからあっちのラインに並ぶように、と言った。すぐにグレコが大げさな身振りを交えて抗議をしたが、職員は首を振るだけで応じようとしない。こんなところで言い合っているより普通のラインに並んだほうが早いよ、とわたしが言うと、グレコは、しょうがないというように両手を拡げた。

空港の建物を出ると、グレコは口笛を吹いて運転手を呼んだ。運転手はパーキングエリアの椰子の葉の下で知り合いらしい女とお喋りに夢中になっていて、グレコの合図に気がつかない。空港出口は人でいっぱいだが、空港そのものが他の国の首都のものよりもはるかに小さいので、混雑しているという感じはしない。運転手が気づかないので、グレコは大声を出し始めた。周囲の人がグレコを見て、こいつは何を叫んでいるんだろうと不思議そうな表情をしていた。やっと運転手が気づいて、車を回してきた。グレコは怒鳴りつけるが、パウロというその小柄な黒人の運転手はまったく悪びれるところがない。パウロはグレコの雇われ運転手だが、ここはキューバなので立場は対等だ。敬語もないし、お辞儀という習慣もないので、実に堂々としているように見える。

知り合いと少し話していただけじゃないか、なんでそんなに怒鳴るんだ、というようなことを、運転手は冷静な口調で言いながら、わたしの荷物を車に積んだ。運転手に反省している素振りがないので、怒鳴っていたグレコがバカみたいに見える。グレコは白人で、パウロは黒人だ。わたしが知る限り、キューバには人種差別がなく、職業による差別もない。ニガーとかニグロという言葉をアメリカは禁止している。黒人はアフリカンアメリカンと呼ばれるようになった。ニグロという言葉を使わないのはもちろん進歩だが、それはいまだに黒人差別が存在することの証《あかし》でもある。キューバでは、英語のニグロに相当するネグロという言葉を平気で使う。差別がない場合には、何と呼ばれようと関係ないのだ。

グレコは車の中で喋り続ける。自分のバンドの新アルバムをレコーディングしたいので、その費用を半分持ってくれないかという相談だ。わたしはまだ今回のキューバ訪問の目的を話していない。グレコは、キューバの民間人で最初に携帯電話を買ったのはおれだと自慢するくらいハイテク好きなので、当然電子メールアドレスも持っている。だがわたしは飛行機の到着の時間を知らせただけで、エミーリオ・ドミンゲスのことは黙っていた。

エミーリオ・ドミンゲスに面会のアポイントを取っておいてくれ、などとグレコに伝えるとろくなことはないからだ。セニョール・ヤザキがエミーリオ・ドミンゲスの絵を大量に購入しようとしている、などという噂が広まって、グレコはパーティを準備するかも知れない。三、四年前のキューバ訪問の際、ある大ベテランの男性ボーカリストについてグレコに問い合わせをしたら、いつの間にか、わたしがその歌手を日本に招聘するらしいという話に変わってしまっていた。わたしと面会するとき、その老歌手は日本に連れていってもらえると思い込んでいて、スーツケースを提げて現れたのだ。

もちろんグレコに悪意があるわけではない。グレコはちょっとずるくて、すぐにばれる嘘をつくが、基本的には面倒見のいい優しい男だ。十年ほど前まではキューバを代表するトランペッターだったが、音楽よりビジネスが好きになって、所属していた有名な人気バンドから抜け、わたしの共同エージェントになった。エージェントとしてのビジネスが大成功しているわけではないが、グレコはベンツに乗っている。キューバでベンツに乗っているのは、たいていミュージシャンだ。海外公演をこなすような有名なバンドのリーダーとか、外貨を稼げる者でないとベンツは買えない。フィデル・カストロはセキュリティのためにベンツに乗っているらしいが、その他の政府の要人は、たいていラダという旧ソ連製の古い車に乗っている。ラダは、旧ユーゴスラヴィア製のユーゴという軽自動車と並んでキューバでもっとも入手が簡単な車、つまり大衆車だ。政府の要人が大衆車に乗り、人気のあるミュージシャンがベンツに乗る、そういった社会主義国が他にあっただろうか。

日曜日なので、マレコンと呼ばれる海岸沿いのメインストリート地区には、親子連れや恋人たちが集まっていた。近くに工場などがほとんどないので当たり前と言えば当たり前だが、海はきれいだ。首都の、メインストリートに面した海なのに、異様に透き通っていて、色とりどりの魚が泳いでいるのを見ることができる。マレコンでは水泳が禁止されているが、暑い季節には子供たちが警官の目を盗んで防波堤からよく飛び込んでいる。マレコンの広い歩道と石造りの防波堤はスペイン統治時代の古いものだ。夕暮れどきなどに、防波堤にもたれて佇み、ぼんやりと海を眺めているだけで心が和んでくる。

オレンジジュースやビールやアイスクリームを売る屋台が並んでいて、スピーカーからサルサが流れ、大勢の人が二月の穏やかな気候を楽しんでいる。まるで日本のお祭りの夜店のような活気があるが、わたしが初めてキューバを訪れた頃はまったく違っていた。旧ソ連が崩壊して、援助が途絶えてしまい外貨が底をついたキューバは、深刻な食糧不足とガソリン不足に見舞われた。車はほとんど走っていなかったし、外国人専用のスーパーマーケットにも肉がなかった。ガソリンがないために、地方の牧畜農家からの肉の輸送が途絶えたのだ。田舎の農家が食料を生産しても、流通がストップすると都会の人々は飢える。終戦直後の日本と同じだ。キューバは九〇年代を通じてスペインやカナダの資本を導入し、観光に力を入れ、一般国民にアメリカドルの所有を許可して、徐々に経済を活性化させた。ドルの所有が自由化されても、国内通貨であるキューバペソは暴落しなかった。闇でドルを扱うことが自国通貨と経済の崩壊につながることを国民が知っていたからだ。

わたしが泊まるホテルはマレコンの中心部にあった。スペイン資本の入った超高層ホテルで、二年前に完成した。完成には八年かかったらしい。ずっと工事中だったので、わたしはマレコンを通るたびに、この超高層の建物は永久に完成することがないのではないかと思ったものだ。

ホテルの玄関にベンツをつけると、グレコはベルボーイにわたしの荷物を運ぶように命令し、いつものことだがまるで自分が所有するホテルのように偉そうにロビーを横切り、フロントで鍵を受け取った。

グレコが用意した部屋は、ハバナ全体を見渡せる広いスイートルームだった。大きなフルーツバスケットには熱帯の果物が盛られていて、マンゴーの甘い香りが部屋全体に漂っている。一緒に部屋まで付いてきたグレコは、通常八〇〇ドルの部屋代を三五〇ドルにまけさせた、と自慢げに言った。八〇〇ドルの部屋がどうして三五〇ドルになるのかわたしにはわからないが、どうせグレコが何か嘘をついたのだろう。

「エミーリオ・ドミンゲスのアトリエに行きたいんだけど、彼が今ハバナにいるかどうか知ってるか」

ビールを飲みながら、わたしはグレコにそう聞いた。

グレコは、カーテンを開けたり、テレビのスイッチを入れてきちんと映るか確かめたり、エアコンの送風を最強にしたりしていた。ホテルの部屋の設備がちゃんと作動するかどうかをチェックしていたのだ。

「誰だって？」

フルーツバスケットのセロファンの包みを解いて、マンゴーやパパイヤやオレンジを皿に並べ直しながら、グレコはわたしにそう聞いた。グレコは、世話好きだった。前に所属していたバンドでもマネージャーを兼ねていた。キューバの有名バンドには普通専属のマネージャーが付いているものだが、コンサートツアーのエアチケットの値引きやギャラの交渉、ケータリングや飲み物の手配まで、グレコがやっていた。世話好きで、かつ清潔好きでもあり、コンサート前に会場のステージの床を掃除する癖があるという噂もあった。

エミーリオ・ドミンゲスだよ、とわたしが言うと、グレコはベルトにつけたケースから携帯電話を取り、早口のスペイン語で怒鳴るように話し始めた。まるで口論をしているように聞こえる。一度電話を切り、また別の場所にかけ直して、話し続ける。グレコは、話しながら、皿にフルーツを盛りつけようとしている。わたしは片言しかスペイン語がわからない。日本人とか、投資とか、会社とか、そういう単語が聞こえてくる。グレコは、ドミンゲスという同姓の銀行家と勘違いして、明日のアポイントを取ってしまったようだ。

「画家のドミンゲスか。なぜそれを早く言わないんだ」

最初にちゃんと言ったのだが、グレコは聞いていなかった。キューバには電話帳がないし、電話番号案内サービスもない。グレコはまず、キューバ芸術家協会に電話をして、エミーリオ・ドミンゲスのアトリエの電話番号を聞こうとした。キューバ芸術家協会は、文学、絵画、音楽、舞踏、映画、演劇などの保護や普及を目的とする政府系機関だ。グレコは協会の友人と長々と話したあとで、アトリエの電話番号を聞き出した。

「エミーリオ・ドミンゲス画伯は、アトリエで仕事中で、あすの午前中だったら、会えるそうだ」

Giornata 16　第十六節
オールドハバナの画廊

夜は、グレコと彼の奥さんとプライベートレストランに行った。民家を改造したレストランで、ミラマルという海沿いの高級住宅地の中にあった。看板もネオンも出ていないので、地元の人にしかレストランだとはわからない。政府が一般国民にドルの所有を認めてから、他にもさまざまな規制が解除され、プライベートレストランが急激に増えた。それまではレストランを始めるために面倒な申請が必要で、しかもなかなか許可が下りなかったのだ。観光地で手作りの土産物を売る露店も比較的簡単に許可が下りるようになった。

レストランの屋上はオープンエアのテラスになっていて、ハバナ湾を見渡すことができた。ちょうど夕暮れで、空にピンクから濃い紫色のグラデーションの帯ができていた。熱帯の夕暮れは冬と夏で色が微妙に違う。一日として同じ夕暮れはない。海のほうから涼しい風が吹いてくる。二月のキューバでは薄手のカーディガンかセーターが必要だ。だが、風は乾いていてとても気持ちがいい。わたしは食前酒としてモヒートを飲んだ。ラムを砂糖水で割り、大量のミントの葉っぱと一緒に混ぜ合わせたキューバのカクテルだ。

「この店はランゴスタがおいしいんだよ」

グレコが新しい奥さんの肩に手を回してそう言った。ランゴスタというのはロブスター、つまり伊勢エビのことだ。キューバ料理は辛くない。キューバ人はスパイシーな味つけを嫌う。確かに食欲は出るが素材の味が損なわれる、というのがその理由だ。テーブルにはすでに前菜が並べられている。バナナのフライ、小魚のマリネ、小エビの足の部分の唐揚げ、豚の皮をかりかりに揚げたもの、それにユッカという甘みのある芋のコロッケなどだ。

わたしはニンニクのスープとランゴスタのソテーを頼んだ。グレコは豚のすね肉をローストしたものを、奥さんは小エビの串焼きをオーダーしていた。グレコとは十年来の付き合いだが、紹介された奥さんは三人目だ。新しい奥さんの名前はマレーナで、まだ二十三歳だという。白人で、黒い髪を金色に染めていた。英語を喋れないせいもあって、恥ずかしそうに笑ってばかりいる。前の奥さんは確かマリアという名前で、二人の間にはまだ小さい女の子がいたはずだ。キューバ人は男も女もよく離婚をする。離婚の慰謝料が日本円で二千円くらいなのだそうだ。

「エミーリオ・ドミンゲス画伯にどういう用事なんだ?」

そうグレコが聞いた。エミーリオ・ドミンゲスの日本のエージェントは青山にある小さな画廊だった。画廊の名前はアスーカルアルテといった。アスーカルは砂糖という意味で、アルテは英語のアートだ。わたしはアスーカルアルテに連絡をして、エミーリオ・ドミンゲスに関する文章を書こうと思っている者だが、今度キューバに会いに行くので、紹介状を書いてくれないかと頼んでみた。画廊をやっているのは四十代前半の上品な女性だった。父親の仕事の都合でコロンビアとヴェネズエラに長く滞在して、中南米の絵画に魅せられたのだそうだ。彼女は快くエミーリオ・ドミンゲス宛の紹介状を書いてくれた。

「ヤザーキは、キューバ音楽に飽きて、今度はキューバ美術を日本に紹介するつもりなのか」

グレコがワインを飲みながら真剣な顔をしてそう聞いた。キューバ音楽に飽きるわけがない、とわたしは言った。ワインはグレコが選んだスペイン産の赤だ。味の濃いキューバ料理によく合う。エミーリオ・ドミンゲスって誰なの？　と若いマレーナがグレコに聞いている。キューバ現代美術界でもっとも有名で成功している画家だ、とグレコが教えた。

　わたしは彼の絵についての文章を書くんだ、と言った。ふうん文章をね、とグレコは興味なさそうにうなずいた。


　食事のあと、キャバレーに踊りに行くか、とグレコに誘われたが、断ってホテルに戻ることにした。明日の午前十時に迎えに来るぞ、と言いながら、グレコは新しい奥さんと帰っていった。夜の十一時で、眠るにはまだ少し早かった。わたしはホテルの中にあるボレロ・バーというピアノラウンジで少し酒を飲んだ。

　暗い店内の中央にグランドピアノがあり、そのまわりにバーカウンターとテーブル席がある。店のスタイルとしてはニューヨークなどで一時期流行《はや》ったピアノバーそのままだが、違うのは、歌われるのがキューバの古いボレロだということだ。ボレロというのはもともとは十八世紀のスペインの舞曲だが、キューバではスローバラードの意味で使われる。ピアノに黒人の女性が向かい、忘れられないあなたのバラのような唇とか、わたしたちの夢のような時間は終わったとか、そういうロマンチックな歌詞のバラードを歌っていた。

低く甘い声で歌われるボレロを聞きながら、わたしはカリビアンクラブという銘柄のラムをストレートで飲み、コヒーバのロブストスという葉巻を吸った。ヴォルフガング・ラインターラーの仲間が作ったフロッピーディスクを、明日の午前中に入手できるかも知れない。

キューバに発つ二週間ほど前、東京で知り合いの新聞記者、金子と会い、アンギオンについて少し話した。高校の同級生で、ロンドン支局に四年間いたという男だった。ヨーロッパのプロスポーツ界で奇妙なことが起こっていて、それは新しく開発された血管拡張剤のせいかも知れない。そしてその背後には正体不明の巨大で邪悪な勢力がいるらしい。話したのはそのくらいだったが、金子は、記事にするのは可能だが効果は疑わしい、と言った。

「今聞いた話はおそらく本当のことだろうと思う。世界中で、いまだに、いろいろと悲惨なことが起こっていて、その中には決して報道されないこともある。あえて報道しないこともあるし、本当によくわかっていないから報道のしようがないこともある。たとえば、今、矢崎が話したことだが、臓器の売買に似ている。アジアや中南米の途上国を中心に臓器が売買されているのは周知の事実だが、その実態はほとんど明らかにされない。明らかにならないのは、実態がよくわからないのと、そのニュースに需要があまりないからだ。

つまり臓器を売っているのは貧しい途上国の、もっとも貧しい層で、結局、そういう人々のことは、われわれも含めて、先進国の人間は別に知りたいと思わないいんだよ。お前は知りたいと思うか。そういうことは、昔からずっと続いているわけだろう。中近東では、ずっと前から子どもが売買されていて、彼らは奴隷状態で絨毯を織る。学校にも行かないし、報酬もない。子どもの細い指でないと、繊細な模様が織れないらしい。その作業をする部屋は狭くて、細かな繊維で空気が汚れていて、栄養状態も極端に悪いので、彼らのほとんどは結核になってしまう。そういう子どもたちの平均寿命は二十五歳くらいだと言われているが、実は十五歳だという説もある。いずれにしろ情報が少なすぎて、調べようがない。

そういう話はきりがない。ヨーロッパでも、中世はもちろん、近世までは、子どもは売り買いされていたし、貴重な労働力だった。そもそも子どもという概念が生まれたのは十九世紀だという学者もいる。その前は、モノだったし、商品だったわけだ。大人の人間だって、ついこの間まで、ヨーロッパでも商品として売られていたし、二百年ほど前まで、南北アメリカでは、黒人は商品だった。何て人間って残酷なんだろうって、そういうことじゃないんだ。無知と貧困がある限り、そういう悲劇は当たり前に起こるってことだ。問題は、人間の愚かしさとか、そういうことじゃなくて、無知と貧困だ。

ヨーロッパや他の先進国は、無知と貧困をある程度克服したので、子どもの売買をしなくなった。日本で売春防止法が公布されたのは一九五六年だから、それまでは日本でも貧しい農家は女の子を売ってたんだよ。日本人がヒューマニズムに目覚めたから人身売買がなくなったわけじゃない。豊かになって、ある程度無知と貧困が克服されたからだ。その証拠に、現在も人身売買が行われているのは、無知と貧困が残っている国と地域だ。東南アジアや中南米の一部の国では子どもを誘拐して臓器を取り出して売るマフィアがいる。それらの国には無知と貧困が残っている。だから、その、EU外のプロスポーツ選手に、怪しげな薬を飲ませるという話だが、中南米やアフリカ、EU外のヨーロッパの貧しい国の選手だけが狙われるというのはリアルなんだよ。しかし、記事としての需要は低いだろうな。もちろん許せないことだし、あってはならないことだよ。ただ、おれが、日本の新聞で、科学面か、スポーツか国際面で記事にしたとしても、EUの警察や司法機関が大々的に捜査に乗り出すということは、どうかなあ。あり得ないかも知れないな。もちろん、その黒幕たちが警戒して、その薬の使用を一時ストップするとか、そういう効果はあるかも知れないけどね」

金子は最後にイヤなことを言った。

「いや、縁起でもないことだけど、夜羽冬次がその薬で死んだりすると、大変な話題になるから、記事はものすごいインパクトになるだろうけどな」

フロッピーディスクを入手して、その後どうするのか、わたしはまだ決めかねていた。記事にはいつでもできるよ、と金子は言ってくれた。ただ確かに、日本のメディアで発表してもヨーロッパにどの程度のインパクトがあるのか読めなかった。とりあえずフロッピーディスクを手に入れよう。三杯目のラムで少し酔った頭で、わたしはそう考えた。

黒人の女性歌手は、あなたはぼくにすべてを教えた、という意味のボレロを歌っている。キューバ人なら誰だって知っている有名な曲だ。あなたはぼくにすべてを教えてくれたのに、あなたなしでどう生きればいいのかということは教えてくれなかった。そういう歌詞の、悲しい恋の歌だ。わたしが一緒に口ずさんでいると、どうして東洋人のくせにキューバのスタンダードソングを知っているんだ、という顔でウェイトレスがこちらを見ていた。

時間通りにグレコが迎えに来た。エミーリオ・ドミンゲスのアトリエはオールドハバナの東の端にあった。グレコは短パンではなくて長ズボンをはいて、Tシャツではなく袖の長いシャツを着てジャケットを羽織っている。ハバナは朝から曇っていて、少し冷たい風が海から吹いていた。わたしはクリーム色のコットンパンツをはき、ポロの上に麻のジャケットを着た。

アトリエのある通りが狭いので、少し手前で車を降りて歩くことにした。ハバナ港がすぐ先にあり、潮の香りが漂ってくる。このあたりはハバナでもっとも古い地区で、歴史的な建物や砲台の跡などがある。海岸線から少し奥まったところに扇形の広場があり、その両端でコロニアル風の公園と、教会が向かい合っていた。ほぼ正方形の公園は、装飾を施された鉄製の柵で囲まれている。公園の外周を巡る歩道には古書の露店が並んでいた。

古い本の匂いを嗅ぎながら歩くと、やがて十七世紀初頭に建てられたという教会の入り口が見えてくる。教会の内部は博物館を兼ねていて、スペイン統治時代の文書や衣服や彫像や装飾品などを見ることができる。教会の入り口から、音楽が聞こえていた。ユネスコの世界遺産にも指定されている観光名所なので、教会の中では観光客へのサービスとして常にバロックの室内楽が演奏されているのだ。入り口から中を見ると、聖母マリアを描いたステンドグラスの下で、十三人編成の室内楽団がバッハの管弦楽組曲を演奏していた。芸術学校の学生だよ、とグレコが教えてくれた。

「おれもＥＮＡの学生時代に、この教会でバッハを演奏した」

ＥＮＡ、つまり、エスコーラ・ナシオナル・デ・アルテ、国立芸術学校は革命後に創設された。グレコもＥＮＡの管楽器科を卒業している。キューバ全域から音楽や絵画やダンスの才能のある子どもたちが集められて、八歳くらいから専門的な教育を受ける。三、四年ごとに進級試験があり、成果が見られない者は退学させられる。一般の学校に移るのだ。最初千人ほどいた生徒は最終的に数十人になり、ＥＮＡへの入学を許される。宿舎などの経費を含む学費はすべて国が負担するので、素質がないと判断された生徒は簡単にクビになる。だから生徒たちは必死で練習する。

性格的にまったくいい加減なグレコでも、ＥＮＡ在学中は、一日に平均六時間はトランペットを吹いていたそうだ。グレコの専門はトランペットだが、音楽専門学校やＥＮＡでは、鍵盤楽器や打楽器の授業も受けたらしい。だからキューバ人のミュージシャンは、ベーシストでもピアノが弾けるし、打楽器も叩く。世界的に有名になったジャズピアニストのゴンザーロ・ルバルカーバは、最初は打楽器科にいたらしい。そのあとバイブラフォンを勉強し、最終的にピアノを選んだ。ＥＮＡの学生は、キューバ音楽やジャズやポップスではなく、クラシックを叩き込まれる。

「キューバ人の血は、アフロとスペインだが、その濃い血を持った人間が、クラシック音楽のテクニックで武装してるんだ。おれたちは、どこの国の音楽家にも負けないよ」

グレコは誇らしげにそう言う。キューバには、同じようなシステムの物理化学の専門学校や、医学校もある。国家がエリートを養成しているのだ。そういう教育のシステムは日本人にはなじみがないから、エリートになれない子どもはどうなるんだと思うかも知れない。たとえばグレコの運転手のパウロなどはエリート教育を受けていない。おれはエリートになれなかったわけじゃなくて、ならなかったんだ、とパウロは言う。

「音楽というのは、向いているやつと向いていないやつがいて、誰にでもできるわけじゃない。おれは音楽をやることに向いていなかったけど、だからと言って、それで人生が終わるわけじゃない。人はそれぞれの人生を歩むわけで、エリートにならなくても、科学者や医者や音楽家以外にも、すばらしい人生はたくさんあるんだよ」

教会を過ぎると、通りの向こうにエミーリオ・ドミンゲスのアトリエが見えてきた。エミーリオ・ドミンゲスはもちろん正真正銘のエリートの芸術家だった。

Giornata 17　第十七節
白昼夢のような中庭

キューバ現代美術を代表する画家のアトリエ兼画廊は、旧市街のもっとも美しい街並みの一角にあった。建物の一階が画廊になっていて、二階がアトリエだった。受付にいた上品な女性に用意してきた紹介状を渡すと、エミーリオ・ドミンゲスはもうすぐこちらへやって来るので、それまで絵を見るか、中庭を散歩するかしてお待ち下さい、と言われた。

画廊の展示スペースはかなり広く、キューバの新人画家の絵を紹介するコーナーもある。入り口正面の壁面にエミーリオ・ドミンゲスのドローイングの大作が並び、側面にはエッチングの小品が飾ってあった。作品はキューバの土俗的な宗教をモチーフにしたものが多い。サンテリアと呼ばれるそのアフロの原始宗教は、奴隷とともにキューバに伝わった。多くの同胞が奴隷として新大陸に連れ去られることに心を痛めたナイジェリア・ヨルバ族のシャーマンは、自ら奴隷ハンターに捕らえられることによって海を渡り、白人たちの弾圧と過酷な労働に耐えながら同胞を救済したのだった。

サンテリアはホワイトマジックで、象徴的なさまざまな神様が存在し、キューバ音楽やダンスや絵画の源流となっている。エミーリオ・ドミンゲスはそれらの神々をモノトーンの画面に抽象的に表現していた。強烈な絵だが、抑制されていて都会的だとわたしは思った。グレコは腕を組み、首を傾けて、ときどきうなずきながら巨匠の絵を鑑賞している。ヤザーキはこれらの絵をどう思うのかと聞き、わたしが、もちろんすばらしいと答えると、これはキューバの誇りだよ、と嬉しそうに言った。

一通り絵を見たが、巨匠はまだ現れる気配がなかったので、わたしたちは中庭でコーヒーをご馳走になった。中庭は見事なボタニックガーデンになっていて、中央に小さな噴水があり、両脇には熱帯の灌木が植えられ、周囲の壁はアラビア風のタイルで飾られていた。全体がシンメトリックで、直線とアーチを組み合わせた小道が交差するところに、屋根に草を這《は》わせた東屋《あずまや》があり、白い椅子とテーブルがあった。若い庭師がまだ作業をしていて、見事な庭だな、とグレコが声をかけた。花や木が庭に溶け込むにはまだ五年かかる、と庭師が答えた。

熱帯の植民地でスペイン人庭師たちが完成させたボタニックガーデンは、太陽の強烈な光と真っ青な空に調和している。日本の庭園もイングリッシュガーデンも、熱帯の気候や光には似合わないだろう。複雑な模様のタイルの壁、白い砂を敷いた小道、熱帯の植物の濃い緑色の葉、原色の花々、強烈な陽射しがそれらを浮き立たせて、背景には鮮やかな青い空があった。

東屋でコーヒーを飲み、陽射しを浴びて眠くなるようなうっとりとした気分になっていると、ハーイ、という声が聞こえ、画家が姿を現した。巨匠は思ったよりも小柄で、非常に明るかった。

意外に若い。わたしと同年代で、まだ四十代半ばではないだろうか。こんにちーは、と日本語でわたしに挨拶した。日本でも個展をやっているのでそのときに挨拶を覚えたのだろう。共通の友人がいるそうで、しばらくグレコとその人物のことを語し、そのあとコニャックと葉巻が運ばれてきた。クルヴァアジェのボトルが載ったトレイを運んできたのは黒人の少年で、その後ろにはスペイン風の衣装を着た美しい婦人がにこやかに笑って立っていた。ドミンゲス夫人だった。夫人は、巨匠の夫より頭一つ背が高かった。

ピナール・デ・リオというタバコ葉の産地で、特別にブレンドして作らせているシガーなんだ、巨匠はそう言って、象牙の蓋のついたケースから葉巻を取り出した。カッターで端を切り落とし、長いマッチの炎で充分に焼いて、わたしとグレコに手渡す。葉巻を吸うオーソドックスな手順だが、熱帯植物に囲まれた中庭で炎が燃えるのを見ていると、まるで宗教的な儀式を見ているような気分がした。小さめのグラスにコニャックがなみなみと注がれて、サルー、という巨匠の声で、わたしたちは乾杯した。

エミーリオ・ドミンゲスはわたしのことは知らなかったが、作家であるわたしが彼の絵について文章を書くのを喜んでくれているようだった。クルヴァアジェを飲み、葉巻をくゆらせると、口と喉が熱くなり、太陽がさらに強く感じられた。原色の花々と青い空を見ていると、まるで夢の中にいるような気がしてきた。

ヨーロッパの美術評論家たちが書いたエッセイを参考のために読ませていただけませんか、とわたしは巨匠に言った。その件は、アスーカルアルテを通じてすでに伝えていた。しばらくして、ドミンゲス夫人が、評論家たちのエッセイが載った個展のブックレットを持ってきた。ブックレットには十三人のヨーロッパ各国の美術評論家のエッセイが、英語とスペイン語とフランス語とドイツ語で掲載されていた。フロッピーディスクはありませんか、とわたしは聞いた。

「フロッピーディスク？」

巨匠はしばらく考えて、首を傾げた。あなたあのディスクのことじゃないの、夫人が言って、受付の女性に取りにやらせた。しばらく時間がかかった。やがて受付の女性は、フロッピーディスクとMOが十枚ほど入ったケースを持ってきて、夫人が一枚一枚ラベルを確かめて、選び始めた。巨匠はパソコンを持っているんだな、とわたしは思った。

夫人が一枚のディスクを取り出し、これかしら、というようにわたしに手渡した。ラベルには『13エッセイ、ヨーロッパのあなたのファンより』と書いてあった。これです、と言って、わたしは鞄からパワーブックを出して、ディスクをコピーさせてもらうことにした。

評論家のエッセイはすべて英文で書かれていて、確かにそのあとに、タイトル未定のテキストが収められていた。わたしは心臓の鼓動が速くなるのを感じながら、それらをすべてコピーした。

グラスのコニャックが少なくなると、すかさずドミンゲス夫人が両手でボトルを持って注ぎ足した。時計を見るとまだ午前十一時だった。午前中からコニャックはヘビーすぎるので、断ろうと思うのだが、夫人の端整な微笑みに接すると、断れなくなり、グラシアス、とグラスを差し出してしまうのだった。普通コニャックはグラスの底のほうに一センチか二センチ注ぐものだが、キューバでは小さなリンゴほどのブランデーグラスに、あふれるほど注ぐものだと決まっているらしかった。封を切ったばかりのクルヴォアジェのボトルは半分以上空になっている。庭師も酒盛りに加わり、画廊に来ていた客も三人ほど加わって、そのうち一人がギターを持ってきて、キューバの昔のスタンダード曲を歌い始めた。

午前中が終わろうとしていて、陽射しがさらに強くなった。巨匠は右手にコニャックの入ったグラスを、左手に葉巻を持ってベニー・モレの名曲を歌っている。蘭の花の香りが漂ってきた。気温が上がって、花が興奮し、香りを発し始めた、と庭師がわたしに教えてくれた。空には雲がなく、光沢のある青い布が敷き詰められているようで、ずっと見上げていると目眩《めまい》がしてきた。グレコはバッグからポケットトランペットを取り出し、ソロを吹き始めた。人々の影が白い砂を敷き詰めた小道で揺れている。テーブルの上にパワーブックを出したままで、その表面が熱くなっていた。強い陽射しでパワーブックのハードディスクが溶けてしまって、データがすべてグニャグニャと歪んでしまうのではないかという想像にとらわれた。

キューバではいつもこんな感じだ。信じられないような美しい中庭で、ふいに酒盛りが始まり、誰かが演奏したり歌ったりして、その場にいるみんながいい気分になって、しだいに時間の感覚が失われ、自意識と外界の境界がしだいに曖昧になっていく。エミーリオ・ドミンゲスは、わたしがエッセイを書くということで喜んでくれて、コニャックと葉巻でもてなそうとしたのだろう。だが、そのうちそういったきっかけなんかどうでもよくなって、みんなが陽の光と中庭の花々と酒と音楽を楽しみ始める。決められたことなど何もなく、時間の制約もない。絶え間なく笑い声が続き、会話が途切れることはない。心地いい風が吹いてきて、花々が揺れる。

ふとテーブルの上に載ったままのパワーブックを見て、わたしは違和感に襲われた。ノートブックにはアンギオンについてのレポートがコピーされている。そして、ノートブックが太陽に熱せられて、データがすべて溶け出していくようなイメージがあった。わたしは、アンギオンのレポートをコピーしたパワーブックG3を眺めていて、突然、わけのわからない違和感を覚えたのだ。アンギオンのレポートをコピーしたあとに、酒を飲んで葉巻を吸い演奏と歌が始まった。ものすごいギャップだが、違和感はそのことが原因ではなかった。

明らかに何かが変なのだが、強い陽射しの下で、強い酒を飲んでいることもあって、具体的に何が変なのかがわからない。小道に敷き詰められている白い砂が眩《まぶ》しい。グレコの吹くポケットトランペットの音が、雲一つない空に吸い込まれていく。人々のざわめきと笑い声と歌が続いている。

何かが変だという感じがしだいに強くなってきた。どうでもいいことのような気もするし、何か致命的なことのような感じもする。朝食もとらないでコニャックなんか飲んだせいで頭が混乱しているだけなのかも知れない。テーブルの上に個展のパンフレットとフロッピーディスクがある。わたしはヴォルフガング・ラインターラーのことを思い出した。ヴォルフガング・ラインターラーのグループは、アンギオンのレポートを急いでこのフロッピーディスクにコピーしたのだった。マーティン女史の研究室から急いで圧縮変換して持ち出さなくてはいけなかった、とヴォルフガング・ラインターラーは言った。そういったことは何も変ではない。

ヴォルフガング・ラインターラーはどうして全世界のメディアにそのレポートの内容をメール

で送りつけなかったのか。欧州のメディアには巨大な力の影響が及んでいるからだと、彼は答えた。もちろん電子メールを追跡してキーワードでスキャンし、もみ消したりすることも、それなりの権力があれば不可能ではない。だからこそヴォルフガング・ラインターラーのグループは西欧諸国の権力が及ばないキューバに証拠のフロッピーを運び出したのだった。そういった部分にはおかしなところはない。

楽しんでいるかい、とエミーリオ・ドミンゲスが近づいてきた。ええ、と答えて、わたしは違和感の正体に気づいた。ヴォルフガング・ラインターラーは、エミーリオ・ドミンゲスにレポートの内容を伝えて協力を頼むことができないのだと言った。それは、エミーリオ・ドミンゲスが、コンピュータを使わないし、キューバからアンギオンのニュースを発信してもアメリカとの関係で潰されてしまうはずだと、そういうことも言った。きっとパソコンは最近始めたのだろうし、その部分は間違ってはいない。違和感の正体は、エミーリオ・ドミンゲス自身だった。

エミーリオ・ドミンゲスは夫人の腰に腕を回して、軽やかなステップを踏み始めている。少し頭が薄くなっているが、どう見ても四十代だ。ヴォルフガング・ラインターラーは、エミーリオ・ドミンゲスが七十歳を超える高齢だと言った。勘違いしたのだろうか。それとも、ヴォルフガング・ラインターラーは、エミーリオ・ドミンゲスを直接には知らないのだろうか。

マエストロ、あなたはドイツ人のジャーナリストでヴォルフガング・ラインターラーという男を知っていますか。踊っているエミーリオ・ドミンゲスに近づいてわたしは聞いた。

「何と言った？」

ヴォルフガング・ラインターラーです。ドイツ人で、背の高いスキンヘッドのジャーナリストですよ。

「もう一度名前を言ってくれ」

ヴォルフガング・ラインターラーです。

「そんな長い名前の男は知らない。君の友人か？」

いや、違います。

「そいつがどうしたんだ」

エミーリオ・ドミンゲスはダンスを止めて、椅子に座った。

あなたは八ヶ月ほど前にドイツを中心に大きな個展を開いて、その際に、個展を主催したフランス人の画商から、一枚のフロッピーを渡されましたよね。

「いや、個展を主催したのはスペインのエージェントだ」

ブックレット用のエッセイをデータとして収めたフロッピーを、そのエージェントからプレゼントされたでしょう？

「いや。そういう記憶はない」

他の国や場所で個展を開くときにもエッセイを使えるようにと、フロッピーディスクをプレゼントされたのではないですか。

「いや。だって、あのブックレットには英語やスペイン語で、エッセイがすべて載っているからね。あなたがエッセイを書くときだって、あのブックレットを参考にすればいいいんじゃないのかな」

　考えてみれば、その通りだった。ブックレットに載ったエッセイを転用したかったら、そのエージェントや著書に依頼してメールで送ってもらえばそれで済むし、ブックレットの文章をワープロで打っても大した手間ではない。それではエミーリオ・ドミンゲスは、あのフロッピーディスクを、どういう目的で受け取ったのだろうか。わたしはテーブルの上にあったフロッピーを手に取ってエミーリオ・ドミンゲスに示し、誰がこのディスクをあなたにプレゼントしたのですか、と聞いた。

「よく憶えていないがファンだった。どこかの個展会場で、誰かにもらったんだ。わたしの作品の批評が収められていると言って、持ってきた。一応、受け取ったが、面倒臭いので、わたしは一度も見ていない」


　キューバには、その後四日間滞在した。グレコのグループの演奏をジャズバーに聞きに行き、キューバの音源を大量に持つエグレムという会社の連中と会食をして、スメラルダというビーチで泳ぎ、野外ディスコでサルサのオルケスタの強烈な演奏を聞き、ダイキリが誕生したというバーでグレコと飲み、CDを二十枚ほど買い、コヒーバのロブストスという葉巻を二箱買った。

　わたしはそうやっていつものようにキューバを楽しんだが、ヴォルフガング・ラインターラーのことがずっと気になっていた。キューバ滞在中、一度アルルに電話をして、エミーリオ・ドミンゲスの年齢をフェルディナンに確かめた。

「それはヤザキの記憶違いじゃないぞ。あいつは確かに、画家は、七十歳を超えていて、コンピュータは使わないと言った」

ケンさんへ

こちらは相変わらず苦しい戦いが続いています。

ナビッチが怪我してしまって、うちの得点パターンが消えてしまったんだよ。


それで何と、また三連敗。

ソレンツォは怒りまくって、また監督をクビにしそうだよ。

監督に責任はないんだけど、ここまで負けがこんでくると、監督がやめさせられるのもしょうがないかも。


まだキューバにいるのかな。

どう?

例のクスリの「証拠」は手に入った?

それについて、ちょっと話を聞いた。

情報源はナビッチなんだけど、

ほら、あいつはセルビア人だからね。

クロアチア人選手は、もう三人くらい死んでいるんだよね。

ナビッチとそういう話をしたんだよ。

そしたら、あいつも例のクスリのことを知っていて、以前、クロアチアの新聞で記事になったらしいよ。


でも、結局、真相みたいなものはわからなかったし、今でもわからないらしい。

いったいどうなっているのかな?

何かわかったら、教えて下さい。

トウジ

キューバからの戻りは、メキシコシティからロスを経由して、日本に帰ることにしている。ヴェニスビーチのホテルでメールボックスを開くと、冬次のメールが入っていた。クロアチアでアンギオンのことが新聞記事になっていたという情報はわたしを驚かせた。何かいやな予感がした。直感的に、自分が誰かにはめられようとしているのではないかと思った。何かがおかしかった。

Giornata 18 第十八節
ザグレブの新聞記事

日本に戻ってきて二週間が経ったが、わたしはエミーリオ・ドミンゲスのフロッピーからコピーしたテキストを日本のメディアに発表しなかった。テキストファイルを開いてみたが、フランス語なので何が書いてあるのかわからない。うかつに翻訳サービスに依頼するわけにもいかない。ただ、テキストの量は思っていたよりも少なかった。ヴォルフガング・ラインターラーは約一万字のレポートだと言ったが、実際の分量は三千字前後で、八つのパラグラフ・段落に分かれていた。最初と最後のパラグラフだけを、フェルディナンにメールで送って日本語への翻訳を頼んだ。

「わたしたちは、現代欧州に亡霊のように君臨する権力者の犯罪について告発する」

最初のパラグラフはそのように始まっていた。

「わたしたちは、欧州及び欧州外被抑圧者救済連絡協議会のメンバーである。わたしたちは欧州七ヶ国の反体制政治集団と環境団体で組織されているが、まず、わたしたちの実体をこのレポートに記せないことの弁明をしたい。わたしたちが告発しようとしている敵は、尋常ではない力を保有している。その力の影響力は、政治・経済はもちろんのこと、学術や文化、それにメディアや警察に及んでいる。もちろんEUのすべての国に彼らは君臨しているし、国境を越えて極めて緊密な連携を持っている。そのような絶対的な力を持つ権力と対峙するときには、匿名性が尊重されるとわたしたちは考えるものである。

わたしたちは、EU各国にまたがる市民の、自発的なグループであり、左派、右派を問わず、横暴な差別的政策と暴力的弾圧を止めない新旧の国家権力と、陰に陽に、闘ってきた。具体例を挙げよう。一九八〇年代にロッテルダムの港湾労組が、ストライキで当局から手ひどい弾圧を受けたときに、その暴力的な鎮圧ぶりを小型カメラに収め、欧州人権委員会に訴えた。また一九九五年には、フランスの民族主義者たちがマルセイユのアフリカ移民の子どもに対して行った差別に反対し、デモやボイコットで対抗した。移民の子どもたちがエボラウイルスに感染しているという根も葉もない噂に端を発した差別だったが、わたしたちの運動によって、不当で差別的な子どもたちの隔離措置は中止に追い込まれたのである」

文章や言葉が妙に硬かったが、フェルディナンが言うには、翻訳のせいではなかった。日本語に訳してくれたのはフェルディナンが契約している翻訳家で、原文のニュアンスを損なわない訳になっているのだそうだ。

「彼らの犯罪は明らかである。欧州に君臨する権力者集団は、神聖と公平の象徴であるスポーツ選手を自分たちの慰み物にしようとしている。少なくともこれまでに十人を超えるプロスポーツ選手が、アンギオンのために死亡している。彼らの悪逆ぶりと、限度を知らない刹那《せつな》的欲望は、EU

外のスポーツ選手の心臓を止めるという非道に及んだ。同じくEUに属する人間として、あるいは神への畏《おそ》れを持つ人間として、わたしたちの使命はただ一つ、彼らの信じがたい残虐な計画を暴露することである。この声明文は、EU外のメディアに向けたものだが、全世界のメディアが、この許しがたい問題の徹底的な追及に挑むことを願うものである。

欧州及び欧州外被抑圧者救済連絡協議会・代表一同」

最後のパラグラフはそう結ばれていた。わたしは違和感を持った。まるで左翼の学生が書いたような、性急で説得力のない文章だったからだ。フェルディナンも同じ感想を持ったようで、彼のアドバイスを受けて、わたしは全文を翻訳してもらうことにした。

レポートの残りの部分はアンギオンについて書かれていたが、科学的な説明が少なかった。コリンヌ・マーティン女史に関しては実名が使われていて、ジャック・モノー研究所という固有名詞も登場した。だが全体的には、欧州に亡霊のように君臨する権力者を弾劾《だんがい》することに主眼がおかれていて、激しい攻撃の言葉が続いた。何人かの政治家、企業家、それにセリエAのオーナーの名前も実名で紹介してあった。チーム・メレーニアのオーナーであるマルコ・ソレンツォの名前もあった。全文の翻訳が送られてきたあとの電話で、これはなんだか変だ、とフェルディナンが言った。

「第一に、EU外のメディアに記事にしてもらうためのレポートとしては、全体が短すぎるし、科学的な説明が足りない」

フェルディナンの言う通りだった。レポートに書かれてあることより、マーティン女史がアンギオンについてわたしたちに語った説明のほうが何倍も詳しく、わかりやすかった。

「第二に、こういった告発文書は、できるだけ怒りを抑えて、冷静に書かれるべきなのに、このレポートは言葉が激しすぎる」

わたしもそう思った。翻訳されたレポートは昔の学生運動のリーフレットのようだった。全国の先鋭的なプロレタリアートと学生は一致団結してアメリカ帝国主義者を打倒せよといったような、過激で、幼稚な文章と同じだと思った。

「第三に、明らかな事実誤認がある。確かに、九五年の春、アフリカから到着した移民の子どもたちが差別的な扱いを受けたことがあった。十四歳から十七歳の子どもたちで、奨学生だった。北西アフリカのモーリタニアから鉄鉱石を輸入しているフランス企業が毎年百人近い子どもをフランスに受け入れているんだが、その子どもたちだったんだ。確かに、エボラウイルスが話題になっていた頃だった。

右翼の一部は疫病の恐怖を訴えて、保守系のメディアの中には不安を煽《あお》る記事を書いていたところもある。だが、移民たちは北西アフリカのモーリタニアから到着したのであって、エボラが発生したと言われるザイールからは二〇〇〇キロも離れていた。しかもその間には広大なサハラ砂漠がある。アフリカというのはものすごく広いんだよ。

だが、わたしたちはアフリカに無知なために、西も東も、北も南も、アフリカという名前で表してしまう傾向がある。お恥ずかしいことに、わたしたちのフランス政府は、子どもたちを飛行機の中に閉じ込めたまま隔離して、血液検査を行い、笑いものになった。確かに、そのとき科学者と市民運動家が左派の新聞で政府を攻撃したが、問題は、モーリタニアからの飛行機が到着したのが、マルセイユではなく、シャルル・ドゴールだったということだ」

ヴォルフガング・ラインターラーのグループはレポートの中で嘘をついているのだろうか。

「それはわからないな。単に、パリとマルセイユを間違ったのかも知れない。フロッピーにコピーするときに、そういう確認というか、推敲《すいこう》をする余裕がなかった、みたいなことをヴォルフガング・ラインターラー自身が会ったときに言っていただろう。だから、確かにおかしいところがあるが、ヴォルフガング・ラインターラーが嘘をついているとは考えにくい。少なくとも、彼らのEUの支配層に対する怒りについては、本当ではないかな」

フェルディナンの分析には無理がなかった。アンギオンの科学的な説明が少なかったし、文章に冷静さが欠けていて、事実誤認もあったが、彼らの正義感と怒りは本物だとわたしもそう思った。すぐにこのレポートを日本のマスメディアに公表すべきなのだろうか、そう聞くと、フェルディナンは慎重になるべきだと言った。

「ムッシュー・ヤザキは、メジャーなテレビ局や新聞がこのレポートを取り上げると思うかね？」

わたしは同級生の新聞記者、金子が言ったことを思い出した。彼は、記事としての需要は低いと言ったのだった。ほとんどの日本人は、イタリアのファッションと、イギリスの王室と、それに狂牛病以外、EUにはあまり興味がない。

「欧州サッカーのリーグ戦は、五月中旬には終了する。あと、約二ヶ月だ。いいかね。ムッシュー・ヤザキ、考えてみてくれ。君が今、日本のマスコミにこのレポートを記事として取り上げてもらうとする。運よく、その記事が何らかの波紋を呼んで、日本国内で話題になり、他のメディアも継続的に取り上げることになったとする。それで、欧州の警察や司法が動きだす、という順序になるのだろうが、その頃には、セリエAのシーズンは終わっているよ。君の友人のサッカー選手には、試合前に不審なものを飲まないように注意すれば、それでいいんじゃないのかな。君は、そのサッカー選手が心配なのであって、EUの支配層に怒りを持っているわけではないだろう」

フェルディナンの意見には説得力があって、わたしはヴォルフガング・ラインターラーのレポートを日本のマスメディアに今すぐに公表するのを止めることにした。もっと戦略的に考えたあとにしようと思ったのだ。

電話の最後に、わたしは、冬次のメールにあったクロアチアの新聞記事についてフェルディナンに聞いてみた。アンギオンに関する記事がクロアチアの新聞に載ったと知ったときわたしはいやな予感がした。自分が誰かの謀略にはまっているような、だまされているような気がしたのだった。

「まあ、実際にクロアチアでは、プロサッカーの選手が死亡しているわけだからね。しかも三人も。クロアチア国内で話題になるのも自然なことだよ。アンギオンについては、ヴォルフガング・ラインターラーたちのグループが、情報を渡したんだろう。ユーゴの内戦のときに、欧州各国のいろいろな市民運動の組織とクロアチアやボスニアのメディアに連絡網ができたから、ヴォルフガング・ラインターラーのグループが情報を流すのはむずかしいことじゃない。そして、ムッシュー・ヤザキはリスクを負って、アンギオンの情報に関わってきた。そうだろう？　シャトーホテルに身を潜めている美女を南フランスまで訪ね、アムステルダムでは非合法の匂いがするジャーナリストに会いに行き、はるかキューバまで行って秘密の情報を入手した。

まるでスパイ映画だ。誤解しないでくれよ。冷やかしているわけではない。ただ、ムッシュー・ヤザキはこれまでの経緯で、異様な緊張の中にいたということをわたしは言いたいのだ。アンギオンの秘密をつかんでいるのは自分だけで、そのことに多大なリスクを背負っているのだと、そう思っていたし、それは決して間違った思い込みではなかった。実際に、君はかなりのリスクを負っていたわけだからね。それで、クロアチアの新聞に載ったということで、自分の成果が横取りされたような気分になったのではないかな。重大な秘密の任務に就いているのだと思っていたのに、他の人間がすでにそのミッションを成し遂げたことがわかった。それで、からだの力が抜けて、何か腹立たしくなってしまったんだよ」

確かにフェルディナンの言う通りだと思った。わたしには使命感があったし、危険を冒しているのだという緊張があった。やっとの思いでフロッピーディスクのコピーを手に入れた直後に、クロアチアの新聞のことを知った。嫉妬と徒労感のようなものがあったのだろう。

だが、それだけではなかった。直感的に、誰かにうまくはめられているのではないかと思った。そういう直感はこれまで外れたことがない。しかしフェルディナンにこれ以上相談するのは止めた。わたしの直感だけでは、フェルディナンも返答のしようがないからだ。一応アンギオンの記事が載ったクロアチアの新聞をチェックしてみる、そう言ってフェルディナンは電話を切った。

キューバでフロッピーディスクを入手したことを伝えるために、冬次に電話しようかと思ったが、考え直してメールにした。この数試合、メレーニアは最悪のチーム状態に陥っていた。絶対に勝たなければいけなかったカリアリにアウェーで負け、それで五試合勝ち星なしとなった。そのあとのホームのローマ戦でメレーニアは死にものぐるいで戦い、奇跡的に二度追いついた末に、ディフェンスのつまらないミスからロスタイムに決勝点を奪われて負けた。さらに、冬次のメールにあったように、ナビッチが足首を痛めた。たとえ中心選手が負傷しても、チーム状態がいいときには新人の控え選手が活躍したりして、かえって好結果をもたらすことがある。しかしナビッチが負傷する前のメレーニアは、勝利の女神から完全に見放されたようなひどいゲームを続けていて、特に攻撃はナビッチの左サイドの突破と冬次のラストパスに頼るだけという切迫した状態だったのだ。

ナビッチの復帰は四月になると言われていた。メレーニアはローマ戦のあと、レッジーナ、ヴェローナ、ヴェネチア、レッチェ、バーリと下位チームとの対戦が続き、その間のチーム立て直しが求められた。しかし、その五試合でわずかに一勝しかできなかった。ローマ戦のショックを引きずったアウェーのレッジーナ戦では、先制したものの、守備的になりすぎてラインを引いてしまった。後半に敵の捨て身の攻撃を受け、何とＰＫを二つ与えて逆転負けした。

二十三節のヴェローナ戦には冬次のフリーキックで奪った一点を守って勝ったが、次のヴェネチアとはスコアレスで引き分けてしまった。ヴェネチアはB降格がほぼ確実でモチベーションが落ちていたので、確実に勝ち点三を奪うべきゲームだった。だがメレーニアは、ボールを冬次に集めるという攻撃の基本を忘れ、雑なロングフィードを繰り返して、元気のないヴェネチアのディフェンスを助けるという最悪の試合運びを演じてしまった。

二十五節のレッチェ戦は、B降格ゾーンから脱出しようとするチーム同士の壮絶な潰し合いになった。試合開始早々にレッチェは、絶好調のルカレッツリがヘディングでゴールを決めた。ホームで負けられないメレーニアは、サポーターの罵声を浴びながら必死で攻撃を仕掛けたが、冬次の二本のミドルシュートもポストに阻まれ、至近距離でフリーになったオウンデがバーのはるか上にボールをふかし、結局一点も取れずに負けて、試合後のピッチには大量にモノが投げ込まれ、観客席のシートに火がつけられた。

二十六節、アウェーでのバーリとのゲームはさらに悲惨なものとなった。0―0で折り返した後半開始直後、レッドカードでルフィーノが退場になり、メレーニアは攻守の要《かなめ》を失った。ルフィーノは格下のバーリから一方的に攻められる味方選手に腹を立て、天才の呼び声高い十七歳のアントニオ・カッサーノに抜かれたあと、背後から足首にタックルしてしまった。ルフィーノの退場のあと、復帰したカッサーノは、メレーニアディフェンダー三人に囲まれながらマシンガに絶妙のパスを出し、結局それが決勝点となった。

二〇〇〇年三月、二十六節を終えた時点でメレーニアは十五位というB降格の崖《がけ》っぷちにいた。十六位のトリノとは勝ち点差が一、十七位のヴェネチアとも差が四に縮まっていた。それまでの十試合で一勝二分七敗、ナビッチは次節のフィオレンチーナ戦まで出られず、サポーターですらあきらめかけていた。メレーニアは、セリエAに残れるかどうかの瀬戸際にいたのだった。

そういう状態のとき、冬次に電話するのは気が引けた。もちろん冬次はチームが負け続けているからと電話口で不機嫌になるような人間ではない。しかし、彼は責任を感じてしまう。冬次はこの十試合で二点を取り、二つのアシストも記録している。彼のせいで負けたわけではないし、それどころか数少ない勝利に貢献していたのだが、そんなことで満足するような男ではなかった。

昔、サッカーは仕事で、勝利は自分の義務だ、と言ったことがある。勝負なのだから勝つときも負けるときもある、というような価値観は冬次にはない。この世の中で負けるということがもっとも嫌いなのだ。

トウジへ

このところチームは調子が悪いみたいだな。

キューバでフロッピーを手に入れて、コピーして持ってきたんだけど、日本のマスコミに発表するのは、しばらく見合わせることにした。

理由は、検討してみた結果、そのフロッピーの内容を日本のマスコミに発表しても、ヨーロッパで本格的な捜査が始まるとは思えないからです。

詳しいことは、今度メレーニアに行ったときに話すよ。

おれは、最終戦を見に行くつもり。

ユヴェントス戦だよね。

なんか、ユヴェントスは優勝がかかり、メレーニアはA残留がかかるという、とんでもない試合になりそうだね。

試合前に、不審な飲み物を飲まないように注意して下さい。

チームが用意した飲み物じゃなくて、マラソンみたいに、自分で飲み物を用意したほうがいいんじゃないかな。

ヤザキ

ケンさんへ

メール見たよ。

ケンさんの言う通り、チームは最悪。監督がまた代わりそうだし、ソレンツォはもう三回も強制合宿をやった。

みんな、わざと負けてるわけじゃないんだから、そんなことやったらますます気持ちが委縮するのを、わかってないいんだよね。

例の＊＊＊＊のことは、了解しました。
すべて、ケンさんにまかせます。
飲み物は、チームが用意したやつも飲まないようにしています。
ていうか、おれは試合前にあまり水は飲まないんだよ。
たまに、好物の梨を食べるかな。

じゃあ、最終戦に来るのを楽しみにしています。
そろそろうちも開き直って戦う時期に来ていると思う。
開き直ることができれば、そんなに負け続けるようなチームじゃないからね。

トウジ

冬次とのメールの交換のあと、フェルディナンから電話があった。
「ザグレブで発行されている『スロボダーナ』という新聞だった。アンギオンについて書いてあることは例のレポートとほぼ同じで、科学的にそれほど詳しい説明がなされているわけではないが、一つだけ、少し奇妙なことがあるんだ。新聞の日付は、昨年の八月二十四日なんだ。つまり、クロアチア人の最初の犠牲者が出る前なんだよ」

Giornata 19　第十九節
トルコ系移民の新聞記事

わたしは最初、フェルディナンが言っていることがわからなかった。何だって？　とわたしは聞き返した。

「だから、この記事は、クロアチア人選手が実際に死亡する前に出てるということだよ。記事が載っている『スロボダーナ』の日付は一九九九年の八月二十四日だ。クロアチア人選手で、最初の死亡者が出たのは、クロアチアリーグの第三節だから、九月五日なんだ。ちょっと奇妙だろう？」

確かに何かが変だということはわかるが、少々混乱していて具体的にどこが奇妙なのかがつかめない。実際に選手が死亡する前に記事が出たことが、どうして奇妙なのか。アンギオンという危険な薬があるようだという情報があれば、メディアが警告を発するのは当然のことだ。『スロボダーナ』はその情報をヴォルフガング・ラインターラーのグループから得たのだろう。ＥＵ外の選手が狙われているわけだから、ＥＵ外のクロアチアがその情報を記事にするのはある意味で正当なことだ。だが、フェルディナンはきっと別のことを言っている。わたしも何となくそれに気づいているのだが、はっきりとつかむことができない。

「おい、ムッシュー・ヤザキ、聞いているかね？」

確かに奇妙だが、どこが奇妙なのかわからないんだ、そう言うと、フェルディナンは、順番のロジックだよ、と言った。

「いいかね。クロアチア人選手が実際に死亡する前に、新聞記事が出た、という表現をすれば、どこにも奇妙なところはないんだ。『スロボダーナ』の記事は、アンギオンと、欧州の支配階級の陰謀の可能性について、書かれてあるだけで、クロアチア人選手が死ぬと予告してあったわけじゃない。それに、記事は、ムッシュー・ヤザキが入手したフロッピーの内容よりも具体性が乏しい。

コリンヌ・マーティン女史の名前はイニシャルだけだったし、具体的な政治家や実業家の名前もない。もちろんこの記事は、ヴォルフガング・ラインターラーのグループからのリークだと思われる。だから、新聞記事が出たのが、実際にクロアチア選手が死亡する前だった、という言い方は、何ら奇妙ではないわけだ。しかし、事実関係の順番を逆にして、表現すると、ニュアンスが変わってくる。つまり、新聞記事が出たあとに、実際にクロアチア人選手が死亡した、と言い換えることが可能なんだが、わたしの言っている意味がわかるか」

わかった、とわたしは答えたが、背筋がぞっとした。誰かの謀略にはめられた、という予感が具体的な形になって目の前に表れたような気がした。クロアチアの新聞記事は、クロアチア人選手が試合中に死亡したという事件を追及しようとして書かれたものではなかった。クロアチアの新聞にアンギオンの記事が出たあとで、実際に選手が心臓発作で死亡したのだ。

確か冬次は、ベルギーリーグのトルコ人選手が一人死亡したとメールに書いていた。トルコやベルギーではどうだったのだろうか。トルコかベルギーのメディアにアンギオンのことが載ったのだろうか。

「わたしもそのことが気になって、調べてみたよ。最初、この一年間のトルコとベルギーのすべての活字メディアのデータベースを調べたんだが、そういった記事は見つけることができなかった。しかし、ふと気づいて、ドイツのトルコ系メディアのデータベースを検索したら、あった。ドイツには、トルコ系住民と移民のための新聞があるんだが、その新聞の、一九九九年の九月七日付け朝刊に、『スロボダーナ』とほぼ同じ内容の記事があった。それで、トルコ人の選手が死亡したのは、九月二十六日だ。正確には、ベルギーリーグの二部のトルコ人選手が死亡している。要するに、トルコ人選手の場合も、新聞記事が出たあとで、死亡したということになるわけだ」

誰かの謀略にはめられたのではないかという予感を持ったのは、冬次からクロアチアの新聞記事のことを教えられたときだった。ヴォルフガング・ラインターラーは明らかにいくつかの嘘をついている。アンギオンについて記されたフロッピーを安全な場所に隠す必要があったので、エミーリオ・ドミンゲスに託す形でキューバに運んだのだとヴォルフガング・ラインターラーは言った。そのフロッピーディスクにはアンギオンの秘密が記されていて、それをメディアに発表すれば、欧州の闇の支配勢力の陰謀を暴くことができる。EU内のメディアにはそれができない。

支配勢力の影響下にあるからだ、そう言った。

それでわたしはキューバに行き、エミーリオ・ドミンゲスに会って、フロッピーディスクを入手した。ヴォルフガング・ラインターラーは、そういったことを実行できるのはあなただけだ、とわたしに向かって言った。だが、わたしのキューバ行きに関係なく、クロアチアの新聞にアンギオンの記事が出ていた。ということは、ヴォルフガング・ラインターラーのグループは、日本のメディアにもクロアチアの新聞と同じように情報をリークできたはずだ。

あのスキンヘッドの大男は、きっとわたしを利用しようとしたのだ。それほど有名ではないが、わたしは日本で何冊か本を出版している作家だ。まるでスパイ映画のようにキューバへ行って秘密を握るフロッピーディスクを入手し、日本のメディアが大々的にアンギオンを追及することを期待したのだろう。だが、だとするとあの美しいコリンヌ・マーティン女史もヴォルフガング・ラインターラーの仲間なのだろうか。そういったことを考えると、わけがわからなくなった。まあ落ち着け、とフェルディナンが言った。

「焦ってはいけない。いろいろなことを自分一人で決めつけてしまうと、事実が見えなくなる。あの美しいマーティン女史は、ヴォルフガング・ラインターラーの仲間というより、どちらかと言えば、彼にだまされた可能性のほうが高いな。彼の仲間がアンギオンの製法を不法にコピーし、欧州を支配する巨大な勢力という曖昧な集団をでっち上げて、マーティン女史を脅したのだと考えるほうが自然だろう。しかし、ムッシュー・ヤザキ。とにかく情報は充分ではないが、さしあたって考えるべきことを考えなくてはいけない。憶測や推測を交えてはいけない。事実だけを見て、とりあえず必要な行動を決めるのだ」

フェルディナンの言う通りだった。情報は、少ない上に混乱している。冬次からの情報、シモンという男からの情報、コリンヌ・マーティン女史からの情報、ヴォルフガング・ラインターラーからの情報、エミーリオ・ドミンゲスからの情報、それらは点在していて、線としてつながることがなく、全貌は想像することさえできない。

「ムッシュー・ヤザキ。まず確認しよう。もっとも大事なことは何だ？」

フェルディナンがそう聞いて、わたしは夜羽冬次の生命の安全だ、と答えた。冬次がアンギオンを服用しないこと、それが何よりも優先する。

「その通りだ。それではアンギオンという物質について考えてみよう。アンギオンは実在するのか、という問いだ。もし実在しなかったら、ヤハネ選手の安全には問題がないということになる。そこで、ヤハネ選手の安全を最優先するという考え方に立つと、アンギオンは実在すると仮定したほうがリスクが少ない。アンギオンは実在するんだ」

わかった、とわたしは言った。最優先するのは冬次の生命の安全で、アンギオンは実在する。次は、冬次をアンギオンから守るためにわたしは何をすべきか、ということになる。

「そうだ。何をすべきか。あるいは、何をすべきではないか、何かやってはいけないことがあるか、ということだ。まず、クロアチア人とトルコ人の例で考えよう。事実は、クロアチアとトルコの選手が死亡したということ。それに、アンギオンのことをクロアチアとドイツ国内のトルコ系の新聞が、記事にしたということ。そして、メディアが記事にしたあとに、選手が死亡したということだ。それらの事実から、どういう仮定を導くことができると思うかね?」

ヴォルフガング・ラインターラーのグループが非EUのメディアを利用してアンギオンの存在をアピールしようとした、とわたしは言った。ヴォルフガング・ラインターラーは、クロアチアと、ドイツのトルコ系のメディアに情報をリークし、メディアが記事にしたあとに、より真実味を持たせるために、事件が大々的なものになるように、選手にアンギオンを服用させたのではないだろうか。

「その可能性はある。しかし、それは推測にすぎない。推測からは、解決は生まれない。事実に基づいて仮定しよう。ヴォルフガング・ラインターラーという名前はこの際どうでもいい。事実は、非EUのメディアに記事が出たあとに、選手が死亡したということだ」

わかった、とわたしは言った。日本のメディアにアンギオンの記事を書かせてはいけない。

「そうだ。クロアチアと、トルコ系のメディアの記事と、選手の死は、まったくの偶然かも知れない。でも、EUの支配層に憎悪を持つ極左、あるいは極右、あるいは過激な環境原理主義のグループが、アンギオンという薬剤を知り、支配層に打撃を与えるために、もっとも効果的なアジテーションを狙って、非EUのメディアにアンギオンの情報をリークし、そのあと何らかの方法で、その国の選手にアンギオンを服用させる計画を立てた、という仮定は成立する。その仮定に基づいて考えると、日本のメディアにアンギオンの記事が出ると、ヤハネ選手にかかるリスクが増大するということになる。ムッシュー・ヤザキ。アンギオンのことや、例のフロッピーディスクのことだが、誰にも話していないだろうね」

わたしは返事に詰まった。キューバに行く前に、高校の同級生の新聞記者、金子に相談したからだ。

「それは、かなりリスクが高いな」

フェルディナンから責められているような気がして、しょうがないだろう、とわたしは少し大きな声を上げた。キューバに行く前は、今と事情が違って、アンギオンのことを日本のメディアに記事にさせようと思っていたんだから。

「確かにそうだ。その同級生だというジャーナリストは信頼できるのか」

当たり前だろう、信頼できない人間に話すわけがないじゃないか。

「事情を話して、絶対に記事にしないように言うんだな」

わかった、とわたしは言って、フェルディナンは電話を切った。


金子に、アポイントが欲しいというメールを出した。アンギオンのことは何も書かなかった。ただ、できるだけ早く会いたいので時間を作って欲しい、とだけ書いた。そのあと、検索エンジンでアンギオンという項目を調べてみた。日本語はもちろん、英語でも何も出なかった。キューバから持ち帰ったフロッピーディスクでアンギオンのスペルを確認して、ヤフーフランスに検索をかけたが、それでも何も出なかった。クロアチアや、ドイツのトルコ系の新聞はヤフーのデータベースに登録されていないのだろうか。わたしはウイスキーを飲みながら、キーワードでの検索結果はゼロです、という英文が浮き出たモニターを長い間見続けた。

世界中のインターネットの情報は、映画にすると何億時間という膨大な量らしい。とんでもない量の言葉や画像や音や映像が世界各地のサーバにデータとして保存されているわけだ。天文学的な量の情報のどこを探してもアンギオンという言葉は見つからない。何てことだ、と呟きながら、わたしは自分の部屋を見回した。十畳ほどの仕事部屋だ。部屋の中央にちょっと大きめのデスクがあり、周囲の壁は娘の描いた絵の他には、本やCDやわけのわからないガラクタで埋め尽くされている。

ここは横浜と東京の境目の、平凡な住宅地だ。平凡という意味は、それほど高級でもないし、それほど貧しくもないということだ。隣りには中堅の自動車メーカーの独身寮があり、裏手にはビーグル犬を二匹飼っている若い夫婦が住んでいる。二匹のビーグル犬は、半年前までわたしが飼っていたシェパードと仲がよくて、よく柵越しに走り回って遊んでいた。自動車メーカーの独身寮からは、若い男たちの話し声が聞こえることがある。以前この家を借りたばかりの頃は、大声で歌ったり、怒鳴ったりしていたが、最近は静かになり、リストラとか転職とかの切実な話が低い声で聞こえるようになった。

デスクの上のノート型PCの横には、別れた妻と娘の写真が立てかけてある。二人ともこちらを向いて微笑んでいる。その横にはキューバで買った手造りの木彫りの人形がいくつか並んでいる。そのまわりを原稿をプリントアウトした紙の山が被っている。わたしはグラスにウイスキーを注ぎ足しながら、こんな平凡なものに囲まれ平凡なところに住む平凡な男が、どうしてアンギオンなどというインターネット上にも存在しないものに関わってしまったのだろうと思った。

フェルディナンの言う通りだ。わたしとフェルディナンが得た情報は、すべて点在して、つながりがない。アルルでシモンといういかがわしい男に会い、僧院を改装した南フランスのシャトーホテルでコリンヌ・マーティン女史に、寒いアムステルダムのインドネシア料理屋でヴォルフガング・ラインターラーに、熱帯の島のパティオでエミーリオ・ドミンゲスに会った。彼らから得た情報はバラバラだ。欧州を支配する巨大な闇の勢力とか、それに対抗する極左とか、非EUに対するEUの差別的政策とか、自分の部屋にいると、まるで実感がない。だが、ひょっとしたら現実とはそういうものかも知れない、と思った。わたしたちは知らないうちに、何か触れてはいけないものに触れることがある。チェチェンでは戦争が続いているし、フィリピンやインドネシアでは政変が収まることがない。イメージできないほどの巨大なパワーが、世界中の、数え切れないほど多くの場所で、衝突したり、混じり合ったりしている。そして、ごく平凡な人間が、そのパワーに触れることがある。パワーに触れてしまった人間は、吹き飛ばされたり、弾き飛ばされたりする。そういったことは、普段は気づくことがないが、あちこちでしょっちゅう起こっているのだろう。

裏の二匹のビーグル犬が遠吠えをしている。二匹の吠え声のピッチが違うのでまるで合唱しているように聞こえた。

Giornata 20　第二十節
満開の桜の下

　金子と会うことができたのは四月に入ってからだった。以前駐在していたロンドンに取材に出かけていたらしい。わたしは彼のオフィスの近くまで出向き、満開の桜をガラス越しに眺められる喫茶店で会った。わたしはカプチーノを頼み、昼の三時だったが、金子はビールを飲んだ。ピンクの制服を着たウェイトレスが、白いカップに入ったカプチーノを運んでくる。カプチーノにはシナモンスティックが付いていた。

「矢崎はよくイタリアに行くだろう」

　金子がカプチーノを見ながらそう言った。わたしは砂糖を二杯入れて、年に数回かな、と言った。

「イタリアで、カプチーノを頼んで、そのシナモンスティックというやつが出てきたことがあったか？」

　そう言えば、ないな。

「おれもロンドンにいた頃、イタリアには何度か行ったが、カプチーノを飲んだとき、シナモンスティックを見たことがないんだ。それと、日本のイタリアンでは、パンにオリーブオイルをつけて食べるだろう。イタリアで、パンにオリーブオイルをつけて食べる人を見たことがあるか？」

わからない、とわたしは答えた。イタリアは町によって料理も違うから、パンにオリーブオイルをつけるところもあるんじゃないかな。

「しかし、どうして日本ではカプチーノにシナモンスティックが付いてくることになったんだろうな。ひょっとしたらアメリカ経由で、そういう情報が入ってきたのかも知れないな」

そういうことを言いながら、金子は背の高いグラスに入ったビールを飲む。わたしは、どういうふうに話し始めればいいだろうと考えていた。前に会ったときは記事にできる可能性はあるか、と聞いておいて、今日は、絶対に記事にしないでくれ、と言わなければならない。金子は混乱するかも知れない。わたしがしばらく黙っていると、おれのほうも矢崎に話があったんだ、と金子が言った。

「ある出版社の週刊誌の編集部にいる友人から聞いたんだが、例の、アンギオンという薬剤のことだ」

わたしはびっくりした。どういうふうに言おうかと苦労していたことを、金子のほうから切り出したのだ。週刊誌？　わたしは胃のあたりが重苦しくなるのを感じた。

「詳しいことは聞かなかったが、そいつはアンギオンという名前を知っていて、ヨーロッパの、奇妙な団体から、そういった情報が流れてきたと言うんだよ。週刊誌の場合、海外からの情報の売り込みなんか、ほとんどないんだ。あるとすれば、写真週刊誌にパパラッチからの写真の売り込みがあるかな。いずれにしろそんなものだ」

わたしは金子にその週刊誌の名前を聞いた。大手の総合出版社から出ている有名な男性週刊誌だった。前回会ったときと少し状況が変わったんだ、わたしは金子にそう言った。そして、これまでの経緯をかいつまんで説明した。クロアチアとドイツのトルコ系の新聞記事のことも話した。少しずつビールを飲み、貝殻を模した小さな器に盛られたピーナツを嚙み砕きながら、金子はわたしの話を聞いていた。フェルディナンやコリンヌ・マーティン女史、ヴォルフガング・ラインターラーやエミーリオ・ドミンゲスといった固有名詞は省略し、わたしの仏訳版を出版しているアルルで偶然にそういった噂を耳にしたのだと設定を変えた。その週刊誌はアンギオンのことを記事にするつもりなのだろうか。

「それはどうかな。アンギオンという危険な薬剤がヨーロッパに出回っているようだというネタだったら、どう考えても記事にできないだろう。新しくて強力な制癌剤とか麻薬だったら別だが、プロスポーツのドーピング剤なんて、そんなもの誰も興味がない。しかも、下手に固有名詞を出したりすると、名誉毀損で訴えられる可能性もある。アメリカが知的所有権を確立してから、出版物から訴訟材料を探す専門会社が増えた。

膨大な出版物の中から材料を見つけて、チクって、賠償金から一定のパーセンテージを取るんだ。もちろんアンギオンに関する記事は知的所有権に関するものじゃないが、連中にとっては著作権よりも名誉毀損のほうが金になるから常に狙っている。クロアチアやトルコじゃ金にならないが、日本の出版社は格好のターゲットだから、どこも海外ネタには敏感になっている。しかし、矢崎が親しくしているあのスーパースターを絡めた記事にするんだったら別だ」

金子が言っているのはもちろん冬次のことだった。金子は前回会ったときに、夜羽冬次がその薬で死んだりすると、大変な話題になるだろうけどな、と言った。日本における冬次の人気は少し異常なものがあった。全国民のアイドルというわけではなかったが、権威を嫌う層からは、年齢を問わず圧倒的に支持されていた。フランスワールドカップのあと、メレーニアに移籍した当初は、態度が反抗的で生意気だと言う人が少なくなかった。だがそのあと、冬次が常に結果を出してしまうので、誰もが実力を認めないわけにはいかなくなった。

九〇年代になってバブル経済が弾けてから、日本を停滞感がずっと被ってきたが、セリエAに挑戦し、世界に向かって自分の力をアピールした冬次は、若い日本人の新しい可能性の象徴となった。メレーニアだけではなく、イタリアサッカー界を代表するスター選手になり、イタリアンファッションに身を包んでイタリア製のスポーツカーに乗る二十二歳のアスリートは、若者にとって英雄であり、女性にとっては憧れの対象であり、保守的な老人たちにとっては脅威だった。

あらゆるテレビ局や新聞や雑誌はそのインタビューを欲しがったが、冬次は日本のメディアにほとんど登場せず、常に挑戦的な態度を崩さなかった。それでいてメレーニアでも、日本代表の試合でも、ピッチでは常に結果を出した。そんなプロスポーツ選手はこれまでは想像もできなかった。日本のメディアにとって夜羽冬次はいろいろな意味で別格だった。アスリートとして他の選手と別格というだけではなく、政治家や経済人を含めてあらゆる有名人の中で別格だった。

どうしたんだ、金子が口のまわりのビールの泡を手の甲で拭って言った。わたしが黙っていたからだ。

「夜羽冬次に、自分で用意した飲み物以外は飲まないように注意するんだな」

金子は二杯目のビールを注文して、飲みながら、真剣な表情でそう言った。胃のあたりの違和感がひどくなった。

「最初、お前からその妙な名前の薬のことを聞いたとき、実際に夜羽君が犠牲になれば、大変な話題になるが、それ以外だったら記事にするのはむずかしいと言っただろう。憶えているか？」

もちろんだ、とわたしは言った。窓外の満開の桜が、風でゆっくりと揺れていた。午後の遅い時間だが、丸の内にあるオフィス街の喫茶店はほぼ満席だった。何の特徴もないごく普通の喫茶店で、カプチーノもまるでコーヒー牛乳みたいだったが、たぶん昔からある店で、なじみにしている客も多いのかも知れない。わたしはコップの水を飲んだが、すでに生ぬるくなっていた。水が、喉の粘膜に引っかかりながら、重くなった胃に流れ込んでいくのを感じた。いやな感覚だった。

「それは、うちで記事にする場合だ。一応メジャーの新聞だから。だが、お前だってよく知っているだろう。週刊誌やスポーツ紙は違う。おそらく情報が送られてきたのは、その出版社だけじゃないだろうし。矢崎、お前の不安は、たぶん杞憂《きゆう》だと思うが、一応、どこかが記事にすると覚悟したほうがいいんじゃないのか」

杞憂とはどういう意味だ、とわたしは聞いた。

「おれは、アンギオンという薬のことはよくわからないんだが、それをサッカー選手に飲ませるというのはもっと理解できないんだよ。だって、そんな危険な薬を選手に飲ませようとするなんて、リスクが大きすぎるし、だいいちどうやって選手に飲ませるんだ？　選手だって、飲み物は気をつけているだろうし、どこの誰かわからない人間が何かを飲ませようとしても、飲むわけがないじゃないか。プロのチームなんだから、セキュリティだってしっかりしているだろうし」

ロンドンにいたときプレミアリーグを見に行ったりしたのか、とわたしは金子に聞いた。いや見たことがない、と金子は答えた。


金子と別れてから、しばらく桜の並木の下を歩いた。無機的なオフィス街を抜けると皇居のお堀が見えた。お堀と満開の桜をバックに記念写真を撮っている旅行者がいる。お堀端の風景はのどかだ。修学旅行の集団がぞろぞろと歩き、旗を持ったガイドに案内されて地方からの年輩の旅行者が通り過ぎていく。ときどきジョギングをする人が走ってくる。ピンクの桜がゆらゆらと揺れて、お堀の水が穏やかな陽射しを映している。とげとげしいものが何もない。

陽射しが強い。わたしはジャケットを脱いだ。Tシャツ姿の外人観光客もいる。あれはアメリカ人だとわたしは思った。ヨーロッパの人はあまりTシャツを着ない。真夏でも涼しい風が吹くので、男はたいてい長袖のシャツを着ている。実際にヨーロッパに行くまで、ヨーロッパの人は真夏でもTシャツを着ないということをわたしは知らなかった。実際に、見たり、体験したりしないとわからないことがある。

金子はヨーロッパのサッカーを知らないのだとわたしは思った。こうやってのどかな景色の中にいると、メレーニアやフィレンツェのスタジアムの異様な状態を忘れそうになる。もちろん日本人が見て異様に感じるだけで、イタリア人サポーターにとっては普通だ。

それは杞憂だろうと、金子は言った。死に至るような危険な薬剤を選手に飲ませようとするなんてリスクが大きすぎる、金子は本当にそう思っているのだろう。金子はセリエAのスタジアムの不穏な雰囲気を知らない。警官隊が発射する催涙弾の匂いを知らないし、下腹に響く発煙筒の爆発音も知らない。ゴールが決まったときにスタジアム全体が揺れるのも想像できないだろう。サポーターが一斉にジャンプするのでスタジアムを支える鉄骨の柱が歪み、本当に足元が地震のように揺れるのだ。ヨーロッパのファンにとって、サッカーは趣味なんかではない。

自らアンギオンを飲もうとする選手だっているかも知れない。ひょっとしたら死ぬかも知れないという薬でも、大事な試合で活躍することができるのなら飲むという選手がいるかも知れない。メレーニアのスタジアムには、スタジオ・ディノ・ロッシという名前がついている。ディノ・ロッシというのは名ストライカーとして六〇年代にメレーニアに在籍した選手だが、一九六九年に試合中に心臓発作で亡くなった。その名前を永遠に人々の心に刻もうと、スタジアムに彼の名前がつけられている。スタジアムに自分の名前がつけられるのなら死んでもいいと選手たちが願っているということではない。わたしが恐いと思うのは、熱狂的なサポーターに鼓舞される選手たちの、いいプレーがしたい、ゴールを決めたい、ゲームに勝ちたいという気持ちが、信じられないほど強いということだ。

プロチームなんだからセキュリティだってしっかりしているだろう、と金子は言った。もちろん誰でも選手のロッカールームに入れるわけではない。だが、セリエAの最終節の試合終了後に観客がピッチに乱入してくることを、金子は知らないだろう。チケットを持たないファンがフェンスを押し倒してスタジアムに乱入してくることも知らないだろう。ゴール裏のスタンドで試合中ずっと立ちつくして声を出し続けるサポーターのことなんか金子は知らないのだ。たかがサッカーなのに、なんでここまで必死に応援しなければならないのだろう、一試合負けただけでどうしてこれほど暗い表情をして落ち込まなくてはいけないのだろうと、イタリアのスタジアムを訪れるたびにわたしはそう思う。

ヨーロッパのサッカーシーンでは、何が起こってもおかしくない。命をかけてアンギオンを誰かに飲ませようという人間は大勢いるだろう。その人物は極左や極右ではないし、欧州を支配する闇の勢力のヒットマンなどではない。パン屋やカフェや洋服屋で働くごく普通の、熱狂的なファンかも知れない。彼らはリスクなど考えない。暖かな春の、満開の桜の下で、わたしはそう思った。


金子に会った一ヶ月後に、週刊誌にアンギオンの記事が載った。見開き二ページの、それほど大きな記事ではなかったが、冬次のことも書かれていた。名誉毀損の訴訟を恐れたのか、アンギオンはAというイニシャルで表示されていて、固有名詞は一切なかった。現在ヨーロッパにはA

という究極のドーピング剤があり、それを服用した選手は超人的な活躍をするが副作用で死んでしまう。狙われているのはおもにEU外の選手たちで、クロアチア人やトルコ人が実際に犠牲になったという未確認情報もある。セリエAのメレーニアで活躍する夜羽冬次選手にも危険が及ばないという保証はない。そういった記事だった。

三十二節、メレーニアはホームでインテルに勝った。優勝からは遠ざかってしまったインテルだが、チャンピオンズリーグ出場がかかっているためにモチベーションは高く、メレーニアは最初から最後まで防戦一方だった。五点取られて負けていてもおかしくない試合だったが、ロレンツェッティがスーパーセーブを連発して守りきり、冬次のフリーキックが相手DFの足に当たってコースが変わり、結局それが決勝点となった。わたしはテレビで見ていたが、奇跡的な勝利だと思った。わたしは嬉しかったが、何か奇妙な居心地の悪さを感じた。

その幸運な勝利で、メレーニアは勝ち点を三十三まで増やし、かろうじて降格決定を免れた。シーズン終了が押し迫って、ヴェネチアのセリエB降格が決まり、バーリ、ヴェローナ、メレーニア、トリノ、ピアチェンツァの五チームが残留を賭けて争っていた。ヴェネチアに続いて落ちるのはメレーニアだろうと誰もが思っていた。メレーニアは、二十九節ラツィオに0―4と負け、十四位のヴェローナとの差は七、順位は十七位で絶望的な状況だったのだ。三十節、ホームでのピアチェンツァ戦、メレーニアは開始早々に先取点を奪われたが、ナビッチの復帰初ゴールで同点とし、後半から出場したチリ人のホセ・コルテスがセリエA初ゴールを上げて逆転した。ホセ・コルテスの得点は、ゴール前の混戦の中で振り向きざまに足を出したら敵のクリアミスのボールがたまたま当たったというような、まぐれのような幸運なものだった。

三十一節、メレーニアはボローニャとアウェーで引き分けたが、シニョーリとインゲソンがそれぞれ一度ずつペナルティキックを外すという信じられないことが起こった。その試合、メレーニアはまったくいいところがなかった。選手の大半がA残留をあきらめているように見えた。最前線のナビッチが二度ほど強引なドリブルからシュートし、冬次が一度フリーキックでゴールポストを叩いたがチャンスらしいチャンスはそれだけで、あとはべったりと自陣に引いてしまった。テレビで見ていて、わたしはメレーニアは負けるだろうと思った。勝てる要素が見つからなかった。

前半にヴィラーニがつまらない反則を犯してボローニャにペナルティキックが与えられたとき、わたしは奇妙な安堵感を覚えた。これでメレーニアのB降格が決まると思った。三十一節ヴェローナはヴェネチアに勝ったので、メレーニアが負けると勝ち点差が再び七に拡がるはずだった。三試合残して、勝ち点差が七ということは、ヴェローナが残り試合を一勝もできず、メレーニアが全勝してやっとメレーニアが勝ち点でヴェローナを上まわるか同点ということだ。そんなことはあり得ない。アンギオンの記事は出てしまったが、わたしは、メレーニアのB降格が早々に決まれば、冬次が巻き込まれる可能性が減るだろうと思った。

B降格が決まれば、あとは消化試合だ。B降格のチームの消化試合は目立たない。メレーニアにビッグゲームに出場して欲しくなかった。だが、シニョーリはペナルティキックを外した。バーに当ててしまった。後半三十九分、グイードがボローニャのコーナーキックをヘディングでクリアしようとしてインゲソンと接触し、鼻から出血した。怒ったヴィットリオがインプレー中にインゲソンの胸を両手で突いてしまいレッドカードを受け、ボローニャは再びペナルティキックを得た。両軍の選手が入り交じってつかみ合い、数分間ゲームが中断したあとで、インゲソンがペナルティキックを蹴った。

わたしは、なぜかインゲソンが外しそうな予感がした。メレーニアが最後にとんでもない試合を戦う羽目になるのではないかという思いがよぎったからだ。そういう流れが、サッカーの神によってすでに作られているのではないかという不安が生まれたのだった。インゲソンがペナルティキックを決めればメレーニアの運命は決まってしまう。だがサッカーの神はそれを望んでいないかも知れないと思った。わたしは神を信じているわけではない。だがサッカーでは、神がいるのではないかと思わざるを得ないことが起こる。例を挙げたらきりがない。九四年のアメリカワールドカップ決勝のＰＫ戦で、それまでイタリアに奇跡的な勝利をもたらしてきたロベルト・バッジョが最後のペナルティキックを外した。九八年のフランスワールドカップではそれまでの試合でほとんど活躍できなかったジダンが、決勝で二点取った。しかも二点ともジダンにとっては珍しいヘディングのゴールだった。

前もって誰かが仕組んだような、信じられないような劇的な出来事がサッカーではしょっちゅう起こる。わたしはそういったシーンを数え切れないほど見てきた。わたしは予言者ではないから、予感がいつも当たるとは限らない。だがサッカーのゲームの、神秘的で運命的な流れのようなものを察知してしまうことがある。

初めて冬次と会ったのは、フランスワールドカップの予選の最中だった。日本は予選B組で、一位の韓国に勝ち点で大きく差をつけられ、二位も確保できず、自力での予選突破は無理だと言われていた。今回はワールドカップへは行けないと思います、冬次はわたしにそう言ったのだった。いや、たぶん行けると思う、とわたしは言った。そういう予感がしたのだ。冬次はわたしの予感を信じなかったようだ。確かに日本は圧倒的に不利だったが、それまでのゲームでネガティブな要素をすべて消費したような印象があった。つまり不運を全部使い果たしてしまったような感じがしたのだ。わたしの予感は当たり、日本はジョホールバルでイランを破りワールドカップ出場を決めた。

インゲソンがロレンツェッティの正面にペナルティキックを蹴ってしまったとき、わたしはメレーニアがある運命の中にあるという予感を持ってしまった。その予感は三十二節にインテルに勝ったときにさらに強くなった。胸騒ぎがした。何か決定的なことが進行していて、誰もそれを止めることはできないという予感が生まれて、ゲームスケジュールを確認したあと、確信に近いものになっていった。メレーニアの最終節の相手がユヴェントスだったからだ。ユヴェントスは首位で、二位のラツィオが激しく追い上げていた。両者の勝ち点差は二で、二十九節からどちらも負けがなかった。

このままだと、最終節にメレーニアはホームで、セリエA残留を賭けて、優勝がかかったユヴェントスと戦うことになる、そう思った。もし実現すれば、心臓に負担がかかる試合になるだろう。イタリアだけではなく、ヨーロッパ中が注目する試合になってしまう。最終節を待たずに三十三節でユヴェントスが優勝を決めるか、メレーニアのB降格が決まれば、ゲームの緊張は半減する。だが、おそらくそうはならないだろうとわたしは思った。三十三節メレーニアの相手はウディネーゼだった。常識的に考えると、今のチーム状態でメレーニアがアウェーでウディネーゼに勝てるわけがない。

二〇〇〇年五月七日、ウディネのスタジオ・フリウリで、メレーニアは勝った。試合をテレビで見た翌日、わたしはイタリア行きの飛行機に乗った。

Giornata 21　第二十一節
五月のパリ

三十三節、メレーニアの勝利を予想した人はほとんど誰もいなかっただろう。確かに前節メレーニアはインテルに勝った。だが試合内容としては0―5で負けていてもおかしくないものだった。ボール支配率はインテルの六九パーセント。メレーニアは恥も外聞もなくべったりと引いて、中盤が大きく空き、枠に飛んだシュートはわずか二本だった。そのうちの一本が冬次のFKで相手DFの足に当たり、大きく弧を描いてゴールマウスに吸い込まれたのだ。

だが二〇〇〇年五月七日ウディネのスタジオ・フリウリでは、まるで翌週最終節の大波乱を予言するような試合が繰り広げられた。ウディネーゼは最初からメレーニアを軽視していた。当然と言えば当然だ。それまでの数試合、メレーニアのチーム状態はガタガタで、誰もがヴェネチアに続いてB降格が決まるのは時間の問題だと思っていたのだ。しかし、三十二節メレーニアがほとんど奇跡としか言いようのない試合でインテルに勝ったとき、降格ラインにいるライバルチームは申し合わせたように全部負けた。ピアチェンツァはカリアリに、トリノはミランに、ヴェローナはユヴェントスにそれぞれ負けたのだった。

メレーニアは三十二節終了時で順位を十五位に上げ、十四位のヴェローナとの勝ち点差は三に減っていた。しかし、メレーニアの評判はずっと最低のままだった。最低の試合内容が続いていたからで、インテルに勝った試合でもスポーツメディアの評価は最悪だった。そして、ウディネーゼと対したときも、メレーニアの調子は見事に最悪の状態をキープしていた。ワントップのナビッチと冬次ははるか彼方の前線で孤立し、中盤が大きく空き、他の全選手がペナルティエリア付近に集まっていて動きも極端に悪く、勝とうという意志がまったく感じられなかったのだ。

わたしはそのゲームを横浜の自宅でテレビで見た。試合が始まり、すぐにいやな予感が起こった。そういうボロボロの状態のチームは普通だったら必ず負ける。普通だったら、だ。実際に、わずか開始一分、ウディネーゼは決定的なチャンスを作った。左から持ち込んだボールをヨルゲンセンがフリーでゴール前に上げ、ソサがゴール前でこれもフリーでヘディングシュートを打ったのだ。キーパーの足元をえぐるような鋭いシュートだったが、ロレンツェッティがとっさに足を出してかろうじて防いだ。これはまたロレンツェッティが大活躍する試合になるとわたしは思った。そしてメレーニアの調子があまりにも悪すぎるので、逆に、勝ってしまうかも知れないというやな予感を持ったのだ。

サッカーでは、相手のチーム状態があまりに悪いとき、これだったら必ず勝てる、点なんかいつでも取れる、というふうに選手が油断してしまうことがある。サッカーはポジショニングを確認しつつ常に走り、意識を集中し続けなければいけない過酷なスポーツだから、相手チームの調子が目に見えて悪かったり、相手が明らかに格下の場合にはモチベーションが下がってしまうのだ。運動量が落ち、プレーが雑になる。

ウディネーゼもそういう罠にはまった。開始早々のピンチの場面でメレーニアディフェンスは簡単にヨルゲンセンの突破を許した。引き気味に守っているというだけで組織も連携もないメレーニアは、フィオーレの大きなサイドチェンジに反応できず、楽々とヨルゲンセンにボールが渡った。慌ててレオーネとグイードがマークに付き、囲もうとしたが、ヨルゲンセンは落ち着いて切り返した。二人のディフェンダーの間をすり抜けてフリーになった。デンマーク代表のウイングをフリーにすると、致命的に精度の高いセンタリングを上げられてしまう。ヨルゲンセンは充分な余裕を持って、得意の左足でカーブのかかった速いボールを蹴った。ボールは、ムッツィの動きに引きずられて固まったメレーニアディフェンス四人の頭を越え、ファーサイドに走り込んできたソサの頭にぴったりと合った。

ソサはジャンプして軽く頭を振るだけでよかった。回転のかかった速いシュートがニアサイドに飛んで、誰もがウディネーゼの一点を信じて疑わなかった。ゴールキーパーがロレンツェッティでなかったら、またロレンツェッティが味方のディフェンスを信じてしまっていたら、簡単に一点が入っていただろう。ロレンツェッティは自チームのディフェンスの状態が最低だということを骨身に染みて知っていた。だから常に最悪のケースを想定して守っていたのだった。ソサがフリーでヘディングをしてくるのを予測し、しかももっとも捕球しにくいニアサイドの足元にワンバウンドさせてくるはずだと直感した。スローで見ると、ロレンツェッティはソサがジャンプした瞬間に自分も反応し、ヘディングの瞬間にはもう右足を出していた。

そうやってウディネーゼの最初のチャンスは潰れたが、ヨルゲンセンもソサもそれほど悔しがっていなかった。ゴールを外したときは苦笑いを浮かべていた。こんなひどいディフェンスだったらこの先いくらでもゴールは奪える。そう思ったのだろう。だが、決めなければいけないゴールを外した選手とチームにサッカーの女神が微笑むことはない。そのあとウディネーゼは連携が狂ってしまった。メレーニアのディフェンスが立ち直ったわけではなかった。メレーニアは相変わらず、どうぞゴールを決めて下さい、というようなルーズなディフェンスで、中盤が大きく空き、最終ラインのチェックも甘く、マークがずれて、ディフェンダーたちはどたばたと走り回っているだけだった。

しかしウディネーゼのほうにもミスが目立った。集中が乱れ、運動量が落ち、連携がなくなった。パスが通らなくなり、通ったときにはそこに誰も走り込んでいないという状態が三十分ほど続いた。ただ、そのまま0—0で前半を終わっていたら、おそらくハーフタイムでウディネーゼは態勢を立て直し、勝てたかも知れない。そしてメレーニアは最終節を待たずにB降格が決まり、ユヴェントス戦は平和な消化ゲームになって、わたしがイタリアに行くこともなかったかも知れない。そういったムードを破ったのはやはり冬次だった。

冬次はウディネーゼ戦の前半ずっとイライラしていた。それまでの数試合でも同様だったが、ボールが来なかったからだ。自陣深く下がってディフェンスをして、何度かいい位置でボールを奪ったが、走りだす味方の選手がいなくてパスの出しようがなかった。ところが前半の三十四分、ペナルティエリアの前方二メートルの地点でルーズボールが冬次に転がった。どういうわけかそのときだけ左サイドをオウンデが、中央でルフィーノが走りだしていた。冬次は四〇メートルのロングパスを左のオウンデに出し、自らも右サイドに流れて猛烈に駆け上がっていった。典型的なカウンターで、初めての攻撃らしい攻撃だった。メレーニアはオウンデとルフィーノと冬次の三人が上がり、ウディネーゼはジャンニケッタとザンキとソッティルが全速で戻った。三対三だった。

左サイドライン上で冬次からのボールを受けたオウンデはワントラップのあと無謀にも三五メートルほどのロングシュートを放った。強烈なドライブのかかったシュートで枠には飛ばなかったが、ジャンニケッタが胸で止めた。そのトラップがわずかに長すぎてルーズボールになり、中央に走り込んできたルフィーノが拾って、右サイドを駆け上がってきた冬次に流した。冬次はフェイントを入れてザンキを抜き、切り返して中央に持ち込みペナルティエリアのわずか外から得意の右足でグラウンダーの強いシュートを打った。そのシュートはニアの狭い隙間に吸い込まれたが、キーパーのトゥルチが反応して弾いた。ボールは野球のファールのように勢いなくまっすぐ上がり、回転がかかっていたために落下途中で揺れて、ヘディングでクリアしようとしたソッティルの肩に当たった。それがハンドと判定されたのだった。

ウディネーゼの選手も監督もサポーターも怒り狂ったが、判定は覆らなかった。ＰＫを巡る数分間の中断のあと、罵声と口笛で何も聞こえず、スタンドからいろいろなモノが投げ入れられる中、冬次が右隅に決めた。それが三十三節のウディネーゼ戦のすべてだった。守るべき一点が生まれたメレーニアは、後半二人の退場者を出しながらも、ウディネーゼの攻撃をとりあえずすべて跳ね返したのだ。

ケンさんへ

内容はひどかったけど勝ったよ。

これで、最終節に、おれらは残留をかけて、ユーヴェは優勝をかけて、戦うことになりました。

一時は、降格確実と言われていたので、まあ何とかここまで来たか、という感じだけど、考えただけでもすごい試合になりそうだね。

ラツィオとの勝ち点差が二だから、おれたちに負けるとユーヴェもやばいでしょう。

これは、見に来るしかないんじゃないの。

トウジ

試合後に冬次からそういうメールが来た。わたしは単に、見に行くよ、という返事を出した。アンギオンのことは書かなかった。冬次は最終節にユヴェントスと戦えることを喜んでいる。自分たちには残留がかかり、敵は首位で優勝がかかっている。そういうゲームを戦うのが冬次は好きなのだ。アンギオンのことを書いて彼の集中を乱したくなかった。日本の週刊誌にアンギオンの記事が載って約一週間が経っていた。クロアチアの選手もトルコの選手も、記事が出て一ヶ月以内に試合で死亡している。

二〇〇〇年五月十日、わたしはパリ経由でメレーニアに向かった。

一泊だけのトランジットだったが、五月のパリは美しかった。アルルから出てきたフェルディナンと夕食を共にした。リュー・ド・バックにあるヴェトナム料理屋だ。そのレストランはポムロールのワインの収集でも知られている。わたしたちは八九年のシャトー・ル・ゲイを飲んだ。ル・ゲイは信じがたく複雑で濃厚な香りと味がして、そのためにフェルディナンは五分ほど黙ってしまった。わたしはそれどころではなかった。普通は料理のためにワインがあるのだが、フェルディナンはグラスを揺らしながら陶然とした表情をしている。

「このレストランではワインのために料理があるんだな」

わたしたちは、カニ肉入りサラダと、春巻きとラビオリなどを食べたが、料理は二人で三〇〇フランほどで、ル・ゲイはその十倍の値段だった。

「どうしてムッシュー・ヤザキはそんなに暗い顔をしているのかね」

フェルディナンは、冬次のことを心配するわたしに無頓着なわけではない。ヨーロッパ中が注目するビッグゲームになってしまったメレーニアの最終戦を心配して、わざわざアルルからパリまで出てきたのだ。ヨーロッパサッカーの異様な熱狂もよく知っている。アンギオンを宣伝したい連中は絶好の機会だと思っているだろう。会うなりフェルディナンはそう言った。だがまさにル・ゲイを飲んでいる至福のときにムッシュー・ヤザキの若い友人のことを心配してもしょうがないではないか。確かにその通りだった。明日の夜にはメレーニアに着き、冬次と食事をすることになっている。そこでわたしが知っている限りの情報を冬次に話し、ゲームの前やゲーム中に自分で用意した飲み物以外は決して口にしないことを確認すればいいのだ。

「そういうこと以外に、ムッシュー・ヤザキに何かできることがあるのかね」

フェルディナンはそう言う。

「まさかユヴェントスとの試合前からメレーニアのロッカールームを閉鎖して、君の友人をずっと警察官が囲んでいるわけにもいかないだろう」

レストランの近く、リュー・ド・バック近辺には有名な出版社がいくつかある。そのせいか客には編集者や装幀家や作家も多く、フェルディナンは何人かの知り合いに挨拶した。わたしたちは三時間かけてル・ゲイを飲んだ。


「ムッシュー・ヤザキの若い友人がアンギオンの危険にさらされる可能性はおそらく五パーセントくらいだろう」

ホテルまでの帰り道、石造りの建物の間を抜けてくる気持ちのいい夜風に当たりながら、フェルディナンはそう言った。それが五パーセントとか一〇パーセントとか、そういったことは問題ではなかった。たとえゼロコンマ一パーセントの確率でも、アンギオンが使われれば冬次はアウトなのだ。それにユヴェントスとメレーニアで、試合を決める力がある非ＥＵの選手は冬次とナビッチくらいしかいなかった。

「ナビッチは優れた選手だが、メディアの規模を考えると、実行犯はセルビア人より日本人を選ぶだろう」

フェルディナンはそう言った。冬次が試合中に死んだりすると、日本のメディアはアンギオンの疑いを抱くだろう。大勢の取材陣がイタリアに押しかけ、真相を究明しろと迫る。そのときに利益を得るのは誰なのだろうか。わたしがそういうことを聞くと、事態はもっとシンプルかも知れない、とフェルディナンが言った。

「ヨーロッパのビッグゲームでは、審判を買収するくらいのことはこれまでも何度もあった。メレーニア対ユヴェントスは、セリエAの優勝がかかった最終戦だ。ムッシュー・ヤザキも知っているると思うが、そういう試合では何が起こってもおかしくない。今頃必死に買収工作が行われているかも知れない。ただ、買収も大変なリスクを覚悟しなければならない。フランスのワールドカップでヤハネのプレーを見たがあのラストパスは脅威だ。もちろんあの運動量も。彼の心肺機能が飛躍的にアップすれば、ユヴェントスがどんなマークをつけても押さえきれないだろう。メレーニアのオーナーを始め、ラツィオサポーターまで含めると、ユヴェントスが負ければいいと思っている人間は何十万人といる。実行犯に高額な報酬は不要だ。ムッシュー・ヤザキはロッカールームに入れるのか」

それは無理だった。それにわたしがロッカールームで見張りをしてもそれほど効果があるとは思えない。

「確実にヤハネを守る方法は一つしかないよ。ユヴェントス戦を欠場すると発表することだ」

そんなことはできない、わたしは溜息をつきながらそう答えた。そうだろうな、フェルディナンも溜息をついた。

Giornata 22　第二十二節
メレーニア・戦いの地へ

午後の便でパリからローマに行き、空港にはいつものようにアントネッリに迎えに来てもらった。セニョール・ヤザキが前に来たのはいつだったかな。高速道路に入りながらアントネッリがそう聞いて、去年の十一月だよ、とわたしは答える。ローマの空港から北へ向かう高速道路と周囲の景色はすっかりなじみ深いものになった。三十分も走ると都会の喧噪《けんそう》が過ぎ去り、なだらかな丘陵が現れる。彼方の丘の上には尖塔のある古城が点在し、稜線に沿って羊がゆっくりと移動していた。

わたしは何度この景色を目にしたことだろう。最初に訪れたのは九八年の九月、冬次のデビュー戦で、そう言えばあのゲームの相手もユヴェントスだった。ユヴェントスのメンバーが黒と白のユニフォームに身を包んでメレーニアのスタジオ・ディノ・ロッシに現れたとき、本当に冬次がこれから彼らと戦うのだという実感をなかなか持つことができなかった。ピッチにはジダンやデル・ピエーロ、インザーギやダーヴィッツ、フェッラーラやタッキナルディやデシャンがいた。

一緒にピッチに立つ二十歳の冬次がまだ幼さが残る子どものように見えてしまった。本当にこんな連中と戦えるのだろうかと不安だった。しかし、冬次はそのゲームで二点を取り、セリエAへの鮮烈なデビューを果たしたのだ。

あれから約二年が経ち、わたしがメレーニアを訪れるのは六度目だった。ローマから北へと向かうこの高速道路からの風景がすっかりなじみ深くなったのも当然のことだ。ドライバーはいつもアントネッリで、途中で休憩するドライブインも決まっている。ローマとメレーニアのちょうど中間にある山沿いのカフェレストランだ。すぐ下の谷を細いきれいな川が流れている。アントネッリは必ずエスプレッソをご馳走してくれる。ドライバーが客にコーヒーをご馳走するというのは考えてみれば変だが、昔気質《かたぎ》のアントネッリは客を家族のように歓待することに誇りを持っているようだった。運転手という仕事は彼にとって単なるビジネスではない。メレーニアという街、そしてプラキディアという州を彼は愛していて、多くの外国人観光客に好きになってもらいたいと思っている。そのためにおいしいレストランを紹介し、コーヒーをおごってさまざまな会話を交わすのである。

コーヒーを飲みながらカフェのテラスでアントネッリと少し話した。別れた奥さんの話、今付き合っている若い恋人の話、そしてサッカーの話だ。テラスは高速道路から少し離れて奥まった場所にあるので車の騒音は届かない。遠くにプラキディアの山々が見えて、眼下にせせらぎの音が聞こえ、まるでどこかの山荘にいるようだ。アントネッリは十二年前に離婚したが、子どもには必ず週に一度会うようにしていて、そのせいで別れた奥さんとも接触が絶えることがなかった。

奥さんは再婚せず保険会社で働いている。今年の秋、二十歳になった子どもが家具職人になるためにミラノに行ってしまった。アントネッリも奥さんも寂しくなってしまって、最近ではよく二人で食事をするのだそうだ。

「この間、再婚しようかという話が出て、わたしも彼女と一緒にいたいと思っていることに気づいたんだ」

アントネッリはそう言った。

「だが今若い恋人がいて、その女は昔のイタリア映画の女優のような大変なグラマーで、彼女の乳房のことを考えると再婚を迷ってしまう」

アントネッリはそう言って笑った。イタリア人らしい話だなと思った。わたしのことも聞かれたので、わたしも離婚したから想像できるんだけど、子どもが大きくなったあとにもう一度一緒に住むのはいいアイデアかも知れないと答えた。それにしても、とアントネッリが溜息をついて、そのあとは明後日の最終戦の話になった。

「とっくにメレーニアはB降格が決まると思っていたんだが、何だかすごいことになってしまった。チケットはもうだいぶ前から売り切れで、トリノから毎日何百人というユヴェントスのファンがチケットを探しにやって来るんだよ。ユーヴェのオーナーの代理人がメレーニアのソレンツォ会長に、二〇億リラ払うから負けてくれないかと言って、ソレンツォが五〇億なら考えてもいいと言ったとか、ラツィオのサポーターがジダンの食事に下剤を入れようとしているとか、メレーニアのスタジアムの警備が万全じゃないのでユーヴェの選手が試合を他でやってくれとクレームをつけたとか、そういう話ばっかりだ」

アントネッリは苦笑しながらそういう話をしてくれた。いったいどのくらいの数の人間が明後日の試合に注目しているのだろう。普通に考えるとユヴェントスが負けることはあり得ない。メレーニアのチーム状態はずっと最低だし、ユヴェントスはこの八試合、ホームだろうがアウェーだろうが負けていない。だがわたしは、何か不穏な空気を感じた。アントネッリも同じようなことを思っていたようだ。カフェを出て車に乗り込むときに、アントネッリは言った。

「何かとんでもないことが起こるんじゃないかって、みんなそう思ってるんだよ」


夕方、メレーニアを一望できる小高い丘に建つホテル、ブルファーニにチェックインした。プラキディアやトスカーナの旧市街はすべて丘の上や山の中腹にある。かつてローマが街道を監視し、敵の侵入を阻むために構築した城や砦《とりで》がやがて小都市や街になった。そういった小都市や街はローマ以北の街道沿いの至るところにあり、チェントロと呼ばれる旧市街には古代ローマや中世がそのまま残っている。曲がりくねった迷路のような石畳の道路、山吹色の壁の石造りの建物、さまざまな彫刻を施した噴水のある広場、オリーブの林やワイン畑を一望できる公園。訪れる観光客は、まるでタイムスリップしたような感覚を味わうことができる。

ブルファーニのフロントマンはわたしを憶えていてくれて、いつもと同じ部屋を用意しました、と言った。昔エリザベス女王が宿泊したという地下一階の51号室だ。ホテルは傾斜地に建っているので地下といっても西向きの壁には窓があり夕暮れのプラキディアが見えた。

荷物を解いていると冬次から電話があった。夕食はフェデリーコの店で夜の八時からだそうだ。最終戦で、大変な試合になったので日本からお客さんが他にも何人か来ているけど同席していいか、と冬次はわたしに聞いた。問題ないよ、とわたしは答えた。

八時まで時間があったので、わたしはホテルの周囲を散歩することにした。ホテルのすぐ前は展望台のある小さな公園になっている。イタリアの五月の夕暮れはロマンチックで、寒くもなく暑くもなく、何組かの恋人たちが抱き合って唇を合わせていた。オレンジ色の屋根の教会から鐘の音が響き、黒いシルエットになった鳥たちが群れをなして、薄紫に染まった空を旋回している。どこかの建物からヴェルディが聞こえてきた。オペラ「運命の力」の序曲だ。さまざまな都市国家が乱立していた十九世紀末に、イタリアの統一を願ったヴェルディが作った曲だ。百年ほど前まで、トリノやフィレンツェやヴェネチアやローマやナポリは別々の国に属していた。イタリアという国、そしてイタリア人という国民が誕生して、実はまだ百年ちょっとしか経っていない。そして都市国家の歴史と伝統はいまだにセリエAに色濃く残っている。抗争と対立を繰り返してきた歴史が背景となって、サッカーは各都市間の代理戦争のように戦われる。

ホテルまで冬次が迎えに来てくれて、車の中で少し話した。レストランには他に日本人が十人ほど来ているらしくて食事中はあまり話ができそうになかった。

「そうか。日本の週刊誌に載ったんだ」

冬次はスポーツタイプのランチアを走らせながら、まるで他人事のようにそう言った。不安がっている様子はなかった。確かにことさら不安になる必要はない。だが絶対に自分が用意した飲料以外飲んではいけない。わたしはそういうことを言った。

「チームが用意したミネラルウォーターはどうなんだろうね。試合中はそれを飲むしかないんだけどな」

それは問題ないと思う、とわたしは言った。そのミネラルウォーターは誰が飲むかわからないんだろう？

「そうだよ。ほら選手が怪我で倒れてゲームが中断したときとか、他の選手がベンチから放り投げてもらって、よく試合中に飲んでるでしょう？　あれだよ」

そのミネラルウォーターにアンギオンが入っていたら、下手をすると何人もの選手が死んでしまうことになる。そうなるとゲームは成立しないし、大々的な捜査が行われる。アンギオンを使って利益を得ようとしているのが誰なのかわからないが、考えられるのは次の三つのグループだ。まずヴォルフガング・ラインターラーのグループ。彼らはアンギオンという薬物の存在をアピールすることでEUの支配層を攻撃しようとしている。だからEUの選手が被害に遭ってしまうと、支配層のもくろみと矛盾してしまい、目的が果たせない。

次にEUの支配層が雇うグループ。ヴォルフガング・ラインターラーの指摘が正しければ、支配層はEUの選手がアンギオンの被害者になるのは避けるだろう。最後のグループは、ユヴェントスに負けて欲しい連中だ。アンギオンを盗み出し、メレーニアの選手に飲ませ、ユヴェントスの優勝を阻もうとする。だが狂信的なラツィオサポーターにしてもゲームが成立しなくては意味がない。だからゲーム中に飲むミネラルウォーターはだいじょうぶだろう。
「しかし、複雑だね。誰がアンギオンを使うのか、わからないんだからね」
フェデリーコのレストランに着く直前に冬次はそう言った。

レストランでは冬次と席が離れていたこともあってほとんど話ができなかった。日本からの客たちはフェデリーコの料理とワインに酔い、運命の最終戦の話題で大いに盛り上がっていた。食事中、冬次は何度かわたしのほうを見て、だいじょうぶだよ、というように、うなずいた。

いつものことながらフェデリーコのレストランは瀟洒《しょうしゃ》で、しかも家族的な雰囲気に充ちている。大小二つの部屋に分かれていて、それぞれに暖炉がある。床は大理石ではなく細かな寄せ木造りで、一方の壁にはまるで図書館を思わせるような書架があり、天井から下がるシャンデリアはガラスをちりばめた華美なものではなく、鉄を複雑にねじ曲げたシンプルなものだった。テーブルには卵形の燭台が置かれ、オレンジ色の明かりが人々の表情と料理を温かく包んでいる。

店内ではイタリア語と日本語が混じり合っていた。わたしの隣りにはマリオというメレーニアの名士が座っている。マリオはメレーニアの市議会議員で、著名な自動車販売会社のオーナーでもある。フェデリーコと同じく冬次に心酔していて、プライベートな後援グループの主要メンバーだ。

料理も文句のつけようがないものだった。前菜もパスタも肉も素材を活かすためにごくシンプルに調理される。わたしはフェデリーコの店のドライトマトと何種類かのオリーブが絶品だと思う。家庭的な味でありながら、しかも洗練されている。決して飽きることがない。最近はフランス料理のようにソースを使ったレストランがイタリアの都市部に増えたが、おいしいと思ったことは一度もない。フェデリーコは自分の屋敷内で自家製の野菜を栽培しているし、メレーニア近郊の牧畜業者と契約して新鮮な肉や卵、バターなどの提供を受けているのだそうだ。肉は、ワイン樽に使われていた木の薪でグリルされる。

そういった料理はわたしたちを高揚させるが、たとえば三ツ星のフレンチのような緊張がない。誰かの家に呼ばれておばあさんの手料理をご馳走になっているような安心感がある。客はみんなルンガロッティやアンティノリのワインを飲み、心和む料理を食べながら明後日の大試合について話していた。それは幸福な光景で、ワインの酔いも手伝ってわたしはアンギオンのことをつい忘れそうになった。頬を赤く染めた幸せそうな日本人とイタリア人を見ていると、きっとアンギオンはわたしの杞憂にすぎなくて、わたしは取り越し苦労をしているのだろうと、そういうふうに思えてきた。

だが、ときどきふいに胃のあたりが重くなった。楽しそうに笑い合う人々の顔に、ヴォルフガング・ラインターラーやコリンヌ・マーティン女史やエミーリオ・ドミンゲスの顔が重なって見える瞬間があった。彼らは実在しているし、アンギオンという薬剤も実在している。わたしは大勢の人の笑い声の中、奇妙な居心地の悪さを感じていた。それを察した冬次が、ときどきわたしを見て、だいじょうぶだよというような合図を送ってくれたのだった。

食事のあと、わたしはタクシーで帰るつもりだったが、冬次がブルファーニまでランチアで送ってくれた。ケンさん、明後日だけど試合前に絶対に飲み物は飲まないから安心してよ。車の中で冬次はそう言った。やはりわたしは不安そうな顔をしていたのだろうか。冬次は他人の表情に敏感だ。会っている間ずっと不安そうな表情をしていればその人の様子が変だと誰だって気づくが、冬次の感覚はそんなに平凡ではない。冬次は、十数人での食事の最中に誰かが一瞬見せた不安げな表情にもどういうわけか気づいてしまうのだ。

また冬次は、友人が不安を抱えているのを性格的に見逃すことができない。冬次のことで不安になっているのであればなおさらだ。

「要するに、試合前に飲み物を一切飲まなければいいんでしょう?」

それはまあそうだけど。練習とかあるわけだからそういうわけにもいかないんじゃないの?

「おれ、試合前は食事代わりによく果物を食べるんだよ。ほら、おれって梨が好きでしょう。今日おれの好きな種類の梨が二ダース日本から届いたの。だから明日は、梨で水分を補給するよ。だからだいじょうぶだからね。ケンさん、心配しないでよ」

危険な目に遭いそうなのはいったいどっちなんだ、という感じで、わたしは冬次から肩を叩かれ、元気づけられた。冬次はそういう人間だ。冬次自身がもっとも苦しんだり悩んだりしているときでも、他人のことを気にかける。

「ねえ。ホントにだいじょうぶだから、今日と明日はゆっくり休んでね。ほら、ケンさんって、サッカー見てすごく疲れるじゃない。明後日の試合はすごいからね。ゆっくり休まないとね」

そういうことを言って冬次は帰っていった。明日の土曜日冬次は試合の前泊でホテルに滞在する。次に会えるのはユヴェントス戦のあとだ。銀色のランチアが闇に消えていくのを確かめながら、きっと何事もなく普段通りにまたフェデリーコの店で冬次と一緒に食事できるだろうという思いと、何かとんでもないことが起こるに違いないという思いが、わたしの中でずっと交錯していた。

Giornata 23　第二十三節
曇り空のスタジオ・ディノ・ロッシ

二〇〇〇年五月十四日、日曜日、メレーニアは曇りだった。わたしは午前中の遅い時間に起きて、ホテルのレストランで少し早い昼食をとった。スパゲティのポモドーロ、もっともシンプルなパスタだ。試合の日はなぜか必ずシンプルなトマトのスパゲティを食べる。試合の前は何となく落ち着かない。スタジアムの熱狂を意識的に思い出すというわけではない。ゲームの興奮をからだが憶えていて、無意識のうちにそれらがからだの内部から染み出てくるような感じになる。

窓から冷たくて湿った風が吹き込んで、アメリカ人らしい年輩の客が、窓を閉めてくれるようにウェイターに頼んでいる。よく晴れた五月のプラキディアやトスカーナは美しい。丘陵地帯が一斉に緑色に変わり、野原が花で埋まり、どこからともなく甘い香りが漂ってくる。だが曇りや雨になると、気温も印象も冬に戻ってしまう。レストランの客も厚手のセーターやカーディガンを羽織っていた。わたしは窓外の灰色の景色を眺め、いやな天気だなと思った。暗い雲が渦を巻くように厚く空を被っていた。

午後二時過ぎ、アントネッリが迎えに来てくれた。ホテルからスタジアムまで大した距離ではない。タクシーに乗っても十五分ほどで着いてしまう。だが混雑して帰りはタクシーを拾うことができないし、ゲームで興奮したあとの放心状態で、冷たい曇り空の下をホテルまで歩くのは苦行のようなものだ。アントネッリは車にヒーターを入れ、襟にボアの付いた革のブルゾンを着ていた。夕方になるともっと冷えるから寒くない格好をしていかないと、とアドバイスしてくれた。わたしは厚手のシャツとセーター、それに真冬のズボンをはいて、ダウンのコートとマフラーと手袋まで用意した。

彼方のトスカーナの山々まで暗い雲に隠れている。まるで灰色の空が大地にのしかかっているような重苦しさがあった。どうしてよりによってこんな天候にならなければいけないのだろうとわたしは思った。ただでさえ優勝とA残留のかかった重苦しい試合なのに、この暗い空がさらに気分を沈鬱にしてしまう。いつもは陽気に試合の予想をするアントネッリも口が重い。ほとんど喋ることなく、むずかしい顔をして車を走らせている。メレーニアの街は静まり返っていて人通りがひどく少なかった。スタジアムが見えてきたとき、まるで世界最後の日みたいだ、とアントネッリが空を見上げて呟いた。

いつものようにアントネッリはスタジアム傍のガスステーションに車を停めた。車を降りるときに、試合の前も試合中も試合後もユヴェントスのサポーターには絶対に近づかないように、と注意してくれた。

「それで、試合が終わったら、スタジアムに残ったりしないで、一目散にここに戻ってきてくれ」

わたしはうなずき、スタジアムに向かって歩き始めたが、吐く息が白く濁った。寒さが増してきた感じがする。しばらくして、メレーニアの小旗やマフラーを持って歩く人々の集団に吸い込まれた。しかし彼らの様子もいつもと少し違っている。スタジオ・ディノ・ロッシは収容人数二万人弱のこぢんまりとしたスタジアムだ。ミラノのジュゼッペ・メアッツァやローマのオリンピコは、近づくにしたがってその巨大さに威圧感を覚える。特にナイトゲームでライトアップされたときなどは、建物というよりまるで光り輝く宇宙船のようで、そのまま空に上っていくのではないかというような幻想的な雰囲気が漂う。

スタジオ・ディノ・ロッシはそういったビッグチームのホームスタジアムとは違った。親しみを感じることができた。組み上げられた鉄骨やパイプが剥き出しになっていて可愛い黄色のペンキで塗られている。ポプラの木がスタジアムのまわりを囲んでいて、ゲームがない日には家族連れのピクニックで賑わうメレーニア市民の憩いの場所でもある。だからいつもなら、ゲームの日のスタジアム周辺はまるで何かお祭りが行われているようなうきうきしたムードに包まれている。ピザやサンドイッチやアイスクリームの露店が出て、おじいさんとおばあさんに手を引かれた子どもや、若者たちの楽しそうな笑い声に充ちている。

だが今日はその雰囲気が一変していた。スタジアムに向かう人々はコートやジャンパーやアノラックに身を包み、黙々と歩いていた。話し声や笑い声は聞こえなかったし、人々の表情はこわばっていた。いつもだったら、日本人のわたしを見て、ヤハーネ、ヤハーネと親しく声をかけてくるのだが、そういう楽しげなムードはない。わたしの前を若いカップルが歩いている。彼らは肩を抱き合って歩いているが、女のほうが空を見上げ、雨が降らないといいわね、というようなことを言って、バカなことを言うな、と男が答えていた。雨が降ったほうがいいんだ、というようなことを男は言った。雨が降るとボールが止まりパスが通りにくくなる。雨は格下のチームにとって有利なのだ。

スタジアムの正門付近に装甲車のようなバスが三台停まっていて、強化プラスチックのマスクをつけた機動隊員が整列を始めた。機動隊はガス銃を持ち、腰に警棒を下げている。試合開始三十分前なのでチケットを持った人は早く入場するようにというアナウンスが拡声器から流れ始めた。わたしはこれまでそんなアナウンスを聞いたことがなかった。ふいに、わたしの前の若いカップルが走りだした。周囲の人々も一緒にゲートに向かって走り始める。何が起こったのかわからないまま、わたしも一緒に走った。

ユヴェントスの熱狂的なサポーターであるウルトラスがもうすぐ大挙してバスでやって来るらしいと周囲の人々が話している。変だなとわたしは思った。ユヴェントスのサポーターはとっくに到着しているはずだ。アウェーのチームのサポーターは試合開始の二時間前に窓を金網で塞いだ特別製のバスで到着する。まるで囚人を護送するようなバスで、その前後をパトカーと機動隊のトラックがガードし、サポーターたちは警官と機動隊の隊列の間を通って、決められたゲートからスタジアムに入る。スタジアム内では衝突を避けるため鉄条網で隔離されて試合開始を待つ。だからもうユヴェントスのサポーターの座席やスペースはないはずだった。

スタジアムのゲートは、やっと一人が通れるくらいの、狭い鉄の回転扉だ。チケットの確認がしやすいように、また大勢の観客が押し寄せて混乱が起きないように狭く造られている。ゲートの前に入場者を一列のラインにするための蛇行した鉄柵があり、その周囲は群衆で埋まっていた。普段の日の半分しかゲートが開いていないらしい。ユヴェントスのサポーターが入場するゲート付近では他のすべてのゲートもすでに閉められているそうだ。強化プラスチックのマスクで顔が見えない機動隊員がゲート周辺のあちこちで整列し壁を作っている。人々はなるべく早くスタジアム内に入ろうと苛立っている。押すな、という叫び声が聞こえる。わたしの前方の老人が、足を踏むなと怒鳴る。人々の顔つきはこれからスポーツ観戦をするというような感じではない。巡回する警官が連れたジャーマンシェパードが激しく吠えだした。わたしは試合開始十五分前にやっとスタジアム内に入ることができた。

ヨーロッパや南米のほとんどのサッカースタジアムは、陸上のトラックが併設されていない。サッカーのグラウンドを陸上のトラックが囲んでいると観客席からピッチまでが遠い。確かにボクシングなどとは違ってサッカーではピッチ上の選手との距離が近いほうがいい席だとは限らない。グラウンドを俯瞰《ふかん》できないとゲーム全体を見ることができないからだ。だが、ピッチそのものから遠くなっては意味がない。だから、ミラノのジュゼッペ・メアッツァやバルセロナのカンプ・ノウ、マンチェスターのオールド・トラフォードなどヨーロッパを代表するスタジアムは、ピッチとの距離は非常に近く、そして観客スタンドの傾斜が急だ。つまりサッカーは、ピッチに近く、かつ高い位置で見るのが理想的だということになる。

収容人数は少ないが、このメレーニアのスタジアムはほぼ理想的だ。グラウンドのサイドラインからほんの三、四メートルのところにバックスタンドが造られている。メインスタンドでもせいぜい十数メートルしか離れていない。サイドライン上でタックルを受けた選手やタックルをした選手がスタンドの板壁にぶつかることもある。だがピッチからスタンドが近いことで危険も多い。昔、水の入ったペットボトルが投げ込まれ、頭に当たった副審が重傷を負うという事件があった。その事件以来、ヨーロッパのスタジアムではペットボトルが持ち込み禁止になった。パチンコでコインを発射され顔に当たって大怪我した選手もいるし、南米では、嫌いな選手や、ひいきチームに不利な判定をした審判目がけてよくオシッコを詰めたビニール袋が投げ込まれるらしい。

冬次が取ってくれたチケットはメインスタンドの中段付近だった。周囲に一昨日の夜にフェデリーコの店で会った日本人がいて、わたしは挨拶を交わした。隣りに座り合わせた三十代後半だと思われる男性が、セリエAの試合っていつもこんな感じなんですか、とわたしに聞いた。冬次が出演しているCFの制作会社の社長だそうだ。春だと思ってコートを持ってこなくて、と薄いウインドブレーカー一枚で震えていた。セリエAの試合を見るのは初めてらしかった。普段はもっと楽しい雰囲気なんですけどね、とわたしは答えた。寒さに震える若い社長は、なんか恐いですね、と言ってスタジアムを見回した。

　それぞれのゴール裏がメレーニアとユヴェントスのウルトラスで埋まり、歌声と叫び声が聞こえている。ユヴェントスのサポーターは鉄条網で仕切られた狭い区域にぎゅうぎゅう詰めになっていて、その両側に、ガス銃を構え、警棒を手にした機動隊が並んでいる。ユヴェントスのサポーターは左右を機動隊に挟まれているが、決して臆することなく機動隊に罵声を浴びせ、中指を立てたりしていた。機動隊とサポーターの間にはほとんど隙間がない。いつ衝突が始まってもおかしくない険悪な雰囲気がすでに漂っていた。

　いつもなら高揚した気分でジョークを言いながら試合開始を待つメインスタンドのメレーニアファンたちも緊張した顔つきで黙り込んでいた。スタジアム全体がざわざわした雰囲気に包まれていて、初めてセリエAを見る日本人が、恐いと感じるのも無理はなかった。早く試合が始まってくれないかなとわたしは思った。ただでさえ試合開始直前は緊張して落ち着かない。何度もトイレに行ったり、通路に出て背伸びをしたりする。しかし、今日は特別だった。こういう極度に緊迫したムードはわたしも経験がない。そう言えば試合前の両チームのウォームアップもなかった。サポーターが興奮状態で、スタンドからモノが投げ込まれたりして危険だということでピッチでのウォームアップは中止になったらしい。発煙筒の爆発音が二度続けてスタジアムに響き、隣りの社長がびっくりして、シートから尻を浮かせ、飛び上がった。

　いったい何ですか、今のは。社長の顔が青ざめている。わたしは発煙筒だと教えた。近くで爆発すると鼓膜が破れることがあるから注意したほうがいいですよ、と言うと、どうやって注意すればいいんですか、とまた聞いてきた。火のついた細長い筒状のものが近くに飛んできたら顔をそむけて両方の耳を押さえるんですよ、とわたしは答えた。しかしなあ、と社長が呟いている。しかしなあ。戦争じゃないんだからなあ。

試合開始五分前、ピッチにメレーニアの選手たちが入ってきた。歓声が起こり、メレーニアのシンボルカラーである赤いマフラーや赤の小旗が振られる。わたしは喉がカラカラに渇いていて、売店に行ってサンブーカ入りのエスプレッソの小さなプラスチックボトルを五本買った。一本五〇〇〇リラだ。直径が三センチほど、長さ数センチほどの円筒形のボトルで、可愛らしい黄色のキャップが付いている。売店はメインスタンドの最上階にあり、お釣りをもらいながら、わたしはまず一本のサンブーカ入りエスプレッソを一気に飲んだ。あの日本人の若い社長にも一本あげようと思った。

スタジアムの外が騒がしい。伸び上がって柵の上から覗くと、バスから降りたユヴェントスのサポーターと機動隊が衝突していた。ユヴェントスのサポーターは何とかスタジアムの中に入ろうとしているが、機動隊がジュラルミンの楯で人間の壁を作って阻止している。サポーターの数は二、三千人というところだろうか。機動隊に向かって石を投げたり、旗で殴りかかろうとしたりしている連中もいる。機動隊の数はその十分の一ほどだが、とりあえずガス銃と警棒と楯があるので何とか阻止できているという感じだった。しかしサポーターの数はしだいに増え続けていた。さらに次々にバスが到着していたのだ。サポーターたちは何とか機動隊の壁を突破してスタジアム内に侵入しようとしている。売店の店主が、店員たちに、店を閉める準備をしておけというような意味のことを言うのが聞こえた。ユヴェントスのサポーターたちに店を壊されるかも知れないのですぐにシャッターを下ろせるように準備をしておけ、ということらしい。

座席に戻ると、両チームの選手がピッチに散ったところだった。サンブーカ入りのエスプレッソを若い社長に一本プレゼントした。寒さと緊張で社長の顔はさっきよりもますます青ざめている。わたしは、座席のまわりに散らばっているメレーニアの地元紙をシャツとウインドブレーカーの間に詰めるといいと教えた。なんかホームレスになった気分ですね、と言いながら、彼は冬次とオウンデの顔写真が載った新聞紙をウインドブレーカーの下に詰め始めた。

メレーニアは、チリ人のホセ・コルテスとACミランからレンタル移籍してきたヴェルフィのツートップだった。最近はワントップで戦うことも多かったが、今日のゲームは引き分けでは意味がない。メレーニアの順位は、十三位タイ。ヴェローナとバーリとピアチェンツァ、それにメレーニアの四チームがまったく同じ勝ち点で並んでいた。カリアリとヴェネチアのB降格が決まっていたが、残りは最終戦しだいだった。トリノ、メレーニア、ヴェローナ、バーリ、ピアチェンツァの五チームの中から、二チームがBに落ちることになる。

トップ下に冬次がいる。ユヴェントスはもちろんベストメンバーだった。スタジアムは主審のホイッスルを待って静まり返った。わたしはまた喉がカラカラに渇き、サンブーカ入りのエスプレッソをもう一本一気に飲んでしまった。

Giornata 24　第二十四節
天使のゴールI

センターライン上に置かれたボールにスパイクを乗せているのはフィリッポ・インザーギだった。その横にはデル・ピエーロが、その後ろにジネディーヌ・ジダンがいた。敵がどんなに守りを固めていても、その三人だけでゴールを奪ってしまう恐ろしいトライアングルだった。わたしはポケットからツァイスの双眼鏡を取り出し、ほとんど世界最強ではないかと思われる三人のアタッカーを順番に眺めた。デル・ピエーロは両手を腰に当てて、審判がホイッスルを吹くのを待っていた。表情に少し緊張があった。インザーギはどこか遠くを眺めていてリラックスしているように見えた。ジダンは寒いのか両手をこすり合わせている。

ジダンの背後にエドガー・ダーヴィッツがいて、軽いダッシュを繰り返していた。ユヴェントスのダイナモであり、疲れを知らない。もう一人の守備的ミッドフィルダーはアントニオ・コンテだった。ずる賢くて、ゴール前の混戦で常にゴールを狙う老練で危険な選手だ。左サイドにはジャンルーカ・ペッソット、右サイドにはまだ二十三歳のジャンルーカ・ザンブロッタがいた。

ザンブロッタは足が速く上がりのタイミングも早い。メレーニアの左サイドはザンブロッタを押さえることができるだろうか。スリーバックはチロ・フェッラーラ、マルク・ユリアーノ、パオロ・モンテーロ、そしてゴールキーパーはオランダ代表で二メートル近い身長のエドウィン・ファン・デル・サールだった。

冬次のセリエAの最初の試合がユヴェントス戦で、スタジアムもディノ・ロッシだった。チームは3―4で負けたが、冬次は二ゴールを決め衝撃的なデビューを果たした。そう言えばあの日も今日と同じように曇っていた。ホイッスルを口にくわえた主審が時計を見ている。まるで時間が止まったような感じだ。スタジアムは静まり返っている。わたしはこの瞬間がたまらなかった。選手がピッチに散って、ゲームが始まろうとする瞬間だ。弁解も謝罪も許されない残酷なゲームが開始される。剣闘士の試合の始まりもきっとこんな感じだったのだろう。厚い灰色の雲が、暗いドームの天井のようにスタジアムの上に被さっていた。

ホイッスルが鳴って、インザーギが後ろのジダンにボールを戻し、ゆっくりと前線に上がっていく。デル・ピエーロは大きく左に迂回しながらサイドライン沿いにメレーニアゴールに向かった。ホセ・コルテスがボールを追ってユヴェントス陣へと入っていくが、もう一人のフォワードのヴェルフィはセンターサークル上にとどまっている。冬次も下がり気味だった。序盤はホセ・コルテス一人を前線に残して、メレーニアは守備的に戦うつもりなのだろう。ボールはダーヴィッツから左サイドのペッソットに渡り、ペッソットは反対側に大きく空いたスペースに得意の左足でロングボールを蹴った。ボールは右のサイドライン上にいたザンブロッタに渡った。ボールが左から右に大きく移って、ピッチ上に散った二十人のフィールドプレーヤーが、寄せる波のように移動を始める。そういったピッチ全体の動きはテレビではわからない。

サッカーでは野球のようなポジションの固定がない。ディフェンダーが最前線に上がってくることもあるし、フォワードが自陣で守備に徹することもある。左サイドの選手がずっと左サイドの同じ位置にいることはない。ボールの位置と敵の動きを見て、選手たちは微妙にポジションを変える。ボールを持ったザンブロッタにまずナビッチがマークについた。ドリブルで抜かれないように行く手を阻んで、守備的ミッドフィルダーのバックアップを待つ。ルフィーノがナビッチに加勢した。二人でザンブロッタを囲んでボールを奪おうとする。左のサイドバックのヴィラーニも間合いを詰めた。三人で囲まれるとボールを奪われてしまうので、ヴィラーニにからだを寄せられる前に、ザンブロッタは背後に短いパスを出し、コンテがダイレクトで強いグラウンダーのボールを中央に蹴った。

ボールはルフィーノの足先をかすめるように中央のジダンに渡り、すかさずレオーネがタックルに行ったが、ボールが右足の内側に接着剤でくっついているかのようにジダンはからだを反転させ、レオーネのタックルを難なくかわし、そのままペナルティエリアの中にドリブルで切れ込んでいった。試合開始のホイッスルが鳴ってからまだ一分も経っていなかった。ジダンのワンプレーで、四人のディフェンダーで作るメレーニアの最終ラインが真ん中から破られた。ディフェンスのシステムは信頼が基本だ。一対一で抜かれないということをベースにしてさまざまなシステムが考えられる。だいたい三人か四人でラインを作る。一対一では必ず抜かれるというようなすごい選手が敵にいれば、その選手専用のディフェンダーを置き、徹底的にマークする。だが専用のディフェンダーを置くことにはリスクもある。三人または四人のディフェンダーのうちの一人が、特定の敵にかかりっきりになるわけだから、ラインに穴が空きやすくなる。だから現代サッカーではマンツーマンで敵を特定してマークせず、担当のゾーンを決めてディフェンスすることが多い。

しかしいずれにしろ敵に抜かれることが前提になっているわけではない。必ず抜かれてしまうようなディフェンダーはセリエAでは使ってもらえない。だから、一対一の局面で抜かれてしまうと必ずピンチになる。ペナルティエリア周辺では、ボールを持った相手をフリーにしないのはもちろんだが、ボールを奪うために二人か三人で囲むことが多い。サッカーは極端なロースコアのゲームで、一点は、重いというより常に致命的なものだ。だからたとえ抜かれても対処できるようなカバーリングが必要となる。自陣の危険地域、特にペナルティエリア近辺では複数で敵を囲むことが鉄則になっている。

だが囲むための時間的な余裕がない場合がある。速いカウンター攻撃を仕掛けられてしまったとき、あるいは信じられないような精度の高いパスが決まったとき、そして敵が予想もできないような高度な個人技を見せたときだ。コンテからグラウンダーの強いボールが出たとき、ジダンはメレーニアゴールのほうを向いていた。パスを肩越しに確認したジダンは、わずかにからだの向きを変えて、まずボールが転がってくる地点を確保した。ディフェンダーがボールに触れられないようにまずポイントを確保したのだ。そのあと、まるでシュートのような強くて速いコンテからのパスを右のスパイクシューズの内側で受けた。ボールとジダンの右足が触れるか触れないかというタイミングで、右斜め後方からレオーネが猛然とスライディングしたが、その瞬間にジダンは視界から消えた。

ジダンはボールを自分の右足の内側にぴったりとくっつけたまま、時計回りに反転したのだった。レオーネは、ジダンがボールを止めるか、ダイレクトで軽くサイドに流すだろうと読んでいた。ジダンの左横にはインザーギがいたからだ。レオーネだけではなく、ピッチにいた全選手とスタジアムのすべての観客が同じように予測した。コンテの蹴ったボールが非常に速かったからだ。グラウンダーの速いボールは、止めるか、軽く触れて方向を変えパスするか、普通はその二つしか選択肢がない。触れただけでボールの勢いを殺し、スパイクシューズの内側にぴたりとくっつけたままからだを反転させるなどと予測できた者は誰もいなかった。

だからジダンはまるで視界から突然消えたように見えたのだ。そしてメレーニアの最終ラインは完全に破られた。ジダンはボールを受けたあとゼロコンマ数秒でメレーニアのペナルティエリア内にドリブルで侵入した。グイードが走り寄ってファール覚悟でタックルしようとしたが、それよりも早くシュートが放たれた。ああダメだ、というメレーニアサポーターの悲鳴のような声があちこちで聞こえた。ジダンが蹴ったボールはジャンプしたロレンツェッティの指先をかすめてゴールの左上方のコーナーを目がけて飛んでいき、バーに当たって大きく弾んだ。スタジアムをどよめきと溜息が被った。ホイッスルからまだ四十秒しか経っていなかった。わたしの後ろのイタリア人たちが、興奮して大声を上げている。今日のジダンはからだが切れていて危険だ、みたいなことを話している。あんなプレーを続けられたらこの先何点取られるかわかったもんじゃない、そう言っているようにわたしには聞こえた。

試合開始から四十秒、あっという間の決定的なチャンスだった。でもユヴェントスの選手たちには、前節ウディネーゼの選手が見せたような苦笑いはなかった。前節やはり試合開始早々に決定的なチャンスを作りフリーのヘディングシュートを外したウディネーゼのヨルゲンセンとソサは苦笑いを浮かべたのだった。こんなお粗末なディフェンスだったらこの先いくらでも点は入る、というような意味の苦笑いだった。最低の状態が続いているメレーニアのディフェンスを最初からなめてかかっていたのだが、ユヴェントスにはそういうムードは皆無だった。シュートがバーに当たって外れたとき、ジダンは天を仰ぎ、大声で叫んで悔しがった。ユヴェントスがメレーニアを甘く見て油断してくれればひょっとしたらチャンスがあると考えていたが、優勝がかかった試合でそんなことがあるわけがなかった。

序盤、ユヴェントスは豊富な運動量で圧倒的に中盤を制した。メレーニアはボールをなかなか前に運ぶことができなかった。ユヴェントスのプレッシャーは厳しかった。ダーヴィッツとペッソット、コンテとザンブロッタ、そしてジダンまでが、序盤からこんなに走って最後まで保《も》つのだろうかというほどメレーニア選手を追い回し、パスコースを消し、ボールを奪おうとした。しかもユヴェントスは、脅威のトライアングルと呼ばれる前線の三人だけで決定的なシーンを作ることができた。ジダンやデル・ピエーロがボールを持つと、二人がかりでもなかなかボールを奪えない。ジダンもデル・ピエーロも、前傾姿勢でボールを足元に置く。彼らのからだの正面からディフェンダーが足を踏み出してボールを奪おうとするとかわされる。横から奪おうとしても彼らの前傾したからだが邪魔になる。しかもジダンもデル・ピエーロもバランスが崩れないので、肩で押したくらいでは倒れたりしない。二人がボールをキープしている間に、ダーヴィッツやコンテという第三列の選手が上がってくる。だから数的優位を作るためにはメレーニアは常にべったりと自陣に引いていなければならなかった。

冬次も守備に追われていた。ダーヴィッツやコンテの飛び出しを防ぐために、冬次は自陣のペナルティエリア付近で彼らを追わなければならなかった。序盤の十五分間、メレーニアのシュートは一本だけだった。ほとんど攻撃の形が作れなかった。六分にナビッチが左からロングシュートを一本打ったが、大きく右に逸れた。ユヴェントスディフェンスからぴったりとマークされていたので、充分な体勢でボールを蹴ることができなかったのだ。メレーニアはボールを奪ってもただ前方に蹴り返すだけで、センターサークル付近ではホセ・コルテスが一人孤立していた。メレーニアの試合っていつもこんな感じなんですかね、と隣りの若い社長がわたしに聞いた。まるで大人と子どもの試合みたいなんですけど。

わたしは返事ができなかった。まあそうですね、と曖昧に相づちを打ったが、何か喉に詰まっているように息苦しさを感じていた。若い社長はあまりサッカーには詳しくなさそうだったが、それでも両チームの力の違いはわかったようだ。サッカーのゲームを初めて見るという人にだって、両チームの差はわかるだろう。メレーニアは恥も外聞もなくゴール付近に固まってユヴェントスの攻撃を防いでいる。ディフェンダーもミッドフィルダーもすでにユニフォームが泥だらけだ。しかもファールが多かった。パスを通されて、ドリブルで抜かれるので、どうしても後ろからのタックルが増えてしまう。早くも四分にルフィーノが、九分にヴィラーニがイエローカードをもらった。

十一分、自陣深いところでコンテのパスをカットした冬次が、すぐ前にいたペッソットをかわしてドリブルを開始した。前方中央にホセ・コルテスがいて、左サイドをナビッチが駆け上がった。ユヴェントスのディフェンスが急いで態勢を整えようとする。メレーニアにとって初めての攻撃らしい攻撃で、スタジアムはやっと大きな歓声に包まれた。しかし、冬次からホセ・コルテスへのパスは読まれていて、モンテーロがカットした。それを見た前線のデル・ピエーロとインザーギが恐ろしい勢いで飛び出した。モンテーロは勢いを殺したロングパスを左に出した。デル・ピエーロの位置はオフサイドぎりぎりで、メレーニアの最終ラインは副審にアピールしたが認められなかった。デル・ピエーロは背後からのボールを胸で受け、足元に落としてそのまま左サイドでドリブルに入った。メレーニアのディフェンダー、グイードとギベルティが併走するが、その横にインザーギとジダンがいた。

デル・ピエーロはペナルティエリアの前で急に停止した。二人のディフェンスはデル・ピエーロを置き去りにして二メートルほど前方に行き過ぎる形になった。そうやってできたスペースで、デル・ピエーロは、ノーステップで右足の速いクロスを入れた。アウトにかけて蹴られたボールは、外に逃げるように曲がり、キーパーのロレンツェッティは飛び出せない。インザーギとジダンがほとんど同時に飛んだ。その二人に挟まれるようにしてヴィラーニが戻っていたが、ヴィラーニは半ばファール気味にジダンのユニフォームを引っ張るくらいしかできることがなかった。メレーニアディフェンスはユヴェントスのカウンターに振り切られていたのだ。至近距離からジダンがヘディングでシュートした。

鋭角に落ちるボールがゴールキーパーの左足元を襲ったが、ロレンツェッティは足をいっぱいに伸ばして何とかボールに触った。シュートはゴールライン上をころころと転がるルーズボールになった。ヴィラーニとルフィーノが追ったが、ボールを捉えたのは駆け上がってきたザンブロッタだった。ザンブロッタはダイレクトにクロスを上げた。マイナスの折り返しはディフェンダーにとって対応がむずかしい。前方からのセンタリングだと、飛んできたほうへ跳ね返せばいいのだが、マイナスのセンタリングの場合、からだはゴール方向に向いているからオウンゴールの危険もある。だからマイナスの折り返しに対してはゴールラインの外へクリアしてコーナーキックに逃げるのが基本だ。

ザンブロッタが蹴ったボールには妙な回転がかかっていて、ぶれながらドライブしてゴール前の密集地帯に落ちた。グイードがジャンプしたが、ボールがぶれていたので肩のあたりに触れてグラウンドに落下した。ユヴェントスの選手たちはグイードのハンドをアピールしたが主審はホイッスルを吹かず、メレーニアのゴール前わずか二メートルの地点でまたしてもルーズボールになった。ロレンツェッティがからだを張ってセービングしたのとほぼ同時に、インザーギがそのボールを蹴ろうとした。インザーギのスパイクシューズの先端がロレンツェッティの腕を蹴ってしまった。ロレンツェッティはボールをしっかりと両腕に抱え込んだままピッチを転がって痛みを訴え、主審はホイッスルを吹いてゲームを止めた。ルフィーノが、インザーギのユニフォームの胸のあたりをつかんで、何か激しい口調で叫んだ。ルフィーノとインザーギの周囲にほとんど全選手が群がった。わたしのまわりのメレーニアサポーターの何人かが頭を抱えている。ルフィーノがイエローカードをもらったら二枚目で退場になってしまうのだ。

Giornata 25　第二十五節
天使のゴールII

メレーニアのキャプテンであるレオーネがルフィーノの腕を取って、インザーギから強引に引き離した。まるで警官が凶悪犯を逮捕しているかのようだった。ものすごい形相でレオーネはルフィーノに何か叫んでいた。もう一度イエローカードをもらったらお前は退場なんだぞ、きっとそういうことを言ったのだろう。このあたりを引っ張られた、とインザーギがユニフォームの胸のあたり、D＋というスポンサーロゴのDの字のあたりを示して主審に抗議している。主審はそれを無視して、まだピッチにうずくまったままのロレンツェッティに何か声をかけた。ロレンツェッティがうなずきながら顔を上げ、右腕を押さえ顔を歪めたまま立ち上がった。いったんゲームが止まり、ロレンツェッティはピッチの外でチームドクターから簡単な診察を受けた。

ロレンツェッティの勇気あふれるプレーにスタンドから拍手が送られている。危ないですねえ、と隣りの若い社長が言った。下手したら顔を蹴られるんじゃないでしょうか。ルーズボールをスライディングしてセービングするときゴールキーパーは敵に蹴られるのが恐くないのだろうか、といつか冬次に聞いたことがあった。冬次は練習の合間にロレンツェッティにその質問をしたそうだ。それが全然恐くないんだ、とロレンツェッティは答えたらしい。全然恐くないってことはないだろう、少しは恐いんじゃないのか、と冬次がしつこく聞くと、信じられないかも知れないけど本当に恐くないいんだ、とロレンツェッティは繰り返したそうだ。あとからビデオで見たりするととんでもないプレーをしたもんだなと恐くなるときがあるが、プレー中は本当にまったく恐くなんかない。なんか違う自分になっているような感じで、恐怖はまったく感じないいんだ。

やがて試合が再開された。ロレンツェッティはボールを抱きかかえるようにして、フリーな味方の選手を探す。しかしユヴェントスが極端にラインを上げているので、誰もフリーな選手がいない。冬次は前後左右に動いてスペースに出ようとしているが、ペッソットがぴったりとマークしていた。ユヴェントスの最終ラインはハーフウェーラインの後方二メートルに位置している。メレーニアの中盤の選手は攻めて来ないと知っているのだ。メレーニアの前線の三人、ホセ・コルテスとヴェルフィと冬次には、ダーヴィッツとコンテとペッソットのマークが付いていて、スペースはどこにもない。そしてその三人以外は自陣に引いたままだ。いつものホームゲームなら左サイドのナビッチや守備的ミッドフィルダーのルフィーノとレオーネの二人が攻め上がっていくのだが、彼らは敵陣に入っていこうとしない。守備を固めるために右サイドに入っているオウンデも決して飛び出していこうとしない。ロレンツェッティは左手でボールを持ち、右手を大きく振って、味方の選手に上がれと指示を出しているのだが、走りだす選手がいない。

異様な雰囲気だった。ゴールキーパーがボールを持っているのに、味方選手が誰も攻め上がろうとせず、しかもそれに対するスタンドからのブーイングもない。ホームゲームでは、たとえ格上の相手であっても積極的に攻め上がらなくてはいけない。そうしないとサポーターが納得しない。ホームなのに自陣深く引いて守るだけのサッカーなんか誰も見たくないのだ。だからマイボールなのに攻めようとしない場合には必ずスタンドからブーイングが起こるのだが、スタジオ・ディノ・ロッシは奇妙な静けさに包まれていた。

観客もわかっていたのだ。試合開始からまだ十五分も経っていなかったが、メレーニアの選手もサポーターも、ユヴェントスの選手たちの異常に高いモチベーションと異常に多い運動量に驚き、恐れをなしていた。最前線からゴールキーパーのファン・デル・サールまで、十一人の選手たちはいつもと顔つきが違っていた。この試合に勝てないと自分たちは死刑になる、まるでそういう表情だった。ダーヴィッツとコンテは中盤でずっと走りっぱなしで、静止することがなかった。その二人に引きずられるように両サイドのザンブロッタとペッソットも常に走り続けていた。ジダンとデル・ピエーロとインザーギのトライアングルはめまぐるしくポジションを変えた。デル・ピエーロが下がってジダンとインザーギにパスを出すこともあったし、インザーギがターゲットになって駆け上がるジダンにラストパスを出すこともあったし、デル・ピエーロはひんぱんにサイドを変えた。その変化の頻度が尋常ではなかった。まるでトーナメントで一点負けていて残り時間が十五分を切っているかのような攻撃だった。

メレーニアはユヴェントスの攻撃に対応するだけで精一杯で、攻め上がる余裕がなかった。ユヴェントスはハーフウェーラインあたりに、最終ラインの三人のうち二人を残し、他の全員で攻めてきた。メレーニアは事実上、ホセ・コルテスのワントップで、しかも残りの選手はペナルティエリア付近に釘付けだったので、最終ラインは二人で充分だったのだ。普通だったらそういった総攻撃はカウンターのリスクを負う。だが、ユヴェントスはメレーニアにカウンターを許さなかった。自陣深いところでメレーニアディフェンダーがボールを持ったときも、ユヴェントスのフォワードとミッドフィルダーは二、三人で囲んで奪い返しに行った。

敵がボールを持ったときにどの辺のラインでボールを奪いに行くかがディフェンスの戦術の基本だ。戦場のどこに前線を作るかということだが、普通はハーフウェーラインを越えたあたりがポイントになる。つまり敵がボールを持ってハーフウェーラインを越えてきたらプレスをかけて自由にさせないというわけだ。プレスをかけるというのは、具体的には相手への接触を意味する。からだを寄せ、ときにはタックルをして積極的にボールを奪いに行く。

タックルを仕掛けて抜かれると危険なので、たいていは複数で相手を囲む。アリゴ・サッキという、すでに伝説となっている監督が八〇年代後半にACミランで完成させたプレッシングサッカーは、敵の陣内であっても複数でプレスをかけ積極的にボールを奪いに行くという画期的なものだった。だがその戦術は選手たちには過大な負担となり、攻撃の芽を早い段階で潰し合う守備的でイマジネーションに欠けるサッカーだという批判を生むことにもなった。たとえばスペインリーグでは、守備の前線が自陣ペナルティエリア付近に設定されることが多い。ボールを持った敵がシュートレンジ・危険区域に入ってから、からだを寄せ、敵の自由とボールを奪おうとするのだ。

スペインのサッカーはパスが通ることが前提で、スペクタクルを楽しむという基本姿勢があるので、あまりに早くからだを寄せて相手を阻止しようとする戦術は好まれない。しかも、早いタイミングで相手の攻撃の芽を潰そうとするディフェンスが本当に有効かどうか、結論は出ていない。プレスをかけるタイミングも遅く、プレスそのものも緩いスペインサッカーで常に大量点が入るかというとそうではない。またイタリアリーグのチームがスペインのチームに必ず勝つわけでもない。むしろ、欧州の最強チームを決めるチャンピオンズリーグでは、最近イタリアのチームがスペインのチームに歯が立たないという事態が続いている。またアリゴ・サッキが率いるチームでは、ディフェンスを苦手とするファンタジスタが排斥されがちだった。イマジネーション豊かなパスやアクロバティックなトラップやドリブルを得意とする選手よりも、運動量が豊富でしつこいディフェンスを得意とする選手のほうがプレッシングサッカーには向いていたからだ。

だがサッキが生み出した戦術は守備的というよりもともと攻撃のためのものだったという指摘もある。敵の攻撃の芽を潰すのが最優先ではなく、複数でプレスをかけ早いタイミングでボールを奪って、ピッチのどこであってもとにかく攻撃の起点を作ってしまう、それがサッキの理想だったというのだ。だがどんなにスポーツ医学が発達し、トレーニングの方法が進歩しても、九十分間プレスをかけ続ける肉体を作るのは無理だ。ボールを持った敵を常に二、三人で囲むわけだから、選手の運動量は飛躍的に増える。前後半の各四十五分の中で、選手が疲労し、たとえ二分でもプレッシングが破綻すると、あっという間に重大なピンチを迎えることになる。

しかし、今スタジオ・ディノ・ロッシで繰り広げられているユヴェントスのサッカーをサッキが見ていたらどう思うだろうか。おそらくこれこそがわたしの目指したサッカーだと狂喜するのではないだろうか。自陣のペナルティエリア付近であろうと、メレーニアの選手は自由にボールを持つことができない。ドリブルするスペースもないし、パスを出す相手を探す余裕もなかった。ユヴェントスのシュートが外れ、ゴールキックとなって、ロレンツェッティが前線のホセ・コルテスやヴェルフィや冬次にロングフィードをしようとする。しかしハーフウェーライン付近はユヴェントスの選手だらけなので、ロングパスはまったく通らない。たとえ前線に通っても、後方の選手が上がってこないためにホセ・コルテスや冬次は孤立して囲まれボールを簡単に奪われてしまう。

サッカーで重要なのは数的優位を作ることだ。敵三人から囲まれて自由にボールをコントロールできる選手はいない。敵三人に囲まれて突破できる選手もいない。八六年のワールドカップでマラドーナが五人の敵を抜いてゴールを決めて見せたが、五人に囲まれたわけではない。だから前線にボールが渡ったら、後方の選手がバックアップに行かなければいけない。孤立したフォワードはすぐにボールを奪われてしまう。メレーニアも試合開始から十分間は守備的ミッドフィルダーのレオーネとルフィーノ、それに左ウイングのナビッチが前線に上がり、冬次やホセ・コルテスをバックアップしようとした。だがユヴェントスはそれよりも早くあっという間にボールを奪ってしまった。

どんなに鍛え抜かれた選手でも、全力で二、三〇メートルを駆け上がるのは楽ではない。しかも駆け上がってもボールが回ってくることがなく、その攻撃がシュートで終わることもなく、すぐにユヴェントスの逆襲が始まるという状況ではなおさらだ。全力で駆け上がってはすぐにまた全速でディフェンスに戻らなければならないという苦行を何度も何度も繰り返すうちに、メレーニアの選手たちには、ムダだ、という感覚が刷り込まれてしまったのだった。ゲームをあきらめたとか、闘争心を失ったというわけではない。攻撃のために前方に上がっていくより、どうせボールはすぐに奪われるのだからそのあとのユヴェントスの逆襲に備えたほうがいいと、脳の深い部分から指令が送られてくるのだ。

見ているわたしたちも同様だった。いくら力の差があるといっても、サッカーなのだからユヴェントスがずっとボールを支配できるわけがない。シュートが外れたり、ゴールキーパーがキャッチしたりすれば、メレーニアのボールになる。今もコンテの早いタイミングのセンタリングからインザーギがヘディングして、ロレンツェッティが押さえた。グイードがからだを寄せていたのでインザーギはフリーでヘディングできず、勢いのない平凡なボールをロレンツェッティは難なくキャッチした。ロレンツェッティはそのボールを左にいたギベルティに転がして渡した。はるか彼方で孤立するホセ・コルテスにはフェッラーラがぴったりと付いていたし、冬次とヴェルフィ、ルフィーノやレオーネもペナルティエリア付近にいてユヴェントスの選手たちの集団の中に埋もれていた。ロレンツェッティがボールを渡せる選手は唯一左センターバックのギベルティしかいなかったのだが、ギベルティにはすぐにジダンとザンブロッタがマークに付いた。自陣深いところでボールを奪われると致命的なピンチになるので、ギベルティは後ろを向きボールをまたロレンツェッティに戻した。そのバックパスがやや弱く、インザーギがものすごい勢いで突っ込んできて、ロレンツェッティは他にどうしようもなく大きくサイドにクリアした。そうやってまたメレーニアはボールを敵陣まで運ぶことができず、ユヴェントスのスローインとなった。

今の時間帯、メレーニアは何もできない、とわたしは思った。スタンドのすべての人がそう思っていただろう。元気に声を出し続けているのはユヴェントスのサポーターだけだった。ゴール裏の熱狂的なメレーニアのウルトラスも沈黙していた。試合開始から十六分が経過していたが、ユヴェントスの攻撃は緩む気配がなかった。左サイドを割ったボールをスローインするのはディフェンダーのユリアーノだ。彼はボールボーイに早くボールを渡せと怒鳴っていた。まだ試合開始から十六分しか経っていないのに、まるで試合終了前のロスタイムであるかのように急いでいた。息苦しさがスタジアムを被っている。いったいいつまでユヴェントスはこういう怒り狂ったスズメバチのような攻撃を続けるつもりなのだろう。誰もがそう思っている。わたしの前のイタリア人は左手に持ったサンドイッチを食べるのを忘れている。サンドイッチは、彼の唇に触れるか触れないかというところで止まったままだ。

ユリアーノがやや後方のコンテにスローインのボールを出し、冬次がマークについたが、コンテはそのボールを一度胸で止めてそのままダイレクトで左サイド深く蹴り込んだ。コンテがボールを蹴る前からペッソットが左サイド沿いに走りだしていた。メレーニアのディフェンダーたちはゴール付近にべったりと固まっているのでオフサイドはない。ペッソットはそのままサイドライン沿いにメレーニアのゴールラインに向かってドリブルした。レオーネが追ったが振り切られ、オウンデがマークについたが、ゴールラインの手前二メートルで、ペッソットは反転し、今度は逆方向にボールを運んで、バックアップに来たダーヴィッツにボールを預けた。ダーヴィッツは得意の左足でミドルシュートを打つフェイントを入れて、レオーネのマークを外し、そのまま三メートルほど中央に流れていって、左サイドに残ったペッソットに再度パスを出した。オウンデがそのパスをカットしようと右足を伸ばし、ボールにわずかに触れたが、そのルーズボールにペッソットがスライディングして、ダーヴィッツがもう一度ボールをキープした。ジダンが中央で、ボールを寄こせ、というジェスチャーをしている。その左斜め前方にデル・ピエーロがいて、インザーギはすでにゴールエリアの中に入っていた。

ダーヴィッツにルフィーノがタックルした。タックルを受けたダーヴィッツは倒れながら、スパイクの裏で押し出すようにして、デル・ピエーロのほうにボールを転がした。デル・ピエーロはメレーニアゴールの右隅目がけてカーブのかかった鋭いクロスを蹴った。大きく左に切れていくボールでロレンツェッティは飛び出すことができない。メレーニアディフェンダーも誰も触れなかった。デル・ピエーロの蹴ったボールはシュートではなく、右サイドに走り込んできたザンブロッタへのセンタリングで、ゴールラインを割る直前ザンブロッタは半ばのけぞるような姿勢でボールを中央へ折り返し、ふわりと上がったそのボール目がけて、インザーギとヴィラーニとルフィーノが同時に飛んだ。

ゴール前に両チームの選手の集団ができていて、それを確認したロレンツェッティは、飛び出そうとして止めた。選手たちのからだに邪魔されてボールに触れることができないと判断したのだった。競り勝ったのはヴィラーニで、彼は首を大きく振って、ボールをゴールから遠ざけようとした。しっかりと額でヒットしたヘディングではなく、頭頂部をかすめるようなヘディングだったので、ボールは高く上がらずにメレーニアディフェンスとジダンの隙間に落下し、ジダンがそのボールをボレーで蹴ろうとしたが、その背後から突っ込んできたダーヴィッツのほうが早くボールに追いつき、瞬間的に左足を振り抜いた。火を噴くようなものすごいボールがゴール左隅に飛んだが、ロレンツェッティが右手一本でバーの上に弾き出した。

スタンドから大きな溜息が起こった。息が詰まりそうだった。まだ試合開始から二十分も経っていない。デル・ピエーロがコーナーでボールをセットしている。わたしは思わずピッチから目を逸らし、空を見上げた。午前中より雲はさらに厚く低く垂れ込めている。いったいいつまでユヴェントスはこういう攻撃を続けるのだろう。答えはわかりきっている。一点目を決めるまで、だ。

Giornata 26　第二十六節
天使のゴールIII

デル・ピエーロはコーナーに白く描かれた円弧の上にボールをセットしたあと左斜め後方にゆっくりと四歩下がった。ロレンツェッティはゴールラインの真中で、よりきつく手にフィットさせようとグローブを直していた。デル・ピエーロは鋭く右に曲がるボールを蹴る。つまりコーナーから直接ゴールを狙える。ロレンツェッティはデル・ピエーロのコーナーからのシュートに備えたポジションをとり、正確なパンチングのためにグローブを直したのだった。ロレンツェッティの前方数メートルのところ、ゴールエリアとペナルティエリアの中間地点に両チームの選手たちが入り乱れて密集している。密集から離れているのはダーヴィッツとモンテーロだけだ。ディフェンダーのユリアーノもフェッラーラもゴール前にいる。

メレーニアの選手は全員がゴール前に戻っている。ホセ・コルテスもヴェルフィも冬次も密集の中でユヴェントスの選手を牽制する。メレーニアの選手たちは、ボールを蹴ろうとするデル・ピエーロと、目の前のマークすべき相手を交互にチェックする。密集の中でユヴェントスの選手たちはマーカーの視界から消えようと絶えず動く。メレーニアの選手たちは相手のユニフォームの裾や袖をつかむ。マークする相手が視界から消えたら重大事を招く。消えた敵は、マークから外れてしまい、次にどこに現れるかわからなくなってしまうのだ。だからセットプレーではボールではなく相手の動きを見なければならない。

レオーネはジダンの腰のあたりに手を置いて動きを把握しようとしていた。ヴィラーニはザンブロッタの腕をつかんでいる。ザンブロッタは腕をつかんだヴィラーニの手を何度も振り切ろうとするが、ヴィラーニは放さない。腕を大きく振って、ヴィラーニの肩のあたりを突き飛ばした。ヴィラーニが大声で文句を言うがザンブロッタは無視した。オウンデはボールを蹴ろうとするデル・ピエーロに完全に背を向けてペッソットとコンテの二人を見張っている。ユヴェントスの選手たちは、目の前のマーカーが視線をデル・ピエーロに移す瞬間に、その右や左や背後に回り込もうとする。その動きを察したメレーニアの選手は、視界から外れないようにユヴェントスの選手のあとを追い、ユニフォームや腕をつかむ。両チームの選手たちは狭い地域で押し合いながら、渦を巻いてぐるぐると回っているように見える。ユヴェントスのユニフォームの縦縞の黒と白とメレーニアの赤が何度も離れては重なり合い、その動きには規則性がなく、まるで鍛え抜かれた男たちの集団がパニックを起こして右往左往しているかのようだった。

わたしはツァイスの双眼鏡でインザーギを追った。インザーギはいつも魔法のようにマーカーの視界から消える。誰にも気づかれずにいつの間にかするすると後方へ移動し、ボールが飛んでくる瞬間にゴール前に飛び込んでくるのだ。インザーギはルフィーノとギベルティの二人にマークされていた。デル・ピエーロが助走を始めた。歩くように軽く右足を出し、次に左、もう一度右、そして左の軸足をボールのやや左斜め後方にしっかりと降ろした。後方に大きく振り上げられた右の足首は、スイングの途中でL字形に固定された。やはりインフロントで右にカーブするボールを蹴るつもりなのだ。デル・ピエーロのキックに視線を向けている間に、わたしの双眼鏡の丸い視界からインザーギが消えてしまった。デル・ピエーロは右足の親指の付け根付近でボールを捉え、そのまま左にねじるようにして蹴り上げた。

鈍い音で蹴られたボールは低い弾道で飛び出し、密集の中央でわずかにスピードが落ちて鋭く右に曲がった。シュルシュルシュルという空気との摩擦音が聞こえそうだった。密集の先頭にいたオウンデとコンテがジャンプするがボールには届かない。姿が消えていたインザーギが密集を迂回するように両チームの選手たちの隙間から突っ込んできた。タイミングも角度もぴったりと合っていたが、ボールがインザーギの額に触れる寸前に、飛び出したロレンツェッティが両手でパンチングした。ロレンツェッティの右拳がボールをヒットしたが、左拳はボールをかすめるようにして少し脇にずれ、そこには首を傾けてジャンプしたインザーギの側頭部があった。

インザーギの頭が後方にガクンと折れ曲がり、そのまま横向きになって腰からピッチに落下した。ジャンプの頂点でカウンターパンチを食らったようなものだった。ロレンツェッティが弾き飛ばしたボールは密集の向こう側に飛んで、プレーは続行された。後方からモンテーロが全力で走り込んできて、パンチングされたハーフバウンドのボールをミドルシュートした。ウルグアイ代表でセリエAを代表するセンターバックのモンテーロが蹴ったボールは、すぐ前にいたヴェルフィの脇腹を直撃して、ころころと右横に転がった。ヴェルフィはからだをくの字に折ってよろよろと歩いたあとにピッチの芝生に膝をついた。ルーズボールをホセ・コルテスが大きくサイドに蹴り出し、やっとゲームが止まり、上体を起こそうとするインザーギの元に医療班が担架を抱えて駆け寄ろうとしている。主審は、治療の必要はないと、医療班をベンチに追い返すような仕草をした。ロレンツェッティがしゃがみ込んで、インザーギに何か声をかけていた。側頭部を押さえたまま、だいじょうぶだというようにインザーギは二度うなずいた。

二十分を過ぎて、ヴェルフィがゲームから取り残されるのが目立った。ヴェルフィはミランからレンタルされている二十二歳の長身の選手だ。メレーニアの監督サルベッティとしては、カウンターから早いタイミングでヴェルフィにクロスを入れて、ホセ・コルテスと冬次、それにナビッチがそのこぼれ球を狙うという作戦を立てたのだろう。確かにユヴェントスから点を取るにはその戦術が最良かも知れない。しかし、ユヴェントスの攻撃があまりに激しくて、レオーネとルフィーノだけでは、ペッツソットとコンテとダーヴィッツを押さえることができなかった。サルベッティはすぐにヴェルフィを冬次よりさらに下に下げ、ユヴェントスの左サイドからの攻撃に対処しようとした。

しかしヴェルフィは足が速いわけでもなく、守備に不慣れだったからペッツソットやダーヴィッツやコンテに簡単に抜かれた。十五分を過ぎたあたりから、ヴェルフィは敵からも味方からも無視されるようになった。ヴェルフィはまるで芝生の上の幽霊か透明人間のようだった。敵からは抜かれ、味方はヴェルフィを無視するかのようにディフェンスに走った。異様にモチベーションの高いユヴェントス相手に、メレーニアは十人で戦っているようなものだった。メレーニアにはもう一人ノヴァーラという三十四歳になるフォワードがいるが、誰が先発でも同じことだ。いっそのことフォワードを入れずに中盤とディフェンスの選手だけで戦ったほうがよかったかも知れない。ユヴェントス陣内にボールを運ぶことさえできないのだから、フォワードなんかいてもいなくても同じことだった。

まだ前半の二十四分だったが、メレーニアの監督サルベッティはやれやれといった表情で首を振り、ヴェルフィを交代させた。ヴェルフィは屈辱のため下を向いたままピッチから去った。交代でアンダー21のイタリア代表であるベルナルドが右サイドに入り、ペッソットをマークすることになった。セリエA最高齢で、かつてはローマの監督を務めたこともあるサルベッティだが見通しが甘かった。残留のためには勝たなくてはいけないからとホセ・コルテスとヴェルフィのツートップで点を取りに行ったわけだが、経験豊かな六十四歳の監督も、ユヴェントスが最初からこれほど凄まじい攻撃を仕掛けてくるとは予測できなかったのだろう。メレーニアはさらに不利になった。三人の交代枠を前半ですでに一つ使ってしまったからだ。

試合開始から二十五分が経って、雲はさらに低く垂れ込め、わたしは寒さが増したような気がした。雪が降るのではないかというような気温と天候だった。隣りの若い社長は周囲に手を伸ばしてさらに多くの新聞紙を集め、ウインドブレーカーの下に差し込もうとした。襟元から新聞紙が覗いていて、腹と胸が妊婦のように膨れ上がっている。新聞紙を食べる宇宙人みたいだった。しかし足が寒いのだろう、手のひらでしきりに太腿をこすった。わたしは重装備のせいで寒さは感じなかったが、常に両手をこすり合わせたり、足を小刻みに動かしたりした。からだのどこかがざわざわと騒いで気分が落ち着かなかった。

通路を挟んで向こう側の席に男だけの四人連れがいる。家族だろう。父親と祖父、それと十歳前後の二人の息子だ。父親と祖父を見れば、二人の子どもの三十年後、六十年後の顔つきがわかるというくらい、四人はそっくりな顔をしていた。四人とも眉が濃くて目が大きかった。おじいさんは銀のフラスコから酒を飲み、細く短い葉巻を吸っている。父親は両切りの紙巻き煙草を吸っていて、二人の息子たちは落花生を食べている。彼らもわたしと同じように落ち着きがなかった。父親は煙草の灰を薄いブルーのツイードのズボンに落とし、それを無意識に手のひらでこするので、ズボンに大きなシミができていた。ときおりそのシミに気づき悪態をつくが、基本的に視線はピッチに釘付けなので、またすぐに灰はズボンに落ちた。さらに父親は煙草を根本まで短く吸いすぎて一度指を火傷しそうになった。子どもたちは落花生の皮をうまく剝くことができずに、皮のまま口に入れては、ぺっぺっと吐き出した。おじいさんはメレーニアがピンチを迎えるたびに酒が気管に入ってしまい、からだを揺すってむせ返っていた。

しだいに低く垂れ込める雲のように、試合開始からスタジアムを包む不穏な何かがその重さを増しているような気がする。試合展開はずっとハイペースのままだ。ユヴェントスは先取点を取るという意志を示し続け、決してペースを緩めようとしなかった。早い時間帯でユヴェントスが点を取っていれば、スタジアム全体が落ち着いただろう。だが全員で攻め上がっているのに、ユヴェントスにはまだ点が入らない。メレーニアの選手たちにはすでに疲労の色が濃かった。特に四人のディフェンダーとボランチ二人は試合開始からずっと過酷な守備を強いられて、苦しそうな表情をしていた。ギベルティとヴィラーニは辛そうに足を引きずっていたし、グイードは、ボールがサイドを割ってプレーが中断されたときに自分で脹ら脛を軽くマッサージしていた。まだ序盤だったがもう足が痙攣しそうになっているのだ。

ディフェンダーは、味方の攻撃のときに休息を得る。敵のゴール付近で味方が波状攻撃を続けていれば、その時間は足を止めて休めるからだ。そして味方の攻撃がシュートで終われば、そのシュートが外れても、ゆっくりとディフェンスに戻ることができる。試合開始からメレーニアのディフェンダーとボランチには休息がない。前半の二十五分間でメレーニアが放ったシュートはたったの一本だ。マイボールで相手陣内に攻め込んでも、すぐにユヴェントスに奪い返される。あっという間に攻守が逆転して、殺到する黒と白の縦縞のユニフォームの動きを封じるために走り回らなければならない。そういう事態がずっと続いていて、しかもユヴェントスはまだゴールを決めていなかった。何かひどくいびつな感じがした。わたしは、以前パリの古書店で見つけた奇妙な漫画を思い出した。シーソーの両端にそれぞれ幼児とプロレスラーが乗っているという漫画だった。シーソーは平衡を保っていた。傍らで道化師が持つ細い糸に支えられて均衡しているのだ。いつ切れてもおかしくないのに、糸が切れることはない。シーソーに乗った幼児は笑い、プロレスラーは無表情で、じっと見ていると不安にとらわれる漫画だった。

前半の二十九分、中盤でユヴェントスがボールを支配している。ロレンツェッティがセーブしたボールはレオーネに渡ったが、すぐにコンテとジダンが左右から挟み込んで、苦し紛れにレオーネが前方に蹴ったボールはホセ・コルテスには届かずフェッラーラが押さえ、フリーのダーヴィッツにパスした。ダーヴィッツはセンターサークル付近で、スパイクの底でボールを転がしながらゆっくりと前進し、パスを出す相手を探した。ホセ・コルテスが背後からボールを奪いに行ったが難なくかわされ、ダーヴィッツはさらに三メートルほど直進し、ナビッチとルフィーノがからだを寄せてきたところで、後方のユリアーノに短いバックパスをした。ダーヴィッツはパスを出したあと、中央に走り込んでいき、その横をルフィーノが併走する。ダーヴィッツをフリーにするのは危険なのだ。ダーヴィッツの左足のミドルシュートは威力がありしかも正確だった。

ナビッチはユリアーノから右サイドにパスが出るのを警戒してパスコースを消そうとしている。ユリアーノは無人の中盤をドリブルで上がる。ユリアーノはナビッチやレオーネを自分のほうに引き寄せようと挑発した。ペッソットにはベルナルドが、ダーヴィッツにはルフィーノが、ザンブロッタにはナビッチが、ジダンにはレオーネが、それぞれマークに付き、ゴール前のデル・ピエーロとインザーギには、グイードとギベルティとヴィラーニが張り付いていた。冬次がユリアーノに接近してボールを奪いに行った。ユリアーノと正対し、ユリアーノがボールにタッチする瞬間を狙ってタックルする。ユリアーノはボールを奪われないように後ろ向きになり、腰と腕で冬次を牽制しながら、左斜め前方でフリーだったコンテにパスを出した。コンテがボールを持った瞬間ペッソットが左サイドライン上を走りだし、ベルナルドがそのマークに動く。ゴール前では、ここにセンタリングを上げろと両手を振り上げてインザーギがアピールしている。

　コンテは、ボールを受けに来たジダンと交差するようにして、ボールをジダンに託した。レオーネが前方から、冬次が後方から、ジダンに接近した。ジダンがボールを持ったのはセンターラインとペナルティエリアの中間だが、そこがどこだろうとジダンにスペースを与えてはいけない。冬次のほうが早くジダンに追いついた。ジダンは腰を少し曲げるようにして、ふところ深くボールをセットした。冬次は背後から足を伸ばすが、ジダンは爪先でボールを微妙に動かし続け、触れさせない。遅れてきたレオーネがジダンに正対した。ボールはジダンの左のスパイクの内側にあった。ジダンは腰と右手を使って冬次を遠ざけ、キープしたボールに右足を添えるようにした。つまり両足でボールを挟み込むような形になった。その直後、ジダンが右足を外側に踏み出した。レオーネはその動きを制しようと本能的に自身の左足を伸ばした。その瞬間、ジダンの左足がボールを前方へ転がした。ボールは大きく拡がったレオーネの両足の間を抜けた。ジダンはレオーネの左側を迂回して抜け出しボールに追いついた。その一連の動きは一瞬の間に起こった。

　股を抜かれたレオーネは怒っていた。すぐにジダンを追ったが、怒りで顔が歪んでいる。ジダンは前方のスペースにドリブルする。ギベルティが止めようと前に飛び出してくる。ジダンは左サイドのペッソットに左足のアウトでパスを出すかのような動きをした。ギベルティがその動きにつられて一瞬自分の右足に体重をかけると、ジダンは、ペッソットにパスを出さずそのままギベルティのからだをかすめるようにして右に抜け、またしてもフリーになった。すでにペナルテイエリアの白線に右足がかかっていて、背後から追うレオーネもタックルに行けない。ペナルティエリアで背後からタックルすれば、間違いなく一発退場で、ユヴェントスにペナルティキックが与えられる。左右からオウンデとヴィラーニが挟み込むようにジダンに対した。

ギベルティとヴィラーニがジダンに引きずられてマークから外れ、デル・ピエーロがゴール前でフリーだった。デル・ピエーロを指差して、ロレンツェッティが怒鳴っている。グイードがダッシュしてデル・ピエーロの前に立ちふさがったが、今度はインザーギが右でフリーになった。デル・ピエーロがパスをもらうために左を向き、オウンデとヴィラーニがジダンを挟み込もうとしたとき、ジダンは足先をボールに滑り込ませ、そのままふわりと浮かせた。ボールはヴィラーニの左肩の上を通り、デル・ピエーロの頭上を越えて、インザーギの足元に落下していった。そのまま横向きにからだを寝かせてジャンピングボレーで蹴り込むのか、それとも地面に落とすのか、インザーギが一瞬迷ったように見えた。ジダンが送ったボールはヘディングをするには勢いがなかったし、ゴール前はすでに混戦状態になっていて地面に落ちてから蹴る余裕はなかった。

インザーギの動きがぎこちなかった。そんなインザーギは見たことがない。インザーギに限らず優れたゴールゲッターはシュートの体勢に移るときには上体の力が抜けている。集中が上体をリラックスさせるのだ。肩に力が入り、歯を固く嚙みしめたような状態ではシュートを外してしまうことが多い。インザーギはもっともむずかしい選択をしてしまった。つまり落下してくるボールを足元でボレーしようとしたのだ。からだを右に傾け、腰の高さでジャンピングボレーをしたら簡単にゴールできたかも知れない。インザーギはボールの中心を蹴れなかった。キックもスムーズなものではなく、タイミングもずれていた。シュートは大きくバーを越えてしまった。インザーギは空を仰ぎ、両手を握りしめて悔しさを表現した。

Giornata 27　第二十七節
天使のゴールⅣ

　雨がピッチに落ちてきた。霧のようなごく細い雨だった。暗い灰色の雲の中ではときおり稲妻が光った。通路の向こう側のおじいさんは、用意してきたレインコートを羽織り、これから強い雨が降ってくるぞと二人の孫に空を指差した。わたしの隣りの若い社長の唇が紫色になっている。前半の三十分を過ぎた頃からほとんど喋らなくなった。寒さとゲームにエネルギーを奪い取られたのだろう。

　インザーギがフリーのボレーシュートをミスしてから、ユヴェントスの攻撃のリズムに乱れが出るようになった。ほぼ全員が上がる激しい攻撃が止んだわけではなく、ダーヴィッツとコンテの運動量が落ちたわけでもないが、決定的なチャンスをなかなか作れなくなった。二人の孫に黄色と赤のレインコートを着せてやりながら、おじいさんが状況を説明していた。おじいさんが葉巻の先端で示す方向にはベルナルドがいた。ベルナルドのディフェンスで、これまで確保されていたペッソツットの自由が奪われたのだった。レオーネとルフィーノが中央をカバーし、オウンデはデル・ピエーロをマークしていたので、ペッソットはヴェルフィをかわすだけで好きなときに左サイドを駆け上がることができた。そしてヴェルフィは必ず簡単に抜かれた。

今もベルナルドが執拗《しつよう》にペッソットを追い回している。ボールを持っているのはコンテだが、ペッソットがマークされて左サイドが使えないので、中盤から攻撃を組み立てるときのオプションが減った。右のザンブロッタにはナビッチがついていて、中央には冬次とレオーネとルフィーノがいた。ヴェルフィが引っ込み、ベルナルドがピッチに出てきただけで、メレーニアは数的優位を作ることができたのだった。サルベッティの采配は正解だった。

コンテはパスを出せず、すぐ右にいたダーヴィッツにボールを渡そうとした。敵の攻撃のオプションが減るとパスコースを読みやすくなる。コンテがボールを蹴る直前に、冬次が飛び出した。コンテが出した短いパスを奪おうとしたのだ。ダーヴィッツがスライディングをしてフェッラーラにボールを送り、ユヴェントスはピンチを逃れた。横パスをカットされると、結果的に二人が同時に抜かれることになり一瞬にしてピンチを迎える。しかし冬次はすぐにフェッラーラに向かった。フェッラーラからボールを取ろうとしたのだ。ホセ・コルテスがフェッラーラとモンテーロを結ぶ線上にいて、フェッラーラは前方にフィードすることができず、ゴールキーパーのファン・デル・サールにボールを戻した。そのときスタジアムにかすかなどよめきが拡がった。ユヴェントスのディフェンダーがゴールキーパーにバックパスをしたのは初めてだったのだ。ファン・デル・サールはペナルティエリアのすぐ内側でボールを受け、ゆっくりとした動作で右のユリアーノにグラウンダーでボールを送った。

ユリアーノは右サイドを駆け上がり、攻撃の起点を探している。ダーヴィッツは中盤の真ん中のスペースに走り込もうとしていて、コンテは冬次のマークをかわそうと左サイドに流れ、ザンブロッタは右サイドに張り付いていて、ペッソットは左のサイドラインに沿って走りだす構えを見せ、ジダンとデル・ピエーロとインザーギはペナルティエリア付近で細かく動いていた。ユヴェントスの攻撃陣の運動量もモチベーションも落ちていなかった。動きが止まっている選手も誰もいなかった。三十分間圧倒的な攻撃を仕掛けたのにゴールが決められないというような焦りも感じられなかった。

ユヴェントスは、自分たちのやり方で攻め続ければ必ずゴールが生まれるという自信を全選手が持っている。スクデットを何度も獲得し、必ずスクデット争いに絡むチームというのは精神的にも鍛え抜かれている。全選手が信頼し合う、それはサッカーでもっとも重要なことだ。あいつはこの状況では必ずサイドを駆け上がっているはずだ、あのスペースにボールを蹴れば必ずあいつが走り込んでいる。そういった信頼度の高い予測がないと攻撃も守備も機能しない。攻める側より、ゴールを守る側のほうが常に人数が多いので、パスの受け手はパスが出てから走りだしてもなかなかスペースを確保できない。そしてそういった信頼は実戦でのみ培われる。監督の指示とか、ボードを使った説明だけでは、戦術の理解はできても選手間の信頼は生まれない。信頼は、ゲームの中で何度か実際に連携がうまくいった場合に選手たち相互に刷り込まれる。

デル・ピエーロは味方ディフェンダーがボールを奪った瞬間に全力で走りだす。それは、フェツラーラやモンテーロが必ずロングフィードのボールを送ってくれるという確信があるからだ。

ザンブロッタが右サイドを突破すれば、同時にインザーギがゴール前のスペースに飛び出す。そういった連携は実戦で何度か繰り返されることで選手たちの意識の深い部分に刻まれる。各選手が自分が何をすべきかを知っていて、それを常にゲームで実践して他の選手に伝えるのだ。九〇年代半ばにマルチェロ・リッピという伝説の名監督がそれを徹底させ、現在のユヴェントスの基盤を作った。そして現監督のアンチェロッティもその方針を引き継いでいる。本拠地であるトリノ以外にもユヴェントスのファンは多い。ユヴェントスのファンは世界中にいる。ローマやナポリの人々はユヴェントスを憎いと思っているだろうが、そのサッカースタイルには敬意を払っている。スーパースターの寄せ集めのチームよりも、信頼と連携のある無名の選手のチームのほうが強い。

ユリアーノはハーフウェーラインを越えて前方を見渡した。前方の選手たちはスペースを求めて動いている。じっと同じ場所にとどまっている選手は誰もいない。今までの三十分と何ら変わっていないし、いつも通りのユヴェントスの攻めの形だった。すぐ前にはコンテがいて、ルフィーノとレオーネに挟まれながら、いつでもパスを寄こしていいぞというようにユリアーノを見ている。ダーヴィッツはコンテよりやや左サイドにいた。ザンブロッタはずっと右に張り付いてナビッチのマークを振り切るために何度かサイドライン上を駆け上がるような動きを見せた。ペッソットは左サイドから中に切れ込むような動きを繰り返していた。ジダンはペナルティエリア付近で小さな8の字を描くような動きでヴィラーニとギベルティを牽制し、デル・ピエーロはその左斜め後方で、サイドからでも中央からでもどんな攻撃にも参加できるようにスペースを確保しようとしていた。インザーギは右サイドでロングボールに備えている。

　ボールをキープして数秒経ったが、ユリアーノはボールを蹴らなかった。スタンドからはまたかすかなどよめきが起こった。ポジションとスペースを確保している味方選手がいるのに、ユリアーノはパスを出せなかった。メレーニアの選手たちはユリアーノからのパスをカットするのではなく、ユリアーノから出たボールに対応しようとしていた。コンテ、ダーヴィッツ、ジダン、ザンブロッタ、誰にボールが渡っても囲んで封じ込める態勢が整っていた。メレーニアのディフェンスに統一が生まれつつあった。それまではどこかバラバラで、ディフェンスラインはあっという間に寸断されていたのだが、一人が抜かれてもカバリングできる配列とリズムが生まれようとしていた。ダーヴィッツが中に切れ込んでパスをもらいに行く。それと同時にペッソットが左のライン上を走り始めた。ベルナルドは迷わずペッソットを追った。フリーにさせないために併走した。ユリアーノはフリーのダーヴィッツにボールを出したが、そのパスには意外性がなく、難なくレオーネと冬次がマークについた。二人に囲まれたダーヴィッツは見るからに体勢が苦しそうだった。

　左前方のペッソットはベルナルドに動きを封じられている。ジダンやデル・ピエーロまでは距離がありすぎる。ザンブロッタはナビッチに監視されていた。コンテへのパスコースはルフィーノによって消されていた。ダーヴィッツはメレーニアゴールに背を向け必死にボールをキープするが、局面を打開できそうになかった。それを見たユリアーノは冬次とルフィーノの間のスペースに走り込んで、ダーヴィッツにボールを戻せと合図を送った。最終ラインの一人が前線へ入り込んでくるのは異例だ。数分前までユリアーノはそういうリスクを冒す必要がなかった。ペッソットが常にフリーだったからだ。フリーになったペッソットを押さえ込むためにはオウンデかレオーネかルフィーノが本来のポジションから外れて移動しなければならなかった。レオーネがペッソットに付くと、ダーヴィッツやコンテのマークがずれて、ナビッチが中に移動せざるを得なくなり、最終的に右サイドでザンブロッタがフリーとなった。つまりベルナルドが入る前は必ずディフェンスに亀裂ができていたのだった。

ダーヴィッツは苦しい体勢から何とかユリアーノにパスを出した。ユリアーノは走りながらそのパスを受け、ペナルティエリア中央に向かってそのままドリブルした。しかし前方のジダンとデル・ピエーロにはきついマークが付いていたし、インザーギも自由ではなかった。ギベルティがユリアーノのドリブルを止めた。ユリアーノはさらに中に流れていって、他に選択肢はないというようにロングシュートを打った。低い弾道のシュートで、ヴィラーニの正面に飛び、ヴィラーニは膝で弾き返した。ボールは勢いよく転がり、ペッソットに正対していたベルナルドが足元で押さえた。そのとき、冬次が中央を走りだしていた。すぐにコンテとペッソットがベルナルドを囲もうとしたが、ベルナルドはノーステップで自分の左前方へ大きく高いボールを蹴った。本来ユリアーノが守っているはずのエリアだった。ユリアーノが前線に上がったときから、そこにすっぽりと広いスペースが生まれていた。ナビッチが猛然と走りだした。二十三歳のセルビア人の長髪が風になびく。ナビッチがサイドを駆け上がるのはこの試合初めてだった。ザンブロッタが必死でナビッチのあとを追う。ナビッチもザンブロッタも足が速い。

ベルナルドが蹴ったボールには右方向へのスピンがかかっていて、ワンバウンドすると、ユヴェントスゴールに向かってサイドライン沿いに転がった。ナビッチとザンブロッタの距離は縮まらなかった。二人の走力は同じだったのだ。ナビッチがボールを押さえると、メレーニアのサポーターから歓声が上がった。ザンブロッタはナビッチの右に回り込もうとした。ボールを持った敵とゴールを結ぶライン上に入るのはディフェンスの基本だ。ナビッチは押さえたボールを左足の先で突き、さらにゴールラインに向けて走った。

中央では、慌てて戻るモンテーロとフェッラーラの間に冬次が走り込もうとしていた。その外側にはホセ・コルテスがいた。メレーニアの初めてのカウンター攻撃だった。スタンドから地鳴りのような歓声が起こっている。わたしは心臓が高鳴り、喉がカラカラに渇いた。通路の向こう側のおじいさんと赤のレインコートを着た子どもが共に立ち上がって、ナビッチと冬次の名前を叫んだ。赤のレインコートの子どもは、立ち上がるときの弾みで落花生が入った袋を放り投げてしまった。周囲の観客の頭上に落花生が降ってきたが、そんなものを気にする人は誰もいなかった。メインスタンドのすべての観客が立ち上がっていた。ナビッチはユヴェントス陣内深いところでボールに追いつき、目の前のザンブロッタを抜いて切り返そうとした。ザンブロッタがとっさに足を出し、そのボールに軽く触れた。スタンドから溜息が洩《も》れる。初めてのカウンター攻撃がザンブロッタの素早い反応で挫折したように見えたからだ。ルーズボールを巡って再びナビッチとザンブロッタの競走になった。コンテとダーヴィッツ、それにユリアーノがディフェンスに戻ってきた。ザンブロッタがルーズボールを制すれば、今度はユヴェントスのカウンターが始まるだろう。ナビッチはボールにスライディングした。ザンブロッタも滑り込んだ。ボールに触れたのはザンブロッタの右足のほうが先だったが、起き上がるのはナビッチのほうが早かった。コロコロと転がるボールに対しフェッラーラが詰めてきた。ナビッチはもう一度スライディングした。そのボールは中央に走り込んできた冬次に向かって転がった。ペナルティエリアの中で冬次はそのボールを押さえた。

フェッラーラとザンブロッタが冬次を封じようとする。逆サイドでホセ・コルテスがボールを欲しがっている。冬次は左に動き、フェッラーラとザンブロッタを引きつけてから、チョンとヒールで後ろにボールを出した。戻ってきたユリアーノと交差しながら、ナビッチが左足で渾身の力を込めてそのボールをシュートした。まるで空気との摩擦でボールが焦げるようなものすごいシュートで、ユヴェントスゴールの右隅に飛んだが、ファン・デル・サールが左手をいっぱいに伸ばして何とかコーナーに逃れた。

スタジオ・ディノ・ロッシには歓声と溜息が同時に起こり、そしてそのあとに解放感が訪れた。雨は少し強くなったが、冬次のヒールパスとナビッチの強烈なシュートでスタジアムを被っていた息苦しさが薄れた。メレーニアが優勢になったとは誰も思っていない。たかだか枠にシュートが一本飛んだだけだ。ユヴェントスはもう二十本近いシュートを放ち、その大部分が枠に飛んでいた。現にナビッチのシュートのあと、コーナーキックを冬次が蹴ったが、簡単にフェッラーラがクリアして、左サイドのペッソットにボールが渡った。ユヴェントスはそのままカウンター攻撃に移っている。今後もユヴェントスがゲームを支配しコントロールすることに変わりはないだろう。ただ、メレーニアは可能性を示した。確かに圧倒的な力の差があるが、メレーニアにもゴールの可能性があり、勝利の可能性もあることをプレーで実際に示したのだ。真っ暗な狭い独房に小さな窓が開けられたようなものだった。その小さい窓の視界はごく限られているが、向こう側の広大な風景を想像することができる。わたしの周囲では観客たちが笑い合っていた。今日のユヴェントスは最強だが、それでもサッカーには完璧はない、何が起こるかわからない、そう思うことができたのだ。

ボールを持ったペッソットが左のサイドラインに沿って駆け上がっている。横にベルナルドがぴったりと付いてペッソットをフリーにさせていない。ペッソットは敵のサイドを崩すのが仕事だ。もっともシュートを打ちやすいのはゴール正面だが、当然ディフェンスも分厚い。警戒が厳重でディフェンダーの数も多い。だからサイド攻撃は現代欧州サッカーの主流となりつつある。ペッソットとベルナルドは一対一で正対している。ベルナルドは腰を低くして、左右どちらにでも動けるように両腕を拡げてバランスをとり、両方の足に均等に重心をかけ、ペッソットの足元と目を交互に見ている。パスを出すときには、その方向を見て確かめる必要がある。だからマークする選手は相手の目を常に見ていなければならない。

ペッソットはベルナルドを抜こうとしているが、ベルナルドとしては抜かれたら終わりだ。スペースと時間を与え、余裕を持ってセンタリングを蹴られてしまう。ペッソットのような選手に余裕を持ってセンタリングを上げられると必ず重大な結果を招く。もっとも危険な地点にピンポイントのボールが飛んでくる。ベルナルドは集中している。無理してボールを奪う必要はない。数秒間ペッソットの動きを封じることができれば味方選手が駆けつけてくる。ペッソットを包囲するためにオウンデがベルナルドに接近した。二人に囲まれる前にペッソットはベルナルドを抜きにかかった。右足を踏み込んでフェイントをかけ、左足のアウトサイドでボールを左横に出し、一気にベルナルドの左側を駆け抜けようとした。だが、その動きはベルナルドに読まれていた。ベルナルドは一瞬右に重心を移動させ、フェイントにかかったふりをして、ペッソットがボールを蹴るのを待った。そしてペッソットがボールを蹴ると、ボールとペッソットの間にからだを差し入れてボールを制した。

スタンドから拍手が起こった。高い集中を示すベルナルドのファインプレーだった。左サイドでペッソットがボールを奪われたのは初めてだった。ペッソットはベルナルドの背後から足を差し出してボールを奪い返そうとした。ベルナルドはペッソットの足に引っかかってからだのバランスを失った。ファールだが、まだベルナルドがボールを持っているので主審はアドバンテージを見て笛を吹かない。倒れそうになりながら、ベルナルドは後方のオウンデにボールを回した。オウンデは前方にドリブルしてペッソットを置き去りにしたあと、左横にいたルフィーノにボールを預け、自分はサイドライン沿いに全力で走りだした。

前半の四十二分だった。センターサークル付近でスペースに飛び出した冬次が手を上げていた。

Giornata 28　第二十八節
天使のゴールV

ルフィーノはまっすぐなボールを蹴りさえすればよかった。冬次はルフィーノの正面を走っていたからだ。前方にフェッラーラが、右横にコンテがいて、冬次は右のホセ・コルテスに短いパスを出し、ホセ・コルテスはダイレクトで再び冬次にボールを送った。見事なワンツーだった。メレーニアがそんなプレーをするとは誰も思っていなかった。フェッラーラとコンテは今までのようにすぐにボールを奪い返せると思っていたはずだ。しかしオウンデが右サイドを駆け上がっていたために、ダーヴィッツがそのマークに走り、ホセ・コルテスに対応できていなかった。

ペナルティエリアに迫った冬次は、右サイドのオウンデに向けてアンダースピンのかかった遅いボールを蹴った。舞い上がったボールは上空でブレーキがかかり、オウンデの一〇メートル前方に落ちた。モンテーロが鬼のような形相でボールを押さえに走り、ダーヴィッツがオウンデの行く手を阻もうとしたが、十九歳のナイジェリア人はサバンナでライオンから追われている狩人のように加速をした。併走していたダーヴィッツが天を仰いであきらめてしまうほどの、猛烈な加速で、スタンドはどよめいた。あの黒人は何ですか。陸上の選手なんですか。隣りの若い社長は冷たい雨に濡れて紫色の唇でずっと震えていたのだが、そう叫んで勢いよく立ち上がった。

ツァイスの双眼鏡の丸い視界の中で一七八センチのオウンデの褐色の筋肉が躍動していた。引き締まってツンと上を向いた尻が盛り上がり、長い脚が太腿の付け根を支点にして一気に前方にスイングされる。スパイクの先端が地を這うように遠くへ運ばれ、力強くピッチを捉え、さらに次のステップが始まる。加速する機会を与えられたことで全身の筋肉が歓喜しているかのようだった。オウンデは簡単にボールに追いついた。だがターボチャージャーをフルに稼働させたために、うまく停止することができず、一メートルほどボールから行き過ぎてしまった。すかさずモンテーロがボールを押さえようとしたが、オウンデは長い脚を伸ばして、後方から上がってきたベルナルドに短いボールを出した。ベルナルドは左にいたレオーネにダイレクトでボールをはたく。レオーネはホセ・コルテスにボールを出し、ホセ・コルテスはそのボールに触らずにスルーした。冬次が右足の速い振り抜きからシュートして、ユヴェントスのサポーターから悲鳴が上がり、ファン・デル・サールが横にジャンプしたが、ボールは右のポストから二〇センチ外側に逸れた。

そうやって前半が終わった。スタジアムに拍手が起こった。最初はメインスタンドからパラパラと何人かが拍手をした。しだいに拍手の波が拡がって大きくなり、それぞれのゴール裏のメレーニアとユヴェントスのウルトラスも拍手を始めた。メインスタンドとバックスタンドの観客はみな立ち上がっていた。前半が終わったときに拍手が起こる試合なんて見たことがないとわたしは思った。拍手は選手全員がピッチから姿を消すまで続いた。

寒いでしょう、と隣りの若い社長に聞くと、彼は何か言おうとしたが、唇がぎこちなく揺れるだけで言葉を発することができなかった。唇や頬だけではなく、手も紫色になっている。メインスタンドには奥行きの短い屋根がせり出ているが、ときおり雨が風に運ばれて横殴りに吹き込んできた。木枯らしのような甲高い音とともに、ひとかたまりになった霧のシャワーが頬や髪を濡らした。霧雨は氷のように冷たかった。わたしは厚手のシャツとアンゴラのセーター、裾の長いダウンのコートと真冬用のツイードのズボン、それに手袋とマフラーで防備していたが、それでも寒かった。真冬のスキー場のような格好なのに、からだの芯が冷たいままだった。

隣りの若い社長は地獄のような寒さを味わっているのだろうと思った。試合中は興奮するので寒さを一時忘れることができるが、ハーフタイムになると足元から冷気が伝わってくる。通路を挟んだ向こう側のおじいさんはフラスコの酒を飲んでしまい、新しいフラスコを胸ポケットから取り出して飲んだ。父親は鼻を真っ赤にして、少し酒をわけてくれとおじいさんに頼んだ。二人の子どもは何かコマーシャルソングのような歌を歌いながら手をつないで飛び跳ねている。若い社長が何か言おうとした。顎のあたりが細かく震えていて、うまく喋れないようだ。耳を口元に持っていくと、ハーフタイムは何もないんですか？　とかすれた声で言った。アメリカンフットボールを何度か見たことがあるんですが、チアガールが踊ったりいろいろとショーがありましたけどね。

そういう催しはサッカーにはないのだとわたしは言った。そうなんですか。社長はじっと何もせずに座っているのが耐えられないというように泣きそうな顔でうなずいた。新聞紙はウインドブレーカーの内側にもう詰められるだけ詰まっている。これ以上何か詰め物をするとファスナーが閉まらなくなるだろう。何とかしてやりたかったが、子どもではないから二人で手をつないで飛び跳ねるわけにもいかない。せめてサンブーカ入りのコーヒーでも買ってきてやろうと、わたしは席を立った。

通路に出て階段を上がろうとしたが、わけのわからない事態になっていた。観客が増えていたのだ。しかも増え方が異常だった。最上段の通路まで人で埋まっていて出入り口が見えない。すでに売店はシャッターを下ろしている。そして人の波はゆっくりと拡がりつつあった。出入り口があるあたりからラッシュアワー時の地下鉄の階段のように人が押し出されてくる。とても上に行けそうになかった。だいいちサンブーカ入りのコーヒーを売る店はシャッターが閉まっている。わたしが立っている通路の階段が人で埋まり始めた。人の波がじわじわとわたしのほうへ下がってきて、人々は勝手に通路の階段に座り始める。

人の波は男だけで女はいなかった。スーツにネクタイをしてカシミアのコートを着ているというような人もいない。たいていは薄汚れた革のブルゾンかダウンジャケットかウインドブレーカーを着て、下はジーンズだった。長髪でひげを生やした男もいるし、スキンヘッドも多い。どうしよう、という日本語が横で聞こえた。冬次の事務所の広報担当の女性だった。トイレに行きたいけどこれじゃ行けないわ。わたしは一緒に付いていくことにした。広報担当の女性はイタリア語がわかる。彼女が周囲の会話を聞いたところによると、スタジアムの外周の柵を壊して数千人のユヴェントスのサポーターが入ってきたらしい。

彼らはもちろんチケットなんか持っていない。機動隊は止めなかったのだろうか。いくら機動隊でもスタジアムの外周をすべて警備するには人が足りなかったのかも知れない。スタジオ・デイノ・ロッシの柵は木の杭《くい》にトタンのような薄い金属の板を張り付けた簡単なものだった。一ヶ所を壊せば、そこからたとえ何千人でも入り込める。集団脱走の逆のパターンだ。わたしは広報担当の女性の手を引いて、座り込んだユヴェントスサポーターで埋まっている階段を上がり始めた。通路の階段の幅は七、八〇センチといったところで、その狭いスペースに、肩をすぼめ脚を折り曲げた男が二人座っている。その隙間に足を踏み入れるためには、その男たちにいったん立ち上がってもらわなくてはならなかった。

彼らの襟元にはビアンコ・ネッロ、つまり白と黒の縦縞のユヴェントスのマフラーが見え隠れしていた。メインスタンドはメレーニアのファンばかりなので遠慮しているのか、あるいは柵を壊して入ってきたという罪悪感で神妙になっているのか、大声で叫んだり、旗を振ったりマフラーを振り回したりする者はいない。座席に座っているメレーニアサポーターは当然迷惑そうな顔をしていたが、侵入してきた連中に文句を言ったりはしなかった。とにかく通路という通路がやばそうな顔をしたユヴェントスサポーターの若い男たちで埋まっていて、身動きさえできないのだ。こんな状態では警察だって入ってこれない。だからなるべく刺激しないように見て見ぬふりをしているのだろう。

わたしたちは、ミスクージ、失礼します、と言いながら、男たちに一人ずつ立ち上がってもらい、足場を確保して一段ずつ上がっていった。一段上がるのに非常な手間と時間がかかった。しかし、女性が一緒だったためか、ユヴェントスサポーターの男たちは意外に紳士的で、いやな顔をすることもなく素直に立ち上がって通してくれた。違法の侵入者なのだからトイレに行く女性を快く通してやるのは当たり前と言えば当たり前なのだが、ひょっとしたら彼らはユヴェントスが必ず勝つと信じ切っているのかも知れないとわたしは思った。常識的に考えると、ユヴェントスが負けることなどあり得ない。この通路に座っている連中は、とにかくユヴェントスが優勝する瞬間を見るためにトリノからバスを連ね、チケットも持たずにやって来たのだった。これで万が一ユヴェントスが勝てなかったらどうなるのだろうと考えそうになったが、すぐにわたしは考えるのを止めた。そういうことは想像したくなかった。

通路に座っている男たちは、おそらくほとんどがブルーカラーだ。彼らはアルマーニやグッチやヴェルサーチとは無縁で、薬品工場やガスステーションや操車場で働きながら、バールで仲間たちとサッカーの話をすることで生きる力を得ている。ユヴェントスは彼らのプライドであり、人生そのもので、決して趣味ではない。ユヴェントスというチーム、そしてサッカーというスポーツがイタリアから消えたら、彼らは次の日からテロリストか犯罪者になるかも知れない。彼らは雪が積もるスタンドで凍えそうになりながら声援を送り続けるが、だらしないゲームをした監督や、気を抜いたプレーをした選手を決して許さない。彼らは怒りだすと手をつけられなくなり、スタジアムの座席を燃やしたり、火のついた発煙筒をピッチに投げ込んだり、気にくわない副審目がけてパチンコでコインを撃ったりする。日常的に犯罪を行ったり、凶暴だったりするわけではないが、サッカーのゲームになると人格が変わってしまうのだ。
　鼻と眉と唇にピアスをした若者が立ち上がる際にわたしを見て、ニヤッと笑い、ヤハーネ、と言った。ゲームに夢中になって忘れていた、と思った。冬次は難を逃れただろうか。前半を見た限りは特別に心肺機能が増した感じはしなかった。だがコリンヌ・マーティン女史によると、アンギオンは約四十五分後に効果が表れ、心臓血管系の活性化は約六十分間持続するらしい。後半を見ないと冬次がアンギオンを服用したかどうかはわからない。急に不安な表情になったのだろうか、手をつないだ広報の女性が、どうかしましたか、とわたしに聞いた。何でもありません、とわたしは答えた。

　後半の開始五分間は、通路の階段を下りながら見る羽目になった。通路を埋めたユヴェントスサポーターの目つきがハーフタイムのときと変わっていた。何か安全弁が取れてしまったような目つきだった。デル・ピエーロが最初のミドルシュートをミスすると、通路全体から、ノー、という声が上がった。心の底から怒っているというような、金属的な声だった。わたしは彼らの背中を軽く叩いて、ミスクージ、と言う。通してくれませんか。彼らはまるで悪夢から覚めたような表情で振り向き、何か悪態をついて苛立ちながら立ち上がった。彼らの顔や髪は一様に濡れていたが、拭おうともしなかった。わたしたちは顔が触れ合うような至近距離ですれ違ったが、彼らは夢遊病者のようにピッチのほうを見続けて、わたしは無視された。透明人間になったような気分だった。広報の女性はスキンヘッドや長髪の若者の間をすり抜けながら、なんかわたし恐い、と何度も呟いた。実はぼくも恐いんですとは言えないので、だいじょうぶ、と励ましながらわたしは自分の座席に急いだ。

座席に戻ると、若い社長が、通路に座ったりしてもいいんですか、と聞いた。こんな状態で火事でも起こったらどうなるんですかね。そう言って、周囲と背後を見回した。高層ビルを傾けたような巨大なメインスタンドが、通路や出入り口までびっしりと人で埋まっているのは異様な光景だった。ユヴェントスのサポーターはロイヤルボックス脇の通路にまで入り込んでいる。すぐ傍にメレーニアの会長やユヴェントスのオーナーがいたが、彼らも黙っていた。変に刺激したら何をするかわからないと知っているのだ。

通路の男たちから歓声が起こって、わたしは慌てて視線をピッチに戻した。センターサークルからユヴェントス陣内に十数メートル入ったあたりで、ダーヴィッツが見事なスライディングタックルを決め、冬次からボールを奪ったところだった。冬次はすぐに起き上がってダーヴィッツを追った。ダービッツは早いタイミングで前方のコンテにボールを渡し、前線から戻る形でジダンがコンテからボールを受け、振り向きざまにノーステップで縦に強いボールを出した。中央でインザーギがターゲットとなってパスを受け、ギベルティを背にして何とか左右どちらかに回り込もうとした。ターゲットとしてボールを受けたあと、回り込んでディフェンダーの陰からシュートを打とうとしているのだ。インザーギの得意のプレーだった。今シーズンも何度かその形からゴールを決めている。ギベルティはからだを寄せてインザーギに密着し動きを止めようとする。

ヴィラーニが接近してきて、ギベルティと二人でインザーギを挟み込もうとした。

ディフェンダー二人に囲まれてインザーギはシュートをあきらめ、右足のアウトでスルーパスを出した。後方から走り込んできたジダンへのスルーパスで、ジダンは左に流れながらそのボールを押さえたが、オウンデに寄せられて、右足のインサイドで左のサイドライン上にいたペッソットに渡した。ボールを受けたペッソットはゴールラインのほうへ走りだそうとしたが、ベルナルドにからだを入れられてコースを消されてしまった。サイドを突破するのをあきらめたペッソットは、オフサイドぎりぎりの位置まで深く入り込んできたジダンにボールを戻そうとした。メレーニアゴールを背にして、ジダンがペッソットから送られたボールをスパイクの底で止めようとしたとき、ふいにメレーニアの選手が現れてそのボールをカットした。そしてその選手はそのまま反転してドリブルに移った。ベルナルドはずっとペッソットのマークに付いていた。レオーネはダーヴィッツの右に、ルフィーノはコンテの前方に、オウンデはゴールを背にしてジダンの背後に、ギベルティとヴィラーニはまだインザーギとともにペナルティエリア中央にいた。ペッソットからジダンへの短いパスをカットしたのは冬次だった。冬次はダーヴィッツにボールを取られたあと、ゴールラインの近くまでディフェンスに戻ったことになる。一直線に全力で走ってこなければ時間的にそんなプレーは不可能だった。ボールを奪われたジダンは一瞬あぜんとして立ちつくしていた。どうしてヤハネがこんなところにいるんだ？　そんな顔だった。

冬次は大きく空いた中盤のスペースを斜めに横切るようにドリブルした。ほとんど自陣のゴールライン傍から冬次はドリブルを始めた。他の味方選手は、ベルナルドとロレンツェッティを除いて全員冬次の前方にいた。ユヴェントスの選手たちは冬次がすぐに前方にパスを出すだろうと予測し、パスコースを塞ごうとした。ダーヴィッツはレオーネに、コンテはルフィーノに、ザンブロッタとユリアーノはナビッチに、フェッラーラはホセ・コルテスに、それぞれ張り付き、あるいはパスコースにポジションをとって、冬次から送られる正確なパスに備えたのだ。しかしそのせいで冬次の行く手には広大なスペースが開けていた。背後からジダンが追ってきたが、冬次はボールをしっかりとコントロールし、あっという間に四〇メートル近くを走り抜けた。

Giornata 29　第二十九節
天使のゴールVI

冬次のドリブルを見て、通路に座るユヴェントスサポーターの男たちの顔色が変わった。そしてメレーニアファンは一斉に立ち上がった。冬次は左右に流れたりせずに、ゴールに向かって直線で走った。パスを予測した両チームの選手たちを置き去りにした。いつの間にか冬次の前方にはフェッラーラとモンテーロとゴールキーパーのファン・デル・サールしかいなくなっていた。冬次の右を併走しているホセ・コルテスが手を上げ、パスを要求している。必死に戻ってきたコンテがホセ・コルテスのマークに付く。左サイドをナビッチが上がってきたが、ザンブロッタが肩を触れ合わすようにぴったりと寄り添ってパスコースを消していた。冬次は周囲を見回し、パスを出す相手が誰もいないことを確認したあと、なおもドリブルを続けようとしたが、ジダンが背後からスライディングをした。ものすごい勢いで走っていた冬次は足をすくわれて数メートル先まで転がり、メレーニアファンからはブーイングが起こって、ジダンにイエローカードが与えられた。

主審からカードを示されたジダンは肩で息をしていた。ジダンも自陣ゴールラインから五〇メートル近く冬次を追って走ってきたのだ。攻撃中にボールを奪われた選手は、必ず奪った相手を追跡し、ファール覚悟で止めなければならない。サッカーの原則の一つだが、それはミスを挽回するということではない。攻撃時にボールを奪われるとそれだけで緊急事態となる。ボールを奪われることを前提に攻撃するチームはないし、攻撃中の選手たちの意識とからだの方向は敵のゴールを向いている。退却なんか考えていないのだ。ボールを奪われた瞬間、突然攻守が入れ替わる。意識とからだの向きを瞬時に反転させて、守備のために全力で自陣に戻らなければならない。膨大なエネルギーが必要だ。またボールを奪われたとき、ボールを奪われた当人は結果的に置き去りにされるので、数的優位が崩れる。だから、ボールを奪われた選手は、何が何でも奪った相手を止める責任を負うのだ。ジダンはひょっとしたら世界最高のミッドフィルダーかも知れないが、それでも原則には従わなければならない。だが、奪われたボールを追って五〇メートルの距離を必死に走るジダンを、わたしは初めて見た。

直接フリーキックだった。ポイントはセンターサークルとペナルティエリアの中間で、ユヴェントスゴールに向かって少し左、直接ゴールが狙える距離だった。ボールをセットしているのは左利きのナビッチだ。ギベルティやヴィラーニといったディフェンスの選手たちもユヴェントスゴール前に上がってきた。メレーニア陣に残っているのはベルナルドとグイードとルフィーノの三人だけだ。ジダンとペッソット、それにデル・ピエーロとインザーギとコンテ、そしてザンブロッタの六人が、セットされたボールとゴールを結ぶライン上に壁を作る。ファン・デル・サールの指示をコンテが中継して他の選手に伝え、壁の位置の微調整をしている。壁を取り囲むようにして、両チームの選手たちが密集し、冬次は壁からやや離れて右斜め後方に位置していた。

ナビッチは後ろ向きに数歩下がり、トントンとスパイクの先でピッチを二度叩いたあと、軽い感じで助走し、あっさりとボールを蹴った。まだコンテがファン・デル・サールのほうを向いて、壁の位置を動かそうとしている最中だった。ナビッチとしては、壁を越えたあとに右に曲がり落ちてサイドネットに吸い込まれるというイメージだったのだろうが、ボールはゴールのほうを向いて壁の位置を修正中だったコンテの後頭部に当たって右に高く跳ねた。コンテは頭を押さえてしゃがみ込んだが、ルーズボールをいち早く押さえたのはペッソットだった。ペッソットが壁を抜けるのと同時に、ジダンとデル・ピエーロとインザーギの三人は前方へと飛び出した。

先頭はデル・ピエーロで、そのあとにジダンとインザーギが並んでいる。メレーニアのディフェンスはベルナルドとグイード、それにルフィーノの三人しかいない。ナビッチは両手で顔を被ってミスキックを悔しがった分、ディフェンスに戻るのが遅れた。首に手をやってやっと起き上がったコンテを除く両チームの選手がメレーニアゴールに向かって全力で走っていた。ペッソットは、インザーギの右斜め前方に長いボールを蹴った。ボールは背走するグイードと全力で前進するインザーギのちょうど中間あたりに飛んだ。グイードは、背走を止めてボールを押さえに行くか、それとも走り続けてゴールを守るか、躊躇して一瞬止まってしまった。インザーギはトップスピードのままグイードの鼻先まで突っ込んでいって、ペッソットのロングフィードをヘディングで中央に折り返した。

ジダンは走りながらそのボールを右足の太腿で受けて浮かせ、次に落ちてくるボールを左足の爪先で再度宙に浮かせて、正面のルフィーノをかわした。そしてさらに右足の甲を使って二メートル先のデル・ピエーロの頭上をふわりと越えるボールを出した。その間もちろんジダンは走るのを止めたわけではなかった。インザーギからのヘディングのパスを右の太腿で受け、ボールを浮かせ、前方にステップを踏みながら軸足を替え、左足の足首のわずかな動きだけで再度ボールを浮かせてルフィーノを抜き去り、そのままのスピードでステップを踏んで正確にボールの落下地点に移動し、右足の甲で、しかも甲の右半分に乗せてボールに微妙な回転をかけ、デル・ピエーロが処理しやすいように、幼児でもキャッチできるような柔らかいボールを上げたのだった。まるで曲芸だとわたしは思った。あちこちで拍手や笑い声が聞こえる。あまりにすごいプレーを目の当たりにすると人は思わず笑ってしまうのだ。わたしは膝を叩き、のけぞるようにして、すごい、と叫んだ。そのときすぐ横の通路に座るユヴェントスのサポーターと目が合ってしまった。ジダンってすごいだろう、というように、目尻にピアスを入れた若者が笑顔でウインクした。

デル・ピエーロは左に回り込みながらジダンからの浮いたボールに追いつき、半身になって胸で一度トラップしてボールの勢いを殺し、ボールを地面に落とさずにそのままボレーシュートを放った。ベルナルドが左からシュートコースにからだを入れようとしたが間に合わなかった。ペナルティエリアのわずかに外で、角度は右四五度、蹴られたボールには強烈なドライブがかかり、ニアを狙ったものだった。つまりゴールキーパーと左のゴールポストの狭い隙間に叩き込もうとしたシュートだった。

キックの瞬間にデル・ピエーロのスパイクがボールに減《め》り込むのが見えるようだった。空気を包み込んだ丸い革が衝撃を受ける音がわたしのところまで聞こえてきた。弾丸のようなボールがロレンツェッティの顔面に向かい、途中から鋭く左に曲がりながら落下した。ゴールライン上でバウンドし、ゴールポストをわずかにかすめながらサイドネットに突き刺さるはずのシュートだった。ユヴェントスのサポーターは通路の階段から立ち上がろうとした。身を乗り出そうとして中腰になり、そのまま前につんのめって倒れた者もいた。わたしは双眼鏡で、ロレンツェッティがキューバのダンサーのように右足を伸ばすのを見た。ロレンツェッティは獲物に襲いかかる豹のように爪先立ちで低く身構え、曲がりながら落ちてくるボールにタイミングを合わせるために、両膝を一瞬軽く沈めた。シュートはロレンツェッティの右のくるぶしに当たり、真上に跳ね返ってバーを叩き、勢いよく落下してきた。ロレンツェッティはピッチに横になったまま、顔に張り付いたクモの巣を払うように右手を動かしてそのボールを叩き、ベルナルドがダイレクトで前方に大きくクリアした。

クリアボールを押さえたのはダーヴィッツだった。すでにフェッラーラとモンテーロを除いた全選手がハーフウェーラインを越えてメレーニア陣内に入り込んでいた。デル・ピエーロの強烈なシュートとそれを防いだロレンツェッティのファインプレーの余韻がまだスタジアム全体に漂っている。ペッソットの正確なロングフィード、インザーギのヘディング、ジダンのトラップとアクロバティックなパス、デル・ピエーロのシュート、ロレンツェッティのセービング、それらは一瞬のパフォーマンスだったが、どれも完璧なものだった。わたしは興奮し、感動して、信じられないことに涙がにじみ、人に見られないように目尻を拭わなければならなかった。完璧なプレーには足りないものも余分なものもなく、まるで美しい音楽のようにわたしたちを酔わせる。そういうプレーのあとのピッチには、妙なはかなさと寂しさが漂っているような気がする。ああいうプレーはもう二度と再現されることがないというはかなさと寂しさだ。

わたしのセンチメンタリズムなど選手たちには関係ないことだ。ピッチではユヴェントスの新たな攻撃が始まっている。ダーヴィッツが拾ったボールはすでに右サイドに移り、ザンブロッタがナビッチのマークを受けながらライン上を走っていた。ナビッチとザンブロッタはこれまで何度一対一で向かい合いボールを奪い合っただろう。ザンブロッタはライン上で急停止し、スパイクの底でボールを自分のほうに転がしながら、ナビッチと正対した。ナビッチはわずかに間合いを詰め、縦への突破を防ごうとしている。サイドの選手が中央に流れてきてもそれほど恐くはない。中央のほうが守備が厚くなっているし、ナビッチはむやみにボールを取りに行ったりしないことになるので守りやすいのだ。しかしナビッチはむやみにボールを取りに行ったりしない。足を伸ばし飛び込んだとたんに抜かれることが多いからだ。ザンブロッタは、ナビッチがボールを取りに飛び込んでくるのを待っている。相手がアクションを起こすときが出し抜くチャンスなのだ。ディフェンスをする選手は、まずパスカットを狙う。パスカットできなかったら、今度は相手のファーストタッチの瞬間にタックルを狙う。ボールを蹴ったり受けたりするときは軸足に重心がかかっているので身動きが取れない。そこをタックルで狙うのだ。

相手がパスを受けファーストタッチを終えてしまったら、今度は前を向かせないようにする。

ファーストタッチの瞬間にからだを寄せて相手の自由を奪う。敵はボールを奪われないように、後ろを向いてガードする羽目になる。しかしファーストタッチですでに相手がボールを足元にコントロールしてしまったら、もうむやみに取りに行けない。そのときは相手のプレーを遅らせることを考える。相手をその場所に釘付けにする。そうすれば味方の選手が接近する時間を稼ぐことができる。そして複数で囲んでしまえば敵は苦し紛れのプレーしかできなくなる。

ザンブロッタは中央に切れ込むフェイントを見せて、もう一度縦に突破しようとした。ナビッチのからだの脇をライン沿いにすり抜けようとしたのだ。ナビッチは、フェイントにかかったふりをして、重心をザンブロッタの右に傾けたが、そのアクションが早すぎた。ザンブロッタはそれを見逃さず、方針を変えた。縦への突破を中断した。つまりフェイントがフェイントでなくなった。素早くボールを引き寄せ、スパイクの内側でボールを運んで、中央へと切れ込んだ。

ザンブロッタの前方にはメレーニア左サイドの広いスペースが開けた。グイードがザンブロッタに駆け寄ったが、そのときゴール前のデル・ピエーロとインザーギが交差してポジションを入れ替えた。マークしていたヴィラーニとギベルティが、見失わないようにと二人の動きを追う。充分にボールをコントロールしたザンブロッタは右足で低いクロスを入れた。グイードがカットしようとジャンプするが届かない。カーブがかかって逃げていくボールなのでロレンツェッティは飛び出せなかった。ルフィーノが戻って、フリーでヘディングさせないようにインザーギにからだを寄せる。それでもインザーギは競り勝ってボールに触り、側頭部でかすらせるようにして中央に流した。ヴィラーニとギベルティが両側からデル・ピエーロを挟み込むようにして自由を奪おうとしている。ジダンが飛び込んできたが、オウンデが駆け寄ってフリーにさせなかった。しかしジダンは不自由な体勢からジャンプして、インザーギからのボールを、ゴールとは逆の方向に落とした。そこにはコンテが走り込んでいて、ハーフバウンドのボールを捉え、ペナルティエリアのライン上からシュートを放った。強いシュートで、ロレンツェッティは反応したが止めることができず、右のグローブの指先に触れただけだった。ボールはバーに当たり、右に跳ねて、そこに冬次がいた。

冬次はボールを押さえて前方を見たが、パスを出す相手は誰もいなかった。最前線にホセ・コルテスが一人残るだけで、メレーニアの選手は全員が引いていた。ユヴェントスの波状攻撃で、メレーニアの中盤は大きく空いていた。デル・ピエーロとジダンがボールを持った冬次を潰しに来た。ベルナルドに預けるか、それとも大きく前方かサイドに蹴り出すか、選択肢は二つしかないとわたしは思った。だが冬次はゴールエリアの右で何かを探すようにボールをキープした。ペッツソットがダッシュしてベルナルドのマークに付いた。ジダンが冬次を追い始めた。クリアしろ、というメレーニアサポーターの悲鳴のような叫び声が聞こえる。背中を向けた冬次にジダンが密着し、前方からはダーヴィッツが囲みに来た。わたしは動悸が激しくなった。そんなところで何をしているんだ、とピッチ上の冬次に向かって呟いた。しかし、誰も気づかなかったのだ。ナビッチが左サイドを駆け上がっていて、冬次はパスを出せるタイミングを待っていたのだった。ダーヴィッツとジダンの二人に囲まれる寸前に、冬次は右のサイドにチョンとボールを出し、左の軸足をその横に添えて、インステップで強烈なボールを蹴った。カットしようと後ろ向きにジャンプしたダーヴィッツの髪の毛の先端をかすめ、ボールはまっすぐにナビッチに向かって飛んでいった。

ナビッチはユヴェントス陣に入ったところで振り向き、冬次から送られてきたボールを見て、走るコースをサイドライン寄りに修正した。五〇メートル近い冬次のロングパスは、そのときスタジアム上空から吹き込んだ突風のために左に流されていたのだ。突風とともに冷たい霧雨がスタンドにも舞い込んできたが、そんなものを気にする者は誰もいなかった。メレーニアファンもユヴェントスのサポーターもゲームの流れに魅入られていた。集中力の欠けたプレーは一つもなかった。みんな息を呑んで、選手たちとボールの動きを追っていた。霧雨が目に入り、双眼鏡のレンズも濡れたが、わたしはレンズを拭く余裕がなかった。他の観客と同じように椅子から立ち上がって冬次が蹴ったボールの行方を追っていた。ボールは風に流されてサイドラインを割りそうだったのだ。

ナビッチはサイドラインの上で、まるで走り高跳びの背面跳びのように背筋を伸ばして思い切りジャンプした。周囲にはユリアーノがいるだけで、味方の選手はいなかった。ヘディングで折り返してもそのボールを押さえるのはユヴェントスだろう。ナビッチはその高いボールに対し背中を向け真上に跳んだ。次にジャンプの頂点で右足を顔の高さにまで振り上げた。そして何とか足首にボールを当て、しかもわずかにからだ全体を回転させてボールの勢いを殺そうとした。足元に落として、そのボールをコントロールしなければ敵に奪われてしまう。ボールはふわりとライン上に落ちて、しかもぴたりと止まったが、ナビッチのほうは着地のときに転倒した。ユリアーノとザンブロッタが走ってくる。ナビッチは顔を歪めながら起き上がって、中央を駆け上がってきたレオーネに向けてスライディングでボールを滑らせた。

レオーネはドリブルがあまり得意ではないが、鼻を骨折していても敵にヘディングで向かっていくような男だった。気性が激しく、いつか一緒に川に釣りに行った冬次は、レオーネが釣り竿を放り投げ拳銃で鱒《ます》を撃つのを見たそうだ。レオーネの右に冬次が走っていて、そのさらに外側にホセ・コルテスとオウンデがいた。胸騒ぎのするカウンターだった。レオーネはいったん止まり、狙いを定めて、右のサイドラインを走るオウンデにパスを出した。それを見た冬次はユヴェントスのゴールに向かって一直線に走り込んでいった。ユヴェントスのゴール前には、最終ラインがすでにきちんとできていた。左からユリアーノ、モンテーロ、フェッラーラだ。ダーヴィッツとペッソットも全力で戻りつつあった。

オウンデはボールに追いつき、ペナルティエリアの後方一〇メートルのところからアーリークロスを上げたが、そのときメレーニアファンからは溜息が、ユヴェントスのサポーターからは失笑が起こった。オウンデのキックはボールにきちんとヒットしなかったのだ。不安定な軌跡を描いて、ユヴェントスの最終ラインの頭上を越え、誰もいない右のスペースにふらふらと上がった。フェッラーラとモンテーロに安堵の表情が浮かび、ファン・デル・サールはゴール前から動かなかった。ゴールラインを割るボールだと思ったのだ。

冬次が中央からゴール前に飛び込んできて、ユリアーノとモンテーロの隙間を駆け抜けた。モンテーロがあとを追ったが、ファン・デル・サールがそのモンテーロに何か叫んだ。おそらく、ファールをするな、と言ったのだろう。冬次はすでにペナルティエリアの中にいてファールは許されなかった。それにたとえオウンデのミスキックを冬次が押さえても、そのあとで動きを封じればいい。ファン・デル・サールはそう判断したのだ。すると突然、冬次が宙に飛んだ。オウンデからのボールをからだの正面で受けるかのように、左足で高くジャンプした。そしてボールの落下に合わせて、後ろ向きに一回転した。まるでスローモーションを見ているような優雅な動きだった。ボールは、空中で何か目に見えないものに弾かれたように急激に角度を変え、勢いを得て、ファン・デル・サールの右足の横をすり抜けた。いったい何が起こったのか、わたしはすぐにはわからなかった。ボールがゴールの左隅に転がっている。地鳴りのような歓声がスタジアムを包み、発煙筒が何本も炸裂した。冬次はオーバーヘッドシュートを決めたのだった。通路の向こう側のおじいさんが、立ち上がって叫んでいる。簡単なイタリア語でわたしにもその意味はわかった。天使が飛んだ、おじいさんはそう叫んでいた。

「天使のゴールだ」

Giornata 30　第三十節
天使のゴールⅦ

後半の十四分だった。両チームの熱狂的なサポーター、ウルトラスが集まったゴール裏にはそれぞれ生の躍動と死の沈黙があった。セリエAでゴールが決まったあとにいつも見る光景だが、優勝と残留がかかった最終戦ではさらに極端に対照的だった。ユヴェントスのウルトラスは沈黙した。意気消沈して声が出ないということではない。一時的に神経系が麻痺したのだ。通路を占拠しているユヴェントスのサポーターも顔から表情が消えている。ショックで興奮系の神経伝達物質の放出が一時的に停止してしまった。今の彼らは名前を聞かれても答えることができないし、地震が起こっても逃げることができないだろう。

メレーニアのウルトラスは、全員が立ち上がりジャンプしてスタンドを揺らしていた。スタンドの支柱と骨組みの鉄パイプが本当に揺れているのだ。震動はメインスタンドにも伝わってきた。足元が一定のリズムで揺れると奇妙な感覚が生まれる。気分が不安定になる。だがその揺れにからだを同調させるとわけのわからない高揚感が起こる。揺れのリズムは、メレーニア、メレーニ

ア、メレーニアという怒号のような合唱がベースになっている。メレー、で両足を蹴ってジャンプし、ニア、で着地する。通路の向かい側の赤と黄色のレインコートの二人の子どもはそのリズムでジャンプしている。おじいさんと父親はさすがに跳んではいないが、爪先立ちでリズムに合わせてからだを上下に振っていた。気がつくとわたしも同じように爪先立ちになり、からだでリズムをとっていた。スタジアム全体を包む揺れのリズムにいったん同調すると、足元から強い高揚感が湧き起こり、それはからだの内側を一気にせり上がってきた。

試合が再開された。アンチェロッティ監督はユリアーノをタッキナルディに替え、4バックにした。フェッラーラとモンテーロがセンター、サイドにザンブロッタとペッソットが入る。最終ラインが一人増えたわけだが、ザンブロッタとペッソットは常に前線に出ていくはずだから、実際はより攻撃的なシステムへの変更だった。タッキナルディを送り出す監督の表情にも、ピッチ上の選手たちにも焦りはなかった。ユリアーノは交代時に、何か大声で叫びながらタッキナルディと抱擁した。必ず逆転してくれ、必ず勝ってくれ。その声はピッチにいるユヴェントスの選手たちにも届いた。ジダンもデル・ピエーロも、インザーギもダーヴィッツも自信にあふれた顔つきに変化はなかった。ただ彼らは怒りに燃えているように見えた。メレーニアに先にゴールを決められた自分たちのふがいなさに怒っているかのようだった。試合終了まで三十分も残っている、おれたちが負けるわけがない、全員がそう思っていたはずだ。

ユヴェントスの猛攻が始まった。タッキナルディが中盤を組み立て、ダーヴィッツとコンテはジダンと同じラインまで上がっている。カウンターをやるならやってみろ、その前に潰してやる、ダーヴィッツとコンテはそんな顔をしている。レオーネとルフィーノの二人では人数が増えたユヴェントスの中盤をマークしきれなくなった。冬次がボランチの位置まで下がり、ルフィーノは最終ラインに下がって、メレーニアは自然に5バックのようなシステムになった。コンテが中央からボールを持ち込む。冬次がぴったりとマークしている。レオーネと二人でコンテを挟んで進行を止めようとする。コンテは左にいたダーヴィッツに短いパスを出した。狭い地域で六人の選手がボールの支配権を争っている。冬次とコンテ、レオーネとダーヴィッツ、ペッソットとベルナルドだ。ダーヴィッツがペッソットにボールを渡し、ベルナルドがマークする。

後方のタッキナルディが一度ボールを戻せと手で合図し、ペッソットは後ろを向いてバックパスをする。冬次が猛然とそのボールを追ったが、タッキナルディは冷静にパスを受け、冬次の追撃をかわしながら低く速いボールでサイドを変えた。ボールがザンブロッタに渡って、まるで波が海岸に寄せるように、メレーニアの選手たちがポジションを変える。ザンブロッタは一度サイドを突破するような動きを見せたあと、急に中に切れ込み、交差するようにインザーギが右サイドに出た。ザンブロッタはボールをジダンに預け、ジダンは右サイドで手を上げるインザーギへグラウンダーの速いパスを送った。インザーギにはグイードがマークに行き、ナビッチも接近した。ジダンとデル・ピエーロはめまぐるしくポジションを変え、ヴィラーニとギベルティがお互いに声をかけながら、二人の動きを確認し合っている。サイドから流れたあとザンブロッタはそのまま前線に残っていた。メレーニアのマークがずれてしまって、ザンブロッタがゴール前でフリーになっている。インザーギはゴールラインに向かって走り、急停止して、ボールを左のスパイクの裏で止め、右足でボールを跨《また》ぐようにして、からだの向きを変えた。ヴィラーニはファール覚悟で右足を出したが振り切られてしまった。

右サイド深い位置でスペースを得たインザーギは、右足のアウトにかけてゴール前の密集の中に低いボールを入れた。ディフェンダーが下手に触れるとオウンゴールになってしまうようなドライブのかかったやっかいなセンタリングだった。低いボールはヴィラーニの背中をかすめ、フリーのザンブロッタの胸のあたりに飛んだ。ザンブロッタは背後に倒れ込みながら、からだを横向きにして右足でボレーシュートをした。至近距離だったが、ロレンツェッティは左手を出して弾き返そうとした。シュートはロレンツェッティの左腕に当たり、前方に弾んだ。デル・ピエーロがそのボールに頭から突っ込み、ダイビングヘッドを狙ったが、クリアしようとしたギベルティと交錯した。デル・ピエーロの肩がギベルティの膝と接触し、ギベルティのスパイクの先がデル・ピエーロの鼻に当たった。ルーズボールをクリアしたのは冬次だった。ゲームが中断されてデル・ピエーロとギベルティが治療のためにピッチを出た。デル・ピエーロは鼻血を出していて、ギベルティは膝のじん帯を痛めベヌッチと交代した。

デル・ピエーロは鼻血が出ただけではなく、鼻と上唇の間が裂けていて、顔の真ん中に包帯をしてピッチに現れた。痛々しい姿だったがアンチェロッティはデル・ピエーロを交代させなかった。後半の二十分過ぎから雨が勢いを増した。夕方の四時を少し回ったところだったが、空はさらに暗くなり照明が点灯された。ライトに照らされて雨粒がはっきりとわかるようになった。わたしはフードを被ったので被害はまだ少なかったが、隣りの若い社長は悲惨な目に遭っていた。襟元から雨が入り込んでウインドブレーカーの下の新聞紙が少しずつ濡れてきたのだ。若い社長はそれ以上体温を奪われないように、新聞紙を頭の上にかざしている。だがときどき突風がひとかたまりになった雨粒を運んで、そういうときにわたしたちはバケツの水を浴びたような状態になった。若い社長がかざした新聞紙はあっという間に水を含んでボロボロになり、千切れて髪の毛や頬に張り付いた。惨状を見かねたイタリア人女性がビニール袋を若い社長にプレゼントした。ビニールを頭に巻け、というわけだ。若い社長はお礼を言おうとしたが、歯がガチガチ鳴るだけで言葉は出なかった。

ユヴェントスは左に展開した。ピッチがぬかるんできて、グラウンダーのボールを出しにくくなった。ペッソットがライン上を駆け上がってタッキナルディからのボールを受けようとする。ベルナルドが併走してタックルに行ったが、ピッチに足を取られて不自然な格好で転んでしまった。両足を揃えてスライディングしようとして、左足が伸びずに折れ曲がり、その左足を上体で抱え込むような奇妙な姿勢のまま激しく前に倒れた。顔を歪めてピッチ上でうずくまったベルナルドのからだから湯気が立ち上った。周囲に集まった両チームの選手たちのからだからも同様に白い湯気が出ている。ユヴェントスの選手たちのユニフォームは泥にまみれていて、縦縞の白と黒が判別できなくなっていた。ベルナルドは立ち上がることができず担架で運ばれ、ポルトガル人のオリヴェイラが同じポジションに入った。タイムアップまで二十四分残っていたがメレーニアは交代枠の三人を使い切り、これまでペッソットを完璧に封じていたベルナルドを失った。

三十歳を超えたコンテにさすがに疲れが見えてきた。ときどき足を引きずり、ピッチを歩く姿が目につくようになった。だがアンチェロッティはコンテを代えようとしない。コンテはゴール前に突然現れ混戦の中からシュートを放つのが得意だ。メレーニアはホセ・コルテスも自陣に戻り全員で守っていた。いくらユヴェントスでもべったりと引いて全員で守る相手からきれいなゴールを決めるのはむずかしい。ユヴェントスがゴール前までボールを運ぶと必ず混戦状態になった。アンチェロッティは独特の嗅覚《きゅうかく》を持つコンテをピッチに置いておきたかったのだ。

タッキナルディがゆっくりと周囲を見回してボールをダーヴィッツに預ける。ダーヴィッツの運動量は試合開始からまったく落ちていなかった。冬次が走ってきてダーヴィッツを追い始める。後ろ向きにボールをキープしたダーヴィッツが、肩越しに冬次の顔を見ている。なんでこいつはこんなにタフなんだ、という表情だった。わたしはずっと息が詰まるような感じで冬次の動きを追った。ダーヴィッツと同じように冬次の運動量も落ちなかった。双眼鏡で捉えた冬次の顔は冷静そのもので、しかも目が輝いていた。雨と汗に濡れて髪の先から滴が垂れ、ユニフォームが重そうだったが、走るスピードも量も試合開始から落ちていない。冬次が潜在的な能力をすべて発揮している結果なのか、それとも恐れていたことが起こったのか、わたしにはわからない。試合の終盤で信じられないような力が湧いてくるときがある、いつか冬次はそういうことを言った。からだに残っているすべてのエネルギーが燃焼しているような感じなんだよ。

ダーヴィッツは執拗な冬次のマークを嫌がって、バックアップに来たタッキナルディにボールを渡そうとした。右足のインサイドのバックパスだったが、ぬかるんでいるピッチでボールの勢いが死んだ。冬次はそのボール目がけて突っ込んでいき、ダッシュしたタッキナルディと衝突した。肩と肩がぶつかり、ボールはさらにタッキナルディの右側にこぼれ、冬次はすぐに体勢を立て直してそのボールを追った。モンテーロが飛び出してきたが、最初にボールに触ったのは冬次だった。スタンドからざわめきが起こった。ユヴェントス陣内にいるメレーニアの選手は冬次一人で、あとはホセ・コルテスが足を引きずるようにしてセンターサークルを越えようとしているだけだった。冬次一人でダーヴィッツとタッキナルディとモンテーロの三人を相手にしていたことになる。冬次は目の前のモンテーロを抜こうとして、タッキナルディのタックルを受けボールを奪われたが、またすぐに起き上がってタッキナルディを追った。

監督のアンチェロッティがベンチを飛び出して、大声で何か怒鳴っている。前方を指差し、大きく出せ、とユヴェントスのディフェンダー陣に指示した。ユヴェントスは冬次の執拗なチェイスでかなりの時間を奪われたのだった。タッキナルディは左に大きなボールを蹴った。弧を描いて舞い上がったボールを追ってダーヴィッツとコンテが中央を駆け上がる。脹ら脛のあたりを手でこすりながら歩いているホセ・コルテスを追い抜き、冬次も全力で自陣に戻った。タッキナルディが蹴ったボールはオリヴェイラの頭上に上がったが、風に煽られて空中でゆらゆらと揺れ、オリヴェイラの頭を越えて水を含んだピッチに落下し、ベシャッという音を立てて止まった。まったくバウンドしなかった。雨が目に入ったのだろうか、オリヴェイラがボールの行方を一瞬見失った。オリヴェイラはどちらかというと攻撃が好きなサイドバックでセンタリングの精度は高かったが、ディフェンスは得意ではなかった。水たまりで止まっているルーズボールに追いついたのはペッソットで、オリヴェイラはすぐにマークに付こうとしたが、あっという間に抜かれた。

メレーニアのゴール前にも水たまりができていた。中央に走り込むジダンの足元から水しぶきが上がっている。精細なパスは通らない。迷うことなくペッソットはセンタリングを上げた。雨が目に入ってゴールキーパーはボールが見えにくいはずだ。ボールはゴール前ではなく逆サイドに飛び、そこにザンブロッタが走り込んでいた。ナビッチが追い、挟み込むようにベヌッチが飛び出した。ペッソットからのボールは大きすぎた。いつもだったらゴールラインを割っていただろう。しかしボールは水たまりの上に落ちて、ほとんど転がらずにライン上で止まった。ザンブロッタがマイナスのセンタリングを蹴るために回り込むところをベヌッチがスライディングタックルで倒した。ベヌッチの足はボールではなくザンブロッタの足に当たり、ザンブロッタは両足を抱えて水たまりを転がった。ユヴェントスのサポーターは怒りで顔を真っ赤にして、ペナルティだと一斉に叫んだが、ファールのポイントはペナルティエリアのわずかに外側だった。

治療のためザンブロッタはいったんピッチの外に出た。顔に包帯を巻いたデル・ピエーロが比較的足場のいい場所を探してボールをセットしようとしている。包帯が雨に濡れて血がにじんでいたが、デル・ピエーロはまったく気にしていなかった。おそらく痛みも感じていないだろう。ユヴェントスのサポーターは息を潜めてデル・ピエーロのキックを見守っている。ユヴェントスを追う二位のラツィオはホームでレッジーナと戦っている。ラツィオがレッジーナに負けるわけがない。ユヴェントスはこのゲームに負けたら優勝はない。残り時間は二十分を切っている。この二十分間に点を取らなければ一年間の戦いがすべてムダになる。メレーニアの壁はベヌッチとナビッチの二人だ。壁の位置はゴールエリアのわずかに内側だった。デル・ピエーロがボールから三歩下がり、呼吸を整える。血がにじんだ包帯の隙間から、冷気に白く濁った息が何度か吐き出された。ファン・デル・サールとダーヴィッツとモンテーロ、それにピッチの外で治療を受けるザンブロッタを除く両チームの全選手がゴール前に集まっていた。

デル・ピエーロが助走を始める。軸足がボールの左側で小さな水しぶきを上げ、ボールは雨のカーテンを切り裂くようにゴールラインと平行に飛び出て、壁の右斜め上を抜けたあと左に曲がった。ホセ・コルテスとレオーネがスクリーンになってロレンツェッティが飛び出せない。インザーギとヴィラーニとフェッラーラとレオーネが同時にジャンプしたが、ボールはフェッラーラの頭をかすめて後方へ抜け、オリヴェイラの胸に当たって密集の中へ転がった。選手が入り乱れてボールがどこへ行ったのか一瞬わからなくなった。ルフィーノがフェッラーラにユニフォームをつかまれて転び、その足元にボールがあって、倒れたまま足を伸ばそうとしたとき、隙間からコンテがスライディングして爪先でボールを突いた。ルフィーノの右足がコンテのからだの下敷きになった。ボールは芝の上を滑るようにゴール左隅にスーッと流れていき、からだを投げ出したロレンツェッティの指先の五センチ先をすり抜けてゴールラインの内側に転がり込もうとした。冬次が突っ込んできてほとんどラインの上に乗っていたボールを蹴り出した。キックのあと、勢い余った冬次はゴールの中に転がりネットに絡まって止まった。

ユヴェントスの選手たちが主審に詰め寄る。ボールがゴール内に入ったのではないかと抗議しているのだ。ユヴェントスのウルトラスも、金網によじ登って旗を振り拳を突き出して、今のはゴールだ、と叫んでいた。確かに微妙だったがボール全部がラインの内側に入らなければゴールは認められない。主審がスローインを指示すると、ユヴェントスのサポーター席から発煙筒が投げ込まれ、続けざまに爆発音が響いて、ピッチに近い席にいたバックスタンドの女性が耳を押さえてその場に倒れた。発煙筒の音に驚いた警備の犬が一斉に吠えだした。ゴール前が発煙筒の煙でまったく見えなくなった。ゴールネットに絡まった冬次をロレンツェッティとオウンデが助け出している。ゴールネットは少し裂けてしまった。主審が補修のために人を呼んだ。ロレンツェッティが冬次の頭を軽く叩いて、よくやったと誉めている。密集が解けたゴール前ではルフィーノがうずくまったままだが、耳を押さえて倒れた女性が優先されていて、予備の担架がまだ到着していなかった。試合は約三分間中断した。

Giornata 31　第三十一節
天使のゴールⅧ

ルフィーノの右足は回復不能だった。チームメイトに抱えられているが、膝から下がだらんと垂れてしまっている。だがメレーニアはすでに三人選手が代わっているので交代はできない。ルフィーノは、だいじょうぶだというように味方選手に何度かうなずいて見せ、足を引きずりながら最終ラインに並んだ。キャプテンのレオーネが手を叩きながら士気を鼓舞している。だがルフィーノは右足をピッチに降ろすたびに痛みで顔を歪ませている。きっと満足に走れないだろう。ユヴェントスもザンブロッタに代わってバキーニが入り、コンテもついにコヴァチェヴィッチと交代した。コンテとザンブロッタは、ピッチを去るときにユヴェントスサポーターの拍手に包まれ、自らも両手を頭上に上げて手を叩いた。しかし二人とも唇を嚙みしめ、祈るような表情で何度もピッチのほうを振り返っている。ザンブロッタはサイドラインから出て、右手の先で水だらけのピッチに触れ、胸の前で十字を切った。代わったコヴァチェヴィッチはユーゴ出身の一九〇センチ近い長身のＦＷだ。ユヴェントスは残り十七分で、フォワードを三人に増やした。

後半三十五分のユヴェントスのスローイン、ペッソットがボールを入れ、デル・ピエーロが後ろ向きのままダイレクトでゴール前にボールを入れる。残り時間はしだいに減ってきて、しかもピッチは豪雨のためにあちこちに水たまりがある。パスが回る状態ではない。とにかくゴール前にボールを放り込んで混乱を作り出し、誰かがゴールに蹴り込む。それがユヴェントスの作戦だった。デル・ピエーロが後ろ向きのままオーバーヘッドで蹴り込んだボールはゴール中央に飛び、ロレンツェッティが右手でパンチングして、弾かれたボールはジダンの足元に落ち、ジダンがシュートしようとしたが、メレーニアの選手が四人集まって囲み、シュートを打たせなかった。四人の中にはルフィーノがいた。ルフィーノは足を引きずりながらジダンにからだを寄せ、怪我をしたはずの右足を伸ばしてボールを奪おうとしている。ジダンは、前傾した姿勢で必死にボールを確保した。肩と手を巧みに使い、足元にボールを置いたままレオーネとベヌッチと冬次とルフィーノをブロックした。そしてレオーネがボールを奪おうと突っかけた瞬間に、ベヌッチの左足の脇から後方に向けてボールを通した。

そのバックパスをホセ・コルテスがインターセプトしようとしたが、派手な水しぶきを上げてダーヴィッツが真横からスライディングし、タッキナルディに渡した。ものすごいタックルでダーヴィッツは勢い余ってボールと一緒に数メートル滑った。ホセ・コルテスは、旧東側で引き倒されたレーニン像のように、膝も腰も伸びたままピッチに叩きつけられ、顔半分が泥水に埋まった。タッキナルディはボールと一緒に滑ってくるダーヴィッツをかわしたあと、ゴール前の密集のわずかな隙間を狙ってミドルシュートを放った。芝生の先端をかすめて滑っていくような、強く低いシュートだった。シュートが足首に接触しそうになって、インザーギはその場でとっさにジャンプしてボールを避けた。

シュートはロレンツェッティのほぼ正面に飛んできたが、インザーギがスクリーンになって一瞬反応が遅れた。しかもタッキナルディが蹴ったボールはほとんど回転がなく、細かくぶれながら濡れた芝を滑ってきて、セーブしようとひざまずいたロレンツェッティの三〇センチ手前でバウンドしてさらに方向がずれた。脇の下を抜けようとしたボールを、ロレンツェッティは右膝で弾き返したが、そのボールはデル・ピエーロとオウンデのちょうど中間をコロコロと転がり、それをペッソットが捉えて、左四五度から、タッキナルディと同じように低く押さえた強いシュートを打った。周囲の選手たちの膝をかすめて飛んでくるような低い弾道のシュートで、途中から鋭く左に曲がった。セーブしようとしたロレンツェッティの前で、ナビッチが左足のインサイドで蹴り返した。

ナビッチはバキーニをマークしてゴール前まで移動していた。ユヴェントスの攻撃が休みなく続いてメレーニアの選手たちのポジショニングが狂っている。とりあえずボールの近くにいる選手が、からだを張ってシュートコースを消し、タックルに行くという緊急時のディフェンスが短い時間に何度か繰り返されて、ラインが崩れたままになっている。ヴィラーニとレオーネが身振りを交え、吠えるように大声を出してポジションを修正しようとするが、ナビッチがクリアしたボールは無人のユヴェントス陣を転がってフェッラーラが押さえ、ワンタッチでダーヴィッツにパスが出て、ダーヴィッツはすぐにゴール前のコヴァチェヴィッチに合わせてボールを放り込み、メレーニアゴールはまたしても緊急事態を迎えた。コヴァチェヴィッチは、デル・ピエーロとインザーギのやや前方、ゴールラインとペナルティエリアのラインの中間にいた。メレーニアの戦線は乱れたままだ。本来最終ラインであるはずのベヌッチやヴィラーニの後ろにオリヴェイラとナビッチが残っていて、ユヴェントスにオフサイドの心配はない。いくらボールをクリアしてもユヴェントスに拾われてしまう。普段なら大きくクリアしたあとに、ディフェンスラインを押し上げるのだが、メレーニアにはその余裕がなかった。右足を痛めたルフィーノや、ダーヴィッツに吹き飛ばされたホセ・コルテスが必ず後方に残ってしまっていたし、ユヴェントスはボールを拾ってすぐに攻撃を再開させたからだ。

その中でただ一人冬次だけが、常に前方へ走りだそうとするが、孤立無援の状態で広大なスペースで立ちつくすだけだった。ダーヴィッツが蹴ったボールは放物線を描いてゴール前のコヴァチェヴィッチの頭上に落ちていく。ヴィラーニとオリヴェイラがコヴァチェヴィッチを挟み込むようにからだを寄せる。だがコヴァチェヴィッチはヴィラーニより一〇センチ、オリヴェイラよりは二〇センチも身長が上で、しかもボールの落下地点にもっとも近い絶好のポジションを確保し、両脇を開いて、ヴィラーニとオリヴェイラを牽制しながら、ゴールを背にしてジャンプした。コヴァチェヴィッチの後方にはデル・ピエーロとインザーギ、それにジダンもいた。

コヴァチェヴィッチの左腕にプレッシャーを受けたままジャンプしたヴィラーニは、空中でバランスを崩しピッチに倒れてしまった。ゴール前は常に選手が入り乱れて、スパイクで芝が削られ、水と土がかき混ぜられてぬかるみになっている。コヴァチェヴィッチはフリーでボールを受け、後方にヘディングで叩きつけた。ボールはバウンドせずに水が浮いたピッチにビシャッと止まった。もっともボールに近かったのはレオーネだったが、反応はインザーギのほうが早かった。自分が蹴れる位置にボールが来るはずだと確信していたかどうか、それが二人の反応の差になった。インザーギは二歩ステップし、止まっているボールに軸足を添えた。レオーネはからだを入れようとしたが間に合わない。

視界が霞むほど強い雨が降っていて、敵味方が周囲に入り乱れ、ひょっとしたらそのシュートで優勝の行方が決まるという瞬間だったが、インザーギはまるで練習のミニゲームのようにリラックスしていた。からだのどこにも余分な力が入っていなかった。ボールだけを見る。自分はこのボールを敵ゴールに蹴り込むのだと確信する。その他のことが心に入り込む余地がない。それが天性のストライカーだ。ロレンツェッティは身構えたが、コヴァチェヴィッチの広い背中の陰でインザーギの視線と蹴り足が死角になった。インザーギのモーションを確かめようとロレンツェッティがからだを右に傾けたとき、突然逆方向にグラウンダーのシュートが飛んできた。

ロレンツェッティは一歩も動けなかった。ナビッチがちょうどしりもちをつくような格好で両足を投げ出しシュートをカットした。ボールは跳ねずにそのままナビッチの太腿のあたりに止まり、近くにいた選手が殺到した。ユヴェントスサポーターの歓声が溜息に変わったが、ボールはまだ生きていた。オリヴェイラとベヌッチとコヴァチェヴィッチとデル・ピエーロがボールを奪い合い、ナビッチは手の指をスパイクで踏まれたらしくてロレンツェッティの足元を転げ回った。

だが選手と観客が目で追うのはボールの行方で、誰も倒れているナビッチに気を留めない。ボールは、密集の中で誰かのスパイクの先で突かれ、誰かが脛《すね》で弾き、誰かの足に当たって、最後にオウンデが左足で大きく前方にクリアした。

左サイドを割ろうとしたクリアボールをライン上で押さえたのはジダンだった。デル・ピエーロとインザーギとコヴァチェヴィッチのスリートップ、それにペッソットとバキーニはまだメレーニア陣内深いところに残っている。残り時間が十分を切って、執念を持ってルーズボールを追うメレーニアの選手が少なくなってきた。ホセ・コルテスは、オウンデのクリアボールが自分のすぐ脇でバウンドしたのに、どうせサイドを割るだろうと追いかけようとしなかった。ジダンは周囲を見回して、そのボールに触る選手が誰もいないことを確かめたあとで、ペナルティエリア付近から猛然とダッシュした。両チームの選手の疲れがピークに達する時間帯だったが、一点ビハインドのユヴェントスの選手は足がもつれそうになりながら全員が必死にボールを追った。

試合開始からずっと過酷なディフェンスを強いられ、メレーニアの選手の運動量が目に見えて落ちた。もちろん一点のリードも影響しているのだろう。メレーニアの選手たちの闘争心やモチベーションが落ちてしまったというわけではない。すべての選手は気力を振り絞って一点を守り抜こうと思っているはずだ。だがサッカーのゲームの終盤に選手を襲う疲労は、精神力で振り払えるようなものではない。この一点を守り抜けばAに残留できるわけだから最後の力を振り絞ろう、というような常識的な精神力はすでに全部使い果たしているのだ。疲労を自覚させる化学物質が筋肉と神経に充満して、精神力を無効にする。自分たちは一点リードしている。ここまでユヴェントスの攻撃を何とかしのいできた。あと十分守りきって、このまま試合が終わりさえすれば勝利だ。このまま守りきればそれでいいんだ。脳の奥深い部分から、言葉にならない声が届く。疲労したからだに、その声は異様な説得力を持つ。疲労と苦痛と安心感と希望的な観測が無意識の領域から押し寄せてからだを包み込み、走れ、と脳が命令を下しても、足の筋肉がそれを拒否してしまう。

メレーニアの左サイド、ユヴェントス側から見て右サイドのライン上でジダンはボールを押さえた。ジダンはボールを追って二〇メートル近い距離を全力で走ったことになる。濡れたピッチを滑っていくボールに追いつき、右のスパイクの裏でライン上にボールを押さえつけて止めた。その瞬間スタジアムは静まり返り、やがてユヴェントスのサポーターから悲痛な声援と拍手が起こり、ジダンコールが場内に響いた。多くのメレーニアのファンも拍手を送った。敵味方を超えて、見るも者すべてに勇気を与えるような、象徴的なプレーだった。ワールドカップを制したフランス代表のエースで、欧州最優秀選手に選ばれた男が、まるで高校生のように泥だらけになってボールを追い、ボールがサイドを割るのを防いだのだった。残り時間が少なくなっているときに、ジダンはスローインでゲームを切りたくなかったのだ。おれたちは絶対に負けてはいけないんだ、と言葉ではなくプレーでチームに示して見せた。わたしは胸が詰まるような息苦しさを覚えた。ユヴェントスは絶対に勝たなくてはいけないのだ。その重圧と、ジダンの勝利への執念が、鋭い針のようなものに姿を変えてスタンドまで届いた。本当にからだを刺されるような感じがした。通路に座るユヴェントスサポーターのスキンヘッドの青年が、ジズー、とジダンの愛称を叫び、雨の落ちてくる空に向かって拳を突き出している。

　ボールを押さえたあと、ジダンはラインを跨いで足を踏ん張ったが、よろけて一度しりもちをついた。だがすぐに、獲物を確認した肉食獣のように起き上がり、そのままメレーニアゴールに向かってドリブルを開始した。ゴールまでは約四〇メートルの距離があった。左サイドを守るべきナビッチは、指を踏まれたあとやっとゴール前で立ち上がったばかりで、レオーネとオリヴェイラとオウンデは、ジダンとは逆のサイドでペッソットとデル・ピエーロをマークしていた。ルフィーノは右足を引きずったままペナルティエリア付近から動けなかった。冬次はセンターサークル近くから全力で戻ってくる途中で、ホセ・コルテスは中央でダーヴィッツをマークしていた。ベヌッチはバキーニに付き、ヴィラーニとグイードはそれぞれコヴァチェヴィッチとインザーギをマークしていた。つまりジダンの前方にはメレーニアの選手が誰もいなかったのだ。ジダンは、右四五度の位置からメレーニアゴールに向けて直線的にドリブルを始めた。

　メレーニアのディフェンスはラインを上げられない。逆にユヴェントスの選手はメレーニア陣深く侵入し始めた。ナビッチがゴール前に残っているせいでオフサイドになりようがない。ダーヴィッツがジダンと併走し、ホセ・コルテスはダーヴィッツのあとを追う。冬次が背後からジダンを追うが追いつけない。水が浮いたピッチでジダンはどうしてあんなに速いドリブルができるのだろうとわたしは不思議だった。水たまりがあるとそこでボールはすぐに止まってしまう。常にボールに触れ、一定の勢いを維持しなければ、ボールを追い越してしまうのだ。ジダンは細かくボールに触り続けていた。まるで足先や足の内側にボールが張り付いているかのようだった。

タッキナルディが上がってきた。ジダンを追う冬次がそれに気づく。ジダンがタッキナルディを見て、ほんのわずかにからだを左に向け、ボールを跨ぐようにしてパスを出すフェイントをした。冬次はそのパスをカットしようと右足を出し、まんまとフェイントにかかってしまい、ジダンはそのままさらにメレーニアゴールに迫った。ユヴェントスのサポーターが全員立ち上がっている。ジダンとメレーニアゴールを直線で結ぶラインに、細い道のような隙間ができている。本来はルフィーノとナビッチがからだを張って消さなくてはいけないスペースだった。

メレーニアの選手はそれぞれがマークすべき敵にからだを寄せていて、誰もジダンの侵入を防ごうとしない。何かひどくバカげたことが起こっていて、そのせいでこれまで守ってきたことが呆気なく崩れてしまうような、不穏な雰囲気がスタジアムを被い始めていた。間違いなく何かが起ころうとしていた。これまで何とか危ういバランスで正気を保ってきた危険人物がナイフを持って通りを歩いているのを見ているような感じだった。ジダンはペナルティエリアに入り込もうとしている。メレーニアの選手たちはボーッと突っ立ってジダンがパスを出すのを待っているように見えた。ロレンツェッティがジダンを指差してずっと叫んでいる。マークしろ。シュートを打たすな。

ベヌッチとヴィラーニが両側からジダンを挟み込もうと駆け寄ってきた。両脇の二人を見たジダンは、ドリブルのスピードを緩めずに、まずからだを右に向け、左足でボールを跨ぎ、地面に接する直前にその左足をまた元に戻した。自分の左にジダンが切れ込むと思ったベヌッチは左に重心を移した。すぐにフェイントだと気づいたが、無理にからだを右に戻そうとしてバランスを崩し、ぬかるみに足を取られて転んでしまった。次にジダンは、左足をボールの横に添え、転がるボールを瞬間的に右足で止めるような動きをした。ジダンが方向を変えると判断したヴィラーニは、対応しようとして一瞬走るのを止めてしまった。左右どちらへの動きにも対応できるように、いったん走るのを止め、両足に重心をかけてジダンに正対したのだ。しかしジダンは走るコースを変えなかった。単に、ボールを止めて方向を変えるような動きを見せただけだった。フェイントだったのだ。ヴィラーニはあっという間に抜き去られた。

Giornata 32　第三十二節
天使のゴールIX

　ジダンはあっという間に二人のディフェンダーを抜き去った。スタジアムにどよめきが起こった。ユヴェントスのサポーターもあぜんとしていた。何だあれは、とわたしは思わず日本語で呟いた。隣りの若い社長も、何ですかあれは、とわたしのほうを見た。ジダンは単にまっすぐにボールを運んできただけだった。ハーフウェーラインに近いサイドライン上から、ペナルティエリアまで、ボールはジダンに操られて、メレーニアゴールに向かってまっすぐに転がってきた。ジダンは、左右の足先と、足の裏と、足の内側と外側を使ってデリケートにボールを転がし、走るスピードを緩めることがなかった。ベヌッチとヴィラーニが行く手を阻んだとき、ジダンはからだの向きをわずかに変えたり、ボールを跨いだり、軸足の左足をボールの横に添えたり、右足の底でボールを止めるふりをしたりしたが、ボールは単にゴールに向かって直線的に転がっていただけだった。ジダンはずっとボールを直線的に転がしながら、からだと足先の見せかけの動きだけで、ベヌッチを転倒させ、ヴィラーニを抜き去ったのだった。

ジダンはすでにペナルティエリアに侵入していた。ヴィラーニがあとを追うが、後ろからタックルするわけにはいかない。この時間帯でペナルティキックを与えたらメレーニアファンは暴動を起こすかも知れない。いびつで危ういバランスがずっと続いていた。ユヴェントスは試合開始直後から圧倒的に攻めながら点を取っていない。いつ傾いてもおかしくない、最初からバランスが狂っているシーソーは、今もなお平衡を保ったままだ。タイムアップまであと九分を切っている。何かが複雑に絡み合って異様な緊張が維持されている。極めて異様だが、サッカーのゲームとしては起こり得ないことではない。神でもなければその要因を知ることはできないが、とにかく異常に不自然な形でシーソーが静止している。髪の毛一本で支えられているようなものだ。観客はその異常な異常なバランスに支配されている。いつ崩れてもおかしくないものがいっこうに崩れないという異常な緊張感にからだと心を委ねてしまっているのだ。つまらないファールで、その繊細で過剰で異常な緊張を切ってしまう選手は決して許されないだろう。こんなゲームで、しかもその終盤で、ペナルティエリアで簡単にファールを犯してしまうメレーニアの選手は、今後メレーニアの街を歩けなくなるだろう。

ジダンの侵入をベヌッチが防ごうとする。ボールとゴールを結んだラインにからだを入れ、ジダンと正対してシュートコースを消そうとした。ボールを取りに行ったら抜かれてしまう。とりあえずジダンの前進を止めようとしたのだった。インザーギにはレオーネがぴったりとマークに付いている。ジダンからインザーギへのパスコースは消されていた。ジダンは右足を振り上げているのシュートの体勢を見せたが、ベヌッチはだまされなかった。ベヌッチが逃げずに正対しているのを見てジダンは左足のアウトで短いボールを左に出した。そこに左からデル・ピエーロが走ってきてジダンと交差し、スイッチした。

ベヌッチは、左に流れていったジダンを追うのを止め、デル・ピエーロの前に立ちふさがった。スイッチしたデル・ピエーロがシュートを打つと判断したのだ。ベヌッチだけではなく両チームの選手もスタジアムの全員もそう思ったが、それはワンツーだった。デル・ピエーロはベヌッチの目の前で、左にヒールパスを出し、そこには左に流れていったジダンが走り込んでいた。恐ろしいことにジダンはフリーだった。ジダンはノーステップで左足でシュートを打とうとしたが、そのとき突然メレーニアの選手がよろけるようにしてジダンの前に現れ、倒れ込みながらシュートを防いだ。ルフィーノだった。ルフィーノはジダンの左のスパイクの先端がボールに触れる直前に右足を差し出した。ツァイスの双眼鏡の丸い視界の中で、ルフィーノの右足が奇妙な角度でねじ曲がった。ジダンの強烈なシュートを至近距離で受けたのだ。右足を差し出そうとするときのルフィーノも見えた。自爆テロを行う殉教者のような顔だった。ジダンのシュートはルフィーノの右足を壊したあと左へ大きく逸れ、ルーズボールを冬次がクリアした。

ルフィーノはピッチの外に運ばれたが、立ち上がることができず結局退場した。医療班に両肩を支えられてピッチを去っていくルフィーノは死人のような真っ青な顔をしていて、メレーニアファンのものすごい拍手に応じることができなかった。左サイドからのユヴェントスのスローインでゲームは再開されている。残り時間は五分を切っていた。ロスタイムはどのくらいだろうか。

ルフィーノの二度の故障で数分間中断した。だがいずれにしろ、ゲームはあとわずかで終わる。ジダンのシュートが外れてユヴェントスのサポーターが静かになってしまった。通路に座っている連中はみな一様にうつむき、上目づかいに、祈るようにしてゲームを見ている。実際に両手を合わせて軽く前後に振っている者もいる。メレーニアのファンも重苦しい雰囲気に被われていた。おじいさんと父親に連れられた二人の子どもたちも、赤と黄色のレインコートに埋もれるようにして、声もなくシートに座っている。誰もがしきりに時計を見るようになった。雨は止むことがなく、厚い雲が垂れ込めたままだ。重力が二倍になったようだとわたしは思った。

ペッソットがボールを持って、センタリングを上げるタイミングを計っている。メレーニアゴールの前はまるで田んぼのような状態で、メレーニアの選手がべったりと引いて守っている。パスが回る状態ではなかった。それにルフィーノがいなくなった影響もほとんどない。もともとルフィーノは走れなかったのだ。逆に、メレーニアはルフィーノの治療と退場の間に休めたし、ラインを整えることができた。ユヴェントスはコヴァチェヴィッチをターゲットにしてパワープレーを仕掛けるはずだが、敵の選択肢が限られると守りやすいものだ。センタリングを上げさせないように、オリヴェイラはペッソットに密着してマークしていた。

デル・ピエーロが下がってきてボールを受けようとする。ゴール前にはジダンとインザーギ、それにコヴァチェヴィッチがめまぐるしくポジションを変えて、ここにセンタリングを上げろと手を上げている。デル・ピエーロにはレオーネのマークが付いていたので、ペッソットはいったん後方に下がり、ダーヴィッツにボールを預けた。ユヴェントスの右サイドではバキーニがフリーだ。ダーヴィッツはダイレクトで大きく右にサイドを変えようとしたが、冬次がからだを寄せてボールを蹴らせなかった。ダーヴィッツは体勢が苦しくなり、さらにボールをモンテーロまで下げる。ユヴェントスがボールを下げるたびにメレーニアのディフェンスラインが自然に押し上げられる。ボールがメレーニアゴールから遠くなるたびに、ユヴェントスのサポーターから悲痛な叫び声が上がる。残り時間が一秒減ると死刑執行に一秒近づく、そんな叫び声だった。

　しかしユヴェントスの選手たちに焦りは見えなかった。昨年度は六位だったが、その前は優勝した。五年間で三度優勝し、その間二位以下に下がったことはない。ACミランを除けばそんなチームは他にない。ユヴェントスの一人一人の選手たちは主審がタイムアップの笛を吹くまで決してあきらめないだろう。そしてそのことをメレーニアの選手たちも知っている。ジダンのシュートのあとグイードの右足が痙攣した。ナビッチの右手はテープをグルグルに巻かれてまるでミイラのようになっている。レオーネも足を引きずっているし、ホセ・コルテスの左の脛からは血がにじんでいた。だが彼らはボールを持ったユヴェントスの選手を追い回した。わたしにはメレーニアの選手たちが辛抱強く時間を消しているように見えた。消耗戦で塹壕《ざんごう》を一つ一つ火炎放射器で潰していくように、残された時間を消すのだ。一歩足を踏み出し敵の動きを止めれば、それで一秒消費できる。タックルをかけてボールが空中に浮けばまたそれで一秒だ。そうやって時間を秒単位で消していく。

　モンテーロがフェッラーラに横パスを出し、フェッラーラが右のバキーニに長いパスを出した。右手をテープで包んだナビッチがバキーニにからだを寄せる。ジダンがボールを受け取りに来るが、ホセ・コルテスがフリーにさせない。冬次がピッチを横切ってバキーニのほうに駆け寄ってきた。タッキナルディが上がってきて、バキーニからパスを受けようとする。ジダンがさらに下がってホセ・コルテスのマークから外れ、バキーニはタッキナルディではなく、ジダンにパスを出した。タッキナルディがフリーだった。タッキナルディはボールを欲しがっている。ジダンが数歩ドリブルして前進し、ホセ・コルテスがマークに付いた。ジダンは併走するタッキナルディのほうを見て、パスを出すような動きで、ホセ・コルテスを振り切ろうとしたが、タッキナルディへのパスはないと読んでいたホセ・コルテスがスライディングでジダンを止めた。

そのときふいにスタジアムの歓声が止み、奇妙な静寂があって、冬次の声がスタンドまで聞こえた。冬次が何と言ったのかはわからない。だがそれはわたしがいつも電話で聞く冬次の声だった。冬次は走りだしていた。ホセ・コルテスがジダンのフェイントを読んだと判断した瞬間に前方に走りだしたのだ。リスクの大きいプレーだった。ジダンの動きがフェイントではなく、本当にタッキナルディにパスが出ていたら、自動的に冬次とホセ・コルテスが置いていかれることになり、メレーニアは最悪のピンチを迎えていたはずだ。だがこの時間帯の二点目は決定的だ。リスクを負う価値はある。冬次はそう思ったのだろう。いや思ったわけではない。リスクを負わないという選択肢を彼の本能が拒んだのだ。ホセ・コルテスがスライディングで奪ったボールをレオーネが拾い、一人でユヴェントスのゴールへと走る冬次に送った。そのときユヴェントス陣にはフェッラーラとモンテーロとファン・デル・サールしかいなくて、冬次の前には広大なスペースが開けていた。

ボールを取られたジダンと、そしてタッキナルディが背後を追ってくる。前方にはフェッラーラとモンテーロとファン・デル・サールがいて、そしてその先にユヴェントスのゴールがあった。レオーネが冬次のフォローに走り、ナビッチが左サイドを駆け上がっている。だが二人は全力でユヴェントス陣に走り込んでいるわけではなかった。攻撃に人数をかけるわけにはいかないのだ。ゴールを狙うよりも、ユヴェントス陣内でボールを回して時間を稼いだほうが、勝利が近づく。ジダンへのスライディングでさらに足を痛めたホセ・コルテスは自陣にとどまっている。オリヴェイラもオウンデも上がろうとしない。メレーニアのディフェンスはゆっくりと歩いてラインを上げている。ベヌッチとヴィラーニは両手を膝に置き、腰をかがめてボールの行方を追う。冬次がボールをキープする時間が長ければ長いほど、メレーニアのディフェンダーは貴重な休息を得る。

インザーギとコヴァチェヴィッチはメレーニアのペナルティエリア付近にとどまり、デル・ピエーロとペッソットとバキーニは、味方がボールを奪い返したときに備えて後方に下がる。中盤が空いてしまうと効果的な逆襲がかけられない。冬次は中央からゴールに向かって最短距離でドリブルしている。右からダーヴィッツが冬次に接近してきた。ダーヴィッツのスピードと運動量は試合開始から落ちていない。苦しそうな表情を浮かべることも足を引きずることもない。ACミランで控え選手だったダーヴィッツは九七年の十二月にユヴェントスに移籍してきて優勝に多大な貢献をした。ダーヴィッツのような選手はチーム全体にパワーを与える。驚異的な運動量で九十分間中盤の左半分をカバーし、他の選手たちのガッツと勇気と闘争心を高揚させる。そのダーヴィッツが冬次に翻弄されている。いったん冬次に追いつき、からだを寄せてドリブルを止めようとしたのだが、左、右、右と振られて再度中央を突破された。右から接近したダーヴィッツに対し、冬次は左に逃げるような動きを入れて、すぐに右に切り返し、さらに右横へのフェイントを入れて、結局縦に突破した。水を含んだピッチでボールをコントロールしながら全力疾走し、足を踏ん張って何度も急停止を繰り返すのは足と腰に過大な負担がかかる。

ゴールに向かう冬次を追い、からだを寄せてドリブルを止め、ボールを挟んで正対したときに、ダーヴィッツが肩で息をしているのにわたしは気づいた。呼吸が乱れている。冬次が一回呼吸する間に、ダーヴィッツは肩を上下させながら数回白い息を吐いた。そんなダーヴィッツは見たことがなかった。ダーヴィッツは前傾したまますかに首を振って周囲を確かめようとした。冬次は一瞬にして周囲の選手の配置を俯瞰で捉え、その気配で背後から迫る敵を感知する。超能力があるわけではない。ユニフォームが風にはためく音やスパイクがピッチを蹴る音、空気の微妙な乱れや観衆の歓声から、自分のまわりで何が起ころうとしているかを瞬時に判断するのだ。冬次は、背後からジダンとタッキナルディが迫っていて、パスコースもないことを確かめた。レオーネとナビッチはすでにペッソットとバキーニのマークを受けて駆け上がるのを止め、ユヴェントスの逆襲に備えていた。

冬次は、囲まれる前にダーヴィッツを抜こうとする。左右に何度か切り返したが、その動きは読まれていた。ダーヴィッツはタックルでボールを奪うのをあきらめ、ペナルティエリアに侵入されないように正対して冬次を牽制し、ジダンとタッキナルディのバックアップを待った。冬次はすっとからだを起こし、右足の先をボールの下に滑り込ませるようにして、ダーヴィッツの頭上を越えるループ状のボールを左サイドに出した。サイドライン付近にいるバキーニと、中央のフェッラーラのほぼ中間にボールは上がり、まったくバウンドせずに小さな水しぶきを上げてその場所に止まった。不可解なボールだった。サイドに蹴り出して時間稼ぎをしようとしたのか、ナビッチへのパスなのか、いずれにしろ孤立して苦し紛れに蹴ったボールのように見えた。しかしボールを蹴ったあと冬次はすぐにダーヴィッツの脇をすり抜け、すでに落下地点に向けて走りだしていた。冬次とダーヴィッツとフェッラーラとバキーニの四人はボールからほとんど同じ距離にいたが、冬次は彼らの誰よりも走りだすタイミングが早かった。風とボールの回転からどこに落とすかを正確に計って、そのポイントに向かって最短距離で走りだしたのだ。ボールが落ちたのはペナルティエリアの左角から後方に五メートル離れた地点で、冬次はボールを押さえ、突っ込んできたフェッラーラを右にかわしてフリーになった。左足をボールの左側に添え、腰を支点にからだを時計方向にひねり、冬次はムチをしならせるように右足を振り抜いた。

Giornata 33　第三十三節
天使のゴールX

冬次が蹴ったボールにはほとんど回転がかかっていなかった。雨を切り裂くように途中で加速し、ホップして、ジャンプしたファン・デル・サールの左手をかすめてユヴェントスゴールの右隅に飛んだ。スタンドのメレーニアのファンが立ち上がり、一斉に言葉にならない声を上げ、通路に座るユヴェントスのサポーターは目を閉じて天を仰いだ。シュートはバーを直撃して大きく跳ね、溜息とどよめきが交錯した。シュートがバーを叩いた瞬間、通路の向かいのおじいさんは頭を抱えてしゃがみ込んだが、すぐに立ち上がって、ピッチ上の冬次を眺めながら何度も何度もうなずいていた。これでいいんだ、というふうに、何か納得しているような感じだった。

リーグ優勝とA残留がかかったこの最終戦で、メレーニアがユヴェントスに二点差で勝つのはあまりにも不自然なことだった。もちろんサッカーだからそういうこともある。だが、終始攻め続け、圧倒的にゲームを支配したユヴェントスが二点も取られて負けて、しかも優勝を逃してしまうのは過剰で偏りすぎている。自然の摂理を無視したことが起こるとあとでろくでもないことが待っているのだとおじいさんは長い人生で悟ったのかも知れない。冬次は惜しいシュートを外したが、それでいいんだ、この試合は一点差でいいんだとおじいさんは思ったのかも知れない。わたしも同じ思いだった。こんなビッグゲームで一人で二点も取ったら早死にしてしまうぞ、ピッチにいる冬次に向かって、わたしは微笑みながらそう呟いた。しかし、早死に、という言葉で、微笑みが凍りついた。緊迫したゲームに引き込まれて忘れていたが、この試合の冬次の運動量は異常に多かった。

今も冬次は、ボールを押さえたペッソットを追い、デル・ピエーロへのパスコースを消しながら自陣へ向かって全力疾走している。残り時間は二分を切った。ロスタイムを入れてもあと五、六分だろう。時間は確実に消費されている。もちろんユヴェントスはあきらめていない。だが試合終了が近づくにつれて、ピッチには残酷な変化が漂い始める。まだ何が起こるかわからない、という緊迫した雰囲気が、もう何も起こらないだろう、という残忍なムードに変わっていくのだ。ペッソットが大きくサイドチェンジして、バキーニがヘッドで後方へ流している。ボールはタッキナルディに出て、タッキナルディはゴール前にクロスを入れるタイミングを計っている。ユヴェントスの選手たちに雨が降り注いでいる。ユニフォームは彼らのからだに張り付き、照明を受けて表面が輝いている。冬次はずっと走っている。このままメレーニアが勝てば間違いなく冬次はMVPだろう。ゴールを決めたのも冬次だし、ゴール前から敵陣まで、特に後半はほとんどすべての局面でボールに絡み続けた。だがそれがアンギオンのせいかどうかはわからない。日本が初めてワールドカップ本戦出場を決めた九七年のイラン戦でも、冬次は最後の最後までボールに絡んでピッチを駆け巡り、誰よりも長い距離を走った。

　タッキナルディがダーヴィッツにボールを預ける。タッキナルディはゴール前に走り込んだ。モンテーロとフェッラーラも上がってきた。ユヴェントス陣内にはファン・デル・サール以外誰も残っていない。全員が攻撃に参加している。もうすぐロスタイムが表示されるだろう。メレーニアの逆襲を受けて失点しても、もう関係ない。ダーヴィッツが左足でゴール前にボールを放り込む。コヴァチェヴィッチをヴィラーニが自由にさせない。インザーギがジャンプしてヘッドで左サイドに流そうとするが、オウンデが競って、ボールはロレンツェッティが押さえた。ユヴェントスのサポーターがスタジアムの柵から身を乗り出して、ロレンツェッティに罵声を浴びせる。つかんだボールを早く手放せ、と言っているのだ。ロレンツェッティとしては、一秒でも長くボールを抱いていたいところだろう。ゴールキーパーがボールをふところに抱いている限り、敵は絶対にゴールできない。

　ロレンツェッティはボールを渡せる味方選手を探すが、メレーニア陣内は敵味方入り乱れてスペースがない。インザーギが、遅延行為だと主審にアピールしている。レオーネが、蹴り出せ、と最前線のホセ・コルテスを指差してロレンツェッティに叫んだ。冬次はジダンにマンマークで付き、デル・ピエーロをフリーにさせないように大声でオリヴェイラに指示している。スペシャリストにミドルシュートを打たせるなということだ。ロレンツェッティが大きくボールを蹴った。ホセ・コルテスとモンテーロが落下地点で競り合う。そのルーズボールをダーヴィッツが押さえ、すぐにゴール前に蹴り返した。ペナルティエリア付近でコヴァチェヴィッチがジャンプするが、ポイントがずれて、からだを寄せていたヴィラーニの上にのしかかるような格好になり、背負い投げをかけられたように前のめりに頭から地面に落ちた。ヴィラーニのファールではなかった。コヴァチェヴィッチが勝手にのしかかって勝手に一回転して落ちたのだ。コヴァチェヴィッチは首と背中を押さえながらピッチで動かなくなったが、主審は笛を吹かず、ユヴェントスは試合を止めなかった。予備審判がロスタイム表示のボードを掲げた。液晶の画面に、4、という数字が見えた。

スタジアムが異様な状態になりつつあった。メレーニアのウルトラスがスタンドの柵を越えて、ピッチに降り始めたのだ。シェパードが吠え、警棒を振りかざした機動隊員が追い返そうとするが、柵を越えようとする観客に比べてその数が少なすぎる。ウルトラスはスタンドとピッチの隙間に並び、試合終了と同時にグラウンドになだれ込もうと準備していた。顔を見合わせて笑い合い、肩を組んで歌を歌い始める。通路に座り込んだユヴェントスのサポーターは放心状態になった。目尻にピアスを入れた若者は目がうつろだ。視線はピッチに向いているが、ゲームが目に入っているのかどうかわからない。彼らは悪夢の中にいた。

ペナルティエリア付近までダーヴィッツが走り込んで、ボールを運んできた。最初にレオーネが、次に冬次がスライディングタックルに行く。両側から挟み込むようなタックルだったが、二人はダーヴィッツの足を避け、侵入を止めるだけにとどめた。こんな時間にフリーキックを与えるのは自殺行為だ。ダーヴィッツはデル・ピエーロにボールを出した。ペナルティエリアのライン上で、デル・ピエーロがジダンとのワンツーを狙う。ロスタイムはどのくらい経過しただろう。

冬次はダーヴィッツにタックルしたあとすぐに跳ね起きて、デル・ピエーロを潰しに走る。冬次がアクションを起こすたびに、ピッチに降りたメレーニアのウルトラスが、ヤハーネ、と叫び声を上げる。オウンデがデル・ピエーロにからだを寄せた。反転しようとしたときにオウンデと接触して、デル・ピエーロの顔の包帯が少しずれてしまった。水を吸って緩くなっていたのだろう。血が固まった傷口が包帯の隙間から覗いているが、デル・ピエーロは気づいていない。デル・ピエーロは、どうすれば目の前の冬次をかわしてジダンにパスを通せるかだけを考えている。傷口が開いて血が噴き出しても気づかないはずだ。冬次がアンギオンを飲んだのかどうか、わたしは考えることができない。スタジアムの混沌がわたしの不安を凌駕《りょうが》しているからだ。ユヴェントスのウルトラスがゴール裏のシートに火をつけ始めた。ピッチに発煙筒が投げ込まれるが、メレーニアのウルトラスが拾ってスタンドに投げ返している。主審が時計を見た。

ユヴェントス陣の水たまりから発煙筒の煙がいくつも上がっている。メレーニアのウルトラスの一人がシェパードに噛まれたようだ。機動隊員が、倒れてうずくまるサポーターから犬を離そうとしている。目尻にピアスを入れた若者の目から涙が流れている。トスカーナの山々にかかる雲の中で稲妻が走った。メレーニアのウルトラスはほぼ全員がピッチに降りてしまった。人の壁がグラウンドを囲んでいる。そんな光景は見たことがない。ピッチの中はまだかろうじて秩序が保たれている。顔から包帯を垂らしながら、デル・ピエーロが冬次をかわし、ジダンにボールを預ける。また主審が時計を見た。メレーニアのウルトラスの歌声がピッチを囲んでいる。ピッチと選手のロッカーを結ぶ通路を機動隊が確保しようとしている。両チームの選手たちを保護しなければならないのだ。抵抗したメレーニアのウルトラスの何人かが警棒で殴られたが、彼らは額から血を流しながら歌うのを止めなかった。

デル・ピエーロからボールをもらったジダンが、ベヌッチとナビッチの狭い隙間からシュートを放ったが、勢いがなく、ロレンツェッティがキャッチした。そのとき突然試合が終わった。主審の笛ではなく、グラウンドになだれ込んできた機動隊員と群衆によって終わったのだ。選手たちは機動隊員にガードされながら、一斉にロッカーへの通路を目指して走った。ピッチで、何か騒ぎが起こっている。なだれ込んだ群衆がある場所に集まり、人の厚い輪ができていた。群衆を排除しようと、機動隊員が人の輪の円周を警棒で崩している。わたしは胸騒ぎがした。医療班が呼ばれた。人の輪の中心に、冬次がうつ伏せに倒れていた。

Giornata 34　第三十四節
エピローグ　カーヨ・ラルゴ　キューバ

　わたしは水平線が見渡せるキューバの無人島にいる。白い砂の浅瀬とカリブ海が目の前にある。信じられないような広大な砂洲《さす》で、足首が水に浸かるくらいの浅い海が、はるか遠くまで続いているのだ。ボートは沖合に停泊している。ところどころ砂が露わになっているのでボートでは上陸できない。沖合に停めたボートから海に降りて、色とりどりの熱帯魚を眺めながら浅瀬を歩いて上陸する。タオルやパラソルやミネラルウォーターは、西アフリカの女たちのように頭に乗せて運ぶ。ボートが停まっているあたりはやっと背が立つくらいの水深だが、やがて海面は胸のあたりになり、へその深さになり、そして三、四十分も歩けば膝下から足首を浸すだけになる。

　波はほとんどない。ときおり小さなさざ波がからだを洗うだけだ。視界は、空と海の青と、砂の白にシンプルに分かれている。緩やかな曲線を描く砂の白と海の青が入り組んだ模様を作っていた。この一帯はカーヨ・ラルゴと呼ばれている。ハバナから飛行機で一時間の距離にある珊瑚礁の島々だ。エアタクシーをチャーターするのだが、使われている飛行機は一九四〇年代のポーランドの軍用機を改造したものだった。空港から小さな桟橋に行き、トローリングボートでさらに二時間、途中スキンダイビングをして、ボート上で新鮮なロブスターと白ワインの昼食をとったあと、この島に上陸した。
わたしは砂の上に寝ころんでいる。陽射しは強烈だが、ときどき小さな波がからだを冷やしてくれる。背後には、歩いても三十分あれば一周できそうな小さな島があって、岸辺にはマングローブやゴムの低い木が生い茂っていた。岩陰に動物がいて、かすかに首を動かしている。野生のイグアナだ。おーい、イグアナがいるぞ。アリシアというキューバ国立舞踏団のダンサーとフリスビーをしている冬次に、わたしはそう声をかけた。え？　何？　と冬次は聞き返す。イグアナだよ、と大声で言うと、見たくないよ、という答えが返ってきた。いつか約束した通り、わたしたちはセリエAのシーズンオフにキューバを訪れたのだ。

あのユヴェントスとのゲームのあと、急に意識を失ってピッチに倒れた冬次は救急車で病院に運ばれ、ごく短い時間心臓が停止したが、すぐに甦生《そせい》した。心停止の脳への影響もなく、その夜に冬次は病院を出ることができた。医師の判断では、異様に高いモチベーションで動き回ったアスリートの、ゲーム後の心筋の麻痺はあり得ないことではないということだった。冬次が試合前にアンギオンを飲んだ可能性はある。別に薬のせいで運動量が増えたなんて自覚はなかったよ。冬次はわたしにそう言ったが、もともとアンギオンは血流を増やし、通常より多くの酸素をからだに送り続けるだけなので自覚症状はない。

要するに、冬次がアンギオンを飲んだかどうかは誰にもわからないのだ。アンギオンを飲んだ選手が助かる可能性があるのだろうか。わたしは電話でコリンヌ・マーティン女史に聞き、冬次のことを話した。普通なら考えられない、という答えが返ってきた。そして、ヤハネ選手は何か非常に希少な食物か薬剤を、日常的に食べるか、服用するかしていますか？　とわたしに質問した。冬次は特別な薬を日常的に飲んでいるわけではなかった。特別な食べもの、と聞いて、わたしは冬次が好きな駄菓子の類をすぐに思い出した。彼は日本の非常に変わったお菓子を日常的に食べています、とコリンヌ・マーティン女史に話した。駄菓子のことを説明するのはむずかしかった。子どもだけが行く小さな店に、昔からあるお菓子で、町工場のようなところで昔ながらの製法で作られているんです。

コリンヌ・マーティン女史は、信じられないかも知れませんが、その奇妙な日本のお菓子がヤハネ選手の命を救ったという可能性は否定できないでしょう、と言った。そういう子どものお菓子はいまだに世界中にあります。肉桂《にっけい》やサッカリン、食紅など、甘みや色を出すためのさまざまな化学物質が含まれていて、誰も成分を把握できません。中には排出されずにからだに蓄積されていく物質もあります。常識的にはそのほとんどは有害とされていますが、重要なことは、わたしたちがからだのメカニズムをまだほとんどわかっていないということです。確かに遺伝子の配列は解明されましたが、その他の、神経伝達物質や免疫活性化物質、無数のホルモンや酵素、そしてそれらが相互にどういう影響を与え合っているかについてはわかっていないことのほうが多いのです。ヤハネ選手が日常的に食べていたという、その日本の昔ながらのお菓子の成分が、アンギオンの副作用を弱めたという可能性は否定できません。

冬次にその話をすると、おれはもうスナック菓子や駄菓子を食べるのを少しずつだけど止めようかなと思うんです、と言った。

「どうして？　駄菓子が命を救ったかも知れないんだよ」

「確かにね。でも、何かそういう人工的で、わけのわからないもので、命が危なくなったり、逆に救われたりっていうのが、きっとイヤなんですよ。おれは自分が納得できるもののほうが好きだから」

冬次がアンギオンを飲まされたと仮定すると、実行したのは誰だろうか。可能性のある人間や集団は数限りなくいる。政治的な思惑もあるし、サッカーというスポーツがある限り、あのユヴェントス戦のようなビッグゲームで選手に超人的な活躍を望む人間は、世界中に無数に存在する。そしてもちろんアンギオンがこの世から消えたわけではない。冬次がアンギオンを飲まされたかどうか、マスメディアは取り上げなかった。死んでいたら大騒ぎになっただろうが、それよりユヴェントスの優勝を奪ったことのほうがはるかにニュースバリューが大きかったのだ。ユヴェントスがメレーニアに敗れ、ラツィオがレッジーナに勝って、劇的な逆転で優勝した。メレーニアはぎりぎりでA残留を果たした。アンギオンの不安も、ヨーロッパの複雑な政情もまだ消えていないが、ここでそのことを考えるのは止めようとわたしは思った。ここはキューバで、しかも白い砂と青い海だけの無人島だ。

イグアナを見に来いよ。もう一度声をかけると、しょうがないなあ、という表情をして、冬次がこちらに歩いてきた。

「だいたいおれは、あまりなじみのない動物とか、好きじゃないんだよ」

冬次はそう言って、岩陰に寝そべって首を動かしている数匹のイグアナを見た。頭が悪そうだね、と言って冬次は笑った。イグアナは、冬次を歓迎するかのように、軽く尻尾を振った。

あとがき

中田英寿選手がイタリアに行き、セリエAのゲームを毎週見るようになってから、この小説のアイデアが生まれた。趣味性がまったくないセリエAのゲームを見続けるうちに、このセリエAの選手たちの中には、心肺機能が飛躍的に高まって試合で大活躍できるが、試合後に死亡する危険があるという薬がもしあったら、飲んでしまう者もいるかも知れない、というようなことを考えた。わたしは、メレーニアという架空のチームと、夜羽冬次という日本人選手を設定して、書き始めた。

中田選手のホームページで連載した関係もあって、小説の準備の段階から本人に協力してもらった。ハーフタイムのロッカールームでシャワーを浴びる選手はいるか。ハーフタイムでユニフォームは着替えるか。ストッキングはどうか。シーズン中も筋トレをやるのか。試合後ロッカールームではどういう話をするのか。女性ファンを口説く選手はいるか。みたいな質問に、中田選手はていねいに答えてくれたし、当時のペルージャのゴールキーパーに取材してくれたりした。

小説の最後の対ユヴェントス戦は、これがサッカーを描いた小説だと言えるものを書こうと思って、書いた。ただし、プレー以外のことはできるだけ書きたくなかった。選手たちのプライバシーや生い立ち、監督との、あるいはチーム内での確執などは一切書かなかった。たとえばジダンという選手はアルジェリア移民の二世だが、そういった「物語」を、ゲームの描写の中に持ち込みたくなかった。選手たちはゲーム中に、自分はアルジェリア移民二世なのだ、などと考えながらプレーしているわけではない。

選手たちはピッチの上で、自分の物語などには関係なくシンプルにボールを追い、ボールを蹴っている。うるさいマスコミも、オーナーも、監督も、サポーターも、それに家族や恋人でさえ、ピッチに入ることはできない。ピッチは選手たちのものであり、選手たちの聖地だ。わたしは、サッカーがいかに魅力のあるスポーツかということを描きたかった。

この小説は、多くの人の協力に助けられた。サニーサイドアップ社長の次原悦子さん、取締役マネジメント事業部部長ミナ　フジタさん。単行本化では、幻冬舎社長である盟友の見城徹、担当の石原正康君、そして何度も一緒にイタリアに行った舘野晴彦君。すばらしくも、可愛い装画を描いていただいた北沢夕芸さん、装幀の鈴木成一氏。みなさんに感謝します。

そして、良き友人でもある中田英寿選手に最大の感謝の意を表します。ちなみに、夜羽冬次と中田英寿は、サッカーがうまいところと、野菜が嫌いというところ以外は全然別です。

二〇〇二年四月　パルマにて

村上龍

参考文献

『考える血管―細胞の相互作用から見た新しい血管像』児玉龍彦／浜窪隆雄
講談社ブルーバックス
『ヨーロッパ新右翼』山口定／高橋進・編　高橋秀寿／畑山敏夫／村松恵三／堀林巧／上西秀明・著
朝日選書

本作品はnakata.com、また雑誌「ソトコト」（木楽舎刊）に連載されたものに加筆訂正しました。

〈著者紹介〉
村上 龍　1952年長崎県生まれ。76年「限りなく透明に近いブルー」で第75回芥川賞受賞。「コインロッカー・ベイビーズ」で野間文芸新人賞、「村上龍映画小説集」で平林たい子賞、「イン ザ・ミソスープ」で読売文学賞、「共生虫」で谷崎潤一郎賞を受賞。芥川賞選考委員。また、『トパーズ』『KYOKO』など、映画監督としても活躍。

GENTOSHA

悪魔のパス 天使のゴール
2002年5月10日　第1刷発行

著　者　村上 龍
発行者　見城 徹

発行所　株式会社 幻冬舎
〒151-0051 東京都渋谷区千駄ヶ谷4-9-7

電話：03(5411)6211(編集)
03(5411)6222(営業)
振替：00120-8-767643
印刷・製本所：中央精版印刷株式会社

検印廃止

ISBN4-344-00189-3 C0093
幻冬舎ホームページアドレス　http://www.gentosha.co.jp/

この本に関するご意見・ご感想をメールでお寄せいただく場合は、
comment@gentosha.co.jpまで。